HEYNE <

Das Buch

Patriarch Bruno Hofer ist im hohen Alter verstorben und die entzweite Familie kommt auf dem Familiensitz Talgrund zusammen. Alle sind angespannt, hat Bruno doch kürzlich eine Änderung im Testament angekündigt. Unerwartet zieht ein heftiges Unwetter auf. Kurz bevor Überschwemmungen das Gutshaus tagelang von der Außenwelt abschneiden, trifft Maya Dudek ein. Wer ist diese fremde Frau, die angeblich eine enge Freundin von Bruno sein soll? Und warum behauptet sie zu wissen, was auf Gut Talgrund im Zweiten Weltkrieg geschehen ist? Auf sich allein gestellt begibt sich die Familie auf die Suche nach dem plötzlich verschwundenen Testament. Und ein jahrzehntelang verdrängtes Geheimnis kommt hierbei unaufhaltsam an die Oberfläche.

Die Autorin

Rebecca Martin studierte Englisch und Deutsch in Frankfurt am Main und in Dublin, Irland. Sie reist leidenschaftlich gern, interessiert sich für Geschichte und liebt es, Geschichten zu erzählen. Ihre Romane waren alle *SPIEGEL*-Bestseller. Die Autorin lebt mit ihrer Familie in einem kleinen Dorf im Nahetal.

1

Talgrund, Frühling 1941

Leni holte noch einmal Schwung, bevor sie das Seil am höchsten Punkt losließ und mit einem hellen Aufschrei in den Mühlenweiher eintauchte. Das Wasser schlug über ihrem Kopf zusammen. Sie sank noch ein Stück tiefer, kurz war es still, aber als sie wenig später die Wasseroberfläche durchbrach, hörte sie auch schon das durchdringende Jubeln der anderen. Es war geradezu so, als trügen sie die Stimmen ihrer Freunde, während sie mit kräftigen Armschlägen das Ufer ansteuerte: »Leni, Leni!«, feuerte ihr Cousin Friedrich sie besonders laut an. Ihr gemeinsamer Freund Georg kam der knapp Neunzehnjährigen bei ihrer Ankunft bereits mit ihrem Handtuch und einem Lächeln entgegen, das sie für einen Moment innehalten ließ. Seine blaugrünen Augen strahlten und das Sonnenlicht ließ sein Haar noch heller wirken. Georg mochte der Sohn des ersten Knechts sein, doch sie alle verbrachten ihre Zeit bereits gemeinsam, solange sie sich erinnern konnte, und nie hatte etwas zwischen ihnen gestanden. Jeder wusste um die besondere Beziehung zwischen Friedrichs Vater Alfred und Georgs Vater Werner, die beide als junge Männer, fast Kinder noch, die Schrecken des Großen Krieges durchlebt hatten. Werner, so hatte Alfred mehr als einmal erzählt, hatte ihm damals das Leben gerettet. Das hatte er ihm nicht vergessen.

Auch wenn es ihre Eltern Siegfried und Ilse anders sehen mochten und Georg gern an seinen Platz verwiesen hätten, war Alfred der Herr über Talgrund, und so waren sie als Kinder gemeinsam ganze Tage über die Wiesen und Felder des Guts gezogen. Sie waren kleine Schluchten hochgeklettert, die sich hier und da die umliegenden Berge hinaufzogen, ausgewaschen von Bächen und kleineren Flussläufen, die manchmal ganz verschwanden und dann wieder auftauchten, wenn es stark regnete. Sie hatten sich Hütten in den Wäldern gebaut oder Verstecken gespielt, Cowboy und Indianer, Römer und Germanen. Natürlich war es stets Friedrich als Arminius, der Varus besiegte. *Varus, gib mir meine Legionen wieder.*

Ja, wie viele heiße Tage hatten sie hier nicht schon gemeinsam am Weiher verbracht, waren im algengrünen Wasser bis auf den Grund getaucht oder hatten sich Geschichten von Wassermännern erzählt, die sie immer bedrohlicher ausschmückten, je älter sie wurden. Und wie oft schon hatten sich die Jungs Wettkämpfe geliefert, wer dem Wehr mit seinen unangenehmen Strudeln und Strömungen am nächsten kommen konnte. Man konnte es nicht anders sagen, aber ihr Gefüge war gut ausbalanciert, so wie ein fein austariertes Uhrwerk.

Georgs Lächeln vertiefte sich, als Leni aus dem Wasser stieg. Sie streckte die Hand nach dem Handtuch aus. Der Siebzehnjährige öffnete den Mund, um etwas zu sagen, da rief Lenis Bruder Bruno sie zu sich.

Rasch müsse sie kommen, wenn sie noch etwas von den Leckereien wolle, die man heute früh eingepackt habe.

Während Leni sich neben ihrem zwei Jahre jüngeren Bruder niederließ, war es nun an Friedrich und Georg, ein weiteres Mal ins Wasser zu rennen. Für einige Zeit schwammen die beiden um die Wette. Irgendwann tauchten sie. Vorübergehend waren ihre Köpfe nur noch ab und an zu sehen. Dann erschien Friedrich plötzlich hinter Georg und schwärzte ihm mit dem dunklen Schlamm vom Grund des Weihers das Gesicht. Der wehrte sich prustend und schließlich gelang es ihm, Friedrich zu entkommen. Erst in einiger Entfernung kam er wieder hoch.

Bruno schnalzte bedauernd.

Leni runzelte die Stirn. Ja, sie hatten immer gut gemeinsam gespielt, aber da war auch immer diese Konkurrenz zwischen Bruno und Georg gewesen. Man stritt sich um den Platz, der Friedrichs am nächsten kam, aber das waren Kleinigkeiten.

Leni schloss die Augen und öffnete sie gleich wieder. Hier zu sein, hatte sich dennoch immer wie das Paradies angefühlt, bis …

»Es ist schön, dass du heute dabei bist«, riss Brunos Stimme sie unvermittelt aus den Gedanken. Fröstelnd zog Leni ihr Handtuch enger um die Schultern.

»Eben, als ich Georgs schwarzes Gesicht gesehen habe, musste ich an den Sommer der Olympiade denken, damals, als wir in Berlin waren«, fuhr ihr Bruder fort. Sie runzelte die Stirn. »1936 … Es ist viel passiert seitdem«, murmelte sie. Ihre Stimme klang rau und etwas verloren, undefiniert. Sie fragte sich, ob sie an dasselbe dachten, und ob sie daran denken sollte an einem Tag, so schön wie dieser …

»Ja, das stimmt. Ich …« Vielleicht wollte Bruno noch etwas anderes sagen, aber dann tat er es nicht. Sie sprachen nicht über die Dinge, die sich vor nun über zwei Jahren ereignet hatten, oder über Esther Goldstein, Lenis beste Freundin und deren Familie.

Esther wird immer meine beste Freundin sein.

»Weißt du noch, wie Friedrich Georg das Gesicht damals mit Kohle geschwärzt hat, damit er mehr wie Jesse Owens aussieht?«, hörte sie ihren Bruder sagen.

Natürlich erinnerte sie sich. Die Jungen hatten die Läufe der Olympiade nachgestellt. Damals waren sie alle noch Kinder gewesen. Inzwischen hatte sich das geändert.

Sie seufzte.

»Aber du hast den Wettlauf gewonnen.«

Bruno sah kurz sehr zufrieden aus, dann zuckte er die Schultern.

»Owens hat damals vier Goldmedaillen gewonnen.«

»Dabei war man sich eigentlich sicher gewesen, dass ein Schwarzer keinen Weißen, und vor allem keinen Deutschen besiegen kann, nicht wahr? Aber es ist anders gekommen«, sagte Leni nachdenklich.

Vieles ist anders gekommen, setzte sie stumm hinzu. Ihre Stimmung drohte zu kippen. Sie wollte das nicht.

Bruno nickte nur. In jenem Sommer 1936 war der Jubel über die Olympiade groß gewesen und der dunkelhäutige Jesse Owens ihr heimlicher Held.

»Es waren gute Tage.« Er räusperte sich. »Ich erinnere mich noch an das Reichssportfeld und die Formationen der Hitlerjugend und des BDM und wie wir Unter den Linden nach dem Kirner Stadtwappen gesucht haben. Weißt du noch, die vielen, vielen Fahnenmaste?«

»Natürlich, es gibt Fotografien davon.«

»Ach ja, stimmt.«

Erst hatte Friedrich ein Bild von Bruno und ihr aufgenommen, dann hatte Bruno dasselbe mit Leni und Friedrich gemacht, und zum Abschluss hatten sie noch einen zufällig vorbeikommenden Passanten gebeten, ein Bild von ihnen allen gemeinsam zu machen. Bruno räusperte sich. »Vater hat mir damals erzählt, dass diese Aluminium-Profil-Maste eine technische Meisterleistung aus der Flugzeugfertigung sind.«

Hätte jemand ahnen können, dass man sich bereits drei Jahre später tatsächlich im Krieg befinden würde, fuhr es Leni durch den Kopf. Hier auf Talgrund bekam man nicht viel davon mit. Natürlich beschwerten sich die Eltern manchmal, dass ihnen die Arbeitskräfte fehlten, wenn nach den jungen auch noch die älteren Knechte an die Front geschickt wurden. Sie griff nach ihrem Zopf, um ihn über die Schulter nach vorne zu ziehen und legte sich das Handtuch neu um die Schultern.

»Und weißt du noch die Fernsehstuben?«, fragte Bruno.

Leni nickte. Ja, sich die Wettkämpfe im Fernsehen anzusehen, war wirklich etwas Besonderes gewesen. Das hatte es vorher nicht gegeben. Seitdem hatte keiner von ihnen mehr ferngesehen.

Wieder musste sie an die anderen Dinge denken, die sich seitdem geändert hatten. Als sie aus Berlin zurückgekehrt waren, hatte es diesen kurzen Moment gegeben, in dem sie sich sicher gewesen war, dass alles gut werden würde, dass sie alle ihr Leben weiterführen konnten, wie sie sich das wünschten. Sie war zuversichtlich gewesen und hatte das auch den Goldsteins gegenüber geäußert. Esthers Bruder Heinrich aber hatte nur gelacht und er hatte recht behalten.

Sie blinzelte, die Tränen kamen nicht. Bruno legte eine Hand auf ihren linken Arm.

»Es ist wirklich gut, dass du dabei bist, Leni, du hast so sehr gefehlt.«

»Ich weiß.«

Sie schluckte unvermittelt. Sie wusste ja, wie es war, wenn jemand fehlte. Nachdem ihre beste Freundin Esther und deren Familie Deutschland Anfang 1939 verlassen hatten, hatte sie sich einsam wie noch nie zuvor in ihrem Leben gefühlt.

Für einige Zeit hatte sie sich von den gemeinsamen Unternehmungen ganz zurückgezogen und auch danach nicht mehr so häufig daran teilgenommen. Sie vermisste Esther noch immer. Sie würde sie immer vermissen. Sie verstand auch, dass ihre Freundin wahrscheinlich nie wieder etwas mit ihr zu tun haben wollte, weil sie eine Deutsche war, aber es tat weh.

Ilse fiel es schwer, sich vom Anblick der Kinder draußen loszureißen. Die kleine Gruppe war erst vor ein paar Minuten vom Weiher herübergekommen, schien jedoch noch nicht daran zu denken hereinzukommen. Vielleicht war es auch falsch, sie Kinder zu nennen, sogar Friedrich, der Jüngste, war inzwischen siebzehn Jahre alt. Ihre Tochter Leni ordnete gerade ihre Haare mit den Fingern, um sie dann in einen lockeren Zopf zu flechten. Georg stand mit ihrem Handtuch an ihrer Seite und tat sich offenbar schwer, den Blick abzuwenden, was Ilse missbilligend die Augenbrauen heben ließ. Sie würde mit ihrer Tochter reden müssen – wieder einmal.

Ilse schaute kurz zu ihrer Schwägerin Maximiliane und dann gleich wieder nach draußen. Die Ehefrau ihres Bruders Alfred saß hochaufgerichtet in ihrem Sessel und gab vor, in ihrem Buch zu lesen, aber Ilse war klar, dass ihre Gedanken ganz woanders waren, denn sie hatte schon seit Minuten nicht mehr umgeblättert. Bedauerlicherweise hatte sie keine Ahnung, was ihre Schwägerin beschäftigte, dabei wusste sie so gerne Bescheid. Maximiliane wirkte schon seit einiger Zeit wie in Gedanken versunken. Hin und wieder sah Ilse ihre

Schwägerin und den Bruder auch zusammenstehen und angeregt miteinander reden, und wenn sie dann dazukam, wurden plötzlich beide still oder wechselten das Thema. Sie erkannte das, sie war nicht dumm.

Flüchtig runzelte sie die Stirn. Es war Sonntag und inzwischen früher Abend. Der Tag war wieder einmal nur so an ihr vorbeigerast. Es gab viel zu tun, und sie achtete eben stets darauf, sich nützlich zu machen. Sie hoffte, dass es sich einmal auszahlte. Morgens waren sie alle gemeinsam in der Kirche gewesen. Bald würde die ganze Familie zu Abend essen. Auf Talgrund verbrachte man jede Mahlzeit zusammen, und sehr oft dachte Ilse, dass dies nur dazu diente, ihr die eine brennende Ungerechtigkeit vor Augen zu führen: Dass sie zwar die Ältere war, aber ihr Sohn Bruno Talgrund niemals erben würde, sondern der jüngere Friedrich, sein Cousin, Sohn ihres ebenfalls jüngeren Bruders Alfred, denn so wollte es eine Tradition, die Mädchen außer Acht ließ, und die sie in diesem Fall allzu gerne außer Kraft gesetzt hätte. Natürlich ließ sie sich ihren Ärger nicht anmerken – sie wusste sich zu benehmen –, aber in ihren eigenen Zimmern, vor ihrem Mann Siegfried verbot sie sich den Mund ob dieser Ungerechtigkeit nicht!

Von draußen schallte es »Auf die Plätze, fertig!« herein. Die Trillerpfeife schrillte und Ilse sah wenig später mit Genugtuung, dass ihr Bruno als Erster ins Ziel gelangte und nicht dieser Georg. Vor ein paar Jahren hatten sie dort unten die Olympiade nachgestellt. Ob die Kinder sich daran erinnerten? Damals hatte Georg diesen Neger gespielt, der so viele

Medaillen gewonnen hatte, und doch hatte wieder ihr Bruno gewonnen. Er war ein guter Läufer.

Ilse blieb noch etwas länger stehen, zupfte dann ihre Bluse zurecht und strich sich kurz über den Rock, bevor sie sich zu ihrer Schwägerin umdrehte: »Entschuldige mich, ich kleide mich noch rasch zum Essen um.«

Maximiliane hob den Kopf und warf einen Blick auf die Standuhr. »Ist es denn schon wieder so weit? Oh, natürlich. Ich sollte mich wohl auch fertig machen.«

Sie stand aus ihrem Sessel auf und legte so langsam das Buch zur Seite, dass Ilse gegen das seltsame Bedürfnis ankämpfen musste, ihr einen Stoß zu geben. Dann verließen sie nacheinander das Zimmer. Auf dem Weg in den Flügel ihrer Familie versuchte Ilse, sich nicht wieder in Gedanken zu verlieren. Heute war es aber wirklich ganz besonders schlimm. Sie kam kaum aus dieser Spirale heraus, die ihre Laune immer tiefer herunterzog, und eigentlich, befand sie, konnte sie das auch erst schaffen, wenn ihr endlich Gerechtigkeit widerfuhr.

Siegfried, ihr Mann, stand vor dem Spiegel und überprüfte den Sitz seiner Krawatte, als sie den Raum betrat. Ilse verschwand zuerst im Schlafzimmer, wo sie ihr Kleid am Morgen bereitgelegt hatte. Als sie zurückkam, hatte Siegfried sich eine Zigarette angezündet. Der Rauch kräuselte sich im Gegenlicht gegen die Zimmerdecke. Ilse beobachtete ihn einen Moment lang. Was war er doch für ein stattlicher, schöner Mann! Er hätte für Arno Breker Modell stehen können: dieser feste Kiefer, die wie gemeißelt wirkenden Wangenknochen, der entschlossene, aber nicht zu schmale Mund und das volle blonde Haar. Sie ging auf den Spiegel zu, um die Ohrringe anzulegen, die ihr die Großmutter vererbt hatte. Wenigstens die hatte man ihr nicht nehmen können.

»Gut, dass dieses Mädchen nicht mehr ständig zu Besuch kommen kann.«

»Wer? Esther?« Siegfried runzelte die Stirn. »Das ist drei Jahre her. Sie sind nach Frankreich gegangen, oder? Ich frage mich, wie es ihnen dort ergangen ist, nachdem wir Paris erobert haben …«

»Irgendwann hätten wir es Leni verbieten müssen«, sagte Ilse in den Raum hinein. Sie hatte ihm nicht wirklich zugehört. »Ich frage mich immer noch, was die Leute damals wohl gedacht haben? Wer weiß, welchen Einfluss das auf alles genommen hat …«

»Wovon sprichst du?« Siegfried legte die Zigarette auf dem Aschenbecher ab, kam zu ihr und legte seine Hände auf ihre Schultern. Ilse bewegte sich unwillkürlich, als wolle sie ihn abschütteln. Es war wie eine instinktive Reaktion, die sie nicht wollte und gegen die sie ärgerlicherweise nichts tun konnte. Sie hasste es so sehr, sich nicht unter Kontrolle zu haben. Er zog die Hände abrupt zurück. Als habe sie es nicht bemerkt, näherte Ilse ihr Gesicht dem Spiegel und zog sorgfältig ihren Lippenstift nach, weshalb sie nur undeutlich antworten konnte. »Von Lenis Freundschaft mit Esther Goldstein natürlich und unseren Schwierigkeiten in der Partei.«

Siegfried nahm seine Zigarette wieder hoch, tat einen Zug und blies gleich darauf einen Rauchkringel aus.

»Vergiss das Judenmädchen.«

»Mhm.« Ilse drehte sich zu ihrem Mann und schaute ihn etwas länger an, bevor sie sagte: »Mein Bruder hat es jedenfalls viel zu lange zugelassen. Er hat mich nie unterstützt.« Sie seufzte tief. »Wahrscheinlich behandelt man uns deshalb immer noch wie Aussätzige …«

Siegfried wandte seine Aufmerksamkeit kurz der Spitze seiner Zigarette zu. »Ich weiß nicht«, sagte er. »Aber ja, sicher hast du recht, es war der falsche Umgang für unser Mädchen, andererseits …« Er räusperte sich. »Andererseits hat unsere Leni dieses Judenmädchen einfach geliebt. Das war schon immer so, schon, als die beiden einander begegnet sind. Da waren sie kaum drei Jahre alt.«

»Es *war* der falsche Umgang.« Ilse zog die Augenbrauen hoch. »Es steht Kindern außerdem nicht an, Entscheidungen über solche Dinge zu treffen.«

Siegfried schwieg und das überraschte sie nicht. Natürlich hatte er seine Prinzessin nicht enttäuschen wollen, deshalb hatte er die unangenehmen Entscheidungen auch immer ihr überlassen. Gut, dass sich die Zeiten geändert hatten, besonders für das Judenpack. Gut, dass die Goldsteins das Land verlassen hatten. Die Zeit war endlich auf ihrer Seite.

Das spätere Abendessen verlief angenehm und ohne Streit. Während Maximiliane sich danach sogleich in den Wohnbereich ihrer Familie zurückzog, wechselte Alfred mit seinem Schwager ins Raucherzimmer. Ilse leistete ihnen Gesellschaft. Zumindest das forderte sie ein, auch wenn sie eine Frau war und sich natürlich nicht am Gespräch beteiligte. Stattdessen verzierte sie ein Leintuch mit einer Bordüre aus kleinen Hakenkreuzen in Rot und Schwarz und lauschte aufmerksam den Männern, die zunächst über dies und jenes redeten und schließlich auf Siegfrieds Bemühungen zu sprechen kamen, endlich in der Partei voranzukommen. In letzter Zeit war zumindest etwas Bewegung in die Sache gekommen. Leider unterstützte Alfred den Schwager immer noch nicht mit ganzem Herzen, dabei zeigte ihr Bruder ja selbst nur zu deutlich, wie wichtig es heutzutage war, die richtigen Verbindungen zu pflegen. Und ja, es verärgerte Ilse, dass manche Siegfried vorwarfen, zu lange mit seinem Eintritt gewartet zu haben, dabei hatte sich Alfred ja selbst spät entschieden, aber so konnte man natürlich handeln, wenn niemand den eigenen Status anzweifelte.

»Ich denke immer, unsere tiefste Verpflichtung sollten wir Talgrund gegenüber fühlen, nicht einer Partei«, pflegte er immer noch hin und wieder zu sagen, wenn sie gemeinsam beim Essen saßen, um dann mit einem Augenzwinkern hinzuzufügen: »Vielleicht bin ich im tiefsten Inneren aber auch einfach Monarchist. Ich vermisse den Kaiser, ich vermisse die alten Zeiten.«

Aber sie kannte ihren Bruder, und sie konnte sich keine Behauptung vorstellen, die alberner war, als eine etwaige

Liebe zur Monarchie. Alfred stand nur einer Person nahe: sich selbst. Das war schon immer so gewesen. Er war ein elender Opportunist.

Als Alfred an diesem Abend ins Schlafzimmer kam, war Maximiliane noch wach. Sie las, hob den Blick auf das Geräusch der Tür hin aber und sah ihren Mann über den Rand der Brille hinweg an, die sie seit Neuestem tragen musste. Sie mochte sie nicht, aber sie liebte das Lesen. Er dagegen fand, dass sie hübsch damit aussah, klug und irgendwie hilflos zugleich, wie damals auf dem Ball, auf dem sie sich kennengelernt hatten. Überraschenderweise erinnerte er sich ausgerechnet in diesem Moment daran, dabei hatte er sich eigentlich den ganzen Tag mit anderem beschäftigt. Es gab so viel zu bedenken. Die Zeiten waren nicht leicht. Erst in den letzten Monaten war Bewegung in gewisse Dinge gekommen, und niemand bis auf seine geliebte Frau ahnte, dass er erst seit Kurzem Licht am Horizont sah.

Ach, dieser Ball damals … Normalerweise besuchte er solche Veranstaltungen nicht, aber ein Freund hatte ihn dazu überredet. Und dann war es die beste Entscheidung seines Lebens gewesen, denn seit damals war *sie* an seiner Seite: seine Geliebte, seine Freundin, seine Vertraute, seine Ehefrau. Er erzählte ihr alles und sie hörte ihm zu. Mit ihr sprach er über die Schulden, die Talgrund belasteten und die er nur sehr langsam wieder abbaute, immer in der Gefahr, dass neue Ausgaben auf ihn zukommen würden, mit denen er nicht gerechnet hatte und die das fein austarierte Gleichgewicht zerstörten. Nein, sie hatte ihm niemals Vorwürfe der amerikanischen Aktien wegen gemacht, die er so leichtsinnig gekauft hatte, weil sie doch eine so schwindelerregend hohe Rendite versprochen hatten. Er wusste selbst, dass es ein Fehler gewesen war, und er hatte ihn ja nicht als Einziger begangen. Er wusste auch, dass er diese Schulden wieder loswerden musste. Dafür würde er alles tun, danach trachtete sein ganzes Sinnen. Es war seine Pflicht und in den letzten drei Jahren hatte er endlich die richtigen Schritte dazu gemacht. Er würde nicht derjenige sein, mit dem Talgrund unterging. Er würde wie ein Phoenix aus der Asche steigen und Maximiliane war an seiner Seite, um ihn zu unterstützen, egal, was er tat.

Die Goldsteins

November 1938

Laute Stimmen waren zu hören, auf Grölen folgten ängstliche Rufe. Leni erstarrte in der Bewegung, und dann explodierte nicht weit von ihr etwas, und die eben noch eigenartig heimelig erhellte Fensterscheibe zerschellte in einem Glasschauer auf dem Trottoir.

Was passierte hier? Leni wusste, dass sie längst zu Hause sein sollte, aber es war zu spät. Esther und sie hatten zu lang draußen im Baumhaus verbracht, waren dortgeblieben, auch wenn es längst nicht mehr die richtige Jahreszeit dafür war, doch wo sollten sie neuerdings auch hin? Sie brauchten doch einen Ort für sich, einen Ort, an dem sie nichts als zwei junge Frauen sein konnten, Sechzehnjährige, die sich über all das austauschten, was sie eben beschäftigte, einen Ort, an dem sie über Erwachsene sprachen, sich über Brüder oder Jungen im Allgemeinen beschwerten und von Filmstars träumten.

War es nicht so, dass Esthers Leben, dieses behütete Aufwachsen in einer großen Villa mit vielen Annehmlichkeiten, seit jenem Sommer der Olympiade mehr und mehr auseinanderfiel? War es nicht auch so, dass Leni alles geben wollte, damit die Freundin die drückende Gegenwart einmal vergessen konnte? Seit Neuestem sparten sie auch das Thema Auswanderung nicht aus, wenngleich Leni am liebsten nicht daran denken wollte. Eigentlich war es Esthers Bruder Heinrich, der immer wieder davon sprach, und Esthers Mutter, die sich am wenigsten an den Gedanken gewöhnen konnte, Deutschland zu verlassen: »Es ist doch meine Heimat«, sagte sie stets. »Was auch immer passiert, dieser Spuk wird schon vorübergehen.« Erst gestern hatte sie es wieder gesagt, worauf Heinrich sie wütend angefahren hatte: »Das ist aber kein Spuk, Mama, und es geht auch nicht vorbei. Versteh das endlich!«

Wieder splitterte Glas. Leni rannte los. Sie rannte und rannte, während ihr Mantel wie ein kleines Segel um sie wehte und sie irgendwann kaum noch vorwärtszukommen schien. Sie musste Hilfe holen. Sie hatte es Esther versprochen, die sich immer noch im Baumhaus versteckt hielt, während sich eine Menschenmenge vor der Familienvilla gesammelt hatte und lautstark Einlass forderte.

2

Sommer 1941

Mit einem Ruck fuhr Leni aus dem Schlaf. Es dauerte einen Augenblick, bevor sie sich orientieren konnte. Wieder einmal hatte sie von jenem Tag geträumt, als sie durch den brodelnden Ort gelaufen war, um Hilfe zu holen. Vielleicht veränderte die stete Erinnerung an die Ereignisse manches, aber sie wusste doch, als sei es gestern gewesen, wie sie an einigen Stellen über Glasscherben balanciert war, während sie anderswo angehalten und wie gelähmt und mit aufgerissenen Augen zugesehen hatte, wie schneeweißes Bettzeug achtlos auf die Straße geworfen und in den Schmutz getrampelt wurde. Aus dem Nähatelier der Familie Kuhn flogen Bahnen an wunderschönem Stoff hinaus aufs Pflaster. Noch heute sah sie das schrecklich blasse Gesicht von Frau Kuhn vor sich, durchlebte den Moment, in dem sie einander kurz in die Augen gesehen hatten, bevor Leni hilflos weitergerannt war.

Bis heute konnte sie auch den Motorenlärm nicht vergessen, den Lastwagen voller jubelnder Männer, der kurz darauf die Hauptstraße entlanggefahren kam. Dann hatte jemand ihren Namen gerufen, aber sie war stur weitermarschiert. Ab dieser Stelle waren es ja auch nur noch ein paar Schritte gewesen, bis sie das Haus erreichte, in dem sich das Kontor ihres Onkels befand. Alfred hatte die Räumlichkeiten schon lange abstoßen wollen, aber er hatte es damals noch nicht getan, und das war an diesem Tag ihr Glück gewesen. So hatte sie ihren Onkel um Hilfe bitten können.

Ein paar Wochen später hatten die Goldsteins mit seiner Unterstützung Deutschland endgültig verlassen und waren nach Frankreich zu Verwandten gegangen. Nur der alte Moses Himmelreich, Esthers Großvater, war geblieben. Im Moment des Abschieds hatte Leni Esther überschwänglich versprochen, regelmäßig nach ihm zu schauen, was sie auch gewissenhaft tat. Für kurze Zeit war er damals noch in der Familienvilla geblieben, inzwischen bewohnte Herr Himmelreich ein winziges Zimmer in einem Haus in der Nähe der ehemaligen Synagoge, das allgemein als das Judenhaus bekannt war. Der alte Mann rechnete jederzeit damit, abgeholt zu werden. Täglich verschwanden Menschen aus seinem Umfeld.

Der vollkommenen Zerstörung war die Synagoge damals nur entkommen, weil sie sich so fest mitten in den alten Ortskern einfügte, als sei das Gebäude schon lange Zeit Teil des Örtchens gewesen. Inzwischen nutzten die umliegenden Nachbarn sie, um Dinge unterzustellen, für die sich anderswo gerade kein Platz fand. Ein Gotteshaus … Leni zog sich jedes Mal der Magen zusammen, wenn sie dort vorbeikam.

Esther und sie hatten sich noch für ein gutes Jahr, nachdem die Goldsteins gegangen waren, regelmäßig geschrieben, etwa bis zum Ausbruch des Krieges. Als die Deutschen in Paris einmarschierten, war die Verbindung abgerissen, und inzwischen war da manchmal diese Stimme in Lenis Kopf, die ihr sagte, dass sie nie wieder etwas von Esther hören würde. Ob der Familie Goldstein eine weitere Flucht gelungen war?

Leni schluckte. Sie konnte es nicht anders sagen, aber sie trauerte sehr über diesen Verlust, einen Verlust, über den sie nur mit Georg sprechen konnte, und vielleicht auch ein wenig mit Cousin Friedrich. Ihrem eigenen Bruder dagegen sagte sie nichts von ihren Ängsten. Wie auch in dieser Nacht kehrten die Träume immer wieder zu ihr zurück.

3

2021 – Tag 1 auf Talgrund

Jenny ließ ihren Toyota langsam ausrollen und stoppte ihn dann ganz. Sie war von Mainz über Bad Kreuznach in Richtung Hunsrück gefahren und hatte vor nicht allzu langer Zeit Kirn hinter sich gelassen. Danach ging es bald nach rechts und von dort schraubte sich die Straße in Bögen den Berg hinauf, weitere Biegungen folgten, der Weg wurde schmaler und schmaler, bis man schließlich das Schild mit dem Namen Talgrund erreichte.

Von dieser Stelle am Eingang des Tals aus konnte man aus der Ferne einen Blick auf das großartige, alte Gutshaus erhaschen. Strahlend weiß getüncht leuchtete es mit seinen verspielten Türmen und Erkern rechts und links aus dem dichten, immer noch grünen Septemberwald hervor. Jenny nahm sich noch etwas Zeit, den größeren Erkerturm links anzuschauen, der zum ältesten Teil des Gebäudes gehörte, dann noch einmal das Hauptgebäude und die nach hinten wegführenden Nebengebäude zu betrachten, die auf der anderen Seite eine Veranda und einen sich daran anschließenden Hof umschlossen, auf dem stets hier und da Gras zwischen den Ritzen des Pflasters hervordrängte.

Es kostete Jenny keine Mühe, alles vor ihrem inneren Auge erstehen zu lassen. Früher hatte sie hier jeden Sommer verbracht.

Trotz allem.

Sie erinnerte sich an den Haupteingang vorne, zu dem eine breite, halbrunde Treppe emporführte, davor bedeckte feiner Kies den Boden. Bei größeren Festen, auch noch in ihrer Kindheit, an die sie sich allerdings nur undeutlich erinnerte, hatten hier dicht an dicht die Autos geparkt. Es gab auch Bilder von ganz früher, als deren Zeitalter kaum erst begonnen hatte, fremdartige schwarz-weiße oder sepiafarbene Abbildungen, Männer im Frack und Frauen mit riesigen Hüten, in der Art, wie man sie heute mit Smartphones nachahmen konnte. Als Kind hatte Jenny manchmal auf dieser Treppe gesessen und dem Geräusch der ankommenden Wagen gelauscht, oder später auch dem von Großvaters altem mausgrauen Käfer, wenn er von einem Ausflug oder einem Geschäftsessen oder so etwas zurückgekommen war. Da war dieses spezifische Knirschen, wenn die vielen Kiesel unter dem Druck der Reifen aneinander gerieben wurden und zur Seite wegspritzten. Wenn Großvater Bruno weggefahren war, hatte er ihr außerdem stets etwas mitgebracht, allein deshalb hatte es sich gelohnt, dort zu warten.

Jennys Stirn runzelte sich, während sie weiter in Erinnerungen versank. Ein Windstoß brachte die Baumwipfel in Bewegung. Ein leises Rauschen war zu hören. Im Auto selbst war es still. Sie hatte das Radio schon vor einer ganzen Weile ausgemacht. In ihrem Kopf waren zu viele Gedanken gewesen, auch solche, die sie durchaus überraschten.

Wie fühlte es sich an, hierher zurückzukommen? Sie spürte noch immer diese Verbindung mit Talgrund, aber dieser Ort fühlte sich für sie und ihre Mutter Medea auch immer ambivalent an. Sie atmete tief durch.

Ihr Großvater, als Teil einer alteingesessenen, wirtschaftlich führenden Familie hatte immer eine wichtige Rolle in dieser Gegend gespielt. Er war ein großzügiger Spender gewesen, hatte über mehrere Jahre hinweg Sommerferienspiele veranstaltet und war häufig von den Honoratioren der Gegend aufgesucht worden, auch wenn er sich selbst stets aus der Politik zurückgehalten hatte. Jeder kannte Bruno Lenhart. Seine Meinungen und Ansichten waren gefragt.

Sie strich über das Lenkrad. Von hier oben konnte man es kaum erahnen, aber wenn man die Straße nach unten nach etwa zwanzig Minuten bewältigt hatte – nicht etwa, weil sie so lang war, aber eben doch sehr schmal und kurvig –, befand man sich in einem weiten, großzügigen Tal. Unten angekommen, konnte man zuerst rechter Hand einen Blick auf das Häuschen erhaschen, in dem stets der erste Knecht von Talgrund mit seiner Familie untergebracht gewesen war. In Großvaters Kindheit war das Werner gewesen, danach sein

Sohn Georg, der vor etwa einem halben Jahr in ein betreutes Wohnheim umgezogen war; und wenn man das Gutshaus dann endlich erreichte, konnte man zu Fuß noch weiter und weiter in das Tal vordringen. Dort fanden sich dann Spuren der Felder, die inzwischen längst aufgegeben waren, eine alte Mühle sogar, ebenfalls schon lange nicht mehr in Betrieb, samt Zulauf und Mühlenweiher, in dem sie früher mit den anderen geschwommen war. Es gab dort sogar noch Unterkünfte für Knechte und Mägde, die von jenen Zeiten herrührten, als hier viele Menschen in Lohn und Brot gestanden hatten.

Erst in den letzten Jahren hatte Desirée, Großvaters junge Frau, sie renovieren lassen, um sie in Zukunft als Ferienunterkünfte nutzen zu können. Wahrscheinlich war das keine schlechte Idee. In der alten Mühle sollte es vielleicht einmal Veranstaltungsräume und ein kleines Sommercafé für Wanderer geben. Bisher waren die Pläne allerdings vage geblieben, Träume eben, aber Jennys Mutter zufolge, von der sie all das wusste, lohnte es sich immer, zu träumen.

Jenny würde mehr als froh sein, wenn Medea morgen endlich auch hier ankommen würde: Großvater war nun tot und die engste Familie traf zum ersten Mal seit Längerem wieder zusammen. In den nächsten Tagen musste die Beerdigung geplant werden, und die war sicherlich kein kleines Ereignis in einer Region, in der Talgrund schon immer eines der größten Güter gewesen war.

Sie atmete noch einmal tief durch. Sommertage auf Großvaters Gut … Ansgar, ihr Cousin, Georgs Enkelsohn Sam und sie hatten sie dort am Mühlenweiher verbracht, bei den kleinen, geduckten Häusern der ehemaligen Bediensteten, oder in der Nähe eines der vielen Bachläufe, am alten Eishaus und natürlich auch, wenn es dunkel wurde oder regnete, im riesigen Gutshaus selbst mit seinen endlos langen Gängen und Treppen und den alten Fensterscheiben, die das, was draußen lag, immer etwas verschwommen wiedergaben.

Mit dem Älterwerden waren ihre Besuche seltener geworden. Sie war im Sommer eben lieber mit Freundinnen weggefahren. Außerdem hatte die Schule sie beansprucht, neue Themen und Freundschaften. Jedenfalls sagte sie sich das. Aber es gab eben auch Dinge, die passiert waren, Erfahrungen, die sie verdrängt hatte und die jetzt wieder hochzukommen drohten.

Talgrund hat es Mama und mir wirklich nie leicht gemacht. Einmal da, ließ sich der Gedanke einfach nicht verdrängen. Medea war immer die gewesen, die von außen kam, und Jenny war ihre uneheliche Tochter. Oh ja, es klang seltsam, dass so etwas heutzutage eine Rolle spielen sollte, aber auf Talgrund und in ihrer Familie tat es das. Onkel Gerhard und besonders seine Frau, Tante Angelika, hatten Jenny ein ums andere Mal zu verstehen gegeben, dass ihre Mutter und sie nicht hierher passten. Eine Zeit lang hatte Jenny das Gefühl verstört, nicht dazuzugehören, dann war sie älter geworden, hatte sich ihren eigenen Freundeskreis zugelegt, hatte irgendwann ihr Studium begonnen und gleich zwei Auslandsjahre eingelegt. In diesen Jahren war sie kaum noch nach Talgrund gekommen;

auch ihre Mutter nicht, denn sie und ihr Schwager Gerhard, der ältere Bruder ihres früh verstorbenen Mannes, der Vater, den Jenny nie kennengelernt hatte, standen einander nicht sehr nahe.

Ob Angelika immer noch diesen verkniffenen Zug um den Mund trägt?

Jenny schaute kurz in die Ferne. Trotz allem, was schwierig war, hatte sie ihren Großvater natürlich wiedersehen wollen. Sie hatte eben nur noch etwas Zeit gebraucht. Doch nun war Bruno Lenhart im hohen Alter von siebenundneunzig Jahren gestorben. Wahrscheinlich sollte das niemanden überraschen, doch Jenny hatte es überrascht. Ihr Großvater hatte auf sie stets gewirkt, als würde er ewig leben. Zum Schluss aber, so hatte Desirée in ihrem letzten Brief, der Einladung, die sie nun alle wieder hierherführte, geschrieben, war es schnell gegangen. Und dann hatte sie mit einem kleinen Abstand unter ihre Zeilen hinzugefügt: »Bitte komm, auch wenn es dir schwerfällt. Ich schreibe dir das, weil wir Freundinnen sind, aber ganz ehrlich, ich fürchte mich vor den anderen.«

Die anderen. Jenny schluckte. Die anderen, das waren Onkel Gerhard, Brunos ältester Sohn, Tante Angelika, seine Ehefrau, der Sohn Ansgar ... Und Sam natürlich, der Enkel von Brunos bestem Freund Georg, vor dem sich Desirée sicher nicht fürchtete.

Ach, warum habe ich mich nicht überwunden und Opa Bruno zumindest noch einmal besucht? Ihre Mutter Medea hatte sie doch extra angerufen, als er vor sechs Wochen gestürzt war, und gesagt, dass sie zwischen zwei Konzerten einen Abstecher zu ihm machen würde, ob Jenny nicht dazustoßen wolle? Wieder etwas später hatte sich Desirée gemeldet, aber so weinen müssen, dass sie kaum ein verständliches Wort herausbekommen hatte, obgleich Jenny natürlich verstand, dass Bruno gestorben war.

Da hatte sie sich wieder daran erinnert, wie viel Zeit sie früher bei Bruno verbracht hatte, denn ihre Mutter verdiente ihren Lebensunterhalt mit Konzertauftritten und hatte sie oft nicht mitnehmen können. Medea spielte klassische Gitarre, seit sich Jenny erinnern konnte, hatte ihre eingeschworenen Fans und war in bestimmten Kreisen sehr bekannt. Besonders in den Ferien oder im Sommer war sie oft unterwegs gewesen und dann hatte Bruno auf seine Enkelin aufgepasst. Damals waren auch Angelika und Sohn Ansgar in jeden Ferien da gewesen und Gerhard war oft zu den Wochenenden dazugekommen, schließlich leitete er eine erfolgreiche Firma und hatte seine Verpflichtungen. Später, mit dem Älterwerden, war Jenny öfter alleine geblieben, und ihre Mutter war noch häufiger auf Tour gegangen.

»Auch ich muss an meine Rente denken«, hatte sie gesagt. Damals hatte sie auch begonnen, Konzerte auf Kreuzfahrten zu geben. Medea war das gleich, solange sie ein Publikum hatte und spielen konnte. Sie spielte einfach überall mit Leidenschaft. Jenny fand das bewundernswert.

Ach, Opa Bruno … Sie seufzte. Jetzt waren sie also alle zur Planung der Beisetzung eingeladen worden und zur Testamentseröffnung natürlich, sie alle, die sich seit Jahren nicht wirklich gesehen hatten, sie alle, die sich seit Langem nicht verstanden …

Ich muss weiterfahren.

Jenny erinnerte sich plötzlich daran, dass auch ihre Mutter hier oben immer angehalten hatte, als müsse sie sich auf den Käfig vorbereiten, den sie betreten wollte. Offenbar hatte sie diese Gewohnheit übernommen. Medea hatte an dieser Stelle meist auch noch einmal ihre Frisur gerichtet, dabei hatte sie noch zu Hause darauf bestanden, dass es ihr ganz gleich war, was insbesondere Gerhard und Angelika zu ihren Haaren sagten. Dafür hatte sie dann aber auch ihre Lippen im tiefsten Rot nachgezogen – solche Farben trug eine Dame nicht, fand Angelika –, während Jenny sich einfach auf ihren Opa und Talgrund gefreut hatte.

Jenny überprüfte ihren neuen Kurzhaarschnitt im Spiegel. Ob Sam schon da war, fragte sie sich, und wie es ihm wohl in den letzten Jahren ergangen war? Es war lange her, dass sie sich aus dem Blick verloren hatten. Die Zeit war reif, dass sie endlich miteinander redeten.

Onkel Gerhard und Angelika mussten kurz vor ihr eingetroffen sein, denn ihr großer BMW X2 stand da, und die Türen zum Haupthaus waren noch geöffnet. Offensichtlich war man gerade noch inmitten der Begrüßung. Im ersten Moment sah Jenny nur Desirée, die ihr einen dankbaren Blick zuwarf. Als Nächstes machte sie im Schatten des Eingangs einen Mann im dunklen Anzug aus, an seiner Seite eine hagere Frau im dunklen Kostüm. Die beiden hatten sich wirklich nicht verändert.

»Es ist erschreckend«, hörte Jenny Gerhards Stimme, als sie näher kam. »Es war so überraschend, auch wenn Vater ein wirklich gesegnetes Alter erreicht hat, für das wir alle dankbar sind. Mein herzliches Beileid zum Verlust, Desirée.«

»Danke, Gerhard, dir auch. Ich weiß, wie viel dir dein Vater bedeutet hat. Er hat auch oft von dir geredet.«

»Ach ja?«, rutschte es Gerhard heraus. Dann räusperte er sich, als fürchte er, zu viel preisgegeben zu haben.

Desirée warf Jenny einen weiteren Blick zu. Onkel Gerhard und Angelika betraten das Haus, ohne sich noch einmal umgesehen zu haben, entweder, weil sie Jenny nicht bemerkt hatten, oder sie nicht hatten bemerken wollen. Dafür kam ihr Desirée entgegen. »Jenny!«, rief sie, um dann etwas leiser hinzuzufügen: »Du kannst dir nicht vorstellen, wie dankbar ich bin, dich zu sehen. Ich dachte schon, du kommst später, am Ende erst morgen wie Medea.«

Die beiden Frauen nahmen sich spontan in die Arme, dann zuckte Desirée zurück. Jenny lächelte.

»Ich habe einen Coronatest gemacht.«

»Ich auch.« Desirée erwiderte das Lächeln. »Ich bin es einfach schon sehr gewohnt. Wir waren sehr vorsichtig in den letzten Monaten, Bruno und ich …« Jenny nickte. Mit ihren vierunddreißig Jahren war Desirée zwei Jahre jünger als Jenny. Anfangs hatte Jenny das durchaus seltsam gefunden. Schließlich hatte die Heirat Desirée streng genommen zu ihrer Großmutter gemacht, aber sie hatten bald entschieden, dass Jenny weder Desirées Enkelin war, noch die ihre Oma.

»Es tut mir wirklich leid, dass ich so selten da war, Desirée, aber irgendwie schaffte ich es nicht.«

Desirée lächelte. »Reden wir nicht darüber. Es war für alle schwierig, besonders in letzter Zeit, mit den Lockdowns und so. Du hattest deine Gründe, da bin ich mir sicher.«

Jenny überlegte, ob sie etwas darauf sagen sollte. Dann nickte sie einfach kurz. Nicht alles ließ sich in ein paar kurzen Worten erklären. Es würde andere Gelegenheiten geben.

»Folgen wir den anderen?«, fragte Desirée sie.

»Klar. Ich freue mich, dich zu sehen, Desi.«

Desirée schmunzelte über den Kosenamen. Man sah der jungen Witwe die Erleichterung über ihr Eintreffen immer noch sehr deutlich an und Jenny konnte das gut nachvollziehen. Es war nicht leicht für Desirée gewesen, als sie Bruno vor elf Jahren geheiratet hatte. Keinesfalls hatte die Familie die *Erbschleicherin* mit offenen Armen empfangen. Und ja, natürlich war die Sache etwas klischeehaft verlaufen. Als Jenny zum ersten Mal von Desirée gehört hatte, war auch sie misstrauisch gewesen: Nach einer schweren Lungenentzündung hatte Bruno intensiverer Pflege bedurft. Da war Desirée gekommen, um ihn zu unterstützen. Sie hatte ihm den Haushalt geführt. Sie hatte gekocht. Die beiden waren sich nähergekommen. Zuerst waren sie nur gute Freunde gewesen, irgendwann war daraus Liebe erwachsen.

»Ich weiß, wie das aussieht«, hatte Desirée einmal während eines von Jennys seltenen Besuchen gesagt. »Er ist über sechzig Jahre älter, aber wir lieben uns einfach. Da ist nicht mehr, nur Liebe.«

Die beiden Frauen umarmten sich noch einmal.

»Jetzt komm aber«, sagte Desirée dann. »Ich muss ja noch allen die Zimmer zeigen. Dann können wir uns noch etwas ausruhen. Um zwölf Uhr gibt es Mittagessen.«

Desirée hatte im Esszimmer decken lassen. Das Mittagessen war noch von der langjährigen Haushälterin und Köchin, Frau Schwan, zubereitet worden, die sich nach der Begrüßung auch gleich von allen verabschiedete, denn Desirée hatte ihr auf eigenen Wunsch ein paar Tage freigegeben.

»Dieser Moment gehört der Familie«, erklärte Frau Schwan entschlossen. »Ich will da nicht stören. Sie brauchen jetzt Zeit füreinander. Das verstehe ich schon.«

»Oh, das tut mir aber leid«, sagte Jenny, während sie Frau Schwan zum Abschied die Hände schüttelte. »Für mich sind Sie einfach Teil von Talgrund. Wenn Sie nicht da sind, fehlt etwas, und Ihre Küche …«

»Keine Sorge, Sie wissen sicherlich, dass Frau Lenhart ebenfalls eine ausgezeichnete Köchin ist. Es wird Ihnen gewiss an nichts fehlen. Und ich werde endlich eine alte Freundin in Hamburg besuchen, die Gegenwart Gegenwart sein lassen und über die Zeit reden, als wir noch jung waren. Ich freue mich schon sehr.«

Jenny lächelte, während ihr durch den Kopf schoss, dass Frau Schwan *diesen Moment* vielleicht auch einfach nicht mit einer Familie verbringen wollte, die doch sehr entschlossen miteinander zerstritten war.

»Da ich aber auch glaube, dass Frau Lenhart viel zu tun haben wird«, ließ sich Frau Schwan weiter hören, »habe ich den Kühlschrank, die Eisfächer und die Vorratskammern gut gefüllt. Alles in allem sind Sie ja nicht ewig hier, aber es wird Ihnen so gewiss auch an nichts mangeln«, endete die ältere Frau mit einem Lächeln. »Und Sie müssen meine Küche auf diese Weise nicht vollkommen missen, Jenny.« Jenny erwiderte Frau Schwans Lächeln aus tiefstem Herzen.

»Vielen Dank, Frau Schwan, das hört sich gut an.«

»Und wer soll das alles für so viele Leute zubereiten?«, mischte Angelika sich ein.

»Das kriegen wir schon hin, oder hast du zu Hause ständig Personal?«, entschlüpfte es Jenny, die sich im nächsten Moment am liebsten auf die Zunge gebissen hätte. »Tut mir leid«, murmelte sie. Offenbar reizte sie Tante Angelikas Gebaren immer noch zu unüberlegten Äußerungen. Dabei hatte sie gedacht, sie sei darüber hinweg. Angelika zog eine Augenbraue hoch.

»Wir als Familie sind eben gewisse Standards gewohnt, nicht wahr, Gerhard?«, wandte sie sich dann an ihren Mann.

»Ja, das sind wir«, erwiderte der knapp, während Jenny sehnsüchtig Desirée hinterherschaute, die Frau Schwan zur Tür brachte. Als Desirée wenig später das Esszimmer wieder betrat, inspizierte Angelika gerade die Gedecke. Jenny sah, wie sich Desirées Schultern bewegten, so tief atmete sie bei diesem Anblick durch.

»Wo ist eigentlich Ansgar?«, fragte sie dann.

»Er konnte sich nicht freinehmen«, sagte Gerhard.

»Es tut ihm sehr leid«, setzte Angelika hinzu. »Er stand seinem Großvater ja sehr nahe.«

Jenny konnte sich an nichts dergleichen erinnern, schwieg aber. »Ich werde dann mal die Suppe holen«, sagte Desirée unvermittelt in die Stille hinein. Jenny begleitete sie kurz entschlossen und trug den Korb mit frischem Brot auf dem Rückweg. Angelika bot sich mit plötzlich betont guter Laune an, jedem aufzutun. Auf die leckere, klare Brühe mit zarten Grießklößchen folgten ein exquisites Gulasch mit Spätzle und als Nachtisch Wackelpudding.

»Na, das ist aber ein kleiner Dämpfer«, bemerkte Angelika, während sie einen winzigen Löffel der Nachspeise zu sich nahm.

»Ich mag es«, gab Desirée zurück. Zum ersten Mal klang ihre Stimme schärfer und durchaus ein wenig trotzig.

»Ja, hm, das mag wohl so sein, allerdings …«

Desirée und Jenny wechselten einen Blick. Jenny biss sich auf die Lippen, fest entschlossen, sich zu beherrschen.

Für den Rest des Mittagessens wurde nicht viel geredet. Nur Gerhard stellte einige Fragen, bemüht, Interesse zu zeigen. Die Antworten fielen eher einsilbig aus. Gegen Ende trugen Jenny und Desirée gemeinsam das Geschirr ab.

Nachdem sie die Geschirrspülmaschine schweigend eingeräumt hatten, lehnte sich Desirée rücklings gegen die Arbeitsplatte. Jenny dachte, dass sie sehr hübsch aussah in ihrem schwarzen Kaschmirpullover zu schmalen, schwarzen Hosen und Chelsea Boots. Ihr Haar war zu einem Long Bob geschnitten, die blauen Augen leuchteten im Kontrast zu der dunklen Haarfarbe und der durchscheinend hellen Haut katzenartig. Sie ist wirklich eine verdammt schöne Frau, fuhr es Jenny durch den Kopf.

»Puh.« Desirée räusperte sich. »Ich habe es mir leichter vorgestellt.«

»Es lief bislang doch eigentlich ganz gut.«

»Findest du?« Desirée sah sich überdeutlich in der Küche um. Dann fuhr sie fort: »Für Gerhard und Angelika ist das hier ja mein eigentlicher Platz, das ist mir während des Mittagessens wieder einmal sehr bewusst geworden.«

»Für mich nicht.«

»Ich weiß.«

»Ich bin wirklich froh, dass Bruno dich kennengelernt hat.«

»Das war nicht immer so, oder?« Desirée schaute sie jetzt unverwandt an. Da war dieser Moment, in dem sich Jennys Magen kurz zusammenzog.

»Nein, aber ich kann zugeben, dass ich mich geirrt habe.«

Ja, sie war zuerst durchaus misstrauisch gewesen, aber das Misstrauen war verflogen, nachdem sie Desirée näher kennengelernt hatte. Über die Heirat hatte sie sich dann, anders als Gerhard und Angelika, bereits sehr gefreut. Großvater hatte sehr glücklich gewirkt. Zweifelsohne hatte Desirée sein Leben nach Jahrzehnten als Witwer noch einmal zum Positiven verändert. Rückblickend hatte sie auch nie den Eindruck gehabt, dass Bruno und seine erste Frau Herlind gut harmoniert hatten. Die beiden hatten damals sehr jung geheiratet, kurz nach dem Krieg. Die Ehe hatte als gut gegolten, die Vereinigung zweier Menschen und zweier Güter, aber tatsächlich gab es heute wenige bis gar keine Spuren von ihrer Großmutter im Haus. Es war geradezu unmöglich, sich die Mutter von Gerhard und ihrem Vater Robert vorzustellen. Herlind war damals kurz nach Roberts schrecklichem Unfall gestorben. Manche glaubten, so wusste sie von Medea, sie habe den Verlust ihres jüngsten Sohnes nicht ertragen. Jenny straffte den Rücken und lächelte Desirée an: »Gehen wir zurück?«

»Das müssen wir wohl, sonst suchen sie noch nach uns.«

»Da wäre ich mir nicht so sicher.«

Desirée starrte sie für einen Moment fassungslos an, dann grinste sie. »Du hast recht. Wahrscheinlich wären sie froh, wenn wir uns in Luft auflösen, uns irgendwo hier verlaufen und niemals wieder gefunden würden.«

Die anderen hatten sich mittlerweile in den Salon zurückgezogen. Gerhard saß in Brunos Sessel, erhob sich jedoch sofort wieder daraus, als Jenny und Desirée eintraten. Angelikas Gesichtsausdruck zeigte, dass sie gerne anderes von ihm gesehen hätte.

»Darf ich noch etwas anbieten? Einen Digestif?«, erkundigte sich Desirée.

»Nein danke«, gab Angelika zurück. »Ich finde ja, dass es für Alkohol jedweder Art noch etwas früh am Tag ist.«

Jenny wandte sich kurz zum Fenster, damit niemand ihr Augenrollen sah. Angelika nutzte aber auch jede Gelegenheit zu sticheln. Als sie sich zurückdrehte, fand sie, dass Gerhard etwas enttäuscht aussah, aber auch er lehnte entschlossen ab.

»Jenny?«

»Für mich auch nicht, danke, Desirée«, sagte Jenny. »Später aber gerne.«

Wieder stockte das Gespräch. Jenny machte sich gerade besorgt Gedanken darum, was sie wohl die nächsten Stunden miteinander anfangen würden, als draußen das Geräusch eines Motorrads zu hören war. Sie sprang auf.

»Da kommt jemand.«

Die anderen hatten es auch gehört. Gerhard erreichte das Fenster als Erster: »Das ist dieser Sam.«

»Georgs Enkel«, fügte Angelika hinzu, und in ihrer Stimme lag alle Ablehnung, zu der sie fähig war.

Sam war bereits von seinem Motorrad abgestiegen und gerade dabei, den Helm abzunehmen, als sie sich wieder einmal an der Tür versammelten. Desirée lief die Treppe herunter und stand nun auf der untersten Stufe, ganz offensichtlich so weit entfernt von Gerhard und Angelika wie möglich. Jenny nahm kurz entschlossen den Platz zwischen ihr und den beiden auf der mittleren Treppenstufe ein. Ihr Herz klopfte etwas schneller, als Sam zu ihnen herübersah. Zögerte er etwa, als er sie sah? Erinnerte er sich auch? Sein Haar war kürzer, als sie es vom letzten Treffen erinnerte und doch länger als ihres und ganz sicher länger, als es Angelika angemessen empfand, denn die presste bereits wieder missbilligend die Lippen aufeinander. Vielleicht war es ihrer Tante aber auch einfach nicht möglich, etwas anderes auszudrücken als Abneigung und Kritik. Sie mochte Sam nicht, weil sie Brunos Freundschaft mit ihm und seinem Großvater Georg missbilligte, daraus hatte sie nie ein Hehl gemacht. Sie fand diese Verbindung unpassend. Jenny selbst war in den Augen ihrer Tante vielleicht ein Bastard, Sam aber war lediglich der Enkel von Brunos bestem Freund, und der war Zeit seines Lebens nichts als ein Knecht auf Talgrund gewesen. Zwar hatten die beiden als Kinder miteinander gespielt, dass man sich aber später einmal mit so jemandem abgeben musste, gar mit ihm an einem Tisch saß, widerstrebte ihrer Tante zutiefst.

Sam legte den Helm auf dem Sattel ab und kam zur Treppe, um alle zu begrüßen. Er trug dunkle Motorradkleidung mit Leuchtstreifen. Außer einem mittelgroßen Rucksack hatte er kein Gepäck dabei. Ein warmes Gefühl breitete sich in Jenny aus, welches sie für einen Moment verwirrte. Sie war sich nicht sicher gewesen, was sie empfinden würde, wenn sie ihn sah, aber jetzt paarten sich erwartungsvolle Unsicherheit mit Freude. Ja, sie freute sich tatsächlich, ihn zu sehen. Vielleicht waren sie beide alt genug geworden und die Zeit heilte

Wunden. Sam hatte die anderen begrüßt und kam auf sie zu.

»Schön, dich zu sehen, Jenny. Ich hatte sehr gehofft, dass du hier bist.«

»Hallo, Sam! Klar bin ich das.« Sie war erstaunt, dass er sich offenbar nicht sicher gewesen war. Für einen Moment standen sie beide voreinander und wussten nicht, was sie tun sollten. Sam machte eine ungelenke Bewegung, sie machte ebenfalls eine, dann hielten sie sich kurz in den Armen. Sie hätte es nicht gedacht, aber die Berührung tat gut. Dennoch brachte sie auch Erinnerungen zurück.

Nach der Begrüßung verschwand Sam in seinem Zimmer, kehrte aber wenig später in Jeans und einem dunklen Wollpullover zurück und bat darum, sich von Bruno verabschieden zu dürfen. Desirée teilte ihm mit, in welchem Raum die Urne aufgestellt war. Jenny schloss sich spontan an und war ziemlich erleichtert, dass Angelika vermelden ließ, Gerhard und sie wollten die Gelegenheit später alleine nutzen.

»Gerhard ist Brunos Erstgeborener«, stellte Angelika in den Raum. Keiner sagte etwas darauf. Nachdem die beiden das Zimmer verlassen hatten, entschuldigte sich Desirée ebenfalls, und Jenny folgte Sam. Irgendwie fühlte es sich richtig an, dies mit ihm gemeinsam zu machen. Es hatte eine Zeit gegeben, in der sie viel gemeinsam gemacht hatten. Er hatte ihr immer das Gefühl gegeben, hier ein wenig willkommener zu sein. Dabei war nie Bruno, der Patriarch, das Problem gewesen war, sondern immer nur Gerhard und vor allem Angelika, ihr eigener Onkel und ihre Tante, doch daran wollte sie nicht denken.

Man hatte die Urne in Großvaters privatem Büro aufgestellt. Es war dämmrig, doch der silberfarbene Behälter und ein Strauß weißer Lilien auf dem Schreibtisch waren leicht auszumachen und ließen sie beide innehalten.

Jenny spürte, wie sich ihre Stirn runzelte, und sie versuchte, sich wieder zu entspannen. Wie oft hatte sie Großvater dort sitzen sehen. Er hatte Talgrund bis ins hohe Alter selbst verwaltet, und es war ein seltsamer Anblick, seine Urne eben genau dort zu sehen, wo er so oft gesessen hatte. Aber wahrscheinlich hatte er sich das genau so vorgestellt.

In den letzten Jahren hatte Bruno stets von diesem Anblick erzählt, wenn sie denn einmal da gewesen war und ungefähr genauso oft hatte Desirée ihn eindringlich gebeten, es nicht zu tun. Und dann hatte Bruno sie umarmt und gesagt: »Mir ist immer klar gewesen, dass unsere Zeit begrenzt sein wird, aber wir machen das Beste daraus. Findest du nicht?«

»Natürlich.«

»Du bist jedenfalls das Beste, was mir je passiert ist.«

Sams Stimme riss Jenny aus den Gedanken.

»Willst du da in der Tür stehen bleiben?«

»Eigentlich nicht.« Jenny gab sich einen Ruck. In Großvaters Büro roch es immer noch nach den Zigarren, die er selbst seit gut zehn Jahren nicht mehr rauchte. Zur Hochzeit hatte er die Letzte angesteckt. Desirée hatte ihn gebeten aufzuhören. Sie mochte keine Zigarren.

Jenny machte ein paar Schritte, blieb wieder stehen. Ihr Blick huschte unwillkürlich zu den Gemälden an den Wänden, wie früher als Kind, und sie war froh, dass sie ihren Großvater noch nach ihnen hatte fragen können. Eines zeigte die Mühle, als sie noch in Benutzung gewesen war. Außerdem gab es Fotos der früheren Besitzer und der Knechte und Mägde, die auf Talgrund gearbeitet hatten. Auf einem befanden sich gut fünfzig Leute mit inzwischen verblichenen Gesichtern vor dem Gutshaus aufgereiht. Bei manchen konnte man ein Lachen erkennen, andere schauten tiefernst.

Sam räusperte sich. »Ich hoffe, es ist nicht zu schwer für dich, hier zu sein. Ich habe mich nämlich sehr auf dich gefreut und würde es bedauern, wenn es dir nicht gut damit geht.«

Jenny beschloss, ehrlich zu sein. Wem gegenüber sollte sie das auch sonst sein? Desirée wollte sie nicht belasten, die hatte es schwer genug, Sam aber … Sie hatte auf der Fahrt schon über sich beide nachgedacht. Sie hatte sich vorgestellt, wie es sein würde, ihm gegenüberzustehen, ob sie sich fremd fühlen würde, oder …

Ich habe mich nicht fremd gefühlt.

Ihr Blick wanderte von seinen breiten Schultern unter dem Pullover über seine langen Beine zu den ausgetretenen Turnschuhen, die er inzwischen anstelle der Motorradstiefel angezogen hatte. Als ihr Blick wieder sein Gesicht fand, sah er sie erwartungsvoll an.

Hatte sie ihn gerade angestarrt? Sie gab sich einen Ruck.

»Leicht ist es mir nicht gefallen, das muss ich schon sagen.«

»Das dachte ich mir.« Er musterte sie noch eingehender. »Wenn du reden willst …?«, setzte er dann vorsichtig hinzu.

»Melde ich mich. Versprochen. Es ist eigentlich aber auch schon lange her, nicht wahr? Wir haben uns alle geändert, sind älter geworden …«

Sie fand, dass es klang, als habe sie ihre Haltung zurückgewonnen. Er lachte leise. »Oje. Das klingt …«

»Keine Sorge.« Sie hörte sich ebenfalls lachen und war erstaunt. Dann schauten sie beide wieder zu der Urne hin.

»Kaum vorstellbar, dass der große Kerl da drin steckt«, murmelte Sam nach einer Weile nachdenklich.

Jenny nickte. Er hatte recht, und sie war in diesem Moment froh, dass Angelika nicht da war, um bei seinen Worten missbilligend die Augenbrauen zu heben und so zu tun, als läge ihr wirklich etwas an Bruno.

Die Gespräche am Abendbrottisch drehten sich hauptsächlich um das Testament, das man wohl am nächsten Tag kennenlernen würde, und ein wenig um Brunos späte Hochzeit.

»Nichts für ungut, Desirée«, sagte Angelika. »Ich mag dich inzwischen, aber du musst doch auch einsehen, wie das damals für uns aussah. Musstet ihr unbedingt heiraten? Konnte es nicht auch um Freundschaft gehen?«

Nach einem Augenblick betretenen Schweigens war Gerhards Stimme zu hören: »Angelika, also wirklich!«

Angelika warf ihrem Mann einen wütenden Blick zu.

»Ich spreche nur aus, was mancher denkt. Ich kann mir wirklich nicht vorstellen, dass wir die Einzigen sind. Der Altersunterschied dürfte jedem aufgefallen sein.«

»Von denen, die hier sind, seid ihr wahrscheinlich schon die Einzigen«, platzte Jenny heraus. O Gott, eigentlich hatte sie sich besser beherrschen wollen. Sie hatte schon auf der Fahrt hierher viel darüber nachgedacht, und sie war letztendlich ziemlich überzeugt gewesen, dass ihr das gelingen würde. Schließlich war sie kein empfindsamer Teenie mehr. Offenbar hatte sie sich geirrt. Sie schämte sich. Waren sie nicht alle hier versammelt, um den Abschied von Großvater zu planen und sein Leben zu feiern? Sollten sie sich wirklich nur um sich selbst drehen? Das hier war wirklich kein Ort, sich zu streiten.

Oh Mann, dieser Teil der Familie bringt einfach das Schlimmste in mir hervor!

Allerdings fragte sie sich auch, was Angelika dazu brachte, solche Dinge zu sagen. Ging es hier denn ständig um Geld? Natürlich war allen bewusst, dass Großvater ein beträchtliches Vermögen hinterlassen haben musste, aber sie vermisste ihn wirklich ... Traf das auch auf Gerhard und Angelika zu? Die beiden saßen Seite an Seite. Jenny warf ihnen einen verstohlenen Blick zu. Hatte Medea nicht kürzlich fallen lassen, dass die Dinge in Gerhards Firma zeitweilig nicht so gut gelaufen waren? Hatten sie vielleicht Geldsorgen, von denen sie sich durch Großvaters Erbe zu befreien hofften? Jenny hatte, je älter sie wurde, eigentlich ohnehin immer den Eindruck gehabt, dass sie ein wenig über ihre Verhältnisse lebten. Hatte Desirée nicht auch einmal angedeutet, dass Bruno ihnen hin und wieder unter die Arme greifen musste? Gerhard hatte das offenbar als Vorauszahlung des Erbes gesehen, das ihm ohnehin zustand. Jenny schenkte sich noch etwas von dem leckeren frischen Pfefferminztee ein, der so typisch für Talgrund war. Fast hatte sie das vergessen, nun brachte auch der Geruch Erinnerungen zurück.

Desirée räusperte sich. »Ich weiß, dass du denkst, ihr solltet hier wohnen, Angelika«, sagte sie dann, während Jenny sich darauf verlegte, noch einmal Brot in der Runde anzubieten. »Aber die Hochzeiten des Guts sind tatsächlich vorbei, und es ist inzwischen so viel kaputt, dass das Leben hier nicht immer angenehm ist. Kurzum, es muss einiges getan werden, und ich bin mir noch nicht sicher, wie ich das anpacken werde.«

Angelika reckte ihre Schultern. »Das ist es, was du eben nie verstehen wirst. Man lebt hier mit dem Herzen, darum geht es. Hier sind unsere Wurzeln. Du bist nur angeheiratet. Du kennst das nicht, wenn man fest mit der Scholle verbunden ist. Diese besondere Beziehung zu Land und Leuten …«

»Ist das bei dir anders?«, mischte sich Jenny ein. »Du hast ebenso eingeheiratet.«

»Ach Jenny, aber ich komme aus der Gegend, und ich habe sogar noch den Senior kennengelernt, den alten Siegfried Lenhart, Brunos Vater, ein Bild von einem Mann aus echtem Schrot und Korn. *Er* hat mich damals persönlich in der

Familie willkommen geheißen. Er hat mir vom ersten Tag an gezeigt, dass ich hierhergehöre.« Angelika warf einen hochmütigen Blick in die Runde. Desirée legte das Besteck ab. Sie lächelte, aber es war unübersehbar, dass es ihr schwerfiel. »Ich bitte euch. Lasst uns den ganzen Streit für diesen Moment einstellen, ja? Mein Mann, euer Vater, Großvater und guter Freund ist tot. Das sollte uns doch allen etwas bedeuten. Bitte hört auf. Das hätte er sich gewünscht.«

»Desirée hat recht.« Gerhard lächelte ihr zu. Die nickte dankbar zurück. Jenny dachte wieder an gute Zeiten mit ihrem Onkel, an gemeinsame Urlaube in Talgrund. Es war nicht alles schlecht gewesen, oder? Es gab ohne Zweifel auch gute Momente mit dieser Familie. Nur später hatten sie einander aus den Augen verloren, aber sie wollte die Zeit gerne nutzen, allen wieder näherzukommen.

»Wo ist eigentlich deine Mutter, Jenny, wo ist meine liebe Schwägerin?«, fragte Gerhard jetzt. »Wollte sie nicht auch hier sein?«

»Doch. Sie ist auf Konzerttour in den USA und reist direkt von dort an. Sie hat leider keinen früheren Flug bekommen.«

»Ach ja«, Gerhard runzelte die Stirn. »Immer zu spät, sogar heute. Aber ich kann nicht sagen, dass ich überrascht bin. Das passt zu ihr. Meinem Bruder und ihr hat die Familie eigentlich nie etwas bedeutet. Deine Eltern haben Talgrund beide immer eher als Klotz am Bein empfunden, nicht wahr? So ist das eben. Nicht jeder kennt seinen Platz.«

Der Rest des Abendessens verlief schweigend.

Gegen elf Uhr abends befand sich Jenny alleine auf dem Weg zu ihrem Zimmer, als sich unerwartet die Tür zum Salon öffnete.

»Pst.« Desirée winkte ihr zu. »Trinkst du jetzt noch was mit mir? Ich muss noch ein bisschen runterkommen, oder ist es nun zu spät für Alkohol? Nicht, dass Angelika etwas auszusetzen hat.«

Jenny blieb stehen. »Gerne«, sagte sie. Zwar war auch sie müde, aber es würde guttun, etwas mit Desirée zusammen zu sein und zu quatschen.

Einen Augenblick später saßen sich die beiden Frauen in zwei Sesseln gegenüber, die vor den fast bodentiefen Fenstern dieses Raumes standen. Desirée hatte Whiskey ausgeschenkt und die Beine unter der feinen Kaschmirdecke eng an den Körper gezogen. Jenny dachte, dass sie noch schmaler und zerbrechlicher wirkte als sonst, aber sie wusste, dass Desirée auch sehr zäh war. Als Jenny den ersten Schluck zu sich nahm, prasselte der erste heftige Regenschauer gegen die Scheiben, der sich schon seit dem frühen Abend angekündigt hatte. Desirée sah nach draußen.

»Komisch, ich habe damit gerechnet und bin doch überrascht.«

»Na ja, bei den dauernden Wolken hat man irgendwann mal den Eindruck, dass da doch nichts mehr kommt«, pflichtete Jenny ihr bei, während sie ihr Glas auf dem kleinen Couchtisch abstellte. Ein kurzer, heftiger Windstoß ließ die etwas weiter entfernt, am Ende der offenen Rasenfläche stehenden Zypressen hin und her schwanken, dunkle Umrisse vor schwarzem Himmel. Großvater hatte sie von einer Italienreise mitgebracht, die er kurz nach dem Tod seines jüngsten Sohnes und seiner Ehefrau unternommen hatte. Offenbar hatten sie diese Reise seit Längerem gemeinsam geplant gehabt, aber immer wieder aufgeschoben. Medea hatte ihr davon erzählt, als sie älter gewesen war. Ob es Herlind gefallen hätte? Auf den wenigen Fotos, die es von ihr gab, wirkte sie blass und streng. Natürlich hatte es Gerede darüber gegeben, dass Bruno so kurz nach den Beerdigungen aufgebrochen war. Später hatte es dann Gerede über die Bäume gegeben. Zypressen passen nicht hierher, sagten einige. Aber von so etwas hatte sich Bruno nie beeindrucken lassen. Auch das hatte sie an ihm bewundert. Wenn er etwas wollte, ließ er sich davon nicht abbringen. Er war ein starker Charakter gewesen; jemand, auf den man sich verlassen konnte.

Das Leben ist zu kurz für Zweifel, hatte er einmal zu ihr gesagt, und auch die beste Entscheidung fällt man manchmal zu spät.

Als sie wieder zu Desirée hinsah, hing deren Blick gerade an den großen Gemälden, die die den Fenstern gegenüberliegende Wand schmückten. Beide stammten aus dem siebzehnten Jahrhundert. Vielleicht zeigten sie erste Bewohner des Guts. Auf einem war ein Mann zu sehen, auf dem anderen eine Frau mit scharf geschnittenen Gesichtszügen, die fast ein wenig exotisch anmuteten, und einem glänzenden, gemusterten Turban auf dem Kopf. Susannah Goldstein war unten auf dem Bild vermerkt. Jenny wusste nicht, ob Susannah in irgendeinem Verwandtschaftsgrad zur Familie stand, und irgendwie hatte sie es versäumt, danach zu fragen.

»Glück mit dem Krieg. Unsere Vorfahren haben mit ihren Lieferungen ordentlich Geld verdient. Angefangen hat es im Dreißigjährigen Krieg mit Uniformstoffen und Lebensmitteln. Wir wären fast geadelt worden. Von Bethmann, stell dir mal vor …«, hatte Bruno auf ihre neugierige Frage geantwortet. »Na ja, insgesamt nichts, auf das man unbedingt stolz sein muss, fürchte ich. Wir waren Lieferanten.«

»Immerhin keine Waffen«, hatte sie entgegnet. Es hatte sich richtig angehört. Ihr Großvater hatte daraufhin etwas länger geschwiegen.

»Das stimmt wohl«, hatte er dann gesagt, »immerhin keine Waffen.«

»Wie denkst du über die Testamentseröffnung morgen?«, riss Desirées Stimme sie aus den Gedanken.

Jenny zuckte die Schultern.

»Viel darüber nachgedacht habe ich nicht. Nach dem heutigen Tag vermute ich, es wird spannend.«

Desirée ließ die Spitze ihres rechten Zeigefingers über den Rand ihres Glases fahren. »Nun, die Messer sind zweifelsohne gewetzt. Das hat Angelika deutlich genug gezeigt, oder?«

»Gerhard auch …«

»Ja, Gerhard … Seine Frau war deutlicher, aber eigentlich hat auch er unsere Ehe nie gutgeheißen. Wahrscheinlich hätte er jedes ihrer Worte unterschreiben können. Das ist mir sehr klar, so verständnisvoll er auch tut. Weißt du, dass er damals extra hierhergekommen ist, um die Hochzeit doch noch aufzuhalten? Als er feststellte, dass es zu spät ist, war er sehr ungehalten. Ich dachte fast, er geht auf Bruno los.«

»Nein, das wusste ich nicht. Das klingt unheimlich.«

»Es war unheimlich. Er war so wütend. Ich hatte mir nicht vorstellen können, dass er so wütend wird. Bis heute haben sie die Hochzeit nicht akzeptiert, und sie werden es nie, was auch immer sie sagen.«

»Na ja, was gibt es da zu akzeptieren? Opa Bruno war im Vollbesitz seiner Kräfte und hat eben noch einmal geheiratet. Ich kann mich jedenfalls erinnern, dass er damals sehr, sehr glücklich war. Es war einfach ein wunderschönes Fest.«

Jenny nahm einen Schluck von ihrem Whiskey. Kaum vorstellbar, dass es davor noch zu solch heftigen Auseinandersetzungen gekommen war. Desirée tat ihr leid. Sie nippte erneut an ihrem Glas. Desirée stellte lächelnd ihr Glas ab: »Danke, ich war sehr froh, dass wenigstens ihr immer an meiner Seite wart. Ich meine Sam und dich.«

»Das ist doch klar.«

»Ich hoffe wirklich«, fuhr Desirée nach einer kurzen Pause fort, »du findest es nicht zu schrecklich, wieder hier zu sein, du schwarzes Schaf.«

»Es geht schon.«

Tatsächlich hatte sie, bis auf die Hinfahrt, lange nicht mehr an die Vergangenheit gedacht und auch nicht daran, was ihre Position in Talgrunds Gefüge war. Vielleicht konnte sie sich in diesen Tagen ja darüber klar werden und dann endlich loslassen.

»Aber es kann nicht leicht sein«, beharrte Desirée.

»Ich muss mich dem eben stellen.«

»Ja.«

Wie um ihre Worte zu unterstreichen, prasselte ein neuer heftiger Regenschauer gegen die Scheiben.

Medea

New York, sechs Stunden früher

Das letzte Mittagskonzert war klein, fast intim und ein voller Erfolg gewesen. Jetzt, noch am selben Abend, saß Medea bereits im Flieger, der langsam auf die Startbahn zurollte, und hätte das Flugzeug am liebsten wieder verlassen. Bruno war tot, was sollte sie also noch in Talgrund? Warum hatte sie nur zugestimmt, an der Beerdigungsplanung und all dem Drumherum teilzunehmen, anstatt alleine und für sich von ihm Abschied zu nehmen? Ihren Schwager und dessen Frau musste sie gewiss nicht wiedersehen, bei Sam war es etwas anderes, aber für ein Treffen mit ihrer Tochter beispielsweise gab es andere Möglichkeiten. Doch ausgerechnet Bruno hatte sie vor einem halben Jahr angerufen und gesagt, dass sie zur Testamentseröffnung kommen müsse, wenn es einmal so weit sei, und sie hatte es ihm versprochen, weil das alles ja noch so weit entfernt schien.

Natürlich würde sie ihr Versprechen halten, aber Talgrund war schon immer ein schwieriger Ort für sie gewesen, und für ihre Tochter hatte es sich von Anfang an ähnlich entwickelt. Sie lebten ihr Leben anders als Gerhard und seine Familie, und der war niemals bereit gewesen, dies zu akzeptieren. Als Rob, ihr geliebter Mann, noch lebte, hatte sie sich manchmal vorgestellt, einen Schnitt zu machen und nie wieder nach Talgrund zurückzukehren, aber dann war Rob gestorben und so viel hatte sich geändert, und vielleicht wäre ein solcher Schritt auch immer zu radikal gewesen. Sie hatte Bruno schließlich geliebt.

»Du lebst ewig«, erinnerte sie sich an ihre eigene Antwort.

»Nein, das tue ich nicht«, hatte Bruno ruhig entgegnet. Da war kein Bedauern in seiner Stimme gewesen. Er hatte nur eine Tatsache festgestellt. »Und du wirst mich auf meiner eigenen Beerdigung doch nicht versetzen?«, hatte er dann augenzwinkernd hinzugefügt.

Sie hatte entgegnen wollen, dass ihn das wohl nicht zu kümmern brauchte, aber sie hatte auch verstanden, was er meinte. Medea schaute noch einmal aus dem Fenster und sah in der Dämmerung blinkende Lichter und hier und da einen schemenhaften Umriss. Es hatte den ganzen Tag über nach Regen ausgesehen, aber bisher tat sich nichts. Weil sie nicht wusste, was sie sonst tun sollte, und um ihre Aufregung etwas zu zügeln, blätterte sie erneut in der Mappe mit ein paar Zeitungsausschnitten und mehr Internetausdrucken, die ihre Agentin ihr zugeschickt hatte. Früher war das Verhältnis umgekehrt gewesen, doch heute starben immer mehr Zeitungen. So nannte man das. Die Tournee war erfolgreich gewesen und es gab schon Anfragen für weitere Konzerte, dieses Mal in Europa. Es war wirklich schon lange nicht mehr so gut gelaufen, auch wenn sie sich stets auf ihre eingeschworene Fangemeinde verlassen konnte. Manche Konzerte waren fast familiär.

Das *Fasten-your-seat-belt*-Zeichen leuchtete endlich auf. Es ging los und Medeas Gedanken wanderten zurück zu ihrem Ziel. Nein, es würde definitiv nicht leicht sein, nach Talgrund zurückzukehren. Da waren die Erwartungen, die an Jenny und sie gestellt wurden und die sie nicht erfüllen konnten, da war die Last, die mit den Ahnen zusammenhing, und natürlich das schwierige Verhältnis zu ihrem Schwager und seiner Familie. Als sie gerade zusammengekommen waren, hatte Rob erzählt, dass ihn manche um diesen Wohnort beneideten, vor allem einer der älteren Lehrer: »Es muss guttun, Teil einer solchen Tradition zu sein«, pflegte der immer zu sagen.

Aber eigentlich hatte Rob niemals Teil einer solchen Tradition sein wollen. Niemand hatte ihn gefragt und was bedeutete das überhaupt? Rob hatte es stets verabscheut, dass seine Familie Geld am Krieg verdient hatte, dass sie auf diese Weise nach oben gekommen waren …

Das Flugzeug setzte sich endlich in Bewegung. Medeas Finger umklammerten die Armlehnen. Sie war schon so oft geflogen, aber verdammt, sie hatte immer noch Angst. Das würde wohl leider niemals vergehen. Drei Kreuze, wenn sie in London ankam.

4

Sommer 1941

Die neuen Fremdarbeiter, die den kriegsbedingten Verlust der Arbeitskräfte auf Talgrund ausgleichen sollten, trafen Anfang der Woche spät abends bei strömendem Regen ein. Leni war noch wach gewesen. Tagsüber hatte sie wieder einmal vorgegeben, unter einem schon mit dichten Wolken dräuenden Himmel, wichtige Besorgungen im nahen Ort zu machen und die Zeit genutzt, um Herrn Himmelreich zu besuchen. Ihre Mutter sah das nicht gerne. Natürlich hatte sie Herrn Himmelreich ein paar Kleinigkeiten aus der Speisekammer mitgebracht, ein geringer Gegenwert zum Eigentum der Goldsteins, das ihr Onkel bis zur Wiederkehr der Familie in einem der Kellerräume aufbewahrte und wohl auch so lange für seine Zwecke zu nutzen gedachte. Sie wusste das. Seit Esther gegangen war, war sie kein Kind mehr. Ihr Onkel hatte nicht nur aus gutem Willen gehandelt, die Sache musste auch ihren Vorteil haben.

Der alte Mann hatte sich bedankt. Nachdem er sein Zimmerchen vorübergehend mit zwei weiteren Männern geteilt hatte, lebte er inzwischen wieder alleine.

»Man hat sie abgeholt. Mich«, hatte er schulterzuckend, mit halbem Lächeln festgestellt, »hat man wieder vergessen.«

Er wusste inzwischen, dass er sie nicht schonen musste und berichtete, dass man mittlerweile alle Juden aus der Umgebung von Mainz in die städtischen, völlig überfüllten Judenhäuser gebracht hatte.

Lenis Gedanken wanderten zurück zu den Fremdarbeitern. Drei Polinnen waren es, ein Niederländer und zwei Tschechen. Am Tag nach ihrer Ankunft hatte sie ihre Mutter begleitet, hatte gesehen, wie die Neuen eingekleidet wurden – man hielt unförmige, graue Kittel und Holzpantinen für sie bereit – und für die tägliche Arbeit eingewiesen wurden. Doch bald hatte Ilse sie weggeschickt, um in der Küche nach dem Rechten zu sehen. Den ganzen Tag über war sie so beschäftigt gewesen.

Inzwischen war ein weiterer Tag vergangen. Leni überlegte, ob sie Friedrich schreiben sollte, der sich derzeit für einige Monate bei einem alten Studienkollegen seines Vaters aufhielt, um dort die Schule abzuschließen und das zu lernen, was ihm bei der Verwaltung von Talgrund einmal nützlich sein würde. Friedrich und sie waren nie zuvor so lange getrennt gewesen. Sie hätte ihm gerne geschrieben, was sich auf Talgrund geändert hatte. Sie hätte ihm gerne von den Fremdarbeitern geschrieben, die gemeinsam mit den anderen Knechten und Mägden harte Arbeit leisteten, aber nicht mit ihnen gemeinsam am Tisch aßen. Sie fragte sich, was er von diesen Fremdarbeitern hielt. Er war derjenige, von dem sie das gerne gewusst hätte.

Die ersten Tage auf Talgrund waren schnell vergangen, doch an diesem Abend dachte Hania, auf ihrer Pritsche liegend, wie so oft an die Nacht ihrer Ankunft. Die Erinnerung daran hatte sich bei ihr und ihrer Freundin Ewa eingebrannt. In jener Nacht hatten sie sich geschworen, eines Tages in die Heimat zurückzukehren. Es war wichtig, dies niemals zu vergessen. Es war wichtig, sich gewahr zu machen, dass die Deutschen einen entführt hatten und zu Sklavendiensten zwangen, dass dies hier nicht richtig war, sondern unter Zwang geschah.

Wir sind keine Fremdarbeiterinnen, wir sind Zwangsarbeiterinnen, erinnerte Ewa sie beide immer wieder.

Bei ihrer Ankunft hatte es in Strömen geregnet, und in dem riesigen Gutshaus, vor dem der offene Lastwagen nach stundenlanger Fahrt schließlich hielt, war um diese Zeit nur noch in wenigen Zimmern Licht zu sehen gewesen. Durchnässt und fröstelnd hatten drei von ihnen vom Wagen absteigen müssen, die Knochen müde und unbeweglich von der langen Fahrt, aber das war noch nicht alles gewesen. Es war noch ein gutes Stück zu Fuß weitergegangen. Statt im großen Haus zu arbeiten und dort untergebracht zu werden, ging es über schlammige Wege, dann an feuchten Wiesen entlang und schließlich durch ein kleines Waldstück, in dem es nicht nur dunkler, sondern auch noch einmal beträchtlich kälter war. Hania hatte plötzlich heftig zittern müssen und war kurz den Tränen nahe gewesen, und Ewa hatte spontan den Arm um sie gelegt, worauf jemand sie beide harsch angegangen war: Auseinander!

Bis sie ihren Zielort erreichten, hielten sie danach Abstand. Keine von ihnen sprach ein Wort. In der Scheune, in der sie untergebracht wurden, schauten ihnen schon vier Augenpaare entgegen, doch zu dieser späten Stunde tauschte man nicht mehr als einen knappen Gruß. Kurze Zeit später schon hatten sie beide erschöpft dagelegen, jede auf ihrer Pritsche, eine Wolldecke über sich, eine mit Stroh gefüllte Matratze unter sich, todmüde, aber unfähig Ruhe zu finden.

Alles war ungewohnt. Hania hatte ihr Leben lang kein Zimmer mit irgendjemandem geteilt. Stets hatte sie ihr eigenes Reich gehabt, direkt neben dem ihres Bruders Marek, mit dem sie sich als Kind gerne per Klopfzeichen verständigt hatte. Jetzt war sie nach der längsten Reise ihres Lebens endlich angekommen, doch was erwartete sie hier, so unendlich weit entfernt von der Heimat und allem, was lieb und vertraut war?

Am nächsten Morgen hatten sie die anderen kennengelernt. Die beiden Tschechen Havel und Novak und Martens, der Niederländer, waren vor ihnen auf Talgrund eingetroffen. Kasia, die dritte Polin, war Hania und Ewa am Abend ihrer Ankunft zwischen den anderen erst aufgefallen, als sie in

Talgrund ebenfalls vom Lastwagen gestiegen war. Havel und Novak kamen aus Prag, Kasia und Martens vom Land. Kasias Mutter hatte sich nicht dazu durchringen können, anzugeben, dass sie eigentlich Deutsche waren.

»Sie hatte Angst, dass meine Brüder dann als Soldaten in den Krieg ziehen müssten. Also hat sie auf dem Formular die Herkunft ›deutsch‹ durchgestrichen, und schon waren wir Polen.«

Hania hatte überlegt, was sie den anderen von ihrer Familie erzählen sollte. Ihre war gewiss die wohlhabendste, aber hier brachte ihr das nichts, und zu Hause musste die Mutter nun alleine ums Überleben kämpfen. Sie machte sich Sorgen um sie. Ihre Mutter war so etwas nicht gewöhnt. Sie hatte es ihr ganzes Leben lang gut gehabt. Hania dachte auch an Marek, ihren Bruder. Schon vorher hatte sie den Achtzehnjährigen einige Monate lang nicht gesehen. Zum ersten Mal war er verschwunden, gleich, als die Deutschen Polen überfallen hatten, damals, im September 1939, als auch Papa zur Armee gegangen und gefallen war, sodass ihre Familie plötzlich nur noch aus Mama und ihr bestand. Zuerst hatte sie angenommen, dass Mama Marek verstecke. Später hatte sie verstanden, dass er gegangen war. Manchmal hatte ihre Mutter heimlich geweint, aber sie sagten beide nichts. Was sollten sie auch sagen? Welche Worte gab es für das, was geschehen war?

Zu Weihnachten 1939 hatte Hania ihren Bruder Marek dann im Schneetreiben im Garten des elterlichen Hauses zum ersten Mal wiedergesehen. Da hatte er wie aus heiterem Himmel an der Hintertür gestanden, mitten im eisigsten Wetter, und sie war sich kurz vollkommen sicher gewesen, dass sie träumte.

Er hatte sich verändert. Seine Muskeln waren fester geworden, aber sein Gesicht war noch so jungenhaft wie eh und je. An jenem Abend hatten sie erfahren, dass er im Widerstand war. Er machte Botengänge, weil er so jung aussah und so unauffällig wirkte mit seinem blonden Lockenschopf.

»Ich sehe deutscher aus als viele Deutsche«, hatte er mit einem Schulterzucken gesagt, »deshalb bin ich nützlich.«

Mehr wollte er ihnen nicht erzählen. Er durfte niemanden gefährden. Auch wenn er immer noch jung aussah, war er ihr an diesem Tag so viel älter vorgekommen. Da war etwas Uraltes in seinem Blick gewesen, eine Erfahrung, die weit über seine Jahre hinausging, und sie war sich vorgekommen wie ein kleines Kind.

Ein Seufzen riss Hania aus den Gedanken und zurück in die Gegenwart. Ein weiteres Geräusch ließ sie aufblicken. Ewa, die direkt neben ihr lag, zog eben mit einer Bewegung die raue Wolldecke bis hoch an ihr Kinn. Im Dämmerlicht sah es aus, als hielte sie ihre Augen geschlossen. »Ewa«, flüsterte Hania, doch sie bekam keine Antwort. Was gab es auch zu sagen? Jetzt waren sie hier, aber sie würden nicht für immer hierbleiben. Sie würden Kraków eines Tages wiedersehen. Während Hania Ewa noch eine Weile beobachtete, durchströmte sie ein Gefühl der Wärme und Erleichterung. Sie waren Freundinnen – das waren sie schon in der Heimat gewesen –, und

Hania war froh, dass sie beide gemeinsam hier waren. Ewa war es außerdem gewohnt, ihr Zimmer zu teilen. Sie hatte zwar keine Geschwister, aber ihre Künstlereltern waren so arm, dass sie nur eine Wohnung mit einem Zimmer und einer Küche hatten mieten können. Lange Zeit hatte Ewa mit ihren Eltern im Schlafzimmer genächtigt. Seit sie älter geworden war, schlief sie in der Küche auf der Ofenbank.

»Ich kann überall schlafen«, hatte sie in der ersten Nacht gesagt, die sie unterwegs verbracht hatten. »Das ist so.«

Sie hatten sich in der Schule kennengelernt, auf die Hania ging, weil die Frauen aus ihrer Familie immer auf diese Schule gegangen waren, und die Ewa besuchte, weil sie ein Stipendium gewonnen hatte. Ewa war einfach unglaublich klug.

Zuerst waren sie einander durchaus mit Misstrauen begegnet, aber das hatte sich schnell gegeben, und dann waren sie sehr bald unzertrennlich gewesen: Hania und Ewa, die siamesischen Zwillinge.

Ich bin so froh, dass sie hier ist, aber Himmel, es ist so laut, wenn viele Menschen zusammen schlafen.

Hania strengte sich an, nicht mehr auf das Atmen der anderen zu achten, nicht auf Kasias leises Weinen. Sie waren hier und sie mussten sich damit abfinden. Irgendwann würden sie alle nach Hause zurückkehren, aber erst einmal musste sie sich an das hier gewöhnen.

5

Sommer 1942

Die erste Zeit hatte sich rückblickend weniger schlimm gestaltet, als von Hania erwartet. Sie waren zur Kartoffellese eingesetzt, wie auch dieser Tage wieder, und konnten dabei zusammenbleiben, denn sie gingen immer zu zweit hintereinander in einer Ackerfurche, damit auch nicht die kleinste kostbare Knolle übersehen wurde. Es war Ewa, die dafür sorgte, dass sie stets in der Furche neben Hania ging.

»Sie behandeln uns nicht schlecht hier, findest du nicht?«, wiederholte Hania eben etwas, was sie auch gestern schon einmal gesagt hatte: »Nach einem Jahr kann ich sagen, ich habe es mir schlimmer vorgestellt.«

Sie hatte es ausgesprochen und wusste gleich, dass es falsch war und dass Ewa es nicht hören wollte. Vielleicht hatte sie recht. Im Winter war Kasia krank geworden, dann immer schwächer und kurz darauf einfach verschwunden.

»Ausgetauscht, wie ein kaputter Gegenstand«, hatte Ewa bitter gesagt.

Die Freundin bückte sich stumm nach den nächsten Kartoffeln und warf mehrere Knollen auf einmal in ihren Eimer. Sicher schmerzte ihr Rücken genauso wie Hanias, aber sie ließ sich nichts anmerken. Mühsam richtete Hania sich auf. Sie streckte sich und bückte sich wieder. Sie alle arbeiteten seit dem frühen Morgen, und bisher sah es nicht aus, als ob das alles bald ein Ende finden würde.

Wie groß das Feld doch ist …

Besser, man dachte gar nicht daran. Dafür war es schön, dass Ewa wieder so nahe bei ihr war, so konnten sie zumindest hin und wieder ein paar Worte wechseln, auch wenn Ewa auf ihre letzte Bemerkung nicht reagiert hatte. Immerhin musste sie sich nicht so verloren fühlen, immerhin war sie nicht alleine. Aber jetzt antwortete Ewa, und sie klang scharf dabei: »So etwas solltest du nicht sagen, du solltest es noch nicht einmal denken«, zischte sie der Freundin zu. »Sie haben uns gezwungen, hierherzukommen. Sie haben uns unseren Familien entrissen. Du musst nicht dankbar dafür sein, dass sie uns nicht wie Tiere behandeln, verstehst du? Wir sind Menschen. Sie sind es, die uns zu einer Gemeinschaft gezwungen haben, um die wir sie nicht gebeten haben, und Kasia und …«

»Ich weiß.«

Sie beide bewegten sich in gebückter Haltung weiter. Ewa redete. Als sie fertig war, musste Hania sich räuspern, bevor sie die nächsten Worte sagte: »Es tut mir leid, dass du hier bist, Ewa. Das ist meine Schuld.«

»Nein, es war meine Entscheidung.« Ewas Stimme klang rau. »Du bist nicht dafür verantwortlich. Ich stand schon auf der Liste.«

»Aber du hättest nicht kommen müssen. Du hättest dich verstecken können. Ich weiß das. Peter und du, ihr wolltet doch heiraten.«

Ewa hatte sich zu ihr gedreht und schaute ihre Freundin direkt an.

»Peter und ich *werden* heiraten, denn er wird auf mich warten. Wir werden heiraten, wenn das hier vorbei ist, Hitler tot und die Deutschen beim Teufel.«

»Pst.«

»Von ihnen hört und versteht uns niemand.«

»Sei trotzdem vorsichtig. Sie verstehen es, wenn du Hitler sagst.« Mit einem Kopfnicken deutete Hania zum anderen Ende des Feldes hin, wo gerade Friedrich Bethmann vorbeiritt. Er war ihnen vor Kurzem als der junge Herr von Talgrund vorgestellt worden. Er war eines Tages plötzlich da gewesen, als man sie am Morgen eingeteilt hatte. Ein paar Tage nach der ersten Begegnung hatte er ihnen Äpfel zugesteckt. Ewa hatte sie wegwerfen wollen. Hania hinderte sie daran.

»Sei vernünftig, Ewa.«

Zu ihrer Überraschung hatte ihr Ewa nach kurzem Zögern zugestimmt.

Friedrich Bethmann … Er wirkte freundlich, doch warum? Sie kannte ihn ja nicht und er kannte sie nicht. Wahrscheinlich hatte Ewa recht, da war ein tiefer Graben zwischen ihnen, den man niemals überwinden konnte.

Dass er gut aussah, war ihr ebenfalls aufgefallen, auch wenn sie so etwas sicher nicht denken sollte. Sie wusste einfach nicht, was von ihm zu halten war.

Sein Vater hatte Friedrich heute in die Bibliothek geschickt, um sich die Verwaltungsbücher der letzten fünf Jahre vorzunehmen, denn auch der zukünftige Herr über Talgrund sollte immer wissen, woran er war. Friedrich hatte sich eine Weile redlich bemüht, alles sorgfältig zu lesen und bei der Sache zu bleiben, doch die Materie war einfach schrecklich trocken und nicht im Geringsten interessant – und nun blendete ihn auch noch die Sonne, die schrecklich ungünstig durch eins der Fenster fiel …

Es war ihm nicht gleich bewusst, dass er schon wieder an Hania dachte. Als er sie zum ersten Mal bemerkt hatte, war die Sonne auch so hell gewesen, ein gleißender Fleck am Himmel.

Als Zweites war ihm Hanias mittelbrauner Zopf aufgefallen, der ihr bis tief über den Rücken fiel, dann ihre sehr blauen Augen und schließlich, als sie näher kam, die niedlichsten Sommersprossen, die er bis zu diesem Zeitpunkt gesehen hatte. Sie erinnerten ihn an winzige Karamellspritzer und verteilten sich in einem schmalen Band über ihre Nase und die Wangenknochen auf ihrer hellen Haut.

Als die Fremdarbeiterinnen im Sommer 1941 auf Talgrund eingetroffen waren, war er nicht hier gewesen, sondern im Geschäft des väterlichen Freundes. Dort hatte er die Schule abgeschlossen und im Anschluss gehofft, ein wenig Müßiggang zu pflegen, bevor es mit dem Ernst des Lebens losging. Einmal würde er der Herr über Talgrund werden, aber eigentlich hatte er einfach noch keinen blassen Schimmer, was er wirklich mit seinem Leben anfangen wollte. Manchmal beneidete er seinen Freund Georg, bei dem es keinen Zweifel gab, was aus ihm werden würde, und dann auch wieder nicht: Wer wollte schon sein ganzes Leben lang Knecht sein?

Zu dem Zeitpunkt jedenfalls, an dem er Hania erstmals gesehen hatte, wusste er nicht viel von ihr, hatte aber, zu seinem großen Erstaunen, sehr bald den intensiven Wunsch gehabt, ihr zu gefallen. Während er also neben seiner Tante sitzend die Fremdarbeiter in die Tagesliste eintrug, hatte er versucht, die junge Polin zu einem Lächeln zu ermuntern. Doch sie hatte ihn einfach nicht wahrgenommen oder zumindest so getan. Für ihn war das ungewohnt gewesen, denn besonders im letzten Jahr hatte er festgestellt, dass den meisten jungen Frauen sein Lächeln gefiel. Tatsächlich war er es nicht gewöhnt, übersehen zu werden … Bei Hania aber war es anders gewesen.

Spät, am selben Abend noch, hatte er immer noch an sie gedacht. Wo hatte sie gelebt, bevor sie nach Talgrund gekommen war? In seinem ganzen Leben war Berlin das Östlichste gewesen, was er erreicht hatte. Sie aber kam aus einer

Gegend, die viel weiter im Osten lag. Er hatte sich schließlich sogar einen Atlas aus der Bibliothek geholt und ihn vor dem Einschlafen durchstöbert. Er hatte gerätselt, während sein Finger über die Karte wanderte. Natürlich wusste er nicht genau, wo sie herkam. Vielleicht aus Warschau oder Thorn oder Danzig oder Krakau? Krakau war die alte Königsstadt mit einer großen Burg und einem Drachen, der ihm in der folgenden Nacht wirre Träume bescherte.

Seitdem war kein Tag vergangen, an dem er nicht an Hania denken musste. Dazu kam ein neues Gefühl: Zum ersten Mal in seinem Leben hatte er das Bedürfnis, alles für sich zu behalten, wie einen kostbaren Schatz, von dem niemand außer ihm wissen durfte.

Von außen gab sie sich hart, aber manchmal fuhr Ewa dieser Tage nachts aus dem Schlaf hoch und sah einen Gewehrlauf vor sich. Sie war ein Stadtmädchen, und bis zu jenem Tag, an dem sie von den Deutschen am hellen Tag auf offener Straße festgenommen worden war, hatte sie tatsächlich nie ein Gewehr gesehen. Später hatte sie sich das Schienbein angeschlagen, als sie auf den Lastwagen geklettert war. Auch daran erinnerte sie sich. Man hatte ihre Personalien aufgenommen und sie mit dem Befehl, zwei Tage später am Bahnhof zu erscheinen, nach Hause geschickt. Sie hatte überlegt zu fliehen, aber sie hatte auch gehört, dass dann die ganze Familie bestraft wurde, und dies wollte sie ihren Eltern nicht antun. Und sie hatte natürlich auch von Hania gehört, ihrer besten

Freundin, die man ebenfalls festgenommen hatte. Auch sie sollte zum Bahnhof kommen. Anfangs hatte sie trotzdem gehofft, dass Papa sie irgendwie rausholen würde mit seinem Charme und seinem Witz und seiner flinken Zunge. Doch er war hilflos gewesen, hatte sie sein starkes Mädchen genannt und gesagt, dass sie sich nicht unterkriegen lassen dürfe. Am Bahnhof waren Hania und sie einander zum ersten Mal wieder begegnet. Ganz sicher war das ein Wunder gewesen, ein Wunder auch, dass man sie auf denselben Hof entsandt hatte.

Was auch immer Hania dachte, die Arbeit hier war auch für sie hart. Sie ließ es sich nur nicht anmerken. Von fünf Uhr morgens bis acht Uhr abends schufteten sie. Manchmal mussten sie auch im Haus helfen. Niemals zuvor hatte Ewa so viele Böden geschrubbt, ihre Hände wurden ganz rot und wund davon. Das Essen war in Ordnung, aus den Fabriken in der Stadt hatte sie Schlimmeres gehört. Am schlimmsten war es, wenn Ilse Lenhart die Aufsicht hatte. Die hatte immer etwas auszusetzen und zögerte nicht zu züchtigen. Ewa hatte den Eindruck, dass es ihr Spaß machte, anderen Schmerzen zuzufügen. Sie war durchaus einfallsreich dabei. Alfred Bethmann, den Herrn von Talgrund, sahen sie eher selten. Manchmal trabte er mit seinem Rappen über die Felder, manchmal wurde er von seinem Sohn begleitet. Dann duckten Ewa und Hania sich tiefer, denn sie hatten schon gemerkt, dass der junge Mann sie beobachtete. Man musste vorsichtig sein.

Neben ihr raschelte es plötzlich. Hania hatte sich auf ihrem Strohsack zur Seite gedreht.

»Ewa, bist du wach …? Denkst du, es geht Marek gut?«, flüsterte sie. »Und Peter?«

Ewa biss sich auf die Lippen, um nicht die harsche Wahrheit herauszuschleudern. Woher sollte sie wissen, wie es Hanias Bruder oder ihrem Verlobten ging? Sie waren beide hier und nicht dort.

»Bestimmt«, murmelte sie dennoch beherrscht. Hania sehnte sich nach Sicherheit. Ewa verstand das, und es tat ja nicht weh, sie ihr zu geben.

»Meinst du, wir sehen sie irgendwann wieder, sie und unsere Eltern?«

Ewa antwortete nicht gleich, sondern zog die Decke enger um sich. »Natürlich, aber jetzt lass uns schlafen. Es wird wieder früh morgen.«

6

2021 – Tag 2 auf Talgrund

Sehr früh am Morgen des zweiten Tages erwachte Jenny von einem gleichmäßigen Tropfen. Vorübergehend war sie desorientiert, bevor sie sich wie mit einem Schlag daran erinnerte, wo sie sich befand. Sie war auf Talgrund. Zum ersten Mal seit Längerem waren sie wieder gemeinsam hier: Onkel Gerhard und Tante Angelika – nun gut, ihr Sohn Ansgar fehlte –, Desirée und Sam, dessen Großvater Georg aus gesundheitlichen Gründen ebenfalls fehlte. Bruno war gestorben, ihr Großvater, und sein Tod hatte die Familie vielleicht ein letztes Mal zusammengerufen, so wie sie sich zu Lebzeiten auch stets um ihn, das Zentrum von Talgrund, versammelt hatten. Er war das Bindeglied gewesen, was folgte, konnte niemand sagen …

Und ich? Sie hatte sich gefragt, wie es sein würde, wieder als Teil der Familie hier zu sein, nicht als dieses Zwischending, als das sie sich manchmal gefühlt hatte, nicht Fisch, nicht

Fleisch. Ihre Mutter und ihr Vater hatten nie geheiratet und deshalb hatten die beiden und auch sie selbst, ihre Tochter, für manche nie wirklich dazugehört.

Als ob wir noch in der Vergangenheit leben würden …

Für Bruno war das allerdings nie so gewesen. Bruno hatte sie stets mit offenen Armen empfangen. Er hatte sich für sie interessiert.

»Als Junge war ich strenger«, hatte er einmal mit einem Augenzwinkern gesagt. »Da hat man manchmal schlechte Vorbilder, aber heute ist das anders.«

Jenny schaute sich um. Und, wie fühlte es sich nach der ersten Nacht an? Als Kind hatte sie sich gerne hier aufgehalten, das Haus und das Gelände ein einziges Abenteuer. Mit dem Älterwerden hatte sie dann die Sticheleien stärker wahrgenommen, das, was Tante Angelika als Unzulänglichkeit empfand, und dieses Gefühl, dass sie nicht hierhergehörte und niemals hierhergehören würde. Dann war die Sache mit Sam passiert, an jenem Tag, als sie sich als Fünfzehnjährige endgültig entschieden hatte, einfach von diesem Ort fortzugehen, abzuhauen, ohne etwas zu sagen, weil man solche Dinge in diesem Alter eben noch schlechter ertrug.

Aber du warst neunzehn und hast einfach über meinen Kopf hinweg alles verraten, als ob ich ein kleines Kind wäre.

Damals hatte es sich jedenfalls so angefühlt. Im Laufe der Zeit hatte sie gelernt, die Dinge ein wenig anders zu sehen, doch damals war der Schmerz einfach überwältigend gewesen. Sie erinnerte sich noch gut daran, wie Tante Angelika sie ins Auto gepackt und zu ihrer Mutter gefahren hatte. Wie zufrieden sie gewirkt hatte, dass Jenny ihr diese Vorlage zum Handeln gegeben hatte.

»Medea, wir haben sie nicht mehr im Griff. Du kannst sie nicht bei uns abliefern, wie es dir passt. Sie hört nicht. Auf niemanden.«

Bruno war damals irgendwie unterwegs gewesen. Er hatte ihr nicht helfen können.

Er hätte mich niemals weggebracht, mit ihm hätte ich reden können. Aber dazu war es im Laufe der Jahre dann auch nicht mehr gekommen … Doch. Jenny runzelte die Stirn. Es fühlte sich seltsam an, hier alleine zu sein, hier auf Talgrund, wo sie so wunderschöne, schwierige und auch enttäuschende Stunden verbracht hatte.

Ob sich Sam überhaupt daran erinnert, was damals geschehen war, oder war das eine Sache zwischen Kindern für ihn gewesen? Hatte er danach je wieder daran gedacht, wie sie es getan hatte? Erst wütend, dann nachdenklich, dann verständnisvoll und doch mit einem Gefühl der Verletztheit, das bei allem, was geschehen war, zurückblieb?

Jenny starrte gegen die Stuckverzierungen oben rund um die Lampe, die Bettdecke bis fast an die Nasenspitze gezogen. Langsam gewöhnte sie sich an die Lichtverhältnisse. Es war nicht mehr Nacht, aber auch noch nicht heller Tag. Das Geräusch, das sie geweckt hatte, drang erneut in ihre Wahrnehmung. Regnete es etwa rein? Es hatte gestern Abend angefangen und scheinbar die ganze Nacht nicht aufgehört. Das

Rauschen des Wassers war zu hören gewesen, jedes Mal, wenn sie kurz aufgewacht war.

Jenny richtete sich auf. Ein winziger Lichtstrahl drang aus dem kleinen Bad, in dem sie über Nacht das Licht angelassen hatte. Irgendwie war es ihr sonst zu düster gewesen. Es gab ja auch keine Laternen draußen. Anders als in der Stadt war es auf Talgrund nachts wirklich finster. Jetzt war es hell. Das im Bad war Tageslicht, irgendwann musste sie das Licht wohl doch ausgemacht haben.

Sie ließ die Beine unter der Bettdecke hervorgleiten, setzte sich auf und schauderte. In den letzten Stunden war es noch kälter geworden … Schöner Sommer! Unglaublich. Gestern Nacht noch war es ihr wenigstens kurz gelungen, mit Medea zu sprechen, die auf der Anreise zu ihnen in London festhing. Die Telefonverbindung war nicht immer zufriedenstellend auf Talgrund und Funklöcher waren Teil des Spiels.

Es hatte so gutgetan, Medeas Stimme zu hören.

»Alle Welt sucht hier einen Platz im Flugzeug, weißt du … Über Europa ist ein riesiges Tiefdruckgebiet. Einige Flüge wurden gestrichen«, hatte sie gesagt.

»Kein Problem.« Jenny hatte sich dicht gegen das Fenster gelehnt und den Empfangsbalken im Blick behalten. »Es dürfte ohnehin schwierig sein, durchzukommen. Es regnet auch bei uns ziemlich heftig. Wir sind sicher noch ein Weilchen zusammen hier.«

»Ich weiß, und das mit Onkel und Tante … Wie schön.« Medea hatte ein schnalzendes Geräusch gemacht, um dann hinzuzufügen: »Gut, dass das Haus so groß ist. Da könnt ihr euch immerhin ausweichen.«

Sie hatten beide lachen müssen. Weitere Erklärungen waren nicht nötig. Auch Medea hatte es mit Gerhard und Angelika nie leicht gehabt.

Jenny trat ans Fenster. Über Nacht waren Pfützen gewachsen, die inzwischen aussahen wie kleine Seen. Nach und nach würden sie sich zu einer noch größeren Fläche verbinden. Sie fragte sich unvermittelt, ob die vielen Bäche rings um Talgrund bereits über die Ufer getreten waren.

Dann horchte sie wieder. Das Tropfen kam aus dem Badezimmer. Sie schaute nach. Nein, es war kein Leck. Offenbar hatte sie den Wasserhahn nicht richtig zugedreht.

Als Jenny zurück im Bett war, fröstelte sie, bevor sie doch noch einmal einschlief. Sie fand nicht lange Ruhe. Um halb sieben war sie eine der Ersten im Esszimmer. Der Himmel hatte sich weiter zugezogen und man konnte inzwischen glatt daran zweifeln, dass die Sonne überhaupt aufgegangen war.

Im Übrigen war es nicht nur in ihrem Zimmer, sondern im ganzen Haus kühl, wie sie feststellte. Wenigstens hatte im Esszimmer jemand den Ofen angemacht. Sie bediente den Lichtschalter. Nichts tat sich. Der Strom funktionierte offenbar zumindest in diesem Raum nicht. Vielleicht würde sich Sam auch darum kümmern können, so wie er Desirée gestern noch mit einem Leck an ihrem Fenster geholfen hatte. Jenny zog die Strickjacke enger um ihren Körper, verharrte vor dem wärmenden Feuer und ging dann ans Fenster. Ihr Blick wanderte zu den Autos: Der fette BMW von Onkel und Tante stand dort draußen im Regengrau, ihr Toyota und Sams Maschine. Wann es heute wohl zur Verlesung des Testaments kommen würde und was wohl darin stand?

Ein Räuspern ließ Jenny zusammenfahren. Erst jetzt bemerkte sie, dass sie doch nicht alleine war. Sam saß etwas abseits in einem der Sessel. »Hallo, Jenny.«

Sie zögerte. »Hallo, Sam!«

Gestern hatte sie es noch nicht wahrgenommen, aber da war zweifellos etwas zwischen ihnen, das sie beide vorsichtig agieren ließ. Dabei waren sie einmal sehr gute Freunde gewesen. Sie hatte zu dem älteren Jungen aufgeschaut, und es hatte diesen Tag gegeben, an dem sie sich vorgestellt hatte, dass er sie auf ihrer Flucht begleiten würde.

Was er nicht getan hat.

»Gut geschlafen?«, drang seine Stimme rau, aber auch irgendwie sanft in ihre Gedanken. Wie vertraut sie immer noch klang. Da war sofort etwas Warmes in ihrem Bauch, ähnlich und doch anders als damals.

»Ja danke«, erwiderte sie und hakte dann nach: »Wie lange bist du schon da? Konntest du nicht mehr schlafen?«

Er zuckte die Schultern. »Eigentlich bin ich einfach ein langweiliger Frühaufsteher.«

»Ich eigentlich nicht.«

»Das tut mir leid.«

Sie schwiegen kurz, dann lachten sie beide.

»Es war alles gut«, sagte sie dann, »bis ich heute Morgen von meinem tropfenden Wasserhahn aufgewacht bin, danach bin ich noch einmal eingenickt. Wo ich gerade dein Motorrad sehe, was macht eigentlich der alte Käfer?«

Bruno hatte dem Enkel seines besten Freundes sein altes Auto damals zum Studienabschluss überlassen.

»Na ja, er hält sich noch, aber er liegt in den letzten Zügen, leider. Ich werde mich wohl bald von ihm verabschieden müssen. Außerdem ist er umwelttechnisch wirklich nicht auf dem aktuellsten Stand. Ich sollte mir also dringend ein neues Fahrzeug suchen. Bis dahin reicht das Motorrad. Vielleicht kaufe ich auch gar kein Auto mehr. In der Stadt braucht man keins und ich bin ohnehin oft außer Landes. Ich reise gerne, weißt du?« Er zuckte die Schultern. »Vielleicht probiere ich auch mal Carsharing oder so etwas.« Er sah ebenfalls nach draußen. »Ich frage mich, wie es inzwischen auf den Straßen aussieht. Es gibt da Stellen, die stehen schnell unter Wasser.«

»Meinst du, es ist so schlimm?«, entfuhr es Jenny. Ihre Blicke trafen sich. Sie sahen sich einen Augenblick länger an.

»Ich fürchte ja. Man sieht es ja schon vom Fenster aus. Die Überschwemmungen sind bereits ziemlich weitläufig ...«

Jenny sah in die Ferne.

»Das Tiefdruckgebiet hängt wohl über fast ganz Nordeuropa. Medea sitzt in London fest. Allerdings findet sie das wahrscheinlich gar nicht so schlimm. Sie hat mir schon vorher gesagt, dass sie lieber alleine Abschied nehmen würde ...«

Sam gab ein leises Schnalzen von sich.

»Irgendwie kommen Gerhard, Angelika und sie nicht mehr zusammen, oder?«

»Nein.« Jennys Blick streifte den Lichtschalter. »Der Strom ist ausgefallen«, erinnerte sie sich unvermittelt.

»Ich weiß. Ich werde der Sache gleich einmal auf den Grund gehen.« Er hob die Schultern und ließ sie wieder sinken. »Nun ja, Talgrund ist charmant, sehr romantisch, und seine Geschichte ist beeindruckend, aber es ist eben auch vieles sehr marode hier, da hat Desirée recht. Einiges muss dringend erneuert werden.«

Jenny schlang die Arme kurz fester um sich und kämpfte gegen ein Frösteln an. »Ja, eigentlich weiß ich das ja auch. Ich war schon damals immer froh, im Sommer hier zu sein, und auch da war es nicht immer warm. Dennoch habe ich eben dieses Bild unbeschwerter Tage in meinem Kopf.« Sie suchte seinen Blick. »Denkst du manchmal daran?«

Sie sprach es aus und wusste eigentlich gar nicht so recht, woran sie dachte. Erinnerten sie sich beide an ähnliche Dinge? Erinnerte er sich daran, wie sie ihn als junges Mädchen angehimmelt hatte? Er war ihr so cool vorgekommen mit seinen kinnlangen, dunklen, leicht welligen Haaren und den braunen Augen.

»Manchmal …« Für einen Moment sah es aus, als suche er nach Worten, als wolle er noch etwas sagen. Sie hielt die Luft an. Dann sagte er nur: »Dieses Mal ist es auch im Sommer kalt, nicht wahr?«

Jenny nickte. Ein neuer Regenschauer prasselte gegen die Scheiben. Nein, es sah wirklich nicht danach aus, als ob sich das Wetter in naher Zukunft ändern würde.

»Das kann doch nicht sein, dass wir den Herrn Notar Beccard nicht erreichen!« Angelika sah ihren Mann vorwurfsvoll an, als könne der etwas dafür, dass das Telefon ausgefallen und die Handyverbindung auf Talgrund wie üblich schlecht war. »Wo sind wir denn hier? Am Ende der Welt?« Während sie empört dreinschaute, wurden ihre Lippen noch schmaler.

Sam, der es sich mit einer alten Wochenzeitung in einem Sessel gemütlich gemacht hatte, murmelte, ohne aufzublicken: »Deutschland ist das Land der Funklöcher und wir wissen doch alle, dass das Netz auf Talgrund immer besonders schlecht war. Das macht aber auch den Charme dieser Gegend aus. Das ist Detox, ohne dass man sich groß anstrengen muss. Finde ich jedenfalls.«

Angelika ließ sich nicht beeindrucken: »Ich finde nichts daran charmant, in der Steinzeit festzusitzen. Am liebsten wäre ich ohnehin in unserem Bungalow. Da funktioniert nämlich alles«, blaffte sie ungehalten zurück.

Jenny und Desirée wechselten einen Blick. »Ich hole neuen Kaffee«, sagte Desirée. Der Seufzer, den sie unterdrückte, war deutlich zu hören. Sam griff nach dem Bier, das er sich nach dem Mittagessen aus der Vorratskammer geholt hatte und nahm einen genüsslichen Schluck. Angelika wandte sich wieder ihrem Mann zu, der den jüngeren Mann sehnsüchtig anstarrte. »Jetzt sag doch etwas, Gerhard!«

Onkel Gerhard wirkte langsam verärgert. »Ich tue mein Bestes, meine Liebe«, gab er zurück, »aber auch ich bewirke keine Wunder. Gegen ein Unwetter kann ich nichts machen und gegen Funklöcher auch nicht. Und jetzt ist Schluss mit der Diskussion. Ich hole mir auch ein Bier.«

Angelika schien kurz mit dem Gedanken zu spielen, etwas Scharfes zu erwidern, beherrschte sich dann aber.

Dennoch sind wir irgendwie alle überrascht, dass sie nichts sagt, fuhr es Jenny durch den Kopf, bevor sie aufstand, um Desirée entgegenzugehen, die eben wieder aus Richtung der Küche zurückkam. Ohne Strom mussten sie den Kaffee auf traditionelle Weise aufbrühen. Zumindest ließ sich der Gasherd nutzen. Desirée stellte das Tablett ab. »Wer will noch einmal Kaffee?«

Bis auf Sam und Gerhard stimmten alle zu. Jenny schenkte aus und setzte sich dann wieder neben Desirée. In diesem Moment war sie wirklich wieder mehr als froh um Großvaters junge Frau. Nicht auszudenken, wie alleine sie sich gefühlt hätte, wenn sie hier nur mit Angelika und Gerhard hätte zurechtkommen müssen.

Und um Sam. Die beiden sind meine Rettung.

Jenny nippte an ihrem Kaffee. Wenn sie ehrlich war, war sie sogar froh, dass Medea noch in London festsaß.

Angelika und sie hatten sich noch nie verstanden. Irgendwann im Lauf dieses Treffens hätte es sicher gekracht und noch mehr Spannungen konnte hier keiner brauchen.

Desirées Stimme riss sie aus den Gedanken: »Ich glaube, ich habe seit Ewigkeiten nicht mehr Kaffee per Hand aufgebrüht, also vor dem Stromausfall.«

Jenny lächelte unwillkürlich. »Unser Ausflug in die Vergangenheit beginnt sich langsam auch wie einer anzufühlen, findet ihr nicht auch?«

»Was für ein ausgemachter Unsinn.« Angelika verschränkte die Hände vor der Brust, löste sie aber gleich wieder und ließ sich von Sam einen weiteren Kaffee eingießen. Sam schenkte auch Jenny nach.

»Brauchen wir noch mehr?«, erkundigte sich Desirée mit einem leicht angestrengten Lächeln. »Ich würde noch einen kochen. Es gibt ja kaum etwas anderes zu tun …«

»Danke nein«, gab Angelika zurück und antwortete offenbar auch gleich noch für ihren Mann, der sein Bier recht schnell ausgetrunken hatte. »Wo bleibt eigentlich deine Mutter?«, wandte sie sich dann an Jenny. »Kein Interesse mehr an ihrem Schwiegervater? Wie ich es immer vermutet habe: Eigentlich war sie ja auch nur eine weitere Person, die sich ins gemachte Nest setzen wollte, nicht wahr?«

Jennys Wut stieg unvermittelt in ihr auf, wie ein vom plötzlichen Starkregen angeschwollener Fluss, aber sie würde sich nicht die Blöße geben, auf die Angelika nur wartete. Es stand außer Frage, dass sie es alle hier noch eine gewisse Zeit miteinander aushalten mussten, und so wie das draußen aussah, konnte niemand sagen, wie lange noch. Sie musste also ruhig bleiben. Nachher konnte sie dann Desirée und Sam ihr

Leid klagen. Trotzdem schaffte sie es nicht, nichts zu sagen. Sie alle waren angespannt und vielleicht hatte sie auch einfach zu lange geschwiegen. »Meine Mutter wollte sich nie ins gemachte Nest setzen, Angelika, und das hat sie auch nicht getan.«

»Ist ihr ja auch nicht mehr gelungen, nachdem sie Robert ums Leben gebracht hat.«

Das ist wirklich zu viel.

»Das hat sie nicht«, parierte Jenny scharf. »Mein Vater hatte einen Motorradunfall. Jeder hier weiß das.«

Angelika fuhr zu ihrem Mann herum. »Gerhard! Gerhard muss ich mir das sagen lassen?«

Sam, der die Wochenzeitung wieder aufgenommen hatte, ließ sie ein weiteres Mal sinken. Gerhard räusperte sich unbehaglich. Jennys Herz schlug schneller. Warum hatte sie sich nicht besser beherrscht? Was lag ihr denn an Angelika? Mit einem Ruck stellte sie die Kaffeetasse ab und verließ den Raum. Schritte folgten ihr wenig später. Wer sollte das sein? Ihr Onkel, der sich für etwas entschuldigte, das er eigentlich genauso sah? Wenn der ältere dem jüngeren Bruder auch nicht den Tod gewünscht hatte, so hatten sie sich doch nie gut verstanden. Die Person, die ihr gefolgt war, war jetzt direkt hinter Jenny. Obgleich sie es nicht wollte, ließ die Stimme sie zusammenzucken.

»Lass dich von ihr nicht auf die Palme bringen. Angelika ist ein echtes Biest.«

Sam … Es war irgendwie schön zu erleben, wie schnell sie wieder eine gemeinsame Linie gefunden hatten, dabei waren da durchaus Dinge, die immer noch in ihr brodelten. Nachdem es damals geschehen war, nachdem er verraten hatte, dass sie weglaufen wollte, war ihr die Situation nie ganz aus dem Kopf gegangen. Sie hatte ihn zur Rede stellen wollen, aber dann hatte sie irgendwie zu lange gewartet und alles wurde nur noch schwieriger. Und irgendwann war das Gefühl der Enttäuschung verflogen, dieses herzzerreißende Gefühl, dass auch er nicht auf ihrer Seite war.

Sie drehte sich um. »Und, redet man über mich?«

»Keinesfalls. Gerhard hat die Aufmerksamkeit zurück auf das Testament gelenkt. Man will es jetzt doch aus dem Safe holen.«

»Oh, so schnell? Ist man der Meinung, dass sich der Notar nicht schnell genug erreichen lässt?«

Sam hob die Schultern. »Vermutlich. Beim Anblick der Talgrunder Seenplatte draußen ist diese Vermutung auch nicht ganz von der Hand zu weisen.«

»Meinst du, wir sollten zu den anderen zurückkehren?«

»Ich vielleicht nicht, aber du.« Er suchte ihren Blick.

Sie schluckte. »Aber es wäre gut, wenn du mitkommst«, sagte sie dann. »Bitte.«

Der Safe befand sich natürlich in Brunos Arbeitszimmer, und Jenny war sich sicher, dass alle die Urne beim Eintreten zumindest mit einem kurzen Blick streiften. Gerhard, der zuerst energisch vorangeschritten war, zögerte mit einem Mal.

Das ist der Moment der Wahrheit, dachte Jenny. Ob wir uns wohl alle Gedanken darum machen, wie die letzte Begegnung mit Großvater verlief, wie wir zu ihm standen und er zu uns? Angelika drehte sich plötzlich zu Desirée um.

»Nun, ich gehe davon aus, dass nur einer von uns hier den Zugang zum Safe kennt?«

Desirée zuckte die Schultern und sagte nichts. Gerhard räusperte sich. »Na ja, ich kenne ihn auch«, ließ er sich dann hören. Angelikas Kopf fuhr zu ihrem Mann herum. Ihre Wangen färbten sich kurz rot, dann wurde sie wieder blass.

»Du? Und warum weiß ich das nicht?«

»Ich …« Er atmete noch einmal tief durch. »Na ja, er war immerhin mein Vater. Ist das wirklich so überraschend?«

Desirées Blick huschte zur Urne hinüber, und Jenny fragte sich unvermittelt, ob sie davon gewusst hatte? An ihrem Gesichtsausdruck konnte man nichts ablesen.

Im nächsten Moment hatte sich Angelika wieder gefangen. »Gut, dann schlage ich vor, dass eben einer von *euch* den Safe öffnet.«

Gerhard und Desirée wechselten einen Blick.

»Du kannst es machen. Er war dein Vater«, sagte Desirée ruhig.

»Wenn du meinst?«

Gerhard schien tatsächlich berührt von der Aufforderung. Vielleicht traf ihn der Verlust ja doch, und es war ungerecht, vom Gegenteil auszugehen, fuhr es Jenny durch den Kopf.

»Natürlich.«

Sie alle rückten ein Stück vor. Gerhard gab den Code ein. Dann öffnete er mit einem Ruck. Der Safe war leer.

»Hättest du das erwartet?« Sam schaute Jenny fragend an. Die schüttelte den Kopf. »Nein, ganz ehrlich nicht. Ich weiß, dass Großvater sein Testament stets dort aufbewahrt hat. Er hat es mir sogar einmal gezeigt, als ich noch jünger war, aber da konnte ich nichts damit anfangen. Irgendwie war es mir egal.«

Die letzte halbe Stunde war aufregend gewesen. Nachdem man kurz sprachlos gewesen war, hatte man sich gegenseitig lautstark Vorwürfe gemacht, um sich schließlich zu trennen. Gerhard und Angelika zogen sich in ihr Zimmer zurück. Jenny hatte Desirée vorgeschlagen, Sam und sie in den Wintergarten zu begleiten, aber die hatte sich mit Kopfschmerzen entschuldigt. Sie tat Jenny besonders leid. Ganz zu Anfang, kurz nachdem sie alle den leeren Safe gesehen hatte, hatte Desirées Gesichtsausdruck für einen Moment beinahe verstört gewirkt.

Sam räusperte sich. »Was wäre denn, wenn er das Testament anderswo versteckt hätte?« Er beugte sich nach vorne, um seine Teetasse zurück auf den kleinen Tisch zu stellen. Jenny runzelte nachdenklich die Stirn. »Aber warum sollte er das? Wahrscheinlich liegt das Ding einfach beim Notar.«

Sam zuckte die Schultern. »Nur so eine Idee. Vielleicht ist er irgendwie misstrauisch geworden und … Aber du hast recht. Die Idee ist abwegig. Sie passt nicht zu ihm.«

Jenny musste plötzlich gähnen. Sie streckte die Arme über den Kopf. »Mal ganz ehrlich, wenn das Testament nicht beim

Notar liegt und er es tatsächlich hier irgendwo versteckt hat, hätten wir ein Problem. Das Haus ist riesig und das Außengelände noch größer. Es wäre besser, wenn uns Notar Beccard in den nächsten Tagen eine befriedigende Antwort bieten könnte, wenn wir ihn denn endlich erreichen.« Ein Regenschauer unterbrach ihre Worte. Ein knapper Blick aus dem Fenster zeigte ihnen, dass sich inzwischen eine geschlossene Wasserfläche auf der Wiese gebildet hatte.

Sam nickte. »Oh ja, das sehe ich auch so. Wäre irgendwie auch eine seltsame Vorstellung, wenn jetzt alle nach dem verlorenen Testament suchen, wie in so einem alten Kriminalfilm.«

Jenny lachte. »Nein, wahrscheinlich liegt eine Kopie beim Notar. Ich meine, mich daran zu erinnern, dass Großvater so etwas einmal nebenher gesagt hat.« Vielleicht aber auch nicht. Sie wusste es einfach nicht.

Warum hast du nicht zugehört?

Andererseits: Wer hätte denn wissen können, dass das einmal von Bedeutung sein würde?

Sam seufzte. »Wirklich schade, dass man Herrn Beccard nicht anrufen kann.«

»Talgrund, die Mutter aller Funklöcher.«

»So ist es. Es gibt allerdings ein paar Stellen auf dem Gelände, wo man es versuchen könnte, wenn sich das Wetter bessert. Bis dahin bleibt es schwierig.« Sam hob die Schultern und ließ sie wieder sinken. »So wie es aussieht, werden wir wohl noch etwas Geduld aufbringen müssen. Wie die Straßen wohl inzwischen aussehen? Nicht gut vermutlich. Der Regen ist schon heftig. Ich habe meine Maschine jedenfalls erst einmal untergestellt.«

Jenny hob die Schultern und ließ sie wieder sinken. Sie wusste, dass es nicht das erste Mal war, dass Talgrund von Hochwasser betroffen war, auch wenn es nicht immer so hoch stieg. Bruno hatte ihr bereits davon erzählt, als sie jünger gewesen war. In jedem Fall ging es vorbei, auch wenn es dieses Mal vermutlich länger dauerte. Ob sie rechtzeitig zum Ende ihres Urlaubs zurück an ihrem Platz im Büro des kleinen Versandhandels war? Sie hatte die Stelle noch nicht lange und wollte nicht negativ auffallen. Sie musste schon wieder gähnen. Sicher trug das Dämmerlicht hier überall dazu bei.

Als ob die Sonne gar nicht wirklich aufgegangen ist.

»Wir sollten uns vielleicht mal nach Kerzen und Ähnlichem umsehen, oder Desi danach fragen, bevor es heute Abend wieder zu dunkel wird. Der Stromausfall konnte ja leider nicht behoben werden und den Generator haben wir ja vorsichtshalber wegen des Hochwassers abschalten müssen.«

Sam nickte. »Gute Idee, sie wird wissen, wo was zu finden ist. Meine Güte bin ich froh, dass wir hier nicht im Herbst oder Winter gestrandet sind.«

»Im Schneesturm? Das wäre was.«

»Bestimmt nicht.«

Eine längere Pause entstand zwischen ihnen, dann gab sich Jenny einen Ruck: »Ich denke, ich schaue mich nachher mal ein wenig im Haus um, gehe die alten Gänge ab … Bist du dabei?«

Sam zögerte nicht. »Klar, schön, dass du mich fragst.« Er machte eine kurze Pause, in der ihr plötzlich gewahr wurde, wie nahe sie beieinandersaßen. Tatsächlich hätte sie sich nur etwas vorbeugen müssen, um sein Gesicht zu berühren. Wie sich das wohl anfühlte und wie er reagieren würde?

»Jenny«, sagte er unvermittelt, »ich möchte mich bedanken. Ich weiß, dass das nach … Na ja, dass das nicht selbstverständlich ist.«

»Was?«

»Hier zu sitzen, gemeinsam das Haus zu erkunden …«

Sie nickte. Ein Teil von ihr wusste, was er meinte. Ein Teil hatte nicht vergessen, auch wenn sie nicht mehr dasselbe fühlte. Sollte sie jetzt doch etwas sagen, sollte sie an das anknüpfen, was vor Jahren passiert war? Hatte er sie nicht schon am ersten Tag dazu aufgefordert – oder hatte er etwas anderes gemeint?

»Störe ich euch?« Desirées Stimme ließ sie beide zusammenzucken. »Ich habe geklopft«, fügte die junge Frau entschuldigend hinzu.

»Nein, nein …«, sagte Jenny, und auch Sam schüttelte den Kopf, um dann zu fragen: »Ist etwas? Können wir helfen?«

Desirée lächelte. »Nein, ich, äh … Es geht mir besser und ich wollte mir mal die Stellen anschauen, an denen es potenziell reinregnet.«

Sam nickte. »Klar, ich komme.« Er drehte sich noch einmal zu Jenny hin. »Wir reden später weiter, okay?«

Jenny stand bereits eine Weile am Fenster und sah in den nicht enden wollenden Bindfadenregen hinaus, als sich Sam und Desirée wieder zu ihr gesellten. Die beiden hatten tatsächlich ein paar Lecks gefunden, die Sam provisorisch repariert hatte.

Gemeinsam gingen sie in die Küche und Jenny kochte Tee für alle. Sie unterhielten sich, sprachen über ein paar Dinge, die in der Vergangenheit lagen, und stellten Vermutungen über die Zukunft von Talgrund an. Gegenseitig bestätigten sie sich, wie gut es war, dass sie zumindest zusammen hier waren.

»Nichts für ungut«, Sam schüttelte nachdenklich den Kopf, »aber ich hätte es mir doch weniger anstrengend vorgestellt, dabei stehe ich ja noch nicht einmal im Fokus.«

Zu Jennys Überraschung lachte Desirée. »Du bist eben seit jeher zu optimistisch, Sam. Ganz ehrlich, ich war bislang jedes Mal froh, wenn ich Gerhard und Angelika endlich von hinten sehen konnte.« Sie grinste schief.

»Wie ist das eigentlich mit den Vorräten?«, fragte Jenny. »Frau Schwan hat …«

»Was glaubst du denn?« Desirée lachte. »Das ist ein altes Gutshaus, Vorratshaltung können wir. Denkst du nicht, die waren hier früher auch einmal eingeschneit? Die harten, kalten Winter ohne warmes Wasser und Zentralheizung hat man bis heute nicht vergessen. Das Essen wird also vielleicht weniger anspruchsvoll und es werden weniger frische Produkte auf den Tisch kommen, aber wir haben durchaus genug, um ein paar Tage zu überstehen. Schade, dass das alte Eishaus nicht mehr im Betrieb ist.«

»Das Eishaus? Da, wo wir früher gespielt haben?«

Desirée schenkte sich eine neue Tasse Tee ein und lehnte sich in ihrem Sitz zurück. »Habt ihr das? Jedenfalls meine ich dieses kleine Haus im Wald, halb in den Boden gebaut. Wusstet ihr, dass man vor der Zeit der Kühlschränke dort im Winter Natureis einlagerte, um Lebensmittel frisch zu halten? Eishäuser wurden deshalb so gebaut, dass die Temperatur im Innenraum möglichst gleichbleibend kühl blieb, also mit schlechten Wärmeleitern und zusätzlicher Isolation gegen die Bodenwärme.

Zusätzlich pflanzte man rings um die Häuser Bäume wie Rosskastanien, die mit ihrem dichten Laub für zusätzlichen Schatten sorgten. Ich fand es supergruselig, als Bruno es mir zum ersten Mal gezeigt hat. Ich hatte kurz vorher *Das Eishaus* gelesen.«

»Von Minette Walters? Ich glaube, ich weiß, welches Buch du meinst.« Jenny überlegte. »Ich fand den Ort früher irgendwie cool. Da waren nie Erwachsene.« Sie beugte sich etwas nach vorne und stützte die Hände auf die Knie. »Und was machen wir jetzt? Es ist noch etwas Zeit zum Abendbrot. Wollen wir doch noch gemeinsam ein paar der alten Gänge abgehen, wie damals?«

»Damals?« Desirée schaute fragend von einem zum anderen. Sam und Jenny wechselten einen Blick.

»Klar, wie früher«, sagten sie dann wie aus einem Mund und lachten los.

Auf dem letzten Stück hatte sich Jenny etwas zurückfallen lassen und beobachtete Sam und Desirée, die ihr ein Stück voraus waren. Sie hatten Desirée die schmale Treppe gezeigt, die parallel neben der Haupttreppe nach oben führte und dort in einen der schmalen Gänge mündete, die kreuz und quer durchs Haus führten. Desirée hatte gesagt, dass Bruno ihr von den verborgenen Dienstbotengängen erzählt, sie sich aber nie wirklich dafür interessiert habe.

»Es kam mir einfach seltsam vor, wisst ihr? Wie eine Parallelwelt.«

»Das war es auch«, hatte ihr Sam beigepflichtet. »Mein Großvater hat mir manchmal davon erzählt, wie das damals war, als noch Personal im Haus war, das diese Gänge nutzte, um möglichst ungesehen durchs Haus zu kommen.« In den alten Zeiten hatte man sich der dienstbaren Geister zwar gerne bedient, die hatten aber möglichst unsichtbar bleiben sollen, damit »die Augen der Herren von Talgrund nicht beleidigt wurden«, wie Sam mit einem breiten Lächeln kommentierte, aber vielleicht meinte er es auch gar nicht scherzhaft. Jenny kam der Gedanke, dass Sam und sie in früheren Zeiten wahrscheinlich kein Wort miteinander gewechselt hätten.

Und weil die Herren von Talgrund ihre Diener jedenfalls nicht hatten sehen wollen, gab es heute also noch überall enge Stiegen, abseits der pompösen Aufgänge, und schmale Gänge parallel der breiten Flure, quasi ein Haus im Haus. Für einen Moment hatte sich Jenny als Nachkommin der ehemaligen Herren schuldig gefühlt, auf der anderen Seite eben.

Es war dieser Moment gewesen, in dem sie Sam und Desirée hatte vorgehen lassen. Jetzt drehte sich Sam lächelnd zu ihr um. Er sah nicht aus, als hege er dieselben Gedanken wie sie. »Gehen wir noch in die Bibliothek? Da waren wir auch immer gerne.«

Jenny brauchte kurz, um zu verstehen, warum er fragte. Dann räusperte sie sich. Die Bibliothek, der Ort, an dem Tante Angelika aufgetaucht war, während sie auf *ihn* gewartet hatte.

»Klar.« Ihre Stimme klang rau. Sam stieg wenig später zuerst durch das etwas breitere Panel, hinter dem sich der Zugang verbarg, dann half er Desirée und ihr hindurch.

»Na, das ist aber eine Überraschung.« Desirée sah sich um. »Davon hat mir Bruno, glaube ich, nichts erzählt. Ein geheimer Zugang zur Bibliothek.«

»Na ja, früher war da ein Türgriff, aber man fand ihn unpassend«, ergänzte Sam.

Desirée drehte sich einmal um sich selbst und ließ den Blick über die Regale schweifen. Egal wie oft man hier gewesen war, der Anblick war immer beeindruckend. Jenny ging ohne ein weiteres Wort zu den Fenstern und zog die Vorhänge auf. Das Licht draußen blieb in regnerisches Grau getränkt. Es regnete nun tatsächlich schon seit fast vierundzwanzig Stunden ohne Unterlass. Sie ließ den Vorhang los und drehte sich zu den anderen. Desirée und Sam standen am Tisch in der Mitte des Raumes, auf dem jemand – vielleicht sogar noch Bruno – Bücher zurückgelassen hatte. Es handelte sich dabei um die Kladden, in die man bis etwa in die Achtzigerjahre die Ein- und Ausgaben von Talgrund notiert hatte. Auch über die Arbeitskräfte war dort Jahr für Jahr genauestens Buch geführt worden. Jenny schlug das erste Buch auf, das etwa fünfzehn Jahre nach Brunos Geburt begann. Die Eintragungen in diesem Jahr stammten von Ilse Lenhart, Brunos Mutter, ihrer Urgroßmutter. Sie nahm sich zwei weitere Kladden vor. Aus einem rutschte ein dünnes, von außen unbeschriftetes Heft heraus und landete vor ihren Füßen. Sie nahm es und schlug es auf.

»Leni …«

»Brunos Schwester«, sagte Sam neben ihr. Sie zuckte zusammen. Sie hatte gar nicht gemerkt, dass er zu ihr getreten war.

Nach dem Abendessen fanden sie sich gegen neunzehn Uhr noch im Salon zusammen. Obwohl sie sich eigentlich nicht viel zu sagen hatten, schien das zu einer Gewohnheit zu werden.

»Seht ihr das?« Gerhard hatte schon eine Weile schweigend am Fenster gestanden, als er sich wieder zu Wort meldete.

»Was denn?« Angelika trat an die Seite ihres Mannes und spähte ebenfalls nach draußen. Der streckte die Hand aus. »Na, dieses schwankende Licht da. Wenn es nicht so unwahrscheinlich wäre, würde ich sagen, da draußen ist jemand mit einer Taschenlampe unterwegs.«

Jetzt kniff Angelika die Augen zusammen. Mit ihren gekräuselten Lippen sah sie noch genervter aus, als ohnehin schon.

»Das bildest du dir ein, mein Lieber. Wo sollte denn ein Licht herkommen? Bei dem Wetter? Erinnerst du dich daran, wie es draußen aussieht? Gewiss kommt niemand hier heraus oder herein! Die Straßen sind überflutet und wahrscheinlich durch Schlamm unpassierbar geworden. Ganz bestimmt hat es Erdrutsche gegeben und wahrscheinlich sind auch Bäume umgestürzt und blockieren den Weg. Wir wissen ja, wie das hier in der Gegend ist, diese ganzen Bäche und Wasserlöcher … Die Straße ist außerdem schon bei gutem Wetter eine Zumutung.«

Jenny trat ebenfalls an Gerhards Seite. Angelika hatte zweifelsohne recht. Zwar hatte der Regen im Laufe des Tages vorübergehend etwas nachgelassen, aber die Wege waren natürlich unpassierbar, und wie und warum sollte überhaupt jemand zu ihnen kommen? Andererseits … Sie starrte in die Finsternis.

»Gerhard hat recht, da ist tatsächlich ein Licht. Ich bin mir ziemlich sicher. Vielleicht ein Team von der Feuerwehr oder der THW?«

Ihr Onkel schaute sie beinahe dankbar an. Dann spähten sie alle nach draußen in die Finsternis. Das schwankende Licht kam näher und näher. Desirée stand an Jennys Seite.

Es ist nur ein kleines Licht, überlegte Jenny.

»Ein Rettungstrupp ist es nicht«, stellte Sam trocken fest.

Desirée zuckte mit den Schultern. »Das wohl nicht. Wahrscheinlich hat sich jemand verirrt …«

»Wie das denn? Wer läuft denn bei dem Wetter in dieser Gegend rum?« Angelika schüttelte den Kopf.

Desirée räusperte sich. »Nun gut, wir sollten mal nachschauen, wer da kommt«, sagte sie dann.

Der Unbekannte hatte das Haus inzwischen erreicht. Das Licht verschwand zuerst aus ihrem Blickfeld, dann schlug jemand gegen die Tür.

»Die Klingel ist wohl kaputt«, war eine weibliche Stimme zu hören.

»Nein, der Strom ist ausgefallen.« Desirée hatte die Tür noch halb geschlossen gehalten und öffnete sie erst jetzt weiter. Die junge Frau draußen schien sich kurz unsicher darüber zu sein, was sie sagen sollte, doch auch die im Haus drinnen waren ungewöhnlich steif. Desirée gab sich als Erste einen Ruck.

»Bitte, kommen Sie doch herein! Wie kommen Sie denn hierher bei diesem Wetter? Wir dachten, es ist alles blockiert.«

»Das ist es auch, mehr oder weniger …«

Die Fremde verstaute ihre Taschenlampe und trat ein, während sie im nächsten Moment irritiert auf die Öllampe in Sams Hand schaute, mit der sie Desirée noch vor dem Abendessen versorgt hatte. »Das ist doch Talgrund, oder?«, versicherte sie sich dann. »Es sieht irgendwie anders aus.«

»Das liegt wahrscheinlich an der mangelhaften Beleuchtung.«

Desirée, die sich mit ihrem Eintreten kurz zurückgezogen hatte, trat wieder aus dem Schatten. Für den Bruchteil einer Sekunde veränderte sich etwas in ihrem Gesicht, dann hatte sie sich gefasst, und im nächsten Moment fragte Jenny sich, ob sie sich doch alles nur eingebildet hatte. Sie alle waren angespannt.

»Ja, das ist Talgrund«, bestätigte Desirée.

»Oh Mann«, die junge Frau schaute sich noch einmal um, »ich war ja schon einmal hier, aber bei dem Wetter und bei dem Licht sieht irgendwie alles so anders aus. Entschuldigen Sie bitte mein plötzliches Auftauchen. Ich war auf dem Weg hierher und bin oben an der Straße mit dem Auto gestrandet. Zu Fuß weiter zu gehen, war wahrscheinlich eine dumme Idee. Ich habe mir fast den Hals gebrochen. Die Wege sind kaum noch zu erkennen und das Wasser hat einiges mitgerissen und versperrt.« Sie blickte sich erneut um. »Doch, jetzt erkenne ich es besser. Allerdings hat das letzte Mal die Sonne geschienen, und Herr Lenhart sagte zum Abschied, dass ich unbedingt wiederkommen muss. Leider kam ständig etwas dazwischen, aber jetzt …«

Desirée unterbrach sie: »Nichts für ungut, aber wer sind Sie überhaupt?«

»Oh, entschuldigen Sie noch einmal!« Die junge Frau streckte Desirée die Hand hin. »Ich bin einfach so durcheinander. Ich hatte ziemliche Angst da draußen, wissen Sie? Es war wirklich nicht leicht. Mehr als einmal dachte ich … Egal, ich bin Maja Dudek. Bruno, also Herr Lenhart, hat mich vor einem halben Jahr zum ersten Mal nach Talgrund eingeladen.«

Sam, Desirée und Jenny wechselten einen Blick miteinander. »Weswegen?«, hakte Desirée nach.

»Um über die Vergangenheit zu sprechen. Ich bin Journalistin.«

»Die Vergangenheit?«

»Ja, Bruno hat mir ein Interview angeboten.«

Jenny konnte nicht sagen, warum, aber sie schaute in diesem Moment zu Gerhard und Angelika hinüber, die jedoch ebenso überrascht wirkten wie alle anderen. Offenbar hatte niemand von ihnen bisher von einer Maja Dudek gehört.

»Bruno, mein Mann«, sagte Desirée und schluckte langsam, »ist leider kürzlich verstorben. Es tut mir leid, dass Ihnen offenbar niemand Bescheid gesagt hat, aber er hat mir nie von Ihnen erzählt.«

»Oh nein!«, Maja sah für einen Augenblick wirklich überrascht aus. »Ich hatte ja keine Ahnung. Mein herzliches Beileid.«

Sie wiegte den Kopf. »Ob er das wohl meinte, als er schrieb, ich solle nicht überrascht sein und dass er den Brief über einen alten Freund schicken lasse?«

»Brief?«, echote Gerhard.

»Ja, der, der Anfang letzter Woche bei mir im Briefkasten lag.«

»Aber da war Vater schon tot.« Gerhard sah immer fassungsloser aus.

»Wer soll denn dieser alte Freund gewesen sein?«, murmelte Angelika.

»Vermutlich Georg«, war Sam zu hören.

Angelika schüttelte den Kopf. »Soll das heißen, er hat diese Frau da in den engsten Familienkreis eingeladen und vielleicht auch noch zur Testamentseröffnung?« Sie lächelte gequält.

Maja schüttelte den Kopf. »Von einem Testament weiß ich nichts. Er wollte mit mir über sein Leben und die Geschichte Talgrunds sprechen.«

»Was gibt es denn da …«, setzte Angelika an.

»Gut«, unterbrach Desirée sie, »ich schlage vor, wir gehen erst einmal alle in den Salon. Da ist es am wärmsten. Sind Sie hungrig oder durstig?« Sie musterte Majas schmutzige, vom Regen durchweichte Kleidung. Offensichtlich war die junge Frau mehrmals ausgerutscht. »In jedem Fall brauchen Sie etwas zum Anziehen. Mal sehen, was wir tun können …«

»Machen Sie sich bitte keine Umstände.« Maja Dudek hob abwehrend die Hände.

»Dafür ist es wohl zu spät«, meldete sich Angelika wieder zu Wort. Das Misstrauen in ihrer Stimme war dicht und mächtig wie eine Gewitterwolke. Eine weitere Spielfigur war zu ihrer Konstellation dazugestoßen. Nicht nur Angelika war sich unschlüssig, was davon zu halten war.

Kurz darauf saßen sie alle wieder im Salon. Jenny hatte sich angeboten, einen Teller mit etwas zu essen zusammenzustellen. Desirée nahm Maja mit, damit die sich etwas von ihrer Kleidung aussuchen konnte. Als sie alle zurückkehrten, hing das Misstrauen wie ein zunehmend dunstiger Schleier über der restlichen Gruppe.

»Das mit der warmen Dusche«, entschuldigte sich Desirée, »gestaltet sich derzeit auch etwas aufwendiger, aber morgen wird das vielleicht zu machen sein.«

»Danke, ich will keine Umstände machen.«

»Tja …«, vermeldete Gerhard lang gezogen.

Jenny stand spontan auf, um Tee zu holen. Sam begleitete sie. »Das ist eine ganz schöne Überraschung, findest du nicht?«, sagte er, als sie die Küchentür hinter sich geschlossen hatten.

»Ich habe noch nie von ihr gehört«, sagte Jenny, »und du? Dass Opa mit einer Fremden über Talgrunds Vergangenheit sprechen wollte, finde ich auch überraschend.«

»Wenn Strom da wäre und die Handys funktionieren würden, könnten wir Frau Dudek googeln, was?« Sam grinste. Jenny musste zu ihrer Überraschung auch lachen. Es hatte wohl etwas mit der Anspannung zu tun, die auf ihr lastete und mit Sams Gesichtsausdruck. »Aber so was von«, gab sie zurück.

Als sie mit dem Tee zurückkamen, aß Maja bereits hungrig. Sam schenkte allen ein.

»Ich kann mir vorstellen, wie das aussieht«, sagte die junge Frau, nachdem sie das erste Brot verspeist und eine große

Tasse Tee getrunken hatte, »aber das war nicht meine Absicht. Ich hätte mich besser informieren müssen, auch über das Wetter.«

Angelika nippte an ihrem Tee. »Wo kommen Sie genau her?«

»Berlin. Also, da arbeite ich derzeit ... Davor habe ich lange in dieser Gegend gewohnt.«

Gerhard setzte seine Tasse mit einem Ruck ab. Es klirrte. »Berlin? Wie hat Vater denn jemanden aus Berlin kennengelernt?«

Maja hatte ein neues Brot genommen und kaute ihren Bissen erst einmal in Ruhe zu Ende. Dieses Mal ließ sie sich Zeit mit der Antwort. »Übers Internet«, sagte sie endlich.

»Oho.« Gerhard warf Desirée einen vielsagenden Blick zu. »Ich wusste gar nicht, dass Vater das Internet kannte.«

Jetzt war es an Desirée den Kopf zu schütteln. »Er kannte sich besser aus, als du dir vorstellen kannst, aber dafür hast du dich ja nie interessiert.« Sie machte eine kurze Pause und fügte dann hinzu: »Entschuldige, ich bin angespannt. Das hätte ich nicht sagen sollen.«

Es klang nicht so, als ob sie es wirklich so meinte. Maja stellte die Teetasse ab. »Wir haben uns über eins meiner früheren Projekte hier in der Nähe kennengelernt. Da ging es um Schülerarbeiten, unter anderem zu Talgrund, über die ich berichtet habe ...«

Angelika zog die Augenbrauen hoch. »Klingt nicht wie die Arbeit einer Hauptstadtjournalistin.«

»Es war einer meiner ersten größeren Artikel. Er ist wohl im Internet darauf gestoßen. Ich bin erst danach nach Berlin gezogen.« Maja musterte Angelika recht unverwandt. Ganz so leicht ließ sie sich wohl nicht aus der Ruhe bringen. Jenny war beeindruckt.

»Es ist trotzdem überraschend, dass Bruno das tun wollte«, beharrte Angelika, und Jenny fand, dass sie andererseits auch recht hatte. Großvater hatte selten über die Vergangenheit gesprochen, dabei war er, weiß Gott, kein schweigsamer Kauz gewesen.

Maja widmete sich einen Moment lang wieder ihrem Essen. Gewiss war ihr bewusst, wie viele neugierige Augenpaare auf ihr ruhten, aber sie ließ sich nichts anmerken. Endlich meldete sich Angelika wieder zu Wort: »Das muss unangenehm sein, von oben an der Straße bis hier nach unten zu laufen.«

»Hm. Wenigstens hält das Blätterdach den Regen etwas ab.«

»Und oben an der Straße steht jetzt ein Auto aus Berlin?«, erkundigte sich Desirée.

»Ich hoffe es. Ein roter Seat.«

»Vielleicht wird ja jemand aufmerksam«, ließ sich Sam hören.

»Himmel!« Angelika schüttelte den Kopf. »Denkst du, dass wirklich keiner weiß, dass wir hier unten festsitzen? Ich habe darüber nachgedacht. Zumindest der Notar müsste …«

»Vielleicht ist der Weg nach Talgrund ja nicht der einzige Weg, der unpassierbar ist? Vielleicht gibt es größere Probleme, ein Hochwasser? Anrufen kann man uns ja nicht …«

»Nun, immerhin ist *sie* ja hierhergekommen.«

Maja hob den Kopf. »Das stimmt, aber ganz ehrlich: Ich weiß eigentlich nicht wie, und ich würde es rückblickend keinem raten.«

Medea

Mitternacht

Man konnte immer Zeit in London verbringen, also hatte Medea sich anfänglich keine sonderliche Mühe gegeben, einen Platz auf den ersten überbuchten Flügen zu ergattern. Erst heute früh war sie zurück nach Deutschland geflogen und ließ sich nun erschöpft auf die Couch in ihrer Wohnung fallen. Gewiss lag es auch daran, dass sie nichts wirklich zu einem Ort hinzog, an dem sie Angelika oder Gerhard begegnen würde, auch wenn das nicht besonders erwachsen sein mochte. Sie war alt genug, um nicht erwachsen zu sein, das war ein unbestreitbarer Vorteil des Älterwerdens. Die Vorstellung, für sich alleine von ihrem Schwiegervater Abschied zu nehmen, fühlte sich jedenfalls sehr viel besser an. Bruno und sie hatten eine gute Beziehung gehabt. Er hatte ihr nie das Gefühl gegeben, nicht willkommen zu sein. Er war nicht wie die anderen gewesen.

Seltsamerweise musste sie in diesem Moment an den Tag denken, als sie Jenny zum ersten Mal nach Talgrund gebracht hatte. Damals hatte Bruno sich wie verzaubert von seiner Enkelin gezeigt und dem Säugling immer wieder geduldig den Zeigefinger hingehalten, den Jenny energisch mit ihren Fingerchen umklammert hatte, kaum dicker als Streichhölzer. Eine Weile hatte er in ihre grauen Augen geblickt, die mit der Zeit stetig dunkler geworden waren, genau wie ihre anfangs sehr helle Haut. Es war unbestritten, aber Bruno hatte seine Enkelin vom ersten Moment an geliebt.

Als Jenny drei Monate alt gewesen war, war Rob dann bei diesem schrecklichen Unfall verstorben. Damals waren das Baby und sie beide vorübergehend ganz nach Talgrund gezogen. Sie hatte sich darüber klar werden wollen, wie es weitergehen konnte. Bruno und sie hatten getrauert. Damals hatte auch Ilse noch gelebt, Brunos Mutter, die alte, herrische Gutsherrin. Natürlich hatte sie viel an Medeas Erziehung auszusetzen gehabt.

»Lass sie einfach mal weinen, die Kleine manipuliert dich«, pflegte sie zu sagen. »Schreien kräftigt die Lungen. Die Kinder heute sind alle verweichlicht.«

Eine Zeit lang hatte Medea versucht, ihre Schwiegermutter einfach zu überhören, eines Tages war ihr doch der Kragen geplatzt: »Ich erziehe hier kein Kind für den Führer«, hatte sie scharf erwidert, als Ilse ihr wieder einmal unablässig Ratschläge gab. Die hatte beleidigt reagiert.

»Immerhin habe ich zwei Kinder großgezogen. Aus beiden ist etwas geworden, was du mir erst einmal nachmachen musst.«

»Ich wüsste nicht, dass ich dir irgendetwas beweisen muss.«

»Wie redest du eigentlich mit mir?«

Medea hatte tief Luft geholt. »Ich rede wie jemand, der nicht will, dass man sich in seine Angelegenheiten einmischt.«

In diesem Moment hatte Jenny wieder zu weinen begonnen, und Medea hatte sie, fast erleichtert über die Unterbrechung, aus ihrer Wiege genommen. Es tat so gut, den kleinen, weichen und doch irgendwie festen Babykörper zu spüren. Ilse hatte nach Luft geschnappt: »Damals wussten wir eben noch, was Zucht und Ordnung ist. Wenn ich das Sagen hätte ...«

»Hast du aber nicht«, war ihr Sohn ihr in diesem Moment ins Wort gefallen, wofür Medea ihm sehr dankbar gewesen war.

Sie riss sich aus ihren Gedanken. Wie sollte sie sich entscheiden? Natürlich hatte sie inzwischen mehrfach versucht, Jenny zu erreichen, aber die Verbindung zu Talgrund war schon immer schlecht gewesen, und nach den ersten beiden Telefonaten war es ihr einfach nicht mehr gelungen. Vielleicht lag es auch am Wetter – in Deutschland regnete es ohne Unterlass –, sie hatte jedenfalls weder auf dem Festnetz noch auf dem Handy etwas erreicht. Soweit sie im Internet lesen konnte, regnete es im Hunsrück nun wirklich schon seit drei Tagen. Youtube war voller Videos und Twitter voller mehr oder weniger intelligenter Kommentare. Auf Nachrichtenseiten las sie, dass mehrere Flüsse über die Ufer getreten waren, ein gutes Stück weiter südlich hatten sich kleine Bäche in reißende Ungeheuer verwandelt und sogar Autos mitgerissen. Die Gegend um Talgrund schien nicht in erster Linie betroffen, dennoch machte sie sich zunehmend Sorgen um Jenny. *Ob alles in Ordnung war?*

Andererseits hatte sie ja erst noch mit ihrer Tochter telefoniert, und es war ja auch nichts Ungewöhnliches, dass die Straße nach Talgrund nach einem schweren Regen für eine gewisse Zeit nicht passierbar war. Sie selbst hatte das schon erlebt. Aber vielleicht sollte sie doch einmal bei Brunos Notar anrufen, der alte Beccard war ein langjähriger Freund, vielleicht wusste der bereits etwas? Medea stand auf und begann, ihren mit Papieren, Notizen und Zeitungsartikeln übersäten Schreibtisch zu durchsuchen. Irgendwo hier hatte sie die Adresse und seine Nummer abgelegt.

7

Sommer 1942

Friedrich Bethmann ritt bereits zum zweiten Mal vorbei. Er hatte das auch gestern bereits getan und vorgestern, aber dieses Mal zügelte er sein Pferd, als Hania sich eben aufrichtete, um sich mit dem Handrücken den Schweiß von der Stirn zu wischen. In den letzten Tagen hatten sie eine solche Menge Kartoffeln geerntet, dass man leicht mehrere Armeen damit versorgen konnte.

Nach den ersten zwei Stunden bekamen sie gewöhnlich ihr Frühstück, nach weiteren vier das Mittagessen und dann noch Abendbrot. Am schlimmsten war an diesen langen Sommertagen der Durst. Am Morgen kam man noch gut damit zurecht, später wurde es zunehmend anstrengend, und wenn die Sonne hoch am Himmel stand und es drückend heiß wurde, klebte die Zunge manchmal am Gaumen. So ging es Hania auch in diesem Moment, vielleicht hatte er das mitbekommen, denn er hielt ihr seine Feldflasche hin.

»Etwas zu trinken?«

Friedrich Bethmann lächelte einnehmend. Er hatte ein schönes, vertrauenerweckendes Lächeln. Hania starrte ihn an und wusste nicht, was sie tun sollte. Ja, sie hatte Durst, doch sie zögerte auch. Die Regeln waren ihnen gleich in den ersten Tagen eingebläut worden: Kein Kontakt jedweder Art zu Deutschen.

Was will er von mir?

Für einen Moment kam Hania sich vor, wie in der Zeit gefroren, dann sprang der junge Mann vom Pferd und drückte ihr die Flasche einfach in die Hand.

»Keine Angst, es ist nur Wasser.«

Sie nickte stumm. Er deutete auf sich und lächelte wieder: »Ich bin Friedrich Bethmann.«

Sie schwieg. Er ließ ihr etwas Zeit. »Du bist Hania«, formulierte er dann bedächtig. »Hania …«

Sie nickte, schwieg aber weiterhin, während ihre Gedanken rasten. Sie konnte sehen, dass auch er überlegte, dann traf er offenbar eine Entscheidung.

»Ich brauche Hilfe.« Er sagte es langsam, schaute dabei suchend in ihr Gesicht. Zum ersten Mal nahm sie noch etwas an ihm wahr, eine leichte Unsicherheit, die sie sich vielleicht aber auch einbildete.

Warum soll ausgerechnet er unsicher sein? Er gehört zu denen, die über unser Leben bestimmen.

»Es dauert nicht lange«, fügte er hinzu. Da war etwas Bittendes in seinem Tonfall. Sie atmete durch.

»Man hat gesagt, dass ich auf Feld arbeiten soll.«

Er sah sie etwas länger an: »Sie sprechen gut Deutsch«, stellte er fest.

»Ich habe es in der Schule gelernt«, antwortete sie, ehe sie sich's versehen hatte. Ich war nicht immer eine Magd, schoss es ihr durch den Kopf, aber sie sprach es nicht aus. Stattdessen musterte sie ihn genauer. Er sieht sehr gut aus, sagte wieder diese etwas irritierende Stimme in ihrem Kopf. Bevor man sie aus ihrem Land fortgeschleppt hatte, hatte sie nie jemanden gefunden, bei dem sie so etwas gedacht hatte. Ewa hatte ihren Peter gehabt, und sie einige Verehrer, denn sie war das, was man hübsch nannte. Viel geholfen hatte es ihr nicht, denn jetzt war sie hier, machte sich Hände und Fingernägel bei der Feldarbeit kaputt und schuftete wie ein Tier.

Eine Ewigkeit … Nein, sie war nicht mehr die Hania, die sie einmal gewesen war.

Er nickte ihr noch einmal aufmunternd zu: »Trinken Sie bitte. Es wird Ihnen nichts passieren. Ich verrate es keinem.«

Hania schaute sich abrupt um. War es recht, wenn man ihr etwas zu trinken brachte und den anderen nicht? Sie alle hier waren rasch zu einer Gemeinschaft geworden, sie alle, die man gegen ihren Willen hierhergebracht hatte. Aber sie hatte wirklich schrecklichen Durst und es fiel ihr immer schwerer zu schlucken. Also nahm sie die Flasche doch an und tat einen tiefen Schluck. Es fühlte sich kurz erleichternd an.

»Es schmeckt, oder?«, fragte er sie, und es kam ihr plötzlich vor, als sei es ihm sehr wichtig, dass sie diese Frage bejahte. »Ich habe es aus einer Quelle geholt«, fuhr er fort, bevor sie noch Antwort geben konnte.

»Es ist gut«, bestätigte sie.

»Und kommen Sie mit? Du kannst mir vertrauen.«

Sie zögerte, dann nickte sie.

Ab diesem Zeitpunkt sah Hania Friedrich Bethmann öfter. Auf seine Anweisung hin reinigte und fegte sie schließlich auch die ehemaligen Behausungen von Mägden und Knechten, in die sie alle noch am selben Abend umzogen, wobei ein Raum für die Männer, einer für die Frauen vorgesehen war. Er betonte, dass es seine Idee gewesen war und erwartete vielleicht Dankbarkeit, doch sie schwieg.

Und jetzt war ein neuer Tag gekommen, und er war schon wieder da, wieder zu Pferd. Er hatte einen Fotoapparat dabei.

»Jetzt schau doch einmal ein bisschen freundlicher«, sagte er eben zu Ewa gewandt. »Ich möchte doch nur meinen neuen Apparat ausprobieren. So, wie du schaust, springt mir ja die Linse.«

Er grinste sie charmant an, wie man das unter jungen Leuten sicher tat, doch Ewa schaute weiterhin grimmig, was Hania zu ihrer Überraschung zum Lachen brachte. Sie konnte einfach nicht anders. Was sollte sie auch tun? Der junge Mann war doch eigentlich recht freundlich, und sie lachte gerne, manchmal sogar, wenn sich die Hölle vor ihr auftat.

Zu Hause hatte man sie hin und wieder für ihre Unbekümmertheit gerügt. Ihre Mutter hatte dieses Lachen undamenhaft gefunden.

Der junge Mann suchte ihren Blick: »Ich will euch wirklich nichts Böses«, wiederholte er leiser. »Ich will nur ein paar Aufnahmen machen, weil heute so ein schöner Tag ist und ihr solch ein schöner Anblick.«

Ewa richtete sich unvermittelt auf dem Heuwagen auf und stemmte die Hände in die Seiten.

»Nichts Böses«, entgegnete sie scharf. »Dass man uns aus der Heimat entführt hat, ist nichts Böses? Was ist das sonst?« Für einen Moment sah es aus, als fühle sie etwas Bitteres in ihrem Mund, als habe sie die Worte wie einen Haufen Galle ausgespuckt. Dann war es sehr still. Alle sahen zu ihnen herüber, und die, die nahe bei ihnen waren, fragten sich sichtlich, ob Ewa zu viel gesagt hatte.

Der junge Mann aber erwiderte nichts. Tatsächlich war er sogar rot angelaufen. Man sah es gut bei seinem hellen Haar und seiner hellen Haut, ein Schimmer wie eine vorüberziehende rosige Wolke auf seinen Wangen. Manche hielten weiter den Atem an, doch was er dann mit rauer Stimme sagte, kam überraschend: »Es tut mir leid, ich wollte das nicht. Ehrlich.«

Ein paar Tage später begegneten Hania und Friedrich einander auf dem Weg zu den Unterkünften. Offenbar kam er aus dem hinteren Bereich des Tales. Hania hatte gehört, dass es von dort einen Weg in den nächsten Ort gab, der allerdings nur zu Fuß gangbar war. Ewa hatte sich natürlich sofort gefragt, ob man in diese Richtung fliehen könne, und Hania hoffte nur, dass sie das nicht ernst meinte.

Der junge Mann und sie zögerten, als sie einander bemerkten. Hania blieb stehen. Friedrich nahm seine Geschwindigkeit nach kurzem Zögern wieder auf.

»Herr Bethmann!«, grüßte sie ihn, als er ihre Höhe erreicht hatte. »Ich grüße Sie, Hania«, entgegnete er.

Sie schauten einander an. Er hatte wirklich sehr helles Haar, ein wenig wie ein Weizenfeld und dazu dunkelbraune Augen. Er sah vertrauenswürdig aus, und natürlich wusste sie gleich, dass Ewa über solche Gedanken nur den Kopf geschüttelt hätte. Sie räusperte sich.

»Es tut mir leid wegen das, was Ewa gesagt hat.«

»Deine Freundin?«

»Ja. Meine Freundin.«

Er schwieg. Hania blickte unsicher zu Boden. Warum spreche ich mit ihm? Wahrscheinlich hatte sie längst zu viel gewagt. Doch zu ihrer Überraschung wirkte er nicht ablehnend, sondern nachdenklich, als sie einander wieder ansahen.

»Das muss dir nicht leidtun«, sagte er. »Sie hat ja recht. Es ist ein Unrecht, Menschen gegen ihren Willen in ein fremdes Land zu bringen … Es ist doch, es ist …« Er schien die Worte nicht herausbringen zu können. »Gegen euren Willen?«, endete er dann in fragendem Tonfall.

Sie nickte. Er nickte ebenfalls.

»Ich wusste es. Sicherlich vermisst du deine Heimat.« Er musste ihren dunklen Blick bemerkt haben, denn er entschuldigte sich gleich. »Ich wollte dir nicht zu nahe treten. Offenbar sage ich nur das Falsche. Glaub mir, ich bin sonst nicht so ungeschickt, ich …«

Es schaute ihre Finger an. Hania folgte seinem Blick. Ihre Fingernägel waren rabenschwarz und wollten dieser Tage gar nicht mehr richtig sauber werden. Früher war sie das nicht gewöhnt gewesen. Sie hatte immer sehr weiße, sehr weiche Hände gehabt. Sie sah sie vor sich, wie sie auf den Klaviertasten ruhten, bevor sie zu spielen anhob. Ein Jahr, bevor man sie hierhergebracht hatte, hatte sie für eine Weile mit dem Klavierspiel aufgehört. Es machte ihr keine Freude mehr. Jetzt hätte sie einiges dafür gegeben, wieder spielen zu können oder auch nur einmal saubere Finger zu haben. Das Schweigen zog sich in die Länge. Er trat einen Schritt zurück und räusperte sich unwillkürlich: »Du musst weiter und ich will dich nicht aufhalten. Es freut mich, dass ich mit dir sprechen konnte.«

Sie nickte stumm und hielt den Kopf gesenkt, bis seine Schritte in der Ferne verklangen.

Da hatte sie es noch nicht verstanden, aber ein paar Tage später wurde es Hania endgültig klar: Friedrich Bethmann tauchte nicht zufällig auf. Immer häufiger sah sie ihn, und jedes Mal, wenn sie einander begegneten, wechselten sie ein paar mehr Worte. »Du kannst mich ruhig Friedrich nennen, wenn wir allein sind«, sagte er ihr.

Sie dachte, dass Ewa sich sicher fragen würde, warum sie überhaupt miteinander sprechen mussten. Aber was wäre, wenn die Zeiten andere gewesen wären und sie nichts als zwei junge Leute. Hätten sie einander dann gemieden?

»Natürlich, Herr Bethmann«, sagte sie also.

»Friedrich«, berichtigte er sie.

»Friedrich ...« Sie hörte, wie sie das r in seinem Namen rollte. Ob ihn das wohl belustigte? Aber er schien schon über etwas anderes nachzudenken: »Ich möchte«, sagte er, »dass dein Leben auf Talgrund so gut ist, wie mir möglich. Mein Einfluss ...«

»Ja, Herr ...« Er hob den rechten Zeigefinger. Einen Moment lang schwiegen sie beide. »Es gibt da noch etwas«, sagte er dann. Sie hob den Kopf, auch, weil seine Stimme in diesem Moment anders klang, was sie neugierig machte.

»Es ist furchtbar, dass ihr auf diese Art hier seid, aber ich bedaure nicht, dich kennengelernt zu haben, Hania, vielleicht unter anderen Umständen ...« Er schaute sie unsicher an. Hania schwieg. Wie war das eigentlich, wenn man ein junger Mensch war und nichts anderes, wenn die schwierigste Entscheidung, die man treffen musste, die war, ob man das Klavierspielen wieder anfing, und sich nicht fragte, ob man die Eltern und den Bruder je wiedersah?

Das Jahr 1942 schritt voran und Friedrich und Hania lernten sich näher kennen. Es war nicht leicht, gemeinsame Zeit zu verbringen, aber er sorgte dafür, indem er ihr die passenden

Aufgaben gab. Hania stellte fest, dass es guttat, mit ihm zu reden. Friedrich zeigte sich interessiert an ihrer Heimat. Sie hörte sich an, was er über Talgrund und seine Geschichte zu erzählen hatte. Irgendwie fanden sich Möglichkeiten, einige Wege rund um Talgrund gemeinsam zu erkunden. Er zeigte ihr kleine Bachläufe, versteckte Wiesen und Waldabschnitte, in denen man ungesehen verschwinden konnte. Anfangs hielten sie peinlich Abstand, irgendwann kamen sie sich näher, ohne dass Hania später recht sagen konnte, wann er ihr das erste Mal die Hand gereicht hatte, um ihr über ein Hindernis hinwegzuhelfen.

Das Eishaus, das so gut versteckt in diesem besonders dichten Waldstück lag, war ein ausnehmend guter Treffpunkt. Vom Eishaus aus ließ sich sehr früh jeder sehen, der sich näherte.

Der Spätsommer dieses Jahres machte es ihnen leicht, und auch der goldene Herbst, der darauf folgte, wo es niemandem auffiel, wie viel man sich draußen aufhielt. Wie zufällig trafen sie sich immer wieder. Im Schatten eines riesigen, alten Baumes küssten sie sich zum ersten Mal und für einen sehr kurzen und zugleich ewigen Moment wünschte sie sich, dass jemand die Zeit anhalten möge. Länger noch hielten sie einander in den Armen, bevor sie sich noch einmal küssten, und dann begann Hania heftig zu zittern, denn sie wusste, dass sie eine Grenze übertreten hatten.

In den Tagen darauf küssten sie sich wieder und wieder. Auf einer kleinen Waldwiese – es war schon etwas kälter geworden – bettete Hania erstmals ihren Kopf in Friedrichs Schoß, während er sanft ihre Wangen streichelte. Er sagte ihr, dass er ihre weiche Haut liebte, aber das musste er nicht, denn sie konnte es sehen. Sie liebte es auch, die Konturen seines Gesichts nachzufahren, und wenn sie ehrlich war, dann war sie furchtbar glücklich, dass sie zueinandergefunden hatten, dass sie endlich zulassen konnten, was ihnen der Verstand zuvor verboten hatte. Sie waren siebzehn, fast achtzehn und fühlten sich doch längst viel älter an Jahren …

8

2021 – Tag 3 auf Talgrund

Morgens stritten Tante Angelika und Desirée wieder einmal. Draußen regnete es seit den frühen Morgenstunden nicht mehr, doch noch immer sah es aus, als könne es bald wieder anfangen.

Die Wasserfläche rings um das Gutshaus erinnerte weiterhin an einen See. Es war unwirtlich, aber das war kein Problem, denn das alte Haus bot genügend Ecken, in denen man sich verlieren konnte.

Wie schon am Tag zuvor erkundeten Sam und Jenny die alten Dienstbotengänge, die das Gebäude durchzogen.

Jennys Lieblingsgang führte seit jeher oberhalb des Salons entlang, ein Zimmer, das zurzeit, abgesehen vom Esszimmer, der Küche und den Gästezimmern, bevorzugt genutzt wurde. Sie sah Angelika durch die Lüftungsschlitze und hielt inne. Ob Gerhard und Angelika um die Gänge wussten? Wahrscheinlich schon, aber es war auch gut möglich, dass sie sie einfach vergessen hatten …

Sam beschäftigten wohl ähnliche Überlegungen, denn er flüsterte ihr zu, ob es ihr auch so vorkomme, als würde es allen immer weniger leichtfallen, hier gemeinsam *eingesperrt* zu sein.

»Dabei sind wir erst den dritten Tag hier.«

»Am dritten Tag wollte ich eigentlich bereits abreisen«, flüsterte Jenny zurück.

»Ich auch. Demnächst trete ich eine neue Stelle in einer Hausarztpraxis an. Vorher wollte ich umziehen …. So wie das läuft, werde ich einen weiteren Monat Miete bezahlen.«

Er seufzte.

Unwillkürlich warf sie ihm einen kurzen Blick zu. Ja, er hatte recht. Aber es waren nicht nur die Verpflichtungen in der Welt draußen. Dass der Regen aufgehört hatte und sie dennoch nicht fortkamen, machte die Dinge wirklich nicht leichter.

Zudem blieb das Testament verschwunden und der Notar unerreichbar. Gestern Nacht hatte Jenny geträumt, es zufällig in einer der Kladden in der Bibliothek zu finden, aber bisher hatte sie nur Lenis Tagebuch entdeckt und eine Art Chronik, die Brunos Mutter Ilse Lenhart geführt hatte. Ob sich darin etwas von Interesse fand, konnte sie noch nicht sagen, aber auch Maja war neugierig und hatte darum gebeten, beides für ihren Artikel lesen zu dürfen. Die junge Frau wirkte bisher freundlich und ruhig, machte sich gerne behilflich und war ansonsten fast ständig mit Papier und Stift zu sehen. In der Bibliothek hielt sie sich häufig auf. Jenny sprach gerne mit ihr, konnte aber nicht recht sagen, ob Maja einfach zurückhaltend war oder ob sie bestimmte Dinge lieber für sich behielt – oder war dieses Gefühl den Umständen geschuldet, dass Jenny in dieser Situation einfach zu viel Zeit hatte, sich Dinge auszumalen?

Sie spähte erneut durch die Lüftungsschlitze in den Salon. Das Licht, das durch die schmalen, kaum sichtbaren Fensteröffnungen auf der anderen Seite fiel, war ausreichend aber sehr dämmrig. Inzwischen ging es auf Mittag zu und Angelika hielt sich bereits an ihrem Weinglas fest. Jenny runzelte die Stirn. Am Anfang ihres Aufenthalts, und das war eigentlich nicht lange her, hatte Angelika die Alkoholfrage noch sehr streng gehandhabt. Diese Regeln schienen sich am schnellsten aufzulösen. Offenbar war Alkohol Angelikas Stresshelfer. Ihre Tante stand auf und lief einige Male hin und her, bevor sie sich auf das Sofa direkt neben Maja setzte, die immer noch Pullover und Jogginghose trug. Gestern hatten noch alle darüber geredet, wie sie es wohl geschafft hatte, von der oberen Straße oben nach hier unten zu kommen, besonders Angelika und Gerhard hatten sich misstrauisch gezeigt. Jenny suchte Sams Blick. Sie wollte jetzt weitergehen. Am Ende des Ganges gab es eine schmale Stiege, über die man nach oben in einen weiteren Gang zu den Dienstbotenkammern gelangen konnte, nach unten ging es in die große alte Küche und natürlich in sämtliche Räume der Herrschaften, ob genutzt oder ungenutzt. Sie wollte Sam gerade etwas zuflüstern, als Angelika doch etwas sagte.

»Ich kann es einfach nicht glauben, dass wir hier weiterhin festsitzen! Was ist nur los? Sollte der Katastrophenschutz nicht eingreifen? Es hat aufgehört zu regnen. Es muss doch jemandem auffallen, dass wir uns nicht melden? Warum fragt nur niemand nach uns?« Sie strich sich nervös über das Haar. Ihre Frisur war heute Morgen ungewöhnlich unordentlich, als wäre sie nur kurz mit der Bürste durch die Haare gefahren und hätte dann einfach aufgegeben. Maja blätterte eine Seite um. Desirée zog die Decke um ihre Schultern in einer Bewegung enger um sich.

»Dein lieber Sohn zum Beispiel?«, fragte sie und schien im nächsten Moment gegen ein Frösteln anzukämpfen. Jenny hielt unwillkürlich die Luft an. Ihr Blick huschte wieder zu Angelika, die den Mund öffnete, gewiss, um etwas Scharfes zu erwidern, doch Desirée kam ihr zuvor. »Es tut mir leid, aber es ist nun mal so, dass wir nicht wissen, wie es außerhalb des Tals aussieht. Sam hat sich gestern umgesehen, aber das Wasser hat sich noch nicht ausreichend zurückgezogen. Dennoch gehe ich davon aus, dass es nicht mehr ewig dauern wird, bis jemand zu uns vordringt und dann werden wir schon hier wegkommen. Vielleicht schaffen wir es bald auch, mit den Handys eine Verbindung aufzubauen, jetzt, wo das Wetter sich immer weiter bessert. Bis dahin ist es vielleicht gut, all das einfach als ein Abenteuer anzusehen«, endete sie mit einem leichten Seufzer. »Wenn uns langweilig wird, können wir ja weiter nach dem Testament suchen.«

Angelika warf ihr einen ärgerlichen Blick zu.

»Du hast offenbar keinen Sinn für die Realität, meine Liebe. Wir sind keine Kinder mehr. Einige von uns haben zu arbeiten. Auf meinen Mann und mich wartet eine Firma. Auf so ein Abenteuer kann ich gerne verzichten. Sicher liegt das Testament ohnehin beim Notar.« Sie machte eine Pause und schaute Maja hinterher, die eben den Raum verließ. »Wo will die schon wieder hin?«

»Vielleicht muss sie mal.« Desirées Stimme klang gereizt. Offenbar verlor auch sie mittlerweile die Nerven.

»Jaja, schon gut. Ich frage mich ja nur, ob es richtig ist, eine Fremde hier einfach alleine herumstöbern zu lassen?«

»Wieso gehst du davon aus, dass sie herumstöbert? Und so ganz fremd kann sie ja nicht sein, wenn Bruno sie eingeladen hat«, entgegnete Desirée spitz.

»Aber wir kennen sie nicht, oder? Journalistin? Wer sollte das überprüfen? Man könnte googeln, wenn hier irgendetwas funktionieren würde. Das Testament verschwindet, eine Fremde taucht aus dem Nichts auf … Tut mir leid, wenn ich nicht so leichtgläubig bin wie andere hier.«

»Gut, Angelika, ich bin allerdings auch nicht leichtgläubig. Mir ist nämlich durchaus bewusst, dass ihr alleine weiter nach dem Testament gesucht habt, ohne uns andere auf dem Laufenden zu halten. Dabei sollten wir unser Wissen als Familie doch *alle* teilen, oder etwa nicht?« Desirées Stimme klang fremd. Im nächsten Moment entschuldigte sie sich: »Sorry, das wollte ich eigentlich gar nicht sagen. Ich fürchte, die Situation zerrt furchtbar an meinen Nerven.«

»Das geht wohl jedem von uns so«, sagte Angelika nach kurzem Zögern erstaunlich versöhnlich. »Ganz ehrlich fand ich es von Anfang an ziemlich seltsam von Bruno, uns hierher zu zitieren. Wir sind *keine* besonders enge Familie, und ich glaube, wir werden es auch nicht mehr. Was soll das Ganze also?«

Die Tür zum Salon öffnete sich. Maja kam zurück. Wahrscheinlich war sie wirklich auf Toilette gewesen, aber … Jenny runzelte die Stirn. War sie jetzt schon so paranoid wie Angelika?

Der dritte Tag verging ohne weitere Zwischenfälle. Maja, Sam und Jenny waren ein weiteres Mal in der Bibliothek zusammengetroffen und hatten später Gebäck und Tee im Wintergarten zu sich genommen. Maja hatte ein wenig mehr über die Verwaltungsbücher gesprochen und was die einem über die Vergangenheit verrieten. Sie waren durchaus nicht langweilig. Sie verrieten Dinge, von denen man keine Ahnung gehabt hatte. Wer, wann auf Talgrund gewohnt hatte, woran es mangelte, welche Verluste man erlitten hatte und was gefeiert worden war.

Sam hatte in Ilses Chronik geblättert, und Jenny sich Lenis Tagebuch vorgenommen, aber es war irgendwie seltsam, etwas zu lesen, was die Schreiberin eigentlich für sich hatte behalten wollen.

Nach dem Abendessen nahm sie sich das Tagebuch dennoch noch einmal vor, wurde aber bald unterbrochen, als Sam, eine Cognacflasche und Gläser in der Hand, an der Tür zu ihrem Zimmer klopfte.

»Ich brauche heute einen Schluck. Trinkst du mit mir?«

Sie zögerte, nickte dann aber. Sam stellte Flasche und Gläser ab, zog den zweiten Stuhl zu sich heran und setzte sich zu ihr an den kleinen Schreibtisch. Dann schenkte er ihnen beiden ein. Für einen Moment drehte er sein Glas in den Händen. Dann fiel sein Blick auf Lenis Tagebuch auf ihrem Bett. Er stellte das Glas ab.

»Und, steht etwas Interessantes darin?«

»Ich habe erst das Jahr 1936 erreicht. Bisher sind alle Eintragungen sehr kindlich. Sie schreibt von Streifzügen über das Gelände von Talgrund, vom Baden im Mühlenweiher und abendlichen Brettspielen mit der Familie. Es sind Alltäglichkeiten, und ich bin gespannt darauf, ob und was sich im Laufe der Zeit ändern wird. Wir befinden uns in der Zeit vor dem Zweiten Weltkrieg. Ich wüsste gerne, was diese Zeit für Talgrund bedeutet hat und wie sie sie erlebt hat. Weißt du, seitdem Maja hier ist, kommt es mir so vor, als ob ich eigentlich sehr wenig über meine Familie weiß. Leni selbst, zum Beispiel … Ich weiß nahezu nichts von ihr, dabei war sie immerhin Brunos Schwester.«

Sam hob die Schultern.

»Sie hat für die meiste Zeit ihres Lebens nicht hier gelebt, vielleicht liegt es daran?« Er schaute das dünne Heft an. »Darf ich?«, fragte er.

»Klar.«

Ihre Finger berührten sich, als er nach dem Heft griff. Da war ein Gefühl wie ein leiser Schrecken, eine Erinnerung, die scharf durch sie hindurchfuhr. Als sie daraus hervortauchte, bemerkte sie, dass seine Hand immer noch in der Luft schwebte, ohne dass er Lenis Tagebuch an sich nahm.

Jenny schluckte. Sie konnte nicht sagen, warum diese Erinnerung plötzlich da gewesen war.

»Es tut mir leid wegen damals«, sagte er unvermittelt.

Jenny suchte seinen Blick. Konnte man ihr so deutlich ansehen, was sie beschäftigte, oder konnte er es, weil er eben diesen Schlüssel zu ihr besaß?

Sie schüttelte den Kopf, brachte »Schwamm drüber« hervor und wusste, dass sie es nicht meinte.

»Nein, sag das nicht, es war nicht richtig. Mir ist schon bewusst, dass du deshalb jahrelang nicht mit mir gesprochen hast. Es war … Es war einfach nicht richtig.«

Er schaute sie an. Was erwartete er von ihr, oder erwartete er überhaupt etwas?

»Weißt du, damals habe ich mich wohl am meisten darüber geärgert, welche Macht Tante Angelika in diesem Moment über mich hatte. Mama und Opa waren nicht da, ich konnte mich nicht erklären. Ich war ihr ausgeliefert.«

Sam brummte verständnisvoll. Dann nahm er sein Glas in die Hand und trank einen Schluck. Jenny tat es ihm gleich. Sie musste allen Mut zusammennehmen, um weiterzusprechen.

»Weißt du, ich war damals in dich verliebt. Das hat alles noch schmerzhafter gemacht. Ich habe dir vertraut.«

»Verliebt?« Die Worte hingen in der Luft. Er ließ das Glas etwas sinken und stellte es dann behutsam auf dem Tisch ab.

»Das wusstest du nicht?«

Irgendwie berührten sich ihre Hände wieder. Beide beugten sich nach vorn. Plötzlich waren sie einander ganz schön nahe.

»Aber es war keine Lösung wegzulaufen, das ist nie eine Lösung.«

Jenny hielt seinem Blick stand.

»Ich weiß. Ich hatte eben das Gefühl, nicht hierherzugehören. Das hatte ich immer und Tante Angelika hat es mich immer besonders spüren lassen. Wenn Opa weg war, war es besonders schlimm.«

»Das tut mir leid. Ich hatte keine Ahnung, wie schlimm das für dich war.«

»Als Fünfzehnjährige wünscht man sich wahrscheinlich nichts so sehr, als dazuzugehören.«

Ihre Gesichter waren sich immer noch sehr nah, so nah, dass sie einander küssen könnten. Draußen wurde es plötzlich laut. Sie zuckten beide zurück.

»Was ist das?«, flüsterte Sam perplex.

Etwas Schweres wurde die Treppe heruntergezogen, dann ratterten eindeutig Kofferräder über die Hallenfliesen. Angelikas Stimme war zu hören.

»Nein danke, Gerhard. Ich habe mich entschieden. Hier bleiben wir nicht. Erst war der Safe leer, dann diese komische Journalistin, von der nie jemand etwas gehört hat. Jemand spielt ein falsches Spiel mit uns, Hase. Wir gehen ins Hotel und warten dort ab, bis alles geklärt ist. Wahrscheinlich ist das einer der Scherze deines Vaters. Er hatte ja immer einen etwas seltsamen Humor, besonders in den letzten Jahren. Das hat schon damit angefangen, dass er einfach noch einmal geheiratet hat. Und jetzt lässt er uns sogar bis in sein Grab hinein nicht in Frieden. Oder *sie* steckt dahinter. Ich wäre nicht überrascht, wenn es für uns nur den Pflichtteil gibt, aber das lasse ich mir nicht bieten. Ich werde mich, so schnell es geht, mit unserem Anwalt in Verbindung setzen.«

»Aber du weißt gar nicht ...«

»Sei still.«

»Er mochte dich, Täubchen!«

»Nenn mich nicht so. Und nein, das hat er nicht. Ich bin wirklich so kurz davor, meine Contenance zu verlieren, mein Lieber.«

»... oder auch auszuflippen«, flüsterte Jenny Sam zu, der ein Lachen unterdrücken musste. Offenbar glaubte ihre Tante inzwischen, dass jemand das Testament gezielt hatte verschwinden lassen, doch machte das wiederum Sinn, falls es eine Kopie gab?

Gab es eine Kopie?

Gerhard murmelte etwas Undeutliches. Die Haustür wurde geöffnet.

»Fahr den Wagen näher zum Eingang«, befahl Angelika. »Es regnet schon wieder und ich will nicht nasser werden als nötig.«

Jenny und Sam horchten noch einen Moment angestrengt. Dann verließen sie das Zimmer und schlichen näher zum Geländer. Von ihrer neuen Position aus konnte man den Eingangsbereich überblicken. Jenny hatte sich als Kind oft ausgemalt, wie frühere Bewohner hier gestanden und Ankommende empfangen hatten: Frauen in schönen Kleidern, Männer mit gepuderten Perücken. Angelika stand in ihrem feinen Trenchcoat mit dem Rücken zu ihnen und hielt einen Regenschirm in der Hand. Draußen hörte man den Motor von Gerhards BMW. Einen kurzen Augenblick später eilte er wieder die Treppe hinauf, um die Koffer zu übernehmen.

»Sollten wir uns nicht verabschieden?«

»Gute Güte. Von wem denn?« Angelika schüttelte den Kopf. »Es gibt hier wirklich niemanden, von dem ich mich verabschieden müsste. Dein Vater ist tot, das Affentheater mit Familie hier, Familie dort hat endlich ein Ende. Und wenn das mit dem Erbe geklärt ist, möchte ich keinen von denen je wiedersehen. Wir haben uns lange genug mit dem Pack abgegeben.«

»Angelika.«

»Ich spreche nur aus, was wir beide denken.«

Sam und Jenny wechselten einen Blick. Die Tür wurde endgültig zugezogen.

»Na, das war hart«, sagte Jenny.

»Aber auch nicht wirklich überraschend, oder?« Sam legte den Kopf schief. »Ich finde, Angelika war zum ersten Mal ehrlich. Liegt dir denn etwas an ihr?«

»Nein, aber wir sind eben Familie, irgendwie …« Jenny hörte selbst, wie ihre Stimme leiser wurde, fragender im Ausdruck. Sam berührte kurz ihren Arm, rückte dann aber wieder ab, als wisse er nicht, ob er eine Grenze übertreten hatte. Die Nähe, die sie eben noch beide gespürt haben mussten, war verflogen.

Einen Moment später nahmen sie in Jennys Zimmer ihre alten Plätze ein. »Du siehst nachdenklich aus«, sagte Sam, nachdem es eine Weile still geblieben war. Jenny hob die Schultern. »Die, denen man vertraut, sucht man sich aus, oder? Das kann Familie sein, muss aber nicht.« Sie suchte seinen Blick. »Wie ist das bei dir?«

Sam schwieg einen Moment. »Ich hatte Glück«, sagte er bedächtig, »besonders mit Großvater.«

Jenny schaute unwillkürlich zum Fenster.

»Meinst du, sie schaffen es, hier wegzukommen?«

Sam zuckte die Achseln. »Keine Ahnung. Wir werden sehen, oder? Und wenn sie dann den Notar aufsuchen, dann haben wir wohl bald alle eine Antwort auf eine unserer Fragen.«

9

Herbst und Winter 1942/1943

»Du musst vorsichtiger sein, Hania.« Ewas Stimme ließ Hania nicht zum ersten Mal zusammenzucken. Friedrichs Auftrag hatte sie heute wieder einmal zum Eishaus geführt. Sein Einfallsreichtum, wenn es darum ging, Begegnungen herbeizuführen, ließ sie innerlich oft lachen, und das fühlte sich wie ein kleines bisschen Normalität an, so, wie es in ihrem Alter eigentlich sein sollte.

Wir sind junge Frauen, dachte Hania, wir sollten gemeinsam ausgehen, Nächte durchtanzen, Pläne für unser Leben schmieden und uns ausmalen, wen wir einmal heiraten werden.

»Hania, du *musst* vorsichtig sein«, wiederholte Ewa eindringlich. Ein Ruck ging durch Hanias Körper. Sie hob den Kopf und sah Ewa an. »Ich bin vorsichtig.«

Klang ihre Stimme wirklich so trotzig?

»Ich weiß Bescheid.« Ewas Blick wich nicht von ihr. »Was, wenn es andere erfahren?«

»Ich mache nichts Falsches.« Hania schaute auf ihre rechte Hand. Da war ein Kratzer, an ihrem Daumen, mit dem sie sich nun beschäftigte. Ewa seufzte.

»Hania, für die Deutschen bist du *minderwertig*. Wenn sie dich erwischen, kümmert sich ihre Gestapo um dich.«

»Aber er ist anders. Er liebt mich.«

»Das kann sein, aber wenn dich jemand verrät, wird er dir nicht helfen können. Niemand kann dir dann helfen.«

Hanias Blick huschte über die Schulter der Freundin hinweg. Sie bemerkte, dass sie nun mit der rechten Hand am Ärmel ihrer Bluse zupfte und zwang sich, damit aufzuhören. Warum war sie nervös, sie hatte doch wirklich nichts getan! Sie hörte, wie Ewa tief Luft holte, bevor sie weitersprach: »Ihr *könnt* kein Paar sein. Es ist lebensgefährlich für dich.«

»Aber warum sollten wir uns nach ihren Regeln richten?«

Der erste Kuss kam ihr in den Sinn, nachdem es kein Zögern mehr gegeben hatte. Sie dachte an seine Lippen auf ihren, und wie er sie danach und jedes weitere Mal eine Weile in den Armen gehalten hatte, während sie ihren Kopf an seinen starken Schultern barg. Er hatte die Muskeln eines Mannes, während sein Gesicht immer noch etwas Jungenhaftes hatte. Aber das Körperliche war nicht alles. Sie redeten auch, redeten, als hätten sie einander schon immer gekannt, und irgendwann hatte sie ihm sogar von ihrem Bruder Marek erzählt, der gegen die Deutschen kämpfte, und Friedrich hatte gesagt, dass er Marek verstehe und dass er an seiner Stelle nichts anderes tun würde.

Hania zupfte erneut am Ärmel ihrer Bluse und hörte ein weiteres Mal damit auf. Sie wusste, dass sie kindisch klang. Gleichzeitig war es einfach nicht gerecht.

Ewa fasste nach ihrer Hand: »Weil ich dich liebe, Täubchen. Weil ich deiner Mutter versprochen habe, auf dich aufzupassen. Weil du meine beste Freundin bist, und weil ich mir nie verzeihen könnte, wenn dir etwas passiert.«

Hania hatte Ewas Warnung gehört und konnte doch nicht von Friedrich lassen. Sie beide trafen sich weiter am Eishaus, an ihrem besonderen Ort. Hier fühlten sie sich am sichersten, ein Aufenthalt dort ließ sich also immer gut erklären.

Als es noch kälter wurde, mussten sie neu denken. Friedrich nahm sie zum ersten Mal mit in den weitläufigen Keller, der sich unter dem Gutshaus entlangzog, hinein in ein wahres Labyrinth aus vielfach schon lange nicht mehr genutzten Gängen, in dem sie anfangs fürchtete, sich verlieren zu müssen. Natürlich zeigte er ihr auch die Bereiche des Kellers, die sie meiden mussten, weil sie noch regelmäßig genutzt wurden. Ein Raum, der nur ein paar Abbiegungen vom Haupteingang des Kellers entfernt lag, war voller Möbel und Gemälde, mit einem großen Tisch in der Mitte, auf dem wohl besonders kostbare Kleinigkeiten abgelegt worden waren. Sie hatte neugierig einen kurzen Blick darauf geworfen, bevor er sie weiter mit sich zog. Ein anderer Gang führte in Richtung Eishaus. Kurz davor gab es diesen kleinen Raum, den man leicht übersehen konnte, in den Friedrich schließlich eine Matratze, Kissen und eine Decke brachte. Es war dieser Raum, in dem sie sich endgültig nahegekommen waren, so nahe, wie sich zwei Menschen kommen konnten. Dabei hatten sie beide zuerst wenig Ahnung gehabt, wie sie dabei vorgehen sollten, aber sie hatten Dinge gelesen oder gehört. Dennoch und vielleicht auch deshalb waren ihre ersten Begegnungen ungelenk gewesen und von leisem Gelächter begleitet, doch sie waren mit allem gewachsen und im Laufe der Zeit war es köstlich geworden.

An einem besonders kalten Tag wartete Friedrich im Keller auf sie. Hania war aufgehalten worden und er kam ihr bereits ungeduldig entgegen, griff nach ihrer rechten Hand und zog sie mit sich. Wie immer warteten sie mit dem Kuss, bis sie in dem Zimmer verschwunden waren. Wie immer hielten sie sich danach lange in den Armen. Sie liebte es, seine Wärme zu spüren. Manchmal schien es ihr, als freue sie sich jeden Tag mehr darauf, mit ihm zu reden, doch heute fiel Friedrich etwas an ihr auf, was ihn innehalten ließ.

»Was ist das?« Er deutete auf das violette P auf ihrer Bluse. Hania senkte den Kopf und betrachtete den Buchstaben einen Moment lang. Gestern Abend war Ilse persönlich bei ihren Unterkünften aufgetaucht und hatte die Abzeichen verteilen lassen. Sie waren alle überrascht gewesen. Später hatte Ewa ihr gegenüber vermutet, dass Ilse diese Arbeit persönlich übernommen hatte, weil man sie ab jetzt alle kennzeichnen konnte wie Vieh. Sie schluckte: »Wir müssen das jetzt tragen«, sagte sie langsam. Friedrich biss für einen Moment so fest die Zähne aufeinander, dass sein Kiefer zitterte. Seine Lippen färbten sich weiß.

»Nein, du trägst das nicht.«

»Ich muss, ich habe keine Wahl.«

»Ich will nicht, dass du es trägst.«

Hania wandte den Blick ab. Ewas Stimme war plötzlich in ihrem Kopf. »Er ist ein Kind, du wirst es noch erkennen. Er wird deine Lage nie vollständig erfassen.«

Sie sah Friedrich an. Ihr fester Blick stimmte ihn unruhig. Er senkte den Kopf.

»Es tut mir leid, das war kindisch, aber …« Er suchte nach Worten. »Aber es tut mir weh, dich so sehen zu müssen.«

Sie nickte und spürte erneut seinen Arm um ihre Schultern. Dann legte sie den Kopf gegen seine Brust, nahm seine Atemzüge wahr, die erst schneller und dann langsamer wurden.

»Kennst du den Roman *Der scharlachrote Buchstabe?*«, fragte sie ihn unvermittelt. Er schüttelte den Kopf.

»Er ist von Nathaniel Hawthorne«, fuhr Hania fort, »und stand in der Bibliothek meiner Eltern. Ich habe ihn auf Englisch gelesen. Es gibt eine Ehebrecherin in diesem Roman, Hester Prynne. Sie will den Vater ihres illegitimen Kindes nicht nennen. Zur Strafe muss sie ein scharlachrotes A auf ihrer Brust tragen. Es ist eine puritanische Gemeinde und das A steht für *Adultery* …«

»Aber du bist keine Ehebrecherin.«

»Nein, aber Hester erlangt mit der Zeit die Achtung ihrer Mitmenschen wieder. Dennoch legt sie das A nicht ab, es hat eben keine Bedeutung mehr oder es hat eine andere und … Es kommt darauf an, was wir sind, nicht, was die anderen über uns sagen, oder wie sie uns nennen.«

»Ich habe genug. Wir werden gemeinsam weggehen, irgendwohin, wo uns niemand kennt«, unterbrach er sie. »Dort sind wir dann Mann und Frau.«

Er zog sie an sich, ließ sie wieder los und hielt sie etwas von sich weg. Dann lachte er. »Oh ja, wie wäre das? Wir fahren irgendwohin, wo uns niemand kennt, und zeigen allen, dass wir ein Paar sind.«

»Ich darf Talgrund nicht verlassen«, sagte Hania ruhig. Ich darf so vieles nicht, ergänzte die müde Stimme in ihrem Kopf. Ich darf nicht hier weg. Ich darf das P nicht ablegen. Ich darf nicht Fahrrad fahren oder diesen Mann lieben. Ich darf keine Messe besuchen, wenn Deutsche anwesend sind …

»Niemand muss es erfahren, und dort, wo wir hingehen, erkennt uns gewiss niemand. Wir könnten uns einmal normal fühlen.«

»Und wenn doch? Es ist zu gefährlich, Friedrich, ich kann das nicht tun.«

Der Winter kam Anfang Dezember mit ersten Schneefällen. Ewa und Hania sprachen nicht mehr über Friedrich, auch wenn Hania sich weiterhin wünschte, ihre Freundin würde ihn ebenso gut kennen- und schätzen lernen wie sie. Es war der Abend des 5. Dezember, als er überraschend am Ufer des Mühlenweihers auftauchte, wo Ewa und sie abends noch oft beieinanderstanden, und ihnen beiden eine Tüte mit Obst und Nüssen überreichte.

»Wir teilen sie mit den anderen«, sagte Hania.

»Natürlich.«

Ewa schwieg, ließ ihn aber nicht aus dem Blick. Normalerweise kamen Hania und Friedrich schnell ins Gespräch, aber in Ewas Anwesenheit wollte ihnen das einfach nicht gelingen. Das schien auch Friedrich klar zu sein. Er wechselte kaum merklich die Position und schaute die Freundin an: »Habt ihr vielleicht einen Wunsch?«

»Hania würde gerne in die Kirche gehen«, gab Ewa blitzschnell zurück. »Sie möchte die Messe besuchen.«

Hania war erstaunt, dass sie so etwas sagte. Verglichen mit ihr war Ewa nicht sonderlich religiös. Friedrich zog die Augenbrauen hoch.

»Ein Besuch der Messe ist uns nämlich nicht erlaubt, wenn sich Deutsche in der Kirche befinden«, fuhr Ewa fort, »aber bald ist Weihnachten, die Zeit, die man gewöhnlich mit der Familie verbringt …«

Da war etwas Herausforderndes in ihrem Blick, doch Friedrich ließ sich davon nicht beeindrucken. Vielmehr nickte er ernsthaft. »In Ordnung, ich werde mir etwas überlegen.«

In den folgenden Tagen begegneten Hania und Friedrich einander hier und dort, doch es gab kaum Gelegenheit für ein längeres Gespräch. Dann bestellte er sie wieder einmal zum Eishaus.

»Wir machen einen Ausflug«, sagte er mit einem Lächeln, als sie dieses Mal eintraf. »Mein Vater arbeitet, mein Onkel und meine Tante sind auf einem Weihnachtsempfang. Niemand wird etwas mitbekommen.«

»Was, wenn jemand nach mir fragt?«

»Niemand wird nach uns fragen, das sagte ich doch. Mein Vater ist viel zu beschäftigt. Außerdem habe ich ihm gesagt, dass ich im Ort nach Weihnachtsgeschenken Ausschau halte und dann gehe ich vielleicht zu einem Freund.« Er zwinkerte ihr zu.

»Und wenn doch jemand fragt?«

»Es ist sicher, glaub mir. Ich bin der junge Herr. Ich lege niemandem Rechenschaft ab.« Sie ließ sich in seine Arme ziehen. »Willst du denn nicht einmal weg von hier?«

»Ich … Ich weiß nicht. Wo gehen wir hin?«

»Zieh das hier an und lass dich überraschen.«

Er hatte ihr einen Mantel gereicht, in den sie schlüpfte, bevor er sie mit sich zog. Bald verfielen sie in einen gemeinsamen Tritt. Am späten Vormittag hatte es zu schneien begonnen. Es schneite auch jetzt noch und die Landschaft war weiß und winterlich. Der Weg führte sie tief ins immer schmaler werdende hintere Tal. Zweimal mussten sie über zugefrorene Bachläufe balancieren. Endlich rückten auch noch die letzten

Felswände links und rechts auseinander. Es ging nun bergab und doch gingen sie langsamer, denn hier draußen war der Schnee tiefer. Hier und da gab es sogar Schneeverwehungen. Hania war erleichtert, dass sich Friedrich so gut auskannte, denn die schneeweiße Landschaft bot wenig Orientierung. Nachdem sie ein Stück gegangen waren, drehte er sich zu ihr und streckte ihr die Hand hin.

»Gleich haben wir die Straße erreicht.«

Hania fröstelte. Mittlerweile war ihr Schnee in Schuhe und Kleidung geraten. Immerhin wärmte der alte Mantel seiner Cousine Leni ein wenig, den er ihr mitgebracht hatte.

Tatsächlich waren es kaum zehn Minuten, bis sie eine Straße erreichten.

»Vor ein paar Jahren«, erklärte Friedrich, »gab es Pläne, diese Straße bis zu uns hin auszubauen, sodass es auch von dieser Seite einen richtigen Zugang ins Tal gegeben hätte. Aber seitdem es die Straße auf der anderen Seite gibt, hat man das aufgegeben.«

Sie hakte sich bei ihm unter. Kurz darauf konnte sie ein Dorf ausmachen. Zuerst war es nur eine dunkle Häusermasse, dann erkannte sie hier und da Lichter, die aus Fenstern nach draußen strahlten. Es war ein wunderschöner Anblick, dennoch wusste sie nicht, ob sie sich freuen sollte. Friedrich zupfte sie am Ärmel und wies sie auf etwas hin. Da, etwas außerhalb der Ortschaft, stand ein größeres Gebäude mit einem Turm. Eine Kirche. Hania stockte. Ihr wurde heiß und kalt: »Es ist verboten, Friedrich, ich darf das nicht.«

Er lächelte. »Du hast es dir gewünscht. Ich habe nicht vergessen, was Ewa gesagt hat. Komm, zieh dir rasch noch die Stola über. Wir gehen als Letzte hinein. Niemand wird uns bemerken.« Er zog das Kleidungsstück aus seiner Manteltasche. Offenbar war er vorbereitet.

Hania schüttelte den Kopf. »Aber ich …«

»Glaub mir, niemand wird es bemerken«, wiederholte er eindringlich. »Da drin ist es dunkel und alle schauen nach vorne. Du wünscht es dir doch.«

Sie schwieg. Ja, es stimmte. Sie wünschte es sich sehr. Sie hatte viel an ihre Familie gedacht in den letzten Tagen. Sie hatten Weihnachten stets gemeinsam verbracht. Sie wollte auch gerne beten, für ihre Eltern und ihren Bruder. Ja, sie wollte diese Messe besuchen. Sie wollte Gott nahe sein.

»Komm.« Er zog sie mit sich und sie ließ es zu. Sie ließ es zu, dass er das Abzeichen mit dem P mit Mantel und Stola verdeckte, und sie hakte sich erneut bei ihm unter, als sie durch das weit geöffnete Tor in die von unzähligen warm flackernden Kerzen erhellte Kirche traten. Lieber Gott, schrie es in ihr, lieber Gott, höre mich!

Ewa schlief nicht, als sie zurückkamen. Ihr Ausdruck war düster. Ihre Stirn zeigte tiefe Falten.

»Wo wart ihr?«

Hania antwortete nicht, sondern wandte sich kurz noch einmal Friedrich zu, um ihm die Stola zurückzureichen. Sie fühlte sich immer noch erfüllt von dem, was sie erlebt hatte, und sie war Friedrich unglaublich dankbar. Sie lächelte die Freundin an.

»Wir waren in der Kirche, wie du es vorgeschlagen hast, Ewa, und es war wunderbar. Ich habe für Papa, Mama und Marek gebetet. Und natürlich für Peter und deine Eltern.«

Ewa musterte sie einen Augenblick, dann drehte sie sich abrupt zu Friedrich herum. »Du hast sie tatsächlich mit in die Kirche genommen?«

»Ja, das hat er, und es war wunderschön, Ewa. War es nicht das, was du für mich wolltest?«

»Ich rede nicht mit dir. Ja, ich habe das gesagt, aber er hätte wissen müssen, in welche Gefahr er dich bringt. Siehst du jetzt, wie gedankenlos er ist?«

»Er wollte mir etwas Gutes tun und es ist ja alles gut gegangen.«

Ewa schien sie nicht zu hören. Für einen Moment weiteten sich ihre Augen, als müsse sie intensiv über etwas nachdenken, dann ging sie schnell auf Friedrich zu, holte aus und versetzte ihm eine Ohrfeige.

»Ewa!«

»Lass sie, sie liebt dich.«

Friedrich hielt Ewas Hand fest, als sie noch einmal ausholen wollte. Sie maßen einander mit Blicken.

»Und ich liebe sie auch, Ewa, ich würde ihr niemals etwas Böses tun«, sagte er. »Mein ganzes Sein dient dazu, sie zu beschützen. Das verspreche ich.«

Ewa konnte nicht sofort antworten, und ihre Stimme zitterte, als sie es tat: »Dann bring sie nicht in solche Gefahr!«

Das Jahr 1943 brach an, und nachdem sich Eis und Schnee verzogen hatten, lagen Friedrich und Hania im Sonnenschein draußen zusammen auf einer Decke. Noch war es kühl, aber die Wärme, die sie einander gaben, genügte ihnen. Sie mussten nur auf die Zeit achten und darauf, keine Aufmerksamkeit auf sich zu ziehen.

Für einen Moment stützte Friedrich sich auf seinen Ellenbogen hoch und schaute auf sie herunter. Ihr Haar schimmerte goldbraun in den Sonnenstrahlen, die hier und da durchs Blätterdach fielen. Im Moment waren nur wenige Sommersprossen auf ihrer Nase, aber sie würden zurückkehren.

Ich liebe sie und ich möchte sie niemals verlieren, für den Rest meines Lebens nicht. Solche Gedanken waren ihm früher nicht oft gekommen, aber wenn er sie ansah, dann sprudelte sein Kopf nur so über davon. Es war schwer, dass sie so vorsichtig sein mussten, dass sie über das lügen mussten, was sie gemeinsam hatten, denn am liebsten hätte er seine Liebe laut hinausgeschrien.

»Hania …«, flüsterte er.

»Was ist?«

»Ich wollte einfach deine Stimme hören.«

Er mochte es, wie sie die ihr fremden Worte aussprach. Sie hatte diesen Tonfall, den er nur mit ihr verband. Davon abgesehen sprach sie gut Deutsch. Sie hatte es ja in der Schule gelernt. Sie kam aus einer guten Familie. Sie hatte das Gymnasium besucht, bevor sie verschleppt worden war. Er schämte sich, wenn sie davon erzählte. Er dachte daran, dass er sie später heiraten und eine Familie gründen würde, später, wenn alles wieder gut war. Sie würde Talgrunds Herrin werden. Wieder beugte er sich über sie. Wieder küsste er sie. Dann sagte er: »Ich liebe deine Stimme, deshalb …«

»Ich weiß«, sagte sie.

»Deine Stimme, und nicht nur das.«

»Ich weiß«, sagte sie und lächelte.

10

Winter 1943

Manche Leute, dachte Leni, verloren wirklich jeden Anstand, wenn man es ihnen nur erlaubte, wenn man nur den schwachen Firnis der Zivilisation entfernte, die der Mensch sich selbst auferlegt hatte.

Wieder einmal hatte Leni nach Großvater Himmelreich gesehen. Die Fensterscheiben in seinem kleinen Zimmer waren nun schon so oft zu Bruch gegangen, dass er sie mittlerweile nicht mehr ersetzen ließ, sondern mit Brettern vernagelte oder mit Bettlaken verhing. Zudem wurde es immer schwieriger, jemanden zu finden, der die Arbeiten für ihn ausführte. Auch Leni wusste nicht mehr, was sie tun sollte. Sie schämte sich so sehr. Der alte Mann war die letzte Verbindung zu ihrer besten Freundin Esther, aber was würden Esther oder ihre Familie von ihr denken, wenn sie erfuhren, was hier geschah und dass sie nichts dagegen getan hatte?

»Georg könnte es noch einmal reparieren, Herr Himmelreich«, sagte sie. Sie war zuerst einen Schritt vom Fenster entfernt geblieben und hatte sich dann daran gemacht, die Scherben der Flasche zusammenzukehren, die man hineingeworfen hatte. Herr Himmelreich wollte sie davon abhalten, aber sie schüttelte energisch den Kopf.

»Ich muss das tun.«

»Setz dich lieber, Kind«, bat Himmelreich sie nun zum wiederholten Mal. »Lass den armen Georg und die Scherben und trink einen Tee mit mir. Überhaupt, willst du dich nicht endlich entscheiden, mich nicht mehr zu besuchen? Ich mache dir gewiss keinen Vorwurf.«

Leni schüttelte energisch den Kopf. »Aber ich komme gerne, Herr Himmelreich. Außerdem habe ich es Ihrer Tochter und Ihrer Enkelin versprochen. Ich habe gesagt, dass ich meine Hand über Sie halte, so gut es geht.«

Ein flüchtiges, trauriges Lächeln streifte Herrn Himmelreichs Mundwinkel.

»Die konnten nicht ahnen, wie sich die Dinge entwickeln. Das wusste wahrscheinlich niemand. Ich entbinde dich gerne von deinem Versprechen. Weißt du überhaupt, wie es ihnen geht? Hast du in letzter Zeit etwas von ihr gehört? Sie wollten nach New York, von Portugal aus, aber sind sie das …?«

»Ich weiß es nicht.« Leni hielt inne. »Ich habe schon viel länger nichts von ihnen gehört.«

Es schmerzte, sich das sagen zu hören. Tränen stiegen ihr in die Augen. Sie biss sich auf die Unterlippe, im Versuch, sie zurückzudrängen. Hatten sie nicht gewusst, was kommen würde oder hatten sie sich einfach gewünscht, dass es nicht so schlimm werden würde? Nein, sie hatte es wirklich nicht gewusst. Als alles begonnen hatte, war sie noch ein Kind gewesen, jetzt, mit bald einundzwanzig Jahren, sah sie die Dinge klarer.

Herr Himmelreich seufzte. »Trotzdem dürfen wir die Hoffnung nicht fahren lassen, Leni, erst wer dies tut, verliert alles.«

Sie nickte und ließ vorsichtig ihre Unterlippe los. Hatte sie sich so weit unter Kontrolle, dass sie nicht doch noch in Tränen ausbrach? Sie wollte vor Großvater Himmelreich nicht weinen. Sie wollte stark sein für ihn.

Es dauerte nur wenige Tage, bis Leni Großvater Himmelreich wieder besuchte, und wieder war sie zu ihrem Ärger bald den Tränen nahe. Früher war das nicht so gewesen, inzwischen konnte sie sich oft einfach nicht mehr helfen.

»Warum lässt man Sie denn nicht einfach gehen, Herr Himmelreich?«

Der alte Mann schwieg. Er sah an diesem Tag noch müder und nachdenklicher aus als bei ihren letzten Besuchen. Im nächsten Moment strich er ihr mit seinen knotigen Fingern sanft über den Kopf. »Ach, Kind, es ist einfach zu spät für mich, und ich habe mein Schicksal ja akzeptiert. Natürlich fürchte ich mich, ich bin ein Mensch … Ja, ich habe Dinge gehört. Ich habe von Dingen gehört, die im Osten geschehen. Wir alle haben das, aber …«

Lenis Hände ballten sich unwillkürlich zu Fäusten, bis ihre Knöchel weiß erschienen. Ich lasse das nicht zu, schoss es ihr durch den Kopf, ich werde ihm helfen. Talgrund ist groß. Er könnte mit mir mitkommen. Ich könnte ihn dort verstecken. Niemand würde ihn finden.

»Lassen Sie mich Ihnen bitte helfen, Herr Himmelreich. Ich frage meinen Onkel, ich … Es ist Platz auf Talgrund. Das wird kein Problem sein. Niemand wird es bemerken.«

Herr Himmelreich schüttelte den Kopf. »Georg und du, ihr habt schon genug getan. Es ist gut. Ich werde auch Deutschland nicht mehr verlassen. Wer braucht einen alten Mann wie mich? Das Ausland begrenzt seine Aufnahme. Seit der Kampf um Russland tobt, ist auch Shanghai kaum mehr erreichbar. Aber ich beschwere mich nicht. Ich habe mein Leben gelebt, Leni, ich nehme mein Schicksal an.«

Die junge Frau starrte noch kurz vor sich hin, dann schlug sie die Hände vors Gesicht, die bald nass waren vor Tränen. Dieses Mal konnte sie sich nicht beherrschen. Sie hatte Esther etwas versprochen, aber sie hatte nicht gewusst, dass es unmöglich sein würde, dieses Versprechen zu halten. Wie würde sie sich je rechtfertigen können?

Sie sprachen jetzt nicht mehr über die Zukunft, sondern über früher, über die Dinge, die sie gemeinsam erlebt hatten und an die der alte Mann sich gerne erinnerte. Irgendwann schlug er vor, Mühle zu spielen. Sie holte Brett und Spielsteine.

»Esther hätte all die Jahre keine bessere Freundin haben können«, sagte er, während er seinen nächsten Stein setzte.

Leni fiel es schwer, sich zu konzentrieren. Auch wenn sie verstand, dass es wichtiger war, ihm einen schönen Nachmittag zu bereiten, konnte sie nicht aufhören, über Lösungen nachzudenken.

»Du hast schon zum dritten Mal verloren«, rügte er sie eben mit einem Lächeln. »Bist du vielleicht nicht bei der Sache?«

»Doch, doch …« Sie versuchte erneut, sich auf das Spiel zu konzentrieren, aber es wollte ihr einfach nicht gelingen.

Auf dem Weg nach Hause trat Leni heftig in die Pedale, als könne sie sich so den Druck von ihrer Seele strampeln. Beim Gutshaus in Talgrund angekommen, war sie durchgeschwitzt und brauchte etwas, um zu Atem zu kommen. Wen konnte sie um Hilfe bitten? Sie hatte den Eindruck, dass sie gleich etwas tun musste, weil es sonst zu spät war, aber Georg half heute seinem Vater, und Bruno war zu Besuch bei einem Freund. Es blieb nur Friedrich, ihr Cousin. Leni schob das Fahrrad in den Schuppen und eilte zur Haustür. Sie mussten reden.

»Es heißt, sie bringen bald die letzten Juden fort, Friedrich.« Cousine Leni war, ohne anzuklopfen, in sein Zimmer gestürmt und stand nun hochaufgerichtet und zitternd vor Friedrichs Bett, in das er sich zurückgezogen hatte, um in den langweiligen Unterlagen zu lesen, die sein Vater ihm gegeben hatte. Friedrich starrte sie an. Verschwitzte Haarsträhnen klebten seitlich an ihren Schläfen. Ihre Wangen waren gerötet, über die eigentlich hellen Kniestrümpfe zogen sich

Lehmspritzer. Sie war eindeutig mit dem Fahrrad unterwegs gewesen. Das war sie oft. Er setzte sich auf und schob die Decke und die Papiere zur Seite. Er wusste nicht, was er sagen sollte. Leni lief mittlerweile unruhig vor seinem Bett auf und ab.

»Abholen?«, fragte er vorsichtig. »Woher weißt du das?«

Sie drehte sich in einer so heftigen Bewegung zu ihm um, als habe sie etwas Unsichtbares herumgerissen, ein dunkler, hilfloser Ausdruck war in ihren Augen.

»Wie soll ich das meinen? Sie bringen sie fort, nach Polen oder irgendwo nach Osten. Ich habe Papa ja schon am Telefon reden gehört und heute habe ich mit Herrn Himmelreich gesprochen. Wir müssen ihm helfen!«

Sie streckte die Hände zu Friedrich hin, als wolle sie ihn gleich mit sich ziehen.

»Helfen?« Friedrich glättete seine Kleidung, die im Liegen etwas in Unordnung geraten war, und strich sich das Haar zurück. Nachdem er an diesem Sonntag ausgeschlafen hatte, war er ausgeritten und danach in sein Zimmer zurückgekehrt. Die Unterlagen hatten dort auf ihn gewartet, wie schon seit gestern eigentlich, doch seine Gedanken waren immer wieder zu Hania entwischt. Heute hatte sie keine Zeit. Er hatte sich gefragt, wie er ohne sie auskommen konnte.

Friedrich unterdrückte einen Seufzer und stellte sich vor, dass er seiner Cousine von Hania erzählte – zumindest ihr. Er hatte wirklich keine Ahnung gehabt, wie schwer es war, sein Glück für sich zu behalten.

»Friedrich? Hörst du mich? Wir müssen ihm helfen!«

»Ist ja gut. Ich denke nach …« Er wehrte sie etwas ungeduldig ab und schämte sich im nächsten Moment dafür. Aber er hatte ja auch keine Idee. »Was sollen wir denn deiner Meinung nach tun? Das ist nicht so einfach …« Er schnalzte mit der Zunge. »Und wo ist eigentlich Bruno, warum fragst du ihn nicht?«

»Er ist bei einem Freund. Eigentlich möchte ich ihn auch nicht fragen. Er ist ein offenes Buch für Mama. Du bist der Einzige, mit dem …« Sie hielt inne. »Ich *weiß*, dass du es nicht richtig findest, was mit den Juden geschieht.«

Kurz sagte er nichts, dann nickte er zumindest.

»Friedrich, bitte, wir sind mit Herrn Himmelreich aufgewachsen. Wir können ihn nicht im Stich lassen.«

»Ich weiß das.« Seine Antwort klang wieder harscher als beabsichtigt, aber er konnte nicht anders. Er zog die Stirn kraus. Leni hatte recht und er selbst war nicht blind oder taub: Für Menschen wie Herrn Himmelreich hatten sich die Dinge stetig verschlechtert. Inzwischen war es den Juden sogar verboten auszuwandern. Seit September 1941 mussten sie außerdem öffentlich einen gelben Stern tragen. Viele vermieden es deshalb, auf die Straße zu gehen, um sich keinen Angriffen auszusetzen. Und jetzt wollte man also die letzten Juden fortbringen. Angeblich gab es Lager im Osten, Friedrich hatte davon gehört, doch welchem Zweck dienten sie? Manche sagten, die Juden würden umgesiedelt …

»Wir könnten natürlich deinen Vater fragen …?«, riss ihn Lenis vorsichtige Stimme aus den Gedanken. »Er hat schon den anderen Goldsteins geholfen.«

»Keinesfalls.« Friedrich schüttelte den Kopf. War ihr nicht aufgefallen, wie sehr sein Vater sich verändert hatte? Alfred war heute deutlich weniger unbefangen als damals noch. Etwas hatte sich verändert, etwa zu dem Zeitpunkt, als er den Goldsteins geholfen hatte, Deutschland zu verlassen. Seitdem passte er sich an, machte nicht mehr nur das, was moralisch unanfechtbar war, sondern wog seine persönlichen Vor- und Nachteile ab. Selbstverständlich kannte Friedrich den Kellerraum, in dem der Besitz der Goldsteins aufbewahrt wurde. Dass dort immer wieder Dinge fehlten, war ihm sehr bewusst und ja, vielleicht setzte sein Vater den Erlös aus den Verkäufen tatsächlich für die Goldsteins ein, aber eigentlich hatte Friedrich ein anderes Gefühl. Gut möglich, dass sein Vater auch die Villa Goldstein verkauft hatte.

Er suchte wieder Lenis Blick. Sie sah so erwachsen aus. Schon immer war sie ihm älter und vernünftiger vorgekommen, als sie tatsächlich war. Daran hatte sich nichts geändert. Sie räusperte sich.

»Warum nicht? Warum willst du deinen Vater nicht fragen?«

»Er wird nicht helfen. Nicht mehr.«

Leni starrte ihn an. Dann ließ sie sich auf seinen Schreibtischstuhl sinken. »Also wirst du mir helfen, oder soll ich doch Bruno fragen?«

»Du solltest wahrscheinlich erst einmal nicht mit zu vielen Leuten sprechen.«

Oh ja, er wusste, wie man Geheimnisse für sich behielt, sie wusste das nicht. Leni hob die Schultern und ließ sie wieder sinken: »Wirst du morgen mit mir kommen?«

»Das werde ich.«

»Und dann?« Die Hilflosigkeit in ihrem Blick berührte ihn, und ihm wurde wieder bewusst, wie sehr er seine Cousine mochte. Früher war sie ihm eine gute Spielgefährtin gewesen, mit dem Älterwerden hatten sie sich ein wenig auseinandergelebt. Jetzt rückten sie einander offenbar wieder näher. Er war sich sicher, dass er ihr bald von Hania erzählen konnte. Nur jetzt noch nicht. Er straffte die Schultern. »Werden wir sehen.«

Nur einen Tag später änderte sich alles.

Das Schlimmste an jenem Tag spielte sich danach wie in einem schrecklichen Film immer und immer wieder vor Lenis innerem Auge ab. Es war da, wenn sie ihren Gedanken freien Lauf ließ, aber auch, wenn sie die Augen schloss, um endlich Ruhe zu finden. Am Nachmittag hatten Friedrich und sie endlich mit den Fahrrädern den Weg aus dem hinteren Tal genommen und am Waldrand entlang die Straße erreicht, wo sie schneller hatten fahren können. Es war Ende Februar 1943, jedoch bereits recht warm, und der Fahrtwind kühlte nach den ersten Anstrengungen angenehm.

Leni war froh gewesen, Friedrich an ihrer Seite zu haben. So hatte sie sich besser und sicherer gefühlt. Sie sausten gemeinsam in den Ort hinein, fast wie früher, als sie auf dem Gelände von Talgrund unterwegs gewesen waren und bis in die Abenddämmerung hinein gespielt hatten.

Dann waren sie in die Straße eingebogen, in der das Judenhaus lag. Doch irgendetwas an diesem Tag war anders gewesen. Friedrich hatte es als Erster bemerkt und gebremst. Dann hatte auch Leni den Lastwagen wahrgenommen und schließlich die Männer, die Herrn Himmelreich gerade unter Hieben und Tritten auf die Pritsche zwangen. Als der alte Mann in die Knie gegangen und zu Boden gestürzt war, hatte Leni, die eben noch wie erstarrt gewesen war, angefangen zu schreien – und dann hatte Friedrich sie mit aller Kraft davon abhalten müssen, Himmelreich zur Hilfe zu eilen.

11

»Seit Tagen spricht sie nicht mehr.« Ilse schluckte, weil ihr der Mund so trocken war. Bei ihren folgenden Worten zitterte ihre Stimme vor Empörung: »Das ist die Schuld dieses Juden.«

Nachdem Siegfried und Bruno den Frühstückstisch bereits verlassen hatten, waren nur noch Friedrich, Alfred und sie verblieben. Ihr Bruder sah von der Zeitung auf. Sie alle hatten gehofft und vielleicht auch damit gerechnet, dass Leni an diesem Morgen endlich ihr Zimmer verlassen würde, aber auch heute war weit und breit keine Spur von ihr zu sehen. Zwar lag sie nicht mehr nur in ihrem Bett, den Rücken zur Tür, und weigerte sich, irgendjemanden auch nur anzusehen, aber sie wollte auch weiterhin kaum etwas essen und trank lediglich regelmäßig den Tee aus, den man ihr zu jeder Mahlzeit aufs Tablett stellte. Seit einer Woche war sie nicht mehr draußen gewesen. Ein Arzt hatte nach ihr gesehen und ein Beruhigungsmittel verschrieben. Immer noch wusste niemand genau, was geschehen war. Offenbar waren Friedrich und sie zugegen gewesen, als man Herrn Himmelreich abgeholt hatte. Was hatten sie dort überhaupt gemacht? War es Zufall gewesen? Friedrich behauptete, dass sie bei dem schönen Wetter lediglich ein wenig Fahrrad hatten fahren wollen. Stimmte das? In jedem Fall war Leni vollkommen verstört gewesen, als die beiden nach Hause gekommen waren. Keiner von ihnen hatte viel gesagt und auch Bruno hatte später auf ihre Fragen hin die Schultern gezuckt. Dabei kam es ihr sonst eher so vor, als hätten die beiden Jungen im Moment nicht viel miteinander zu tun. Das war einmal anders gewesen. Sie hatte es gerngehabt, die beiden Seite an Seite zu sehen, die Herren von Talgrund. Sie hatte gedacht, dass Bruno einen guten Platz im Gefüge des Gutes erlangen würde, wenn er nur mit Friedrich zusammenarbeitete. Auch sie hatte so ihren Platz gefunden und der war besser als nichts.

Ilse unterdrückte einen Seufzer, bewegte ihren Stuhl scharrend zurück über den Boden und schob dann auch ihr Teegedeck zurück.

»Jeder wusste, dass die Juden bald umgesiedelt werden«, sagte sie knapp. »Jeder von uns wusste das, weil es notwendig ist und deshalb nur eine Frage der Zeit sein kann. Der Volkskörper muss gesund gehalten werden.«

Alfred nahm seine Zeitung wortlos wieder auf und warf sie kurz darauf entnervt auf den Tisch. Oh ja, sie wusste, dass er es hasste, wenn solche Dinge den Ablauf störten. Ilse rückte etwas vom Tisch ab und lagerte ihre Hände im Schoss. Sie hatte die Fingernägel heute Morgen ganz kurz geschnitten und sauber gefeilt. Sie hatte die Tagesaufgaben verteilt. Sie hatte kurz mit Georg gesprochen, der seinem Vater jedes Jahr mehr zur Hand ging. Anfangs war es ihm schwergefallen. Als die Kindheit vorbei gewesen und sich sein Leben geändert hatte, aber so war das eben.

Warum brachte diese Sache Leni so aus der Fassung? Sie hatte doch Augen und Ohren. Sie wussten doch alle, wie die Dinge liefen. Als ihr Bruder den Goldsteins geholfen hatte, hatte Herr Himmelreich sich entschieden zu bleiben.

Das ist seine eigene Entscheidung gewesen. Dafür sind wir nicht verantwortlich. Unsere Verantwortung gilt Talgrund, wir sind nicht die Retter der Welt.

Ohnehin hatte sie ihre Meinung zu den Juden. Sie schaute zu ihrem Bruder hinüber und fühlte sich ihm zum ersten Mal seit Langem vertraut.

Ja, sie haben uns geholfen, aber du hast ihnen das Leben gerettet. Vergiss das nicht. Eine Hand wäscht die andere. Damals, bei einem der letzten Gespräche, die Alfred mit Herrn Goldstein geführt hatte, hatte der sich überschwänglich bedankt und gesagt: »Wer einen Menschen rettet, rettet die Welt.«

Ilse bemerkte, dass ihr Bruder sie ansah.

»Die Empfindsamkeit hat sie jedenfalls nicht von dir.«

»Vielleicht nicht.«

»Bestimmt nicht, Ilse, du bist Granit, hart wie Kruppstahl und zäh wie ein Windhund.«

Er lachte und schenkte sich dann Kaffee nach, von dem er immer zu viel trank.

Ilse zog ihr Gedeck wieder zu sich hin, schenkte sich Tee nach und gab Milch hinzu.

»Wenn das mit dem verdammten Juden nicht gewesen wäre, wäre meine Leni nicht in diesem Zustand«, murrte sie.

»Ich vermute, Herrn Himmelreich geht es weitaus schlechter«, gab Alfred zurück. Ilse machte schmale Lippen, schwieg aber. Friedrich räusperte sich plötzlich und ließ sie beide zusammenzucken. Sie hatten ganz vergessen, dass er noch dasaß: »Darf ich aufstehen?«

Alfred war sichtlich irritiert. Er hat recht, dachte Ilse, Friedrich kümmerte es kaum, ob er etwas tun durfte, warum also jetzt? Sie dachte daran, dass ihr Bruder seinen Sohn bald noch stärker in die Verwaltung des Gutes einbinden wollte und sich ein wenig davor fürchtete, weil Friedrich dem Ganzen nicht den nötigen Ernst entgegenbrachte. Und womöglich geht es mir auch so, fuhr es Ilse durch den Kopf.

»Es spricht nichts dagegen«, hörte sie ihren Bruder antworten. Friedrich räusperte sich.

»Ich schaue nach Leni.«

»Gut.«

Friedrich suchte Hania zwar immer noch so häufig wie möglich auf, dennoch war sie überrascht, ihn an diesem Tag ein weiteres Mal zu sehen. Zum einen war er schon morgens da gewesen, zum anderen achtete er gewöhnlich darauf, dass sie alleine waren. Heute dagegen bestellte er sie sogar in aller Öffentlichkeit zu sich. Hania fühlte Ewas bohrenden Blicke in ihrem Rücken, als sie sich auf den Weg machte.

Gemeinsam hatten sie beide den ganzen Morgen auf den Knien im Gemüsegarten verbracht. In diesem Jahr vergrößerte die Familie Bethmann den Garten noch weiter. Es stand fest, dass man zukünftig mehr Gemüse brauchte, sowohl für den Eigengebrauch als auch für den Verkauf, denn man konnte sich nicht sicher sein, dass es sich zukünftig noch einfach kaufen ließ. Vieles gab es inzwischen auf Lebensmittelkarten, auf Talgrund war man gerne vorbereitet. Ilse, die die Verantwortung für den Garten übernommen hatte, sorgte wiederum mit großer Strenge dafür, dass alles seine Ordnung hatte. Alfred Bethmanns Schwester hatte kein Problem entschlossen zu strafen, wenn die Dinge nicht so liefen, wie sie es vorgesehen hatte.

Friedrich und Hania trafen sich nahe der Gartenmauer. Er war so groß, dass er gut darüber hinwegschauen konnte. Sie musste sich ein wenig nach oben strecken.

»Was ist?«, fragte sie.

»Ihr werdet im Haus gebraucht, Hania. Ich habe mir da etwas überlegt.« Sein Lächeln zeigte ihr, wie sehr ihm seine Nachricht gefiel. Tatsächlich sah er aus, als hätte er sie am liebsten umarmt und geküsst.

»Meiner Cousine geht es nicht gut«, fuhr er fort. »Sie braucht Hilfe und meine Mutter benötigt ohnehin schon seit längerer Zeit Unterstützung.«

»Wir?«

»Ewa und du. Dein Zerberus will dich bestimmt nicht alleine lassen.« Schalk blitzte bei diesen Worten in seinen Augen auf. Er sah immer noch sehr zufrieden mit sich aus.

Hania runzelte die Stirn. »Was ist mit deiner Cousine?«

Jetzt, wo sie nach der jungen Frau fragte, fiel ihr auf, dass sie Leni länger nicht gesehen hatte. Sonst war sie immer da gewesen, immer freundlich. Die junge Frau war gut zu ihnen, wenn man das so sagen konnte. Für Ewa gehörten allerdings alle zu den Feinden. Friedrich sah für einen Moment ernst aus.

»Leni musste etwas Schreckliches mitansehen. Sie erholt sich nur schwer davon.«

Hania sah zu Boden. »Und was sollen wir tun?«

»Im Haus helfen, wie gesagt, meine Mutter und meine Tante unterstützen, damit sie mehr Zeit für Leni haben, putzen, vielleicht Essen auftragen … Ich weiß es nicht. Ich denke auch, es würde Leni guttun, euch kennenlernen. Sie ist ein guter Mensch.« Friedrich sah sie prüfend an. Sein Tonfall klang bei seinen letzten Worten ein wenig verwundert, als frage er sich, ob sie denn verstanden habe, was er ihr Herrliches in Aussicht stellte? Oh ja, natürlich war die Arbeit im Haus besser, als im Dreck auf den Knien zu liegen. Das dachte er sicher. Sie hörte ein leises Räuspern. Dann lächelte er sie wieder an: »Du kennst dich doch mit Frauendingen aus, oder?«

Hania zuckte die Schultern. Sie war eine Frau, insoweit kannte sie sich wahrscheinlich auch mit *Frauendingen* aus.

»Meine Mutter benötigt nämlich auch jemanden, der sie hin und wieder für Empfänge fertig macht, verstehst du? Jemand, der einen Blick für Mode hat.«

Hania schaute unwillkürlich an sich herunter. Sie konnte nicht glauben, dass er das ernst meinte. Seit sie hier angekommen war, trug sie einen einfachen Kittel und Holzschuhe.

»Ich glaube auch«, fuhr Friedrich unbeirrt fort, »dass sie sich manchmal einsam fühlt. Ihr letztes Mädchen hat bereits vor einiger Zeit geheiratet. Die beiden haben gerne miteinander gesprochen. Sie braucht also jemanden, mit dem sie sprechen kann.« Er machte wieder eine Pause. »Meine Mutter kommt ursprünglich nicht von hier, weißt du?«

Dachte er, dass sie das gemeinsam hatten? Hania sah zu Boden. »Das tue ich auch nicht«, flüsterte sie dann. »Ich meine, ich komme auch nicht von hier.«

»Ich weiß ... Und deshalb denke ich, es wäre gut, wenn du ins Haus kommst.«

»Aber ich spreche nicht gut genug Deutsch für all das.«

»Das tust du wohl, Hania, und das weißt du auch.« Er hielt kurz inne. »Du bist gebildet. Das wird Mama gefallen. Du wirst dich sehr gut mit ihr verstehen, denke ich.«

»Hm.«

»Ihr werdet besser versorgt werden, Ewa und du. Zudem könnten wir uns öfter sehen.«

Sie fragte sich, ob er sich der Selbstsüchtigkeit seiner Worte bewusst war, aber in seinem Gesicht war nichts zu lesen. Offenbar hatte er keine Hintergedanken, sondern fand die Dinge nur passend, wie sie sich ergaben. Er war so arglos, und sie musste zugeben, dass die Wärme seines Lächelns sie zugleich sehnsüchtig machte und schaudern ließ.

»Also, würdest du das tun, Hania? Würdest du dich um meine Mutter und meine Cousine kümmern?« Er schaute sie bittend an. »Du wärest die Richtige dafür.«

Hania war nur zu bewusst, dass Ewa sie beide während des Gesprächs beobachtet hatte, doch sie fanden erst abends in ihrer Unterkunft wieder Zeit alleine miteinander. Ewa gab ihr ein Zeichen und ging hinaus. Hania folgte ihr kurz darauf. Die Freundin war bereits ein Stück bis zu dem Bachlauf gegangen, der den Mühlenweiher speiste, als sie sie einholte. Abends gingen sie dort oft entlang, wenn es sich ergab. Man ließ ihnen diese Freiheit, denn wie hätten sie auch von diesem Ort entkommen können? Ewa stand mit dem Rücken zu ihr und warf Hania erst einen Blick zu, als die neben ihr stand. Zuerst schwiegen sie beide.

»Ich liebe diesen Platz«, setzte Hania dann an. Es erschien ihr gut, wenn sie zuerst etwas sagte. »Es ist friedlich hier.«

Ewa warf einen Blick um sich und verschränkte dann die Arme vor der Brust.

»Und ich wäre lieber zu Hause, in Kraków, an der Burg oder auf dem großen Platz …«

»Ich hatte nie den Eindruck, dass dir dein Zuhause so viel bedeutet.« Hania wusste in dem Moment, da sie die Worte aussprach, dass es falsch war, aber es war ihr einfach so entschlüpft. Ewa reagierte nicht darauf. Für eine längere Zeit war es wieder still zwischen ihnen, dann sagte Ewa: »Du willst dich wirklich im Haus um die Deutschen kümmern, nach allem, was sie uns angetan haben?«

»Hauptsächlich geht es ja um den Haushalt. Es wird so auch einfacher für uns, verstehst du das nicht?«

»Das mag sein …« Ewa sah Hania nachdenklich an. »Wahrscheinlich werden wir uns auch gar nicht entscheiden können. Wenn sie sagen, dass wir kommen sollen, kommen wir.« Ewa bückte sich abrupt, nahm einen Stein vom Boden auf, den sie wohl schon länger im Blick gehabt hatte und warf ihn auf den Weiher hinaus. Er sprang zweimal. Hania räusperte sich.

»Diese Leni ist bestimmt ein guter Mensch«, sagte sie.

Ewa schnaubte nur. »Weißt du, Hania«, sagte sie dann, »ich fürchte, dein Mitgefühl wird dir eines Tages noch das Genick brechen.«

12

2021 – Tag 4 auf Talgrund

Am sehr frühen Morgen kehrten Gerhard und Angelika, die das Haus erst wenige Stunden zuvor ohne Abschied verlassen hatten, zurück. Gegen zwei Uhr morgens donnerte es so heftig gegen die Haustür, dass alle davon erwachten. Sam fand sich als Erster in der Halle ein, dicht gefolgt von Jenny, Desirée und Maja, die mit einem Gähnen kämpfte.

»Sind sie das?«, fragte Jenny, während Sam bereits die Tür geöffnet hatte. Angelika und Gerhard standen davor, triefnass und über und über mit Schlamm bedeckt.

»Wie seht ihr denn aus?«, entfuhr es Jenny. Angelika warf ihr einen bitterbösen Blick zu.

»Das Wasser ist überall«, antwortete Gerhard. Seine Stimme klang erschöpft. »Erdrutsche, umgestürzte Bäume, von der Straße nicht zu reden. Es ist die totale Verwüstung, unglaublich, was dieser Regen angerichtet hat.«

Sam räusperte sich. »Haben wir das nicht gestern schon besprochen? Ihr kennt doch Talgrund bei Starkregen. Es war gefährlich, was ihr gemacht habt, das habt ihr doch bei Maja gesehen.«

Die junge Journalistin nickte, blieb aber stumm.

Desirée verschränkte die Arme vor der Brust. »Euer Abgang war ja etwas überraschend, muss ich sagen, so ganz ohne Adieu … Wo wolltet ihr denn so plötzlich hin?«

Angelika musterte Brunos junge Witwe eisig. »Ich denke nicht, dass wir uns rechtfertigen müssen, aber wir wollten, einfach fort … Es ist hier nämlich nicht zum Aushalten«, schnappte sie, »aber …«

»Aber?«, hakte Jenny trocken nach, was auch ihr einen wütenden Blick einbrachte.

Gerhard rieb sich mit dem Ärmel über das Gesicht und räusperte sich dann kräftig. Sein dünnes, blondes Haar klebte überall an seinem Kopf fest. Es war schütter geworden, was sich in diesem Moment umso deutlicher zeigte.

»Nun ja, es ist wirklich unmöglich, hier wegzukommen. Wir haben es versucht, vergebens. Dieser schmale Bach entlang des Weges, ihr wisst schon …« Gerhard wurde offenkundig von einer Erinnerung überrollt. Sein Blick wurde vorübergehend schreckensstarr. »Also dieser verdammte Bach ist einfach riesig. Er hat die Straße teilweise weggerissen und uns beinahe mit sich …«

»Himmel!« Sam schüttelte den Kopf. »Wie konntet ihr nur. Das war lebensgefährlich. Wir haben uns doch tagsüber noch umgeschaut, Gerhard. Wir haben es gesehen. Das Wasser ist überall und es wird noch eine ganze Weile dauern, bis es wieder abfließt. Das war einfach dumm.«

Angelika machte ein verächtliches Geräusch, sagte aber nichts.

»Wir mussten das Auto letztendlich stehenlassen«, fuhr Gerhard mit schwacher Stimme fort. »Wir hatten uns vollkommen festgefahren, der Wagen drohte zu kippen. Es war stockfinster. Ich weiß gar nicht, wie wir es aus dem Wagen herausgeschafft haben. Himmel, der BMW ist funkelnagelneu. Auch das noch.«

»Oh nein«, murmelte Jenny.

»Du musst dich nicht über uns lustig machen!«, fauchte Angelika wütend.

»Das tue ich doch gar nicht. Es tut mir leid. Gut, dass ihr es zurückgeschafft habt. Das meine ich ganz ehrlich.«

Jenny berührte ihre Tante hilflos an der Schulter. Vorübergehend sank Angelika in sich zusammen.

»Ich hatte Todesangst«, flüsterte sie hilflos. »Todesangst. Ihr habt so etwas noch nicht erlebt!«

Jenny zögerte und nahm ihre Tante dann in den Arm. Zu ihrer Überraschung ließ Angelika es zu, wenn auch nur kurz.

»Ich entschuldige mich noch einmal«, wiederholte sie, während sie schon wieder voneinander abrückten. »Ich wollte mich wirklich nicht über euch lustig machen. Das war nicht meine Absicht. Das muss furchtbar gewesen sein.«

»Vielleicht sollten wir uns erst einmal beruhigen«, ließ sich Desirée hören. »Ganz sicher sind wir etwas angespannt. Jeder von uns muss zugeben, dass die ganze Sache – also unser Treffen hier – anders verläuft, als wir erwarten konnten.« Sie wandte sich an Angelika und Gerhard. »Und ihr müsst jetzt erst einmal aus den nassen Klamotten. Sam, schau doch bitte nach, ob im Salon noch Glut im Kamin ist. Gerhard und Angelika müssen sich aufwärmen, nachdem wir sie mit trockener Kleidung versorgt haben. Gerhard, du suchst dir am besten etwas aus dem Schrank deines Vaters. Angelika …«

Jenny und Desirée boten Angelika fast gleichzeitig an auszuhelfen. Die verzog den Mund, hatte aber keine Wahl. Jenny kam in den Sinn, dass Angelikas Gewicht in all den Jahren immer wieder stark geschwankt hatte. Gerade war sie wieder in einer mageren Phase. Ihre Tante fröstelte. Man sah, wie sehr es ihr widerstrebte, dieses Angebot annehmen zu müssen, aber was sollte sie anderes tun? Dennoch überlegte sie nur einen Moment: »Ich komme mit dir, Jenny.«

Jenny warf Desirée einen hilflosen Blick zu. Die machte eine Bewegung, als ginge sie das alles nichts an.

Sie alle waren noch einmal ins Bett gegangen, und als Jenny später am Morgen erneut erwachte, fühlte sie sich trotz der Ereignisse der letzten Nacht ausgeruht. Heute, am vierten Tag hier, stellte sie beim Frühstück fest, dass sie Talgrund wider Erwarten doch näherzukommen schien. Auf einer gewissen Ebene hatte die Anspannung nachgelassen. Vielleicht gab es ja so etwas wie Versöhnung mit diesem Ort.

Nun ja, wie man es auch drehte und wendete, es gab vorerst ohnehin keine Möglichkeit, das Tal zu verlassen. Das hatten nach Maja auch Angelika und Gerhard gezeigt. Warum also sollte sie sich ihrer Umgebung nicht nochmals widmen, neben den versteckten Gängen auch die ausgedehnten Keller und all die anderen Orte untersuchen, an denen, bedeckt vom Staub der Zeit, alte Möbel und Gemälde und viele Erinnerungen lagerten.

Sie konnte mit Maja reden, um mehr darüber herauszufinden, was Bruno und sie besprochen hatten, und sie würde natürlich Sam fragen, ob er sie begleiten wollte. So wie früher, bevor sie nur noch fortgewollt hatte, weil ausgerechnet derjenige sie verraten hatte, dem sie am meisten vertraute. Heute verstand sie besser, warum Sam so gehandelt hatte. Sie hatte mit ihm gesprochen, wenig noch, aber es war ein Anfang. Sie hatten noch viel zu reden und sie wollte das Gespräch von gestern noch einmal aufnehmen …

»Und so sind wir hier also weiter eingesperrt.« Angelika rieb sich kurz über das Gesicht, eine Bewegung, die Jenny bisher nicht an ihr gesehen hatte. »Und die Vorräte …«

»Wir sind weiterhin sehr gut versorgt«, korrigierte Desirée sie. »Darüber müssen wir uns zumindest keine Sorgen machen.« Nach einer kurzen Pause ließ sie noch verlauten, dass sie sich Brunos Schreibtisch widmen wollte, vielleicht fände sich da etwas Hilfreiches. Angelika erklärte sich sofort bereit mitzukommen, Jenny wollte ablehnen, aber Desirées flehender Blick hielt sie davon ab. Sie würde also später mit Sam sprechen, natürlich konnte sie Desi nicht alleine lassen.

Später am Vormittag lag Angelika auf ihrem Bett und starrte an die Decke. Wenn sie an ihr nächtliches Abenteuer dachte, klopfte ihr Herz immer noch schneller, und sie musste sich anstrengen, nicht wieder in die Panik zu verfallen, die sie gefühlt hatte, als das Auto ins Rutschen gekommen war.

Angelikas Hände zitterten mit einem Mal stark. Sie ballte sie zu Fäusten, schlang dann die Arme um den Körper und zitterte doch immer noch. Gestern Nacht hatte sie sich besser unter Kontrolle gehabt. Heute schien alles so viel schlimmer. Was war nur mit ihr los? Sie war doch sonst nicht so empfindlich? Sie zwang sich, sich wieder aufzusetzen. Gerade eben, als sie die Augen noch geschlossen gehalten hatte, war das schreckliche Gefühl wieder da gewesen, diese Todesangst, als Gerhard in der fast absoluten, nur von den Scheinwerfern beleuchteten Finsternis die Kontrolle über das Auto verloren hatte. Dieses furchtbare, die Kehle zuschnürende Gefühl der Hilflosigkeit, als sie auf den Rand der Felsen zuschlitterten und er das Steuer gerade noch herumgerissen hatte, füllte ihren ganzen Körper aus. Und dann waren sie auf den Abgrund zu gerutscht, während Gerhard mehrfach auf die Bremse getreten hatte, gefühlt, ohne dass sich etwas getan hatte. Sie waren einfach immer weiter gerutscht, während die Reifen blockierten und der Wagen für Ewigkeiten keinen Halt fand.

Immer und immer wieder hatte sie inzwischen die Augen geschlossen und wieder geöffnet. Immer wieder von Neuem sah sie sich im Zimmer um, in dem alles war wie immer. Sie waren hier gefangen, so war es doch, gefangen, bis endlich, endlich jemand Rettung schicken würde.

Dabei weiß ich gar nicht mehr, was ich hier tue. Was soll das alles? Das Testament ist unauffindbar, die Beerdigung kann vorerst sowieso nicht stattfinden. Was machte es also einen Sinn darüber zu sprechen oder etwas zu planen?

Sie schloss doch wieder die Augen. Sie war so müde. Diese Angst machte müde. Irgendwann schlief sie ein.

Als sie erwachte, war sie immer noch alleine. Wie gerne hätte sie mit ihrem Sohn telefoniert. Ansgar und sie waren sich nahe. Manchmal hatte sie den Eindruck, dass er der Einzige war, der auf ihrer Seite stand, denn Gerhard war im tiefsten Inneren einfach nur ein Schwächling, der sein Fähnchen nach dem Wind hängte.

Ich verabscheue ihn.

Angelika war überrascht von dem Hass, den sie in sich spürte. Ihr Blick fiel auf die Kleider, die sie auf einem der zwei Stühle in ihrem Zimmer abgelegt hatte. Furchtbar, aber sie passte in Jennys Kleidung. Leider hatten sie den Koffer im Auto lassen müssen. Heute musste sie sich irgendwie darum kümmern, das, was sie gestern auf dem Leib getragen hatte, zu säubern und zu trocknen. Himmel, wenn sie nur daran dachte, dass der Strom nicht funktionierte. Das dauerte sicherlich bei dieser elenden Feuchtigkeit in dem Tal und in diesem alten Gemäuer.

Angelika erhob sich endlich doch mit einem Seufzer und zupfte die Tunika zurecht, die sie ebenfalls aus Jennys Angebot ausgesucht hatte. Es war das Kleidungsstück gewesen, das ihr am dezentesten erschienen war. Immerhin war es kein T-Shirt mit dem Namen einer Band, die sie noch nicht einmal kannte. Dafür war es mit furchtbar anstrengenden, farbigen Mustern bestickt. Wahrscheinlich hatte Jenny die Tunika aus dem Urlaub mitgebracht oder Medea hatte sie ihr nach einer Konzertreise geschenkt. Da sie knielang war, hatte Angelika sich für eine Strumpfhose dazu entschieden. Auch die saß nicht perfekt, aber was sollte sie machen? Die andere Möglichkeit war eins von Brunos Herrenhemden. Möglicherweise würde sie doch noch darauf zurückgreifen müssen. Dabei hasste sie alles, was weniger als perfekt war.

Nach einem prüfenden Blick in den Spiegel wusch sie sich das Gesicht und legte Make-up auf. Darauf würde sie niemals verzichten. Gut, dass sie die Handtasche hatte retten können. Immerhin sah das Gesicht, das ihr danach aus dem Spiegel entgegensah, wieder aus wie ihres. Sie bearbeitete ihre Frisur mit der Bürste, bis sie annähernd genau so saß, wie sie sich das vorstellte. Dann machte sie sich auf den Weg ins Esszimmer.

»Wie lebensecht die aussieht.« Jenny drehte die kleine Marienfigur in ihren Händen und musterte sie eingehend. »Ich habe sie in dieser Nische dort gefunden. Wo die wohl her ist? Gehörte einmal eine Kapelle zu Talgrund?«

Sam, der sich gerade an einer anderen Stelle umgesehen hatte, kam zurück und betrachtete die Figur ebenfalls. »Nicht, dass ich wüsste.«

Nach dem Mittagessen waren sie wieder gemeinsam aufgebrochen. Er hatte sich ihrer Idee angeschlossen, sich mit dem Haus und seiner Geschichte zu beschäftigen. Auch Maja hatte sich interessiert gezeigt. Bruno hatte ihr bereits dies und das von Talgrund erzählt, angeblich hatte er ihr noch mehr erzählen wollen – doch was? Sam und sie mussten sich mit dem zufriedengeben, was Maja sagte, und bisher hatte Jenny den Eindruck, dass das noch nicht alles war.

Eigentlich wissen wir immer noch nicht viel über sie, oder bin ich doch zu angespannt und sehe Schatten an der Wand, wo keine sind?

Jenny strich mit der Fingerspitze vorsichtig über die Länge der Figur. Sie fühlte sich glatt an.

Sam streckte die Hand aus. »Darf ich mal?«

Jenny reichte ihm die Statuette. Er betrachtete sie ebenfalls. Seine Augenbrauen runzelten sich. Jenny wandte den Blick ab und schaute für einen Moment lang den dunklen Gang entlang, dann sagte sie: »Ich würde Maja gerne fragen, was Opa über Talgrund erzählt hat. Ich wüsste gerne genauer, worüber sie gesprochen haben. Manchmal habe ich den Eindruck, sie weiß von Dingen, von denen man uns nichts erzählt hat …«

Sam hob den Kopf. »Hast du das noch nicht? Sie gefragt, meine ich?«

»Irgendwie gab es noch keine Gelegenheit. Es ist auch viel passiert, oder? Und außerdem ist man nie alleine.«

»Willst du keine Zeugen?« Sam grinste leicht.

Jenny überlegte, ob es auch daran lag, dass sie Angelika nicht dabeihaben wollte, die momentan immer überall zu sein schien, als fürchte sie eine Verschwörung. Vielleicht lag es aber auch daran, dass sie nicht wusste, wie sie mit Maja sprechen sollte, ohne unsympathisch rüberzukommen. Sie fühlte sich unsicher. Sam wandte sich wieder der Statuette zu.

»Das ist wirklich ein sehr schönes Stück«, sagte er langsam. »Allerdings glaube ich nicht, dass sie aus der Gegend stammt. Das sieht mir nach einer durchaus wertvollen Antiquität aus.«

Jenny runzelte die Stirn. »Was meinst du, ob wir sie einmal schätzen lassen? Rausfinden, wo sie herkommt.«

»Wieso das?«

»Aus Neugier. Ich wüsste gerne, wo diese Kunstgegenstände herkommen. Die auf dem Dachboden und die Statuette hier. Mir wird immer klarer, wie wenig ich eigentlich weiß. Hat jemand aus der Familie Kunst gesammelt?«

»Du hast recht. Ja, warum nicht. Tun wir das, wenn wir wieder hier wegkommen …« Sam lachte. »Aber du müsstest wohl vorher Desirée fragen.«

»Klar.«

»Wo hast du sie eigentlich gefunden. Hier, in diesem Raum?«

»Nein, sie lag draußen im Gang.«

»Hm, da müssen wir sie vorher übersehen haben.«

»Scheinbar.« Jenny sah sich noch einmal um. Der Kellerraum, in dem sie sich gerade aufhielten, befand sich nicht ganz unter der Erde, doch die einzigen Fenster waren schmal und ließen nur wenig Licht herein. Der Zugang war außerdem wohl jahrelang halb von einem Schrank verdeckt gewesen, deshalb war er ihnen wohl erst spät aufgefallen.

Wenn wir nicht so viel Zeit hätten, wäre uns das hier wahrscheinlich entgangen. Ob es noch mehr solche übersehenen Räume gibt?

Außer einem stabilen Tisch war der Raum leer. Im Licht ihrer Taschenlampe erkannte Jenny eine dicke Schicht Staub, die den Tisch überzog. Doch es gab auch Stellen, die erstaunlich sauber waren. Es sah so aus, als wären hier kürzlich noch Dinge gelagert worden, und es gab auch deutliche Spuren an der Wand, wo einmal Bilder gelehnt hatten. Jenny runzelte die Stirn.

»Komisch, dass dies hier bisher nicht aufgefallen ist, was?«

»Ja.« Sam reichte ihr die Statuette endgültig zurück. »Aber es gibt hier auch einfach eine ganze Menge Räume und als Kinder hätten wir den Schrank kaum bewegen können.«

»Vielleicht hätten wir aber auch so durch den Spalt gepasst?«

Er lachte und bot ihr den Arm. »Möglich. Vielleicht stand der Schrank aber auch direkt vor dem Eingang. Das ist ein ziemlich wuchtiges Ding. Gehen wir?«

Sie hakte sich unter, zögerte und sagte es dann doch: »Es tut gut, gemeinsam unterwegs zu sein. Das habe ich vermisst.«

Kurz musterte er sie prüfend. »Ja«, sagte er dann, »du hast recht.«

Er ließ ihr den Vortritt, als sie die schmale Kellertreppe nach oben erreichten. Mit einem Mal fragte sie sich, was er von Maja hielt, ob er sich ebenfalls Gedanken machte. Sie drehte sich zu ihm: »Glaubst du eigentlich, Maja sagt die Wahrheit?«

»Worüber?«

»Über alles? Dass sie eine Journalistin ist, dass Großvater mit ihr reden wollte. Warum sie hier ist und …«

»Warum nicht? Bei so einem Wetter geht doch niemand freiwillig vor die Tür.«

Jenny nickte rasch. »Ist schon gut. Das war eine doofe Frage. Wahrscheinlich ist es die ganze Situation …«

Ja, vielleicht war es die allgemeine Situation, vielleicht lag es daran, dass niemand Maja kannte. Sie atmete durch. »Aber findest du es nicht auch komisch, wie sie hier aufgetaucht ist?«, setzte sie noch einmal an. »Immerhin sind Gerhard und Angelika nicht aus dem Tal herausgekommen.«

»Zufall.« Sam zupfte an seiner Regenjacke. »Sie kann wahrscheinlich einfach froh sein, dass sie durchgekommen ist, so wie die anderen beiden froh sein können, dass sie wieder hier sind.« Er sah sie mit einem Mal etwas misstrauisch an. »Was ist denn los, hast du zu viel mit Angelika gesprochen? Du klingst plötzlich wie sie.«

»Nein!«, entfuhr es Jenny, ohne dass sie recht über ihre Antwort nachgedacht hatte. Fast im selben Moment nagte wieder diese kleine Stimme in ihrem Kopf. Und wenn dieses Misstrauen doch seinen Ursprung in ein paar Worten hatte, die sie hier und da mit Angelika gewechselt hatte? Halb schüttelte sie den Kopf, sah zu Sam hin, der immer noch fragend eine Augenbraue hochzog.

An diesem Abend verzogen sich die Wolken zum ersten Mal, die Sonne kam hervor und Jenny schlüpfte blitzschnell in Jacke und Gummistiefel und ging ein Stück in Richtung der Straße, die aus dem Tal führte. Ja, vielleicht wollte sie sich irgendwie doch überzeugen, ob es eine Möglichkeit gab, hier wegzukommen, aber danach sah es nicht aus. Weder Sam noch Gerhard, Angelika oder Maja hatten also etwas Falsches gesagt. Dennoch ging sie sogar ein Stück die Straße hinauf. Hier und da bedeckten Schlamm und Erde den Asphalt. Einmal musste Jenny über einen umgestürzten Baum klettern. Wahrscheinlich war unvernünftig, was sie hier tat, aber es war auch gut, wieder einmal das Haus zu verlassen. Irgendwann war sie so weit gegangen, dass sie Onkel Gerhards Auto sehen konnte. Es hing tatsächlich mit einem Rad über den Abgrund. Das musste wirklich schrecklich gewesen sein. Sie zögerte und überwand dann noch die restliche Distanz. Vielleicht konnte sie ja etwas mitbringen. Sie versuchte, den Kofferraum zu öffnen. Verriegelt. Dann spähte sie durch die Fenster. Die Rückbank war voller Taschen. Die beiden hatten ganz schön viel Zeug mitgenommen, aber so war Tante Angelika immer gewesen. Jenny versuchte, die Tür zu öffnen, auch hier vergeblich. Die beiden mochten Todesangst gehabt haben, aber ihr Auto hatten sie abgeschlossen.

Unverrichteter Dinge musste sie sich auf den Rückweg machen. Als sie Talgrund wieder betrat, war es sehr still. Sie schlüpfte aus Jacke und Stiefeln und ging in den Salon. Zuerst war sie sich sicher, dass bestimmt alle noch in ihren Zimmern waren, dann sah sie es: Maja und Sam, eben noch eindeutig in ein Gespräch vertieft, starrten sie an. Sie rührte sich vorübergehend ebenfalls nicht.

Was machten die beiden hier zusammen? Sam räusperte sich. Erinnerungen kamen mit einem Mal zurück, derer sie sich nicht erwehren konnte, ein Gefühl von Enttäuschung, dass sie hinter sich geglaubt hatte. Sie hatten ja in den letzten Tagen miteinander gesprochen und sie waren inzwischen älter geworden, erwachsen. Hatte er Maja verraten, was sie ihm zuvor anvertraut hatte? Das Herz der Fünfzehnjährigen in ihr schlug schneller.

»Jenny, setz dich doch zu uns.«

Sams Stimme kam ihr gezwungen vor. Jenny schüttelte wie automatisch den Kopf.

»Nein, ich wollte eigentlich nur nach meiner Tasche sehen.« Sie blickte sich um. »Ich muss mich außerdem vor dem Abendessen noch etwas ausruhen. Es war ein langer Tag.«

Sam lächelte. »Du hast sie doch vorhin schon geholt, als wir von den alten Stallungen zurückkamen.«

»Wirklich? Das habe ich ganz vergessen.«

Sam hob kurz die Augenbrauen, aber er sagte nichts, was sein Glück war, wie Jenny fand, denn sie empfand plötzlich eine Wut in sich, die sie überraschte. Sie hatte nicht gedacht, dass sie sich von Sam noch einmal so alleingelassen fühlen konnte.

Die Tasche lag natürlich auf dem Bett, als sie das Zimmer betrat. Sie setzte sich daneben und sank ein bisschen ein. Viele Matratzen in diesem Haus waren älteren Datums. Sicherlich hätte man Neue kaufen können, aber da die meisten Zimmer selten in Benutzung waren, hatte man wohl darauf verzichtet. Sie verlagerte das Gewicht, etwas raschelte.

Wo kam das Geräusch her? Sie nahm die Kissen hoch, mit denen das Bett großzügig ausstaffiert worden war.

Ach, das war der Umschlag, den sie hinten in Lenis Tagebuch gefunden hatte. Er musste ihr vorhin aus der Tasche gerutscht sein. Die Schwarz-Weiß-Bilder hatte sie sich damals natürlich gleich angesehen und dann noch einmal, gemeinsam mit Maja. Alle Bilder waren in erstaunlich gutem Zustand, das Schwarz und Weiß noch recht scharf, als seien die Fotos nie längere Zeit dem Licht ausgesetzt gewesen. Sie zeigten Talgrund: Felder, die alte Mühle, den Weiher, den Garten mit seiner Mauer, das Haus, Knechte und Mägde bei der Erntearbeit, junge Frauen, vielleicht war auch Leni dabei … Jenny schaute alle Bilder rasch erneut durch, nahm sich dann wieder das erste zur Hand. Im Hintergrund konnte sie die alte Scheune erkennen, von der inzwischen kaum noch etwas übrig war. Vorne stand ein Leiterwagen, bis oben hin voll mit Stroh. Zwei Frauen waren auch zu sehen. Eine lächelte schüchtern, die andere hatte sich auf dem Heuwagen aufgerichtet und schaute in die Kamera, der Blick so intensiv, dass Jenny nicht davon lassen konnte. Ob sie herausfinden konnte, wer auf diesen Bildern zu sehen war? Vielleicht sollte sie sich noch einmal gemeinsam mit Maja ansehen und das, was in den Verwaltungsbüchern stand, mit diesen Aufnahmen vergleichen. Sie hatte gesehen, dass Jahreszahlen auf den Fotos vermerkt waren. Sommer 1942. Leider stand nicht darauf, wer die Fotos gemacht hatte, aber etwas ließ sich sicher herausfinden.

Zum Abendessen kamen sie wieder zusammen. Nachdem Jenny sich ausgeruht hatte, hatte sie noch gut zwei Stunden mit Angelika und Desirée in Brunos Arbeitszimmer zugebracht, nur unterbrochen von etwas Tee und Keksen. Für kurze Zeit hatte sich auch Maja zu ihnen gesellt, jedoch rasch bemerkt, dass ihre Anwesenheit – zumindest von Angelika – nicht erwünscht war.

»An was arbeitet sie denn?«, hatte Angelika gefragt, nachdem die junge Frau verschwunden war.

»An einer Enthüllungsgeschichte über die Familie«, hatte Desirée gemurmelt, aber nur Jenny hatte gelacht. Danach war Jenny noch einmal alleine aufgebrochen, war durch die alten Gänge gestreift, hatte sich noch einmal ein paar Kellerräume vorgenommen – in den meisten war Jahrzehnte niemand gewesen – und sich ein weiteres Mal längere Zeit in der alten

Bibliothek aufgehalten. Nicht zum ersten Mal fiel ihr auf, dass es nicht immer leicht war, sich im Haus zu orientieren. Sehr wahrscheinlich lag es daran, dass Talgrund ein sehr altes, über die Jahre gewachsenes Haus war, dessen Grundriss sich einfach keinen Normen unterwarf. Immer wieder war im Laufe der Zeit hier oder da etwas angebaut oder vergrößert worden. Manche Wege endeten im Nichts, manche führten weiter, als man dachte. Einmal landete sie unverhofft in Sichtweite des alten Eishauses.

Als sie wieder einmal die Halle durchquerte, war Sam aufgetaucht, und sie waren noch ein wenig gemeinsam weitergegangen.

Das Abendessen ließ nichts zu wünschen übrig und zumindest für einen Moment ging es relativ friedlich zu. Danach räumten Desirée, Jenny und Sam den Tisch ab, während es sich Angelika und Gerhard bereits bequem machten. Wieder einmal bröckelte die Fassade der Gemeinsamkeit rasch.

»Ich kann nicht umhin, aber es macht langsam doch den Eindruck, als seien wir ihr Personal, oder?«, stellte Jenny fest, während sie gemeinsam in der Küche standen. Maja hatte sich entschuldigen lassen und sich nur ein Sandwich aufs Zimmer genommen. Sie habe Kopfschmerzen und wolle außerdem noch arbeiten. Sie hatte Desirée um ein paar Kerzen gebeten, da es jetzt schon recht dunkel war. Die zuckte die Schultern. »Was soll ich sagen, die Jahre haben mich abgehärtet.«

»Echt?« Über Jennys Nasenwurzel bildete sich eine steile Falte. »So entspannt möchte ich einmal sein.«

»Na ja, zugegeben unsere gemeinsame Zeit in Brunos Büro heute war vielleicht doch wieder eine Herausforderung. Ich nehme mir immer vor, mich nicht aufzuregen und dann …« Desirée überprüfte die Temperatur des Wassers, das sie auf dem Herd aufwärmte. Sam schüttete es auf ihre Bitte hin in die Spüle. Sie gab Spülmittel hinzu.

»Wie Camping«, seufzte Jenny. Desirée nickte. »Ich weiß schon, warum die Spülmaschine das Erste war, was ich angeschafft habe, aber auch das hier geht vorbei. Wie jeder Campingurlaub.«

Sam und Jenny lachten. Dann spülten und trockneten sie für ein paar Minuten schweigend ab, während jeder seinen Gedanken nachhing.

»Und habt ihr irgendetwas Neues in Brunos Arbeitszimmer gefunden?«, fragte Sam dann.

»Nein, das habe ich eigentlich auch nicht erwartet.« Desirée hielt inne. »Er war ja bis zum Schluss klar und hat mich immer auf dem Laufenden gehalten. Ich hätte gewusst, wenn er etwas ändern wollte. Wir haben einander geliebt und respektiert. Wir wussten über den anderen Bescheid. Na ja, du hättet uns heute im Büro sehen müssen. Angelika hat mich nicht aus den Augen gelassen. Ich habe den Eindruck, sie setzt große Hoffnungen in das Testament. Weiß einer von euch, wie es bei ihnen läuft?«

Jenny schüttelte den Kopf, auch Sam zuckte die Schultern. »Nur, das, was Mama mir erzählt hat. Es lief immer mal wieder nicht so ganz gut.«

Inzwischen waren sie fast fertig. Etwa zehn Minuten später saßen sie im Salon zusammen. Gerhard hatte sich ein Glas Whisky eingeschenkt. Angelika hielt ihr Handy in der Hand. »Hast du Empfang?«, fragte Jenny perplex.

»Natürlich nicht«, gab ihre Tante bissig zurück.

»Wie ist es eigentlich mittlerweile mit den Vorräten?«, war Gerhard zu hören. »Schließlich sieht es nicht aus, als würden wir so schnell hier wegkommen, auch wenn es endlich aufgehört hat zu regnen.«

»Na, irgendjemand wird wohl irgendwann irgendjemanden von uns vermissen, oder?«, sagte Sam in lockerem Tonfall.

»Schön wär's«, platzte Angelika heraus.

Desirée zog die Augenbrauen hoch. »Na, bei euch müsste es wohl langsam jemand mitbekommen, wenn der Chef nicht in die Firma zurückkehrt«, sagte sie dann spitz. »Euer Sohn vermisst euch doch sicher auch.«

Oder er ist froh, dass Mama und Papa mal aus dem Haus sind, fügte Jenny stumm hinzu. Mich würde meine Mutter vermissen, aber die weiß, dass wir hier sind, nur nichts von den genauen Umständen. Andererseits wurde über so ein Starkregenereignis sicher berichtet, und Medea ahnte inzwischen vielleicht doch, dass nicht alles in Ordnung war … Würde sie also vielleicht versuchen, Alarm zu schlagen und nach Talgrund durchzudringen? Ihre Mutter hatte immer viel Selbstständigkeit von ihr gefordert, aber sie hatte sie niemals im Stich gelassen.

Und wie war das an ihrer Arbeitsstelle? Da hatte sie sich für den Abschied von Bruno freigenommen und dann auch noch ein paar Tage Erholungsurlaub angehängt. Keiner wusste also genau, wo sie war. Wahrscheinlich denken sie, ich entspanne irgendwo.

Angelika räusperte sich. »Nun gut, ich entschuldige mich schon einmal«, sagte sie dann. »Ich bin etwas erschöpft und gehe früher ins Bett. Gerhard!«

Onkel Gerhard sprang sofort auf.

»Vielleicht hätten wir etwas sagen sollen«, sagte Gerhard unvermittelt im Zimmer. »Vielleicht hätten wir sagen sollen, dass das Geschäft gerade nicht so gut läuft.«

»Bist du von Sinnen?« Angelika zog die Tunika aus und legte sie mit leicht angewidertem Gesichtsausdruck über den Stuhl neben ihrer Bettseite. Dann schlüpfte sie in das Herrenhemd, das ihr als Nachthemd diente. Bevor sie ins Schlafzimmer gegangen war, hatte sie rasch die Kleidungsstücke überprüft, die sie in der Nähe des Kachelofens im Salon zum Trocknen aufgehängt hatte: Der Rock, die Bluse und die Kostümjacke waren alle noch feucht. Sie würde ihm sagen müssen, dass er zum Auto gehen musste, um Kleidung zu holen. So ging das nicht weiter. Er musste allerdings darauf achten, dass ihn niemand begleitete. Sie brauchten keine ungebetenen Helfer oder Zeugen.

»Bist du von Sinnen?«, wiederholte sie. »Das geht sie doch wirklich gar nichts an!«

Gerhard zog in einer Bewegung sein Hemd über den Kopf und legte es ebenfalls auf einen Stuhl. Angelikas Blick fiel kurz auf seinen rundlichen Bauch. Als sie ihn kennengelernt hatte, war er ein sportlicher, durchaus gut aussehender Mensch gewesen. Jemand, von dem man dachte, dass er durchaus auch mit der Queen zu Mittag speisen konnte, aber das hatte sich geändert. Sie fand, dass er sich gehen ließ. Anfangs hatte sie es damit entschuldigt, dass die meisten ein Bäuchlein entwickelten, wenn sie älter wurden. Heute sah sie das nicht mehr so.

Gerhard räusperte sich. »Es ist Familie, Schatz.«

»Eben.«

Er schaute sie einen Moment an, sagte aber nichts. Sie konnte nicht sagen, ob er ihrer Meinung war, aber das war ihr gleich, solange er das machte, was sie wünschte.

Nachts träumte Jenny wild. Es ging um das Auto. Dann stand Angelika inmitten einer riesigen Menge Gepäck in der Halle. Sehr plötzlich und mit klopfendem Herzen wachte sie auf. Es fühlte sich wieder schlecht an, Sam nicht zur Rede gestellt zu haben. Was hatte er Maja erzählt? Sie hatten so seltsam vertraut gewirkt. Hatten die beiden wirklich just in dem Moment aufgehört zu reden, als sie dazugekommen war?

13

2021 – Tag 5 auf Talgrund

Nach dem Frühstück am nächsten Tag gab Angelika Jenny die Tunika zurück. Ihr Dank hörte sich an, als ob er sich zwischen ihren strichdünnen Lippen verfangen hätte. Desirée klagte wenig später über Kopfschmerzen. Jenny konnte es ihr nicht verdenken.

Langsam müssen wir uns bemühen, nicht aufeinander loszugehen.

Inzwischen sprach kaum einer mehr darüber, was aus Großvaters Beerdigung werden würde, dessen Urne ja immer noch in seinem alten Arbeitszimmer stand. Zumindest hatten sie sich an den Anblick gewöhnt, und Jenny erwischte sich manchmal sogar dabei, ein paar Worte mit ihm zu wechseln.

Und das Testament, über das man ostentativ nicht mehr miteinander sprach, wenn man auch weiter danach suchte? Es gab ja sonst kaum etwas zu tun.

»Das Haus ist viel zu groß, um hier nach einer oder ein paar Seiten Papier zu suchen.« Das hatte Angelika eben erst wieder gesagt und das dachten sie wahrscheinlich alle.

Wie sie sich am Vortag vorgenommen hatte, wandte sich Jenny an diesem Morgen erneut den Verwaltungsbüchern zu, entschied sich nach gut einer Stunde aber, Maja einen Besuch abzustatten. Am Frühstück hatte diese wieder nicht teilgenommen. Entweder hatte sie sich tatsächlich eine Erkältung zugezogen, oder sie zog sich wegen des Misstrauens zurück, das ihr von einigen entgegengebracht wurde. Vielleicht war es das. Sie war die Fremde, die in ein vertrautes Gefüge eingebrochen war. Gerhard, Angelika, Sam, Jenny und Desirée … Sie alle liebten sich vielleicht nicht, aber sie kannten einander und das schon seit Jahren. Maja war die, die man nicht kannte, von der niemand etwas wusste.

Und Opa hat sie zum Abschied von ihm eingeladen. Was bedeutet das? Wie auch immer, sie mussten einfach miteinander reden.

Jenny hatte gerade den Gang erreicht, in dem Maja untergebracht war, als sich die Tür zu deren Zimmer öffnete. Bevor sie sich versehen hatte, huschte Jenny hinter einen großen Schrank. Offenbar war sie nicht die Einzige, die das Gespräch mit der jungen Frau suchte. Wenn es Sam war, war sie fest entschlossen, ihn dieses Mal sofort zur Rede zu stellen. Allerdings war es nicht die Person, die sie erwartet hatte. Es war Onkel Gerhard.

Desirée

Desirée hatte gefühlt schon einige Stunden an Brunos Bett ausgeharrt, als sie es endlich wagte, sich zu bewegen. Anders als sie sich erhofft hatte, reagierte er nicht auf das Geräusch. Manchmal fragte sie sich, ob er überhaupt noch da war, irgendwo dort in diesem reglosen Körper. Was spürte er? Woran dachte er? Dachte er überhaupt an etwas? Oder war er schon fort, am Leben gehalten durch die grundlegendsten Funktionen?

Es war furchtbar gewesen, ihn am Fuß der Treppenstufen zu finden und zu realisieren, dass sich nun alles ändern würde. Natürlich war ihnen immer bewusst gewesen, dass sie nicht gemeinsam alt werden würden, trotzdem hatte es sie überraschend getroffen.

Mit ein paar Schritten erreichte Desirée das Fenster und schaute nach draußen. Sie hatte ihn in dieses Zimmer bringen lassen, von dem aus man einen guten Blick auf die Umgebung hatte, für den Fall, dass er die Augen wieder öffnete. Er liebte diesen Blick, über die Wiese hinweg, bis zu den Zypressen hin.

Jetzt starrte sie selbst nach draußen, bis hinüber zum Wald, das riesige Haus, drückend wie ein Felsblock, in ihrem Nacken.

Alles änderte sich jetzt, so wie damals, und sie hatte wieder Angst. Die Stimme ihrer Mutter krächzte plötzlich in ihrem Kopf. »Glaubst du immer noch, du bist etwas Besseres als wir?«

Desirée erinnerte sich genau, wie sie geklungen hatte an dem Tag, als sie gegangen war. So rau und verbraucht, gezeichnet durch zu viele Zigaretten, hatte sie den Raum hinter ihr zerschnitten.

»Du mit deinem Ehrgeiz«, murrte die Mutter in ihrem Kopf weiter. Sie hatte etwas unsicher geklungen, aber immer noch herausfordernd. »Du wolltest ja immer hier weg, als hättest du etwas Besseres verdient als wir, aber lass dir das gesagt sein: Du bist unser Fleisch und Blut. Du bist Familie. Blut von unserem Blut. Das kriegst du nie aus dir raus. Dort draußen will dich niemand.«

Die letzten Worte klangen so triumphierend in ihr nach wie damals. Desirée hatte ihr nicht geantwortet, sich im Zimmer umgesehen, wo nichts ihr eigen war und alles über die Jahre abgenutzt.

»Wenn du gehst, brauchst du nicht wiederzukommen«, hatte die Mutter ihr ganz zum Schluss hinterhergerufen, wie eine letzte Warnung, die eine unüberwindbare Grenze zog.

Desirée hatte nicht darauf reagiert. Sie würde nicht zurückkehren können, das wusste sie selbst. Und jetzt, in diesem neuen Haus, das vielleicht bald nicht mehr ihres war? Gerhard, Brunos Sohn, hatte sie nie akzeptiert und seine Frau Angelika tat das Beste, ihr das Leben schwer zu machen … Aber noch war Bruno nicht tot, noch lebte er … Noch konnte sie hoffen.

14

Frühling 1943

»Hania«, Maximiliane blickte lächelnd von ihrem Buch auf, »bring mir doch bitte noch einen Tee.«

Seit ungefähr einem Monat waren Ewa und Hania nun als Aushilfen ins Haus beordert worden. Ihr Sohn Friedrich hatte den Vorschlag gemacht, da beide Mädchen gut Deutsch sprächen. Zugegebenermaßen hatte Maximiliane sich zuerst abwehrend verhalten, aber sie musste jetzt sagen: Die Veränderungen waren mehr als begrüßenswert. Hania und Ewa hatten schon vorher beim Waschtag geholfen, bei größeren Reinigungsarbeiten, beispielsweise mit den Teppichen, selbstverständlich auch mit den Öfen und natürlich beim Ausfegen der Kamine, zugleich aber genoss es Maximiliane nun besonders, sich mit Hania auszutauschen. Zu der anderen jungen Frau, dieser Ewa, konnte sie nichts sagen, aber Maximilianes Mädchen war ja Hania.

Wirklich, es war so gut, jemand zum Sprechen zu haben. Auch hierin hatte Friedrich sie bestärkt, und der Gedanke, einmal in ihrem Geist gesät, hatte Maximiliane bald nicht mehr losgelassen. Sie hatte ihre Schwägerin Ilse ohnehin schon länger für *ihr* neues Mädchen, diese Ukrainerin – wie hieß sie noch? – beneidet. Und war sie, Maximiliane, nicht zudem die Herrin auf Talgrund? Stand ihr eine Unterstützung nicht an allererster Stelle zu? Warum hatte sie sich überhaupt nicht gleich eine neue Hilfe geholt, nachdem ihr Mädchen sich verheiratet hatte? Vielleicht lag es wirklich daran, dass sie Veränderungen lieber vermied, wie Alfred ihr gesagt hatte, nachdem Friedrich ihr den Vorschlag gemacht hatte. Hania war jedenfalls eine sehr kultivierte Frau, was das Zusammensein mit ihr höchst angenehm machte.

»Hania«, hatte er ohne Umschweife gesagt, als sie ihn nach der richtigen Wahl fragte und während sie noch überlegte, hatte er hinzugefügt: »Sie kommt aus einer guten Familie.«

»Woher weißt du das?«

»Ich musste doch wissen, ob sie die Richtige für dich ist.« Er hatte eine etwas längere Pause gemacht, bevor er weitergesprochen hatte: »Sie ist auf dem Gymnasium gewesen, und ich weiß, dass sie Klavier gespielt hat.«

»Wie oft hast du denn mit ihr gesprochen?«, hatte sie etwas perplex nachgefragt. Er hatte unbekümmert die Schultern gezuckt, ganz so, wie sie ihren Sohn kannte.

»Wir wechseln hin und wieder ein paar Worte. Ich bin höflich, so hast du mich erzogen.« Er hatte sie fragend angeschaut. »Spricht etwas dagegen?«

»Du weißt, dass ich nichts dagegen habe.« Sie hatte zusätzlich den Kopf geschüttelt, als müsse sie ihre Aussage bekräftigen. Ein wenig hatte es sie verletzt, dass er so etwas dachte. Sie hielt sich doch für keinen Übermenschen, so jemand war sie einfach nicht.

Es klirrte, als Hania die Tasse neben ihr abstellte. Dann blieb die junge Frau noch einen Augenblick abwartend stehen.

Friedrich sagt, dass sie Klavier spielt.

»Habe ich dir eigentlich schon erzählt, dass ich früher Klavierunterricht hatte?«, fragte Maximiliane übergangslos, während sie Hanias Blick suchte.

»Nein, das wusste ich nicht.« Die junge Polin verzog keine Miene. Sie sprach wirklich gut Deutsch. Es war eigentlich nur der Akzent, der zeigte, dass es nicht ihre Muttersprache war. Zugleich war da ein Ausdruck in ihrem Gesicht, als mache diese Information etwas mit ihr, oder kam ihr das nur so vor? Maximilianes Blick wanderte aus dem Fenster. Es war ein schöner Tag. Ich sollte nachher spazieren gehen, überlegte sie, ein Spaziergang war etwas Sinnvolles. Manchmal war es schwer, den Tag mit sinnvollen Tätigkeiten anzufüllen. Manchmal langweilte sie sich einfach entsetzlich. Sie sollte sich mehr um die Verwaltung des Gutes kümmern, aber ihr Mann und seine Schwester hatten diese Aufgabe übernommen. Für Maximiliane gab es da keinen Platz mehr.

Sollte ich stärker um meinen Platz kämpfen?

Aber sie mochte keine Auseinandersetzungen.

»Kannst du auch Klavier spielen?«, fragte sie die junge Polin unvermittelt. Die zögerte, aber vielleicht bildete sie sich das auch nur ein. Es war schwer zu sagen.

»Zu Hause habe ich gespielt«, sagte Hania. Ihre Stimme klang rau.

»Wie wäre es denn, wenn ich dir etwas vorspiele, während du deine Arbeiten fortführst?«, schlug Maximiliane unvermittelt fort. »Dann ist es angenehmer, oder?«

Hania schaute sie nur an, ohne erkennen zu lassen, was sie von diesem Angebot hielt, ob es sie freute oder ob sie es doch überflüssig fand.

»Sehr wohl, Frau Bethmann«, erwiderte sie dann ebenso ausdruckslos.

Ihr war schon öfter aufgefallen, dass Friedrichs Mutter sie gerne um sich hatte. Wahrscheinlich hätte Hania darüber erleichtert sein müssen. Fast täglich hatte sie nun in ihrer Gegenwart etwas aufzuräumen. Es waren keine schweren Aufgaben, und Maximiliane Bethmann sprach währenddessen mit ihr, erzählte von sich, von Talgrund und ihrem Leben, erkundigte sich nach Hanias Heimat und ihrer Familie, zunehmend fast, als wären sie Freundinnen oder zumindest gute Bekannte. Irgendwann im Laufe der Zeit setzte sie sich dann an ihren Flügel.

»Ich spiele, dann vergeht die Zeit schneller«, schlug sie eben wieder vor, während Hania vor ihr kniete, um das kleine

Tischchen mit den Alkoholika abzuwischen. »Weißt du, dass man mir einmal sogar eine Karriere vorausgesagt hat? Ich hätte Konzertpianistin werden können, mein eigenes Geld verdienen, die Welt bereisen. Aber dann habe ich mich in Alfred verliebt und ihn geheiratet. Das war auf einem Ball und dann bin ich von Koblenz hierhergezogen. Ich komme eigentlich aus einer Stadt, weißt du? Koblenz liegt am Rhein. Es ist sehr alt. Die Römer haben den Ort gegründet.« Für einen Moment schwieg sie und fügte dann hinzu: »Nun ja, eine verheiratete Frau arbeitet ohnehin nicht, außerdem wurde ich ja noch dazu die Frau des Herrn vom Talgrund. Ich muss repräsentieren. Talgrund ist ein wichtiges Gut ...« Friedrichs Mutter stand auf, ging zum Flügel hinüber, setzte sich, deckte die Tastatur auf und legte die Finger darauf, zuerst noch ohne irgendeinen Ton anzuschlagen. Hania wischte die Alkoholika auf dem Beistelltischchen sorgfältig ab und räumte sie dann auf den Boden, bevor sie sich dem Mahagonitisch selbst widmete. Friedrichs Mutter schlug die ersten Töne an, langsam zuerst dieses Mal und ziellos. Für eine Weile ließ sich keine wirkliche Melodie hören, dann spielte sie etwas, stoppte dann wieder: »Kennst du das?«

»Tschaikowsky«, sagte Hania, ohne zu ihr hinzuschauen. Sie hatte auch Klavierunterricht gehabt. Frau Bethmann wusste das. Sie hatte sogar darüber nachgedacht, ans Konservatorium zu gehen. Natürlich kannte sie Tschaikowsky. Aber das alles war einige Zeit her, in einem anderen Leben war das gewesen. Hanias Blick fiel unvermittelt auf ihre geröteten, schrundigen Finger, wie oft in solchen Momenten, auf neue Kratzer auf dem einstmals weichen, weißen Handrücken. Zu Hause hatte sie nie etwas mit ihren Händen machen müssen. Bis fast zum Anfang des Krieges hatten ihre Eltern sogar eine Haushälterin gehabt. Sie machte sich daran, die Flaschen zurück auf den sauberen Tisch zu räumen.

»Ach, gib mir doch ein Gläschen Cognac«, sagte Maximiliane unvermittelt. »Es ist Nachmittag. Das geht dann in Ordnung so, nicht wahr?«

»Sehr wohl, Frau Bethmann.«

Hania nahm eins der Gläser, befüllte es und brachte es zum Flügel hinüber. Friedrichs Mutter deutete auf einen bereits dort liegenden Untersetzer. Hania stellte das Glas ab.

»Bitte, Frau Bethmann.«

Maximiliane lächelte ihr zu. Dann begann sie wieder zu spielen. Hania lauschte. Sie spielte wirklich nicht schlecht, auch wenn sie offenkundig etwas aus der Übung war, was sich daran zeigte, dass sie an manchen Stellen langsamer, fast suchend unterwegs war.

»Gibt es eigentlich einen polnischen Komponisten?«, fragte sie unvermittelt.

»Chopin.« Hania bemerkte, dass sie in diesem Moment aufrecht stand, den Putzlappen in der Hand. Rasch bückte sie sich.

»Ach ja, Chopin ...« Die ältere Frau lächelte. »Fryderyk Franciszek Chopin, nicht wahr? Das vergesse ich immer.«

Maximiliane wusste offenkundig nicht, wie man den Namen aussprach. Hania nickte nur. Friedrichs Mutter überlegte. Dann spielte sie das »Fantaisie-Impromptu«. Wieder hielt sie inne, suchte Hanias Blick. »Ich sollte besser Beethoven spielen oder Wagner oder Mozart, nicht wahr? Wir sind hier schließlich in Deutschland. Immerhin spiele ich nicht Mendelsohn, der war Jude.« Sie kicherte mädchenhaft. Hania zuckte die Schultern. Sie wusste nicht, was Frau Bethmann mit diesem Gespräch bezweckte. Eine neue Melodie erklang und wurde abgebrochen.

»Ja, ich denke auch, dass das eine große Dummheit ist. Es ist Kultur, nicht wahr? Kultur ist universell … Wir sind eine Kulturnation. Hania?«

»Ja, Frau Bethmann.« Mit einem Klirren hatte Hania die letzte Flasche zurückgestellt. Friedrichs Mutter runzelte die Augenbrauen. »Nun, vielleicht bist du einfach zu jung, um dir um solche Dinge Gedanken zu machen. Das verstehe ich. Ich, in deinem Alter …«

Hania biss die Zähne aufeinander. *Dich, in deinem Alter, hat man nicht aus der Heimat fortgerissen, weg von den Plänen, die du für dein Leben hattest, weg von allem anderen … Du weißt gar nichts.* Aber sie sagte nichts. Ewa und sie hatten es im Haus nicht schlecht getroffen. Sie musste zufrieden sein.

Sie blieben auch über den Sommer im großen Haus. An manchen Tagen setzte man Ewa und sie bei der großen Wäsche ein, natürlich weiterhin bei der Gartenarbeit und manchmal auch noch bei der Feldarbeit. Manchmal führte ein Auftrag sie zum Eishaus, wo verlässlich Friedrich auf sie wartete. Ilse Lenhart betonte, dass man auf ihre Arbeitskraft nicht verzichten könne. Ihr Neffe nutzte jede sichere Gelegenheit, sich einen Kuss zu stehlen und wenn möglich mehr. Es gab aber auch Tage, an denen Hania mit Frau Bethmann spazieren ging, sich ihr Klavierspiel anhörte oder ihr hinten auf der Terrasse Gesellschaft leistete, während Maximiliane Bethmann Tee trank.

Das Ende des Sommers kam. Es wurde kühler, die Blätter verfärbten sich und fielen schließlich ab. Im November bedeckte der erste feine Schnee Talgrund und seine Umgebung.

Als Hania an diesem Dezemberabend 1943 die Treppen zu ihrem Schlafzimmer ganz nach oben unter dem Dach emporstieg, musste sie zweimal innehalten, weil es so seltsam in ihrem Bauch zog. Ewa und sie waren nun schon seit einem halben Jahr fast durchgängig im Haus eingesetzt, und sie musste sagen, dass das tatsächlich besser war.

Sie wartete, bis die Schmerzen aufhörten. Dann lief sie eilig weiter. Ewa war noch nicht da, als sie oben ankam. Wieder zog es so seltsam. Was war nur mit ihr los?

Hania setzte sich auf ihr schmales Bett und überlegte. Bekam sie ihre Regel? Aber sie hatte nie Schmerzen gehabt, und außerdem … In den letzten Wochen fiel ihr jetzt auf, war ihr vor allem morgens mehrfach schlecht gewesen. Sie hatte es darauf geschoben, dass Ilse ihnen weniger zu essen gab, auch wenn Friedrich ihnen zwischendrin etwas zusteckte. Vor Ewa hatte sie ihr Unwohlsein verborgen, damit die sich keine Sorgen machte. Jedem war einmal schlecht. Irgendwann war es ja auch wieder vorbeigegangen, wahrscheinlich, weil sie sich daran gewöhnt hatte, hatte sie gedacht, aber jetzt …

Hania starrte an die Wand. Dann begann sie zu zählen, zählte und verzählte sich, nahm schließlich die zitternden Finger zur Hilfe.

Konnte das sein? War sie etwa überfällig, und wie lange? Sie zählte wieder. Dieses Mal schaffte sie es bis zum Ende.

Sie sagte nichts zu Ewa, und es dauerte bis zum nächsten Abend, bevor es ihr gelang, mit Friedrich zu sprechen.

»Ich bin schwanger.« Sie hatte überlegt, wie sie es formulieren sollte, dann platzte es einfach aus ihr heraus.

»Was?«

»Ich bekomme ein Kind!«

»Das ist … Ist es von mir?«

Sie starrte ihn an.

Er wurde rot. »Es tut mir leid, das wollte ich nicht sagen. Natürlich ist es von mir … Oh Hania, ich freue mich!«

»Du freust dich? Warum?« Sie konnte sich nicht länger beherrschen und schluchzte auf. »Sag mir, was ich tun soll?«

15

Frühling 1944

»Leni!«

Der Tonfall in der Stimme ihrer Mutter, der von unten aus der Halle zu ihr drang, war Leni wohlbekannt, dennoch blieb sie noch einen Augenblick länger am Fenster stehen und beobachtete den Vorplatz, wie sie es nun schon seit gut zehn Minuten tat. Hania und Ewa, die beiden Polinnen, die Friedrich im letzten Jahr ins Haus geholt hatte, waren heute damit beschäftigt, Unkraut zwischen dem Kies zu zupfen. Gewiss hatte sie Ilse damit beauftragt. Gestern noch hatten sie an den Blumenrabatten gearbeitet, die neu bepflanzt werden sollten, und Leni war zu ihnen gegangen, um ein paar kurze Worte zu tauschen, wie es ihr in den schweren Wochen des letzten Jahres so vertraut geworden war, in denen Friedrich Hania manchmal zu ihr gebracht hatte, damit sie sich über Dinge austauschten, über die Frauen eben sprachen, wie er gesagt hatte. Und das hatten sie, wenn auch selten, getan, vorsichtig natürlich, damit sie keine Grenzen überschritten. Es hatte gutgetan und sie war Hania sehr dankbar für ihre Geduld gewesen. Sie würde ihr immer dankbar sein.

Sie beugte sich weiter vor und stieß dabei leicht gegen die Fensterscheibe. Obwohl es ein Versehen gewesen war, hätte sie sich gewünscht, dass die beiden jungen Frauen endlich zu ihr aufblickten. Aber die beiden hörten sie wohl nicht.

»Leni!« Die Stimme ihrer Mutter klang noch eindringlicher. Sie beeilte sich besser. Leni rückte vom Fenster weg, sprang wenig später die Treppe hinunter und kam kurz darauf in der Eingangshalle an. Ilse stand sehr gerade im Eingang des Salons und schaute ihr entgegen. Hinter ihr konnte Leni die Ukrainerin beim Reinigen des Bodens sehen. Gestern hatte sie im Garten die Teppiche mit dem Teppichklopfer bearbeitet. Sie war noch recht jung und Ilse direkt unterstellt. Niemand anderes durfte sie beauftragen. Während Leni auf ihre Mutter zuging, strich sie ihre Hände an den Seiten ihres Rocks entlang. Der Stoff war fest und etwas rau. Sie mochte das Gefühl. Es beruhigte sie und gab ihr Halt.

»Ja?« Sie bemühte sich, ruhig zu klingen. Ilse zögerte einen Moment, als könne sie Lenis Verhalten nicht einschätzen, dann traf sie eine Entscheidung: »Ich habe dich gestern wieder einmal draußen mit diesen Fremdarbeiterinnen gesehen.«

»Hm.« Lenis Antwort blieb vage. Natürlich hatte auch sie ihre Mutter bemerkt. Ilse war von den Stallungen gekommen, und Leni war aufgefallen, dass sie ihre Haare wieder einmal in einem helleren Blond gefärbt hatte. Mit ihrer Haarfarbe war ihre Mutter nie zufrieden. Es hatte Leni stets eine gewisse Genugtuung verschafft, dass Esthers Haare sehr viel heller gewesen waren als Ilses.

Aber ich darf nicht an Esther denken.

»Es ist dir doch bewusst«, ihre Mutter räusperte sich, »dass Kontakte mit Fremdarbeiterinnen untersagt sind? Das, was im letzten Jahr war, war eine Ausnahme, nicht mehr.«

»Ja, ist es, Mama. Aber die beiden waren mir im letzten Jahr eine wichtige Unterstützung, das kannst du nicht leugnen …«

Ilses Lippen wurden schmal und bogen sich nach unten, aber sie widersprach auch nicht. Leni versuchte, die Situation weiter zu entspannen.

»Ich habe auch nur kurz mit ihnen gesprochen. Sie brauchten Anweisungen.«

»Du solltest gar nicht mit Ihnen sprechen, Leni.«

»Noch nicht einmal, um ihnen Anweisungen zu geben?«

»Ich bin mir sicher, sie hatten ihre Anweisungen. Maximiliane oder ich haben sie ihnen erteilt.«

Leni senkte den Kopf. »Gut, Mama, dann tut es mir leid, und ich werde zukünftig darauf achten.«

Ilse schaute sie etwas länger an. »Außerdem ist mir zu Ohren gekommen, dass du bei Alfred nach größeren Essensportionen für diese Leute gefragt hast?«

Lenis Hände bewegten sich erneut an den Seiten ihres Rockes entlang. Sie hoffte, dass ihre Mutter ihre Unruhe nicht bemerkte.

»Ich möchte an dieser Stelle deshalb noch einmal sagen, dass sie nicht mehr bekommen. Sie werden sich mit dem begnügen, was sie kriegen. Hast du mich verstanden?« Ilse schaute ihre Tochter scharf an. Die wich ihr dieses Mal nicht aus.

»Aber sie arbeiten hart, und wir … Wir brauchen sie.« Leni war nicht bereit, so schnell aufzugeben. »Ohne sie stünden wir schlechter da, Mama, denkst du nicht?«

Ilse fixierte sie mit ihrem Blick, als müsse sie über etwas nachdenken, dann schüttelte sie den Kopf.

»Ach, Leni, Kind, dein Herz ist einfach zu weich. Das war es immer schon. Du musst lernen, härter zu sein, sonst wirst du es im Leben nicht weit bringen.«

Leni schwieg. Nun, dann musste sie die Sache wohl selbst in die Hand nehmen. Sie musste Hania und Ewa deutlich machen, wie ehrlich dankbar sie ihnen dafür war, sie aus dem tiefsten Loch geholt zu haben, denn auch in diesen Tagen überkam sie manchmal noch dieser schwarze Schleier. Es war schwer, den Schmerz ihres Versagens mit niemandem teilen zu können.

Außer vielleicht mit Friedrich. Es war ihr Cousin, der ihr im Laufe der Zeit ähnlicher geworden war. Da war inzwischen etwas Ernsthaftes an diesem jungen Mann, an ihm, der früher alles immer so unbekümmert beiseitegewischt hatte. Während Mutter und Vater fanden, dass es dem Judenpack recht geschah, und Onkel Alfred und Tante Maximiliane Himmelreichs Schicksal zwar bedauerten, es aber bei Worten beließen, wusste sie Friedrich auf ihrer Seite. Die da oben hatten entschieden, und gegen die da oben stellte man sich nicht, sagten Onkel und Tante, was sollte man also schon tun? Es war viel zu gefährlich, den Mund zu öffnen, und sie hatten doch eine Verantwortung ihren Familien gegenüber und den Familien derer, die auf Talgrund arbeiteten. Doch vielleicht hatte Leni eben dennoch die Möglichkeit, wenigstens etwas wiedergutzumachen; indem sie sich nämlich hinter Ewa und Hania stellte, indem sie darauf achtete, dass ihre Mutter nicht ihre Wut an den beiden ausließ, indem sie ihr Leben verbesserte.

16

Frühling 1944

Auch 1944 wurden die Kartoffeläcker auf Talgrund um weitere Flächen erweitert. Neue Fremdarbeiter kamen dazu: ein Franzose und ein Niederländer. Alfred wusste, dass seine Schwester gerne noch mehr Arbeitskräfte beansprucht hätte, aber man musste eben nehmen, was man bekam. Vielleicht ergab sich später noch eine Chance, vielleicht sollten sie aber auch zufrieden sein. Sie hatten ohnehin die meisten Arbeitskräfte im Umkreis und eigentlich lief doch alles wie am Schnürchen.

Bald würde man die ersten Frühkartoffeln ernten können. Alles in allem leistete Ilse gute Arbeit, das konnte man nicht anders sagen. Alfred war sehr zufrieden mit seiner Schwester. Manches fiel ihr wohl in der Tat auch leichter, weil sie sich nicht so viele Gedanken um das Wohlergehen der Arbeiter machte. Sie hatte beispielsweise keine Schwierigkeiten damit, ihnen erst nach gut zwei Stunden das erste Mal etwas zu essen zu geben.

»Das Pferd, das keinen Karren mehr zieht, holt der Abdecker«, sagte sie, und jeder wusste, was sie meinte.

Alfred tippte seinem Wallach sanft die Fersen in die Seite. Es beschleunigte sofort. Welch feinnerviges Tier! Wenn er den Kopf freikriegen wollte, schwang er sich gerne auf einen Pferderücken. In letzter Zeit war er viel zu selten dazu gekommen. Man musste vorsichtig mit diesen empfindlichen Tieren umgehen, aber sie trugen einem nichts nach. Bei ihnen konnte er alles vergessen.

Heute ritt er längs des neuen Kartoffelackers entlang. Der Franzose richtete sich auf, als er den Hufschlag hörte. Er war bereits kurz nach Kriegsbeginn gefangen genommen und nach Deutschland gebracht worden. Er war schon älter, vielleicht so alt wie Alfred. Er hatte das Gefühl, dass sie einer Generation angehörten. Manchmal schenkte er dem Mann eine Zigarette.

Alfred ließ den Blick schweifen. In der Mitte des Feldes waren die Arbeiterinnen, die schon länger da waren, dahinter der Niederländer und im hinteren Drittel der Tscheche, bei dem Ilse den Eindruck hatte, dass er nach Möglichkeiten suchte davonzukommen. Ihn hielten sie deshalb besonders im Blick.

Gestern war seine Schwester noch spät zu ihm gekommen, weil sie wegen einiger Nachrichten beunruhigt gewesen war. Auf einem benachbarten Bauernhof waren die Einberufungsbefehle für den siebzehnjährigen Sohn und dessen Vater eingetroffen. Es stand außer Frage, dass jetzt auch Bruno und Friedrich an der Reihe waren – und Georg, über den er ebenfalls seine Hand gehalten hatte. Viel zu lange schon hatten sie die Jungen vor diesem Schicksal bewahren können, weil deren Arbeitskraft auf Talgrund ja unabdingbar war, wie er immer wieder überzeugend argumentiert hatte und weil man die richtigen Beziehungen hatte. Doch er hatte auch Freundschaftsdienste dafür einfordern müssen, und die ein oder andere Kleinigkeit hatte es ihn gekostet. Alfred seufzte. Wann es ihn selbst wohl treffen würde? Es war nicht auszuschließen, dass auch er diesem Wahnsinn nicht entkommen konnte. Seine Schwester hatte er in jedem Fall seit Langem nicht mehr so unruhig gesehen. Er selbst versuchte, nicht daran zu denken.

»Ich dachte immer, du würdest stolz darauf sein, wenn Bruno zur Armee geht«, hatte er vergeblich versucht, sie aufzumuntern. Es war ihm gründlich misslungen. Sie hatte ihn zuerst nur angeschaut, dann hatte sie gesagt: »Ich will mein Kind nicht verlieren. Ist das so überraschend?«

Zum ersten Mal hatte er etwas wie Verletzlichkeit in ihren Augen gesehen, und er hatte nicht gewusst, was er tun sollte. Seine Schwester war niemand, den man tröstete. Er hatte sich gefragt, ob sie an Russland dachte. Hatten damit die schlechten Nachrichten angefangen? Eine ganze Armee, die sechste, war damals bei Stalingrad eingeschlossen worden und hatte im Winter 1942/43 kapituliert. Schließlich war er aufgestanden, hatte zwei Gläser mit Branntwein eingeschenkt und ihr eines gereicht. »Hoffen wir auf das Beste.«

»Monsieur Bethmann!«, riss ihn die Stimme des Franzosen aus den Gedanken. Er zügelte das Pferd, der Franzose stand gleich neben ihm, eine Hand locker am Zügel, die Hand auf den Nüstern. Das Pferd schnupperte. Es wurde immer ruhig, wenn der Franzose in der Nähe war. Er hatte wirklich einen guten Einfluss auf das Tier.

»Haben Sie eine Zigarette für mich?«

»Klar.« Alfred suchte in seiner Brusttasche. Das Päckchen, das er hervorfingerte, war zerknautscht. Er betrachtete es kurz und warf es dem Mann dann als Ganzes zu.

»Merci, Monsieur!«

Alfred fuhr durch den Kopf, dass sie sich zu anderen Zeiten vielleicht in Paris getroffen hätten, dass niemals diese Missstimmung zwischen ihnen gewesen wäre, für die er doch nichts konnte, denn er machte ja keine Politik. Ob der Franzose dankbar für die Zigaretten war? Er konnte es nicht sagen und das machte ihn tatsächlich ein wenig wütend. Warum hatte er eigentlich immerzu ein schlechtes Gewissen, das war doch unangebracht … Er wünschte sich, einmal so wie seine Schwester zu sein und über den Dingen zu stehen. Er hatte den Goldsteins schließlich das Leben gerettet. Was mehr konnte ein Mensch verlangen?

17

»Nein!« Hanias Stimme zitterte, während sie Friedrich einen heftigen Schlag gegen die Brust versetzte, als könne sie damit etwas ändern. Es schmerzte ihn, aber er wich nicht zurück. Er wollte sie umarmen und festhalten. Er wollte, dass sie verstand, dass es nicht seine Schuld war. Er hatte ihr sagen wollen, dass Leni sie beschützen würde, denn das hatte er sich versprechen lassen, aber die Stimmung kippte innerhalb kurzer Zeit. Er wartete jetzt ab, was sie als Nächstes tun würde, doch nach dem letzten Ausbruch blieb Hania still. Auch von draußen war nicht das geringste Geräusch zu hören, und er war dankbar dafür, denn das war nicht immer so. Manchmal war sein Vater dieser Tage öfter im Keller unterwegs, seltener seine Tante, wenn beide auch eigentlich nie in diesen Teil des Kellers kamen. Eher war es der Raum, in dem der Besitz der Goldsteins aufbewahrt wurde, der sie beide anlockte wie die Fliegen das Licht.

Friedrich tauchte aus den Gedanken auf und streckte die Arme nach Hania aus. Nach einem Augenblick ließ sie es doch zu, dass er sie an seine Brust zog. Er spürte ihren warmen Körper, das Zittern, welches sie einfach nicht verhindern konnte. Er hörte ihren schnellen Atem.

»Leni wird dir helfen«, sagte er. Er war so erleichtert gewesen, dass seine Cousine keinen Moment gezögert hatte. Sie hatte gar nicht überrascht reagiert, als habe sie schon lange etwas geahnt. Sie hatten darüber gesprochen, wie sie Hania beschützen konnten, und Leni hatte versprochen darauf zu achten, dass sie weiterhin so viele Arbeiten wie möglich im Haus ausführte. Der Kittel, den die Fremdarbeiterinnen zu tragen hatten, half dabei, die Schwangerschaft zu verbergen. Hania war schmal, aber manchmal hatte Friedrich auch den Eindruck, dass sich einfach niemand vorstellen konnte, was doch offensichtlich war.

Leni gegenüber hatte er seine Unsicherheit geäußert, wie die Geburt zu bewerkstelligen war und wie es danach weitergehen würde, aber sie hatte ihm versprochen, dass sie sich um alles kümmern würde.

Ein neuerlicher Schlag Hanias gegen seine Brust ließ ihn im nächsten Moment zurückstolpern. Der Blick, der ihn aus ihren Augen traf, war düster. Er schüttelte hilflos den Kopf. »Ich kann doch nichts tun«, flüsterte er. Da war tiefer, hilfloser Schmerz in seiner Stimme. »Niemand kann etwas dagegen tun«, fuhr er fort.

Er zog Hania erneut an sich, wieder ließ sie es zu. Heute Morgen war also der Einberufungsbefehl gekommen, dessen

Eintreffen sie alle schon seit Wochen fürchteten. Er hatte, sobald es ihm möglich gewesen war, mit ihr gesprochen. Ihre Reaktion machte ihn betroffen. Was hatte er sich erhofft? Es war schwer, sie so verzweifelt zu sehen. Wieder löste sie sich von ihm. Sie barg das Gesicht in den Händen.

»Wenn du gehst, bin ich alleine.«

»Aber ich komme zurück.« Er zog ihre Hände zur Seite und streichelte ihre Wange. Sie schüttelte heftig den Kopf. »Es ist Krieg. Niemand weiß das.«

Nein, es war nicht so, dass sie nicht damit gerechnet hatten. Sie hatten darüber geredet. Sie wussten beide, dass sich an diesem Befehl nicht rütteln ließ. Er würde Soldat werden. Er würde schießen, und man würde auf ihn schießen, und vielleicht würde er sterben, und was machte sie dann? Wie sollte sie sich und ihr ungeborenes Kind retten?

Er wollte sie wieder in den Arm nehmen. Sie machte sich steif und wehrte ihn ab. Er zögerte noch, dann setzte er sich etwas abseits von ihr auf den Boden. Er spürte, wie ihm das Herz in der Brust schneller klopfte.

»Ewa wird auf euch aufpassen. Und Leni natürlich. Du bist nicht alleine.«

Sie schwieg weiter. Später erzählte er es auch Ewa. Als sie ihm wie schon früher einmal eine Ohrfeige versetzte, fühlte er sich, als habe er es verdient.

»Ich werde dir nichts Gutes wünschen«, sagte sie nur.

»Ich weiß«, entgegnete er. »Wirst du dich um Hania kümmern?«

»Ich habe mich immer um sie gekümmert. Ich wusste, dass du sie alleinlassen würdest.«

»Es ist nicht meine Schuld.«

»Es ist nie eure Schuld.«

»Es ist ein Befehl.«

»Das kümmert mich nicht.«

Er nickte. »Ich verstehe.«

»Nein, du verstehst nichts.«

Neben Friedrich hatten auch Bruno und Georg den Einberufungsbefehl erhalten, und bald reisten die jungen Männer zur Ausbildung in die Kaserne ab. Siegfried und Ilse schwankten zwischen Stolz und Sorge. Maximiliane stand die Angst ins Gesicht geschrieben und Alfred zog sich in sein Arbeitszimmer zurück und kam bis zum späten Abend nicht hervor. Am Tag des Abschieds hielt Maximiliane ihren Sohn so fest, als wolle sie ihn nie wieder loslassen.

»Ich komme doch wieder, Mama«, sagte er. »Ich komme wieder, ich muss ja.« Seine Augen suchten Hania, während er das sagte, doch er konnte sie nirgendwo entdecken.

Im Juni 1944 wurde Hanias Sohn Adam in einem Kellerraum von Gut Talgrund geboren.

18

2021 – Tag 6 auf Talgrund

Auch in dieser Nacht wachte Jenny mehrfach auf. Gegen vier Uhr morgens war es erneut so weit. Hatte sie ein Geräusch geweckt, oder lag es daran, dass der Vollmond so hell in ihr Zimmer schien? Sie entschloss sich nachzusehen. Sollte sie sich geirrt haben, machte sie vielleicht wenigstens die Bewegung müde. Im Moment waren ohnehin zu viele Gedanken in ihrem Kopf. Wie lange sie wohl hier noch alle aufeinandersitzen würden? Gestern war sie noch einmal mit Sam unterwegs gewesen, ein Stück die Straße entlang den Berg hinauf. Sie hatten Gerhards Auto schon fast erreicht gehabt, als Sam sie auf das Geräusch von Motorsägen aufmerksam gemacht hatte. Einen Moment später waren zwei Feuerwehrmänner aus dem Dunkel zwischen den Bäumen aufgetaucht. Sie hatten sich erfreut gezeigt, sie beide zu sehen. Sam hatte sogar einen von ihnen gekannt.

»Wir haben als Kinder zusammen gespielt«, hatte er erklärt.

»Alles klar bei euch?«, hatte sich der Mann erkundigt.

Sam hatte genickt. »So weit. Du weißt ja, in Talgrund sind wir gut ausgestattet.«

»Irgendwelche Schäden?«

»Nichts Gravierendes.«

Der Feuerwehrmann hatte erleichtert ausgesehen.

»Das ist gut. Wir sind dabei, den Weg freizuräumen, aber es wird noch etwas dauern. Die Schäden außerhalb des Tals sind beträchtlich, kann ich euch sagen. Es sind ganze Häuser mitgerissen worden. Tote gab es auch. Und Verletzte.«

»Das ist ja furchtbar«, war es Jenny entfahren.

»Jetzt, nach ein paar Tagen, sind die Vermissten das Schlimmste.«

Sam hatte ihm spontan auf die Schulter geklopft.

»Macht uns um euch jedenfalls keine Sorgen. Wir schaffen das noch eine Weile.«

Sie hatten sich voneinander verabschiedet. Auf dem Rückweg hatten Jenny und Sam beschlossen, den anderen vorerst nichts von der Begegnung zu erzählen. Das würde nur Stress geben, da waren sie sich beide einig.

Jenny öffnete nun die Tür ihres Zimmers und trat in den Flur. Vor dem Einschlafen hatte sie in Lenis Tagebuch gelesen. Es war nicht leicht, denn Leni war nicht wirklich explizit. Manchmal hatte Jenny den Eindruck, dass etwas zwischen den Zeilen stand, was sie nicht verstand. Vielleicht war das damals so gewesen, vielleicht hatte sie vieles für sich behalten müssen. 1943 war Leni eine Zeit lang krank gewesen, hatte aber nichts zum Grund geschrieben. Sie hatte sich schwach gefühlt und traurig, offenbar überrumpelt von äußeren Ereignissen. Jenny hatte sich gefragt, ob es vielleicht daran lag, dass sie fürchtete, dass ihr Bruder Bruno, sein Cousin Friedrich und Georg eingezogen werden könnten. Vielleicht hatte sie um die jungen Männer gebangt. Sie fragte sich, wie sie sich fühlen würde, wenn Sam oder ein anderer, den sie kannte, zur Armee eingezogen wurde? Es war schwer, sich etwas vorzustellen, das so weit entfernt von allem war, was ihr Leben ausmachte.

Sie erinnerte Ilses knappen Vermerk, den Maja in der Chronik gefunden hatte. Manchmal hatte Brunos Mutter längere persönliche Eintragungen gemacht, an diesem Tag war sie sehr knapp geblieben, als wolle sie nicht zu viel darüber nachdenken.

Jenny fröstelte ein wenig, als sie jetzt die Tür vorsichtig hinter sich zuzog. In der allumfassenden Stille war das Klicken des Schlosses dennoch geradezu überdeutlich zu hören.

Im Flur war es leider ziemlich dunkel. Erst nachdem sich ihre Augen an die Lichtverhältnisse gewöhnt hatten, wagte sie sich weiter voran. Sie hatte eben das obere Stockwerk abgeschritten und überlegte gerade, wieder ins Zimmer zurückzukehren, als sie etwas innehalten ließ. Für einen Moment bewegte sie sich nicht. Dann drehte sie den Kopf, ging noch einen Schritt weiter, um das genauer in den Blick zu nehmen, was sie bisher nur aus den Augenwinkeln wahrgenommen hatte.

Ich irre mich. Ich muss mich irren.

Jennys Herz schlug schneller, während sie sich über das Geländer beugte. Nein, da lag wirklich jemand auf dem Treppenabsatz ein Stockwerk tiefer.

O Gott ...

Sie zögerte nicht mehr, sondern rannte los. Noch ein Stück ... Langsam hatte sie eine Ahnung, wer da lag. Das musste Maja sein und sie regte sich nicht. War sie verletzt, oder Schlimmeres gar?

Kürzlich wäre ihr so ein Gedanke wahrscheinlich nicht gekommen, aber die letzten Tage hatten etwas verändert.

Jennys Knie wurden weich. Ihr Herz raste. Ihre Kehle wurde enger. Mit dem nächsten Schritt stolperte sie und musste sich am Geländer auffangen. Schmerz zuckte durch einen Arm. Fast im gleichen Moment bewegte sich Maja endlich und setzte sich dann stöhnend auf. Die junge Frau zog ein Bein an sich, unterdrückte offensichtlich einen Schmerzenslaut. Jenny lief schneller. Irgendwo meinte sie kurz das Geräusch einer sich öffnenden und schließenden Tür zu hören, dann wieder diese Stille.

»Maja!«, rief sie mit unterdrückter Stimme, ohne zu wissen, warum eigentlich. Die anderen waren sicher aufgewacht, ihre Schritte waren laut gewesen. Maja drehte den Kopf. Für einen Moment sah sie ängstlich aus, dann blickte sie erleichtert drein.

»Jenny! Gott sei Dank, du bist es!«

Jenny stoppte abrupt. »Was ist passiert? Bist du verletzt? Geht es dir gut?«

»So weit ist alles in Ordnung, denke ich … Ich bin gestürzt.« Maja betastete erneut ihr Bein. Wieder verzog sie das Gesicht, wenn auch nur kurz.

Das ist schon einmal gut, dachte Jenny, aber was macht sie hier um diese Uhrzeit? Sie kniete sich neben Maja.

»Lass mal sehen«, forderte sie die junge Frau auf. »Wie ist das passiert?«

Maja zuckte die Schultern.

»Bist du gestolpert? Was machst du überhaupt hier draußen?«

Maja zog die Augenbrauen hoch. »Ich war auf dem Weg zur Toilette, in meinem Zimmer ist keine. Ich geh immer runter.«

»Oh, das tut mir leid, daran habe ich nicht gedacht.« Jenny errötete und schämte sich für ihr Misstrauen. Während sie nach Worten suchte, sprach die junge Frau weiter. »Als ich auf dem Rückweg zu meinem Zimmer war … Ich weiß nicht. Da war etwas.«

»Vielleicht bist du gestolpert. Im Dämmerlicht übersieht man schnell etwas«, pflichtete Jenny ihr bei. Sie versuchte, versöhnlich zu klingen, aber irgendwie hörte es sich unpassend an. Sie streckte Maja unvermittelt die Hand hin. Die machte keine Anstalten zuzugreifen.

»Nein, ich habe nichts übersehen«, sagte sie ernst. »Ich wurde …« Sie zögerte. »Es hat sich eher so angefühlt, als sei ich von jemanden gestoßen worden.« Sie deutete in die Richtung.

»Hast du jemanden gesehen?«

»Höchstens einen Schatten, sicher bin ich mir nicht.« Maja ließ die Schultern sinken.

Jenny hielt inne, dann schaute sie für einen Moment den dunklen Gang hinunter, der irgendwo dort hinten in einem weiteren alten Dienstbotengang endete. Wer dort entlangging, konnte sehr wohl ungesehen verschwinden.

Leider verkleinerte das den Kreis der potenziellen Verdächtigen nicht gerade. Wer in diesem Haus würde jemandem auf der Treppe einen gefährlichen Stoß geben und einfach verschwinden? Jenny konnte die Situation nicht richtig einordnen. Konnte sie denn sicher sein, dass Majas Vermutung stimmte?

Maja schüttelte nachdenklich den Kopf. Mit Jennys Hilfe war sie inzwischen aufgestanden. »Es ist komisch, aber ich habe wirklich niemanden bemerkt, bis da dieses Geräusch war und dann bin ich auch schon gefallen ...« Sie schauderte, drehte den Kopf und sah auf die Treppenstufen, die sie verfehlt hatte. Auch Jenny fröstelte. Wieder war etwas zu hören, dann tauchte plötzlich jemand am Ende des anderen Ganges auf und kam auf sie zu. Sie hielten kurz beide den Atem an.

»Jenny, Maja?«

Es war Sam.

»Sam!« Jenny atmete erleichtert auf. »Wo kommst du denn her? Haben wir dich geweckt?«

»Nein, ich komme von draußen.« Mit diesen Worten hatte er sie erreicht. Tatsächlich ging so etwas wie kühlere Luft von ihm aus. Jenny runzelte die Stirn.

»Draußen, wieso das denn um diese Uhrzeit?«

Sam zuckte die Schultern. »Ich konnte nicht schlafen. Ihr ja offenbar auch nicht. Was ist denn passiert?«

Er wandte sich Maja zu. Kurz fragte Jenny sich, ob er damit weitere Fragen abblockte, aber vielleicht war sie auch zu empfindlich. Keinem von ihnen war es schließlich verboten, sich nachts im Flur aufzuhalten.

Als sie ihm von dem Sturz berichtet hatten, fragte er: »Kannst du laufen?«

Maja belastete vorsichtig beide Beine und nickte. »Scheint alles in Ordnung zu sein. Tut nur ein bisschen weh.«

»Dann komm«, Sam nickte aufmunternd, »wir bringen dich erst einmal zurück in dein Zimmer.«

»Du könntest auch bei mir übernachten«, fiel Jenny spontan ein. Maja schüttelte den Kopf.

»Es ist schon okay, ich möchte gerne wieder zurück ...«

In ihrem Zimmer angekommen, blieben Sam und Jenny stehen, während Maja ihren Stuhl freiräumte. Während Sam Jenny mit einem Nicken aufforderte, sich zu setzen, lehnte er sich selbst an den kleinen Schreibtisch.

Sie sahen beide zu Maja hin, die eben das rechte Bein ihrer Jogginghose aufkrempelte und ihr Knie betastete. Sam kam zu ihr. »Lass einmal sehen. Ich bin Arzt.« Er untersuchte sie schweigend. »Das gibt wahrscheinlich einen hübschen blauen

Fleck«, sagte er dann, »aber so weit ist wohl alles in Ordnung. Wer könnte das denn gewesen sein? Und wieso hat derjenigen nicht geholfen? Ich verstehe das nicht.«

Das Geräusch, das Maja von sich gab, spiegelte ihre Erleichterung. Sam zog sich wieder zum Schreibtisch zurück. Maja schaute Jenny an und plötzlich fürchtete die, dass die junge Journalistin diese winzige Spur von Misstrauen in ihren Augen lesen konnte, das neuerlich in ihr hoch kam. Lag es daran, dass Sam sie berührt hatte? Sollte sie sich für ihre Eifersucht und dieses elende Misstrauen schämen? Maja räusperte sich: »Ich, also … Ich denke, vielleicht ist es an der Zeit ….« Sie überlegte. »Ich habe vielleicht nicht die ganze Wahrheit darüber gesagt, warum ich hier bin. Ich denke, es ist an der Zeit, reinen Tisch zu machen.«

Jenny stieß prustend Luft aus. Sam warf ihr einen kurzen, nachdenklichen Blick zu. Maja sah in die Ferne, als ob sie sich nicht klar darüber wäre, wo sie anfangen sollte. Noch einen Moment länger war sie still, dann begann sie zu sprechen: »Ursprünglich komme ich nicht aus Deutschland. Ich bin erst mit vierzehn Jahren aus Polen hierhergekommen, gemeinsam mit meiner Mama. Mama hatte damals schon einige Jahre hier gearbeitet und mich dafür immer wieder für längere Zeit alleine in Polen zurückgelassen. Eine alte Freundin der Familie passte damals auf mich auf und verdiente sich damit als Rentnerin eine Kleinigkeit dazu. Irgendwann wurde sie aber zu alt dafür und es passte nicht mehr. Außerdem vermisste ich meine Mama natürlich und sie mich. Als Mama dann endlich eine feste Stelle angeboten bekam, holte sie mich sofort zu sich.«

Vielleicht fiel Maja Jennys fragender Blick auf, denn sie wandte sich ihr zu.

»Du fragst dich sicher, was das mit Talgrund zu tun hat. Zuerst einmal bin ich eigentlich nur in der Nähe zur Schule gegangen. Meine Beziehung zu diesem Ort fing an, als wir Talgrund eines Tages im Rahmen einer Projektwoche besuchten. Es ging um unterschiedliche bäuerliche Lebenswelten …«

»Eine ganze Schule? Kannst du dich denn an so etwas erinnern, Sam?«

Er lehnte sich gegen den Tisch, der, wie auch das Bett, voller Unterlagen war. »Es kamen tatsächlich immer mal wieder Schulen. Mein Großvater Georg erzählte dann, wie es früher war, hier zu arbeiten, und dein Großvater sprach über die Verwaltung. Es ist ein altes Gut, da gibt es einiges zu entdecken …«

Für einen Moment schauten sie einander an, dann wandten sie sich wieder Maja zu.

»Ich war der Projektgruppe übrigens eher zufällig zugeteilt worden«, fuhr die fort, »weil ich vorher krank gewesen war, und in dieser Gruppe eben noch ein Platz war. Wenn ich so zurückblicke, gab es viele Zufälle. Ich weiß gar nicht, ob ich dieses Projekt gewählt hätte. Es ging damals nämlich auch um Zwangsarbeit auf dem Land während der Hitlerzeit, und damit wollte ich eigentlich nichts zu tun haben. Wenn man sich mit Polen in Deutschland beschäftigte, gab's nämlich nur das Ruhrgebiet, Autodiebstahl und Zwangsarbeit. Und ich kannte eben auch Menschen, die man verschleppt hatte. Ich wusste, wie sie gelitten hatten, manchmal noch Jahre später, und wie manche nicht darüber reden wollten. Es tat einfach weh, daran erinnert zu werden. Außerdem war ich vierzehn. Ich wollte kein Opfer sein.«

»Zwangsarbeit?«, platzte Jenny heraus, die für die letzten Minuten etwas fassungslos zugehört hatte. »Aber es gab keine Zwangsarbeit auf Talgrund, Zwangsarbeiter waren in Fabriken eingesetzt, weniger auf dem Land.«

Maja berührte vorsichtig eine der Stellen, die sie sich beim Sturz verletzt hatte, als müsse sie sich kurz besinnen.

Es war Sam, der sich zu Wort meldete. »So ist das nicht, Jenny. Es gab viele, die auf dem Land eingesetzt waren, sogar in Haushalten zur Kinderbetreuung. Das ist nur nicht so bekannt.«

Maja räusperte sich. »Wie gesagt, ich wollte mich eigentlich nicht mit dem Thema befassen. Es fühlte sich nicht gut an. Die alte Freundin meiner Mutter, die lange Zeit auf mich aufgepasst hatte, war in dieser Gegend Zwangsarbeiterin gewesen. Sie wollte auch nie darüber reden, und ich hasste es zu sehen, wie sehr sie die Erinnerungen immer noch schmerzten, auch so viele Jahre später. Na ja, und dann kam ich nach Talgrund und bekam Fotos gezeigt, und auf einem erkannte ich sie, die Freundin meiner Mutter, die Frau, die auf mich aufgepasst hat. Ich war mir ganz sicher, aber als ich sie anrief und danach fragte, leugnete sie alles. Aber ich wusste, dass ich recht hatte, und ich wusste, dass ich herausfinden wollte, was damals geschehen war. Zumal sie einen Sohn hatte, der damals geboren worden sein musste. Aber wie war das möglich? Versteht ihr, wie kann das möglich gewesen sein?«

Auch an diesem Morgen versammelten sie sich alle zum Frühstück. Jenny war den Rest der Nacht bei Maja im Zimmer geblieben, Sam und sie beide gehörten zu den Ersten am Tisch. Vielleicht hätten sie sich noch austauschen sollen, aber es blieb zu wenig Zeit, bis auch die anderen auftauchten. Jenny zupfte nervös an ihrem Pulloverärmel. Wer hatte Maja angegriffen, wenn man Sam und sie ausschließen konnte und warum? Sie hatte versucht, auf die Reaktionen der anderen zu achten. Leider ließ sich nichts erkennen. Weder Gerhard noch Angelika zeigten sich überrascht, Maja unverletzt zu sehen. Desirée selbst stieß zuletzt dazu.

»Weißt du es schon?«, drehte sich Angelika zu ihr hin, »Maja ist heute Nacht gestürzt.«

»Was?« Desirée riss die Augen auf. »Wie das denn?«

»Sie wurde gestoßen«, sagte Jenny lauter als geplant. »Habt ihr alle wirklich gar nichts gehört?«

Angelika und Gerhard zuckten die Achseln. »Es gibt immer mal Geräusch draußen oder irgendwo. Es ist ein altes Haus …«

Jenny öffnete den Mund, um scharf zu kontern, da unterbrach sie Desirées Räuspern: »Ich habe eine Schlaftablette genommen. Ich habe in den vergangenen Nächten furchtbar schlecht geschlafen. Ich habe überhaupt nichts mitbekommen.«

Wieder war es für längere Zeit still, dann schaute Jenny in die Runde. Ihre Stimme zitterte leicht: »Ich denke, wir sollten jetzt definitiv doch noch einmal versuchen, Hilfe von außerhalb zu erreichen. Dass wir hier alle miteinander eingeschlossen sind, bereitet mir langsam Unbehagen. Wer auch immer das war, hat in Kauf genommen, dass Maja sich verletzt.«

Angelika hob die Augenbrauen. »Vielleicht ist sie ja auch nur gestolpert und bildet sich das alles ein? Wir sind wahrscheinlich alle etwas angespannt.«

»Ja, könnte das nicht sein?« Desirées Stirn kräuselte sich nachdenklich.

»Ich bin mir sicher«, ließ sich Maja hören. Ihre Stimme klang ärgerlich. »Ich bin nicht gestolpert. Jemand hat mich gestoßen.«

Jenny war nicht überrascht, dass ihr Onkel sich zu Wort meldete. Gerhard sagte gerne das Offensichtliche.

»Wir können aber niemanden informieren, liebste Nichte, oder? Mein Handy«, er hielt das Gerät hoch, »funktioniert jedenfalls nicht, oder sieht das bei euch anderen anders aus?« Er schaute triumphierend in die Runde. »Ganz abgesehen vom Akku, der ebenfalls schwächelt.«

»Ich habe mir gestern den Generator noch einmal angesehen, nachdem das Wasser weiter zurückgegangen ist«, meldete sich Sam unvermittelt zu Wort. Ihr fiel auf, dass dieses

Mal auch seine Stimme bemüht ruhig klang, aber nach gut einer gemeinsamen Woche brodelte es wohl auch in ihm, ganz gleich wie ausgeglichen er sonst war. »Wahrscheinlich«, fuhr er fort, »könnte ich ihn inzwischen in Gang bringen, dann haben wir eine Weile Strom. Den können wir nutzen, um die Handyakkus aufzuladen. In jedem Fall sollten wir uns genau überlegen, wozu wir ihn benutzen, aber ein wenig Erleichterung wird das schon bringen.«

»Das Netz ist ja immer so eine Sache auf Talgrund.«

»Wie wäre es, wenn wir einmal wieder zusammenarbeiten?« Jenny hatte sich eigentlich zurückhalten wollen, nun brach es doch aus ihr heraus. »Ich bin mir sicher, man ist schon auf dem Weg zu uns.«

Sie fing Sams warnenden Blick auf.

Gerhard schaute sie kopfschüttelnd an. »Ich halte das für sehr unwahrscheinlich«, sagte er in diesem herablassenden Ton, den Jenny zutiefst hasste.

Sie blieben alle noch einen Moment beisammen, nachdem Gerhard und Angelika das Esszimmer verlassen hatten. Zwischenzeitlich war es Jenny schwergefallen, still zu bleiben. Vielleicht hätten sie Angelika und Gerhard geradeheraus fragen sollen, ob sie Maja auf der Treppe begegnet waren. Sie waren doch in der Mehrzahl, wieso sollten sie um den heißen Brei herumzureden.

»Ach du meine Güte«, sagte Desirée müde. »Das wird ja immer seltsamer.«

Sam machte eine Kopfbewegung, die man als Nicken verstehen konnte. Für einen Moment presste er seine Zähne so fest aufeinander, dass seine Kiefer zitterten. Ob er sich langsam fragte, was er hier zu tun hatte, eingesperrt mit einer Familie, die nicht die seine war?

»Und was sollen wir tun?« Jenny hob fragend die Schultern.

»Wir versuchen einfach doch noch einmal, irgendwo in diesem Haus und seiner Umgebung ein Netz zu finden, und den Notar zu erreichen. Dann können wir wenigstens die Sache mit dem Testament klären. Jenny, du hast zweimal mit deiner Mutter telefoniert, oder nicht?«

»Nur kurz, leider. Sie wollte ja nach Talgrund kommen, aber wahrscheinlich kommt auch sie unter diesen Umständen nicht durch, und ich hatte ihr leider gesagt, dass so weit alles in Ordnung ist.«

»Lass es uns noch einmal versuchen, vielleicht kriegen wir jetzt wieder eine Verbindung, wo die Aufräumarbeiten in vollem Gang zu sein scheinen. Es muss Bewegung in die Sache.« Alle kramten nach ihren Handys, nur Maja zuckte entschuldigend mit den Schultern. »Meins ist im Zimmer, aber der Akku ist ohnehin leer.«

Sam schaute in die Runde und wandte sich dann an Maja. »Willst du dich trotzdem anschließen, oder lieber noch ein bisschen ausruhen?«

Die junge Frau schüttelte den Kopf. »Ich komme mit. Es tut weh, schlimm ist es aber nicht. Außerdem will ich ehrlich gesagt nach allem nicht alleine hierbleiben.«

»Okay.« Sam warf noch einmal einen Blick in die Runde: »Los geht's!«, rief er dann. »Wir fangen im linken Flügel an und arbeiten uns nach rechts vor.«

Sams und ihr Blick trafen sich. Dann lächelte er sie so warm an, dass sie nicht anders konnte, als sein Lächeln zu erwidern.

Es fühlt sich gut an, dabei habe ich ihm einmal nie wieder auf diese Art vertrauen wollen …

»Kommst du?«, riss seine Stimme sie aus den Gedanken.

Sie gingen hinüber in die fast quadratische Halle, von der aus drei breite Flure abgingen, und wählten den linken. Dass die Bewegung durchaus wehtat, konnte man Majas Gesicht ansehen, aber sie beschwerte sich nicht.

Der linke Flügel des Hauses war derjenige, der schon am längsten leer stand. Früher hatte hier Großvaters Tante Maximiliane gewohnt. Von der alleinstehenden Frau war Jenny kaum etwas bekannt. Als sie geboren worden war, hatte sie bereits nicht mehr gelebt. Es gab Geschichten von ihr. Sie hatte ihren Wohnbereich kaum je verlassen. Sie war immer auf dem Friedhof spazieren gegangen und hatte wenig geredet.

Jenny schaute sich um. Hier und da standen immer noch Möbel, aber da sie, anders als in anderen ungenutzten Räumen nur teilweise abgedeckt waren, waren sie so von Staub überzogen, dass man die Farbe der Polster nicht erkennen konnte. Jenny fragte sich, ob hier und da nicht auch Mäuse ihren Unterschlupf gefunden hatten. Entlang des Ganges hingen zwei Landschaftsgemälde, eines zeigte die Mühle weiter hinten im Tal, als diese noch in Benutzung gewesen war, auf dem anderen waren Mägde bei der Feldarbeit zu sehen mit weißen Kopftüchern, die sie wohl gegen die unbarmherzige Sonne schützen sollten. Indem sie sich umschaute, vergaß Jenny kurzzeitig fast, weswegen sie hier waren, doch Sam hielt sein Handy stets vor sich und blieb auch immer wieder stehen. Bislang allerdings erfolglos. Am Ende des Ganges erreichten sie die Tür, die auf einen Weg seitlich am Haus entlang hinausführte. Als sie sich umdrehte, nahm Jenny erstmals die Spuren wahr, die ihre Füße in dem staubigen Boden hinterlassen hatten. Es war wirklich schon sehr lange mehr niemand hier gewesen. In den Sonnenstrahlen, die durch die verschmutzten Scheiben fielen, tanzten gefühlte Myriaden von Staubkörnchen.

»Maximiliane war die Mutter von Brunos älterem Cousin Friedrich«, hörte sie Sam zu Maja sagen. »Soweit ich mich erinnere, hat der sich das Leben genommen, kurz nachdem er aus dem Krieg zurückgekehrt ist. Ich finde, das ist eine schreckliche Vorstellung, und es hat seine Mutter sehr getroffen. Sie hat danach nur noch schwarz getragen und sehr zurückgezogen gelebt.«

»Hätte Friedrich als der Ältere nicht Talgrund erben müssen?« Jenny schaute ihn fragend an. »Die Erbfolge war doch immer ein großes Thema in der Familie. Was war eigentlich mit seinem Vater?«

»Der ist bereits vor Kriegsende gestorben. Danach war Bruno der nächste Herr von Talgrund.«

Jenny schüttelte den Kopf und lächelte. »Du musst dich nicht entschuldigen. Du weißt mehr über unsere Familie als ich.«

»Mein Großvater hat mir immer mal wieder ein bisschen aus der Zeit erzählt. Er war damals auch Soldat, kam aber später zurück als die anderen … Kriegsgefangenschaft. Friedrichs Tod hat ihn sehr getroffen. Das war Jahre später noch deutlich. Es war ein Gefühl, als fühle er sich verantwortlich, als hätte er ihn alleingelassen. Dabei konnte er nichts tun, er war ja nicht da. Dennoch war da etwas, was ihm keine Ruhe ließ. Na ja, ich wollte ihn nicht bedrängen. Ich dachte, er wird mir mehr erzählen, wenn er dazu bereit ist.«

Jenny nickte. Wieder war es etwas länger still, dann räusperte sich Maja. »Gehen wir eigentlich auf demselben Weg zurück?«

»Nein, ums Haus herum, und dann über die Terrasse zurück zum Hauptgang«, meldete sich jetzt Desirée zu Wort, die die ganze Zeit geschwiegen hatte. »Vielleicht gibt es dort ja Empfang.«

»Guter Vorschlag.« Sam machte sich daran, die Tür aufzuschieben. Nacheinander verließen sie den Gang. Als letzte zog Jenny die Tür an der gebogenen Klinke hinter sich zu. Sie konnte sich vorstellen, dass diese Abkürzung früher öfter genutzt worden war. Von außen war der Ausgang fast vom Efeu zugewachsen. Da es sich um die Nordseite des Gebäudes handelte, war es schattig und auch etwas feucht. Farne wucherten hier und gemahnten an eine Art Wildnis. Sie gelangten rasch zum hinteren Teil des Gebäudes, der ungefähr nach Osten lag, wo sich gerade die letzten Strahlen der Morgensonne fingen. Eine große Rasenfläche breitete sich dort bis zu einem Streifen Wald aus. Früher war in regelmäßigen Abständen ein Gärtner mit einem motorisierten Rasenmäher gekommen. Inzwischen ähnelte alles eher einer Wiese.

»Ich erinnere mich an Fotos von Krocketspielen«, sagte Desirée plötzlich. »Es gibt so viele Bilder und Unterlagen, auf die man hier immer wieder stößt und alle erzählen sie einem irgendetwas …«

»Ja, die kenne ich auch«, sagte Jenny. Sam war inzwischen zum vorderen Rand der Terrasse gegangen und hielt sein Handy hoch. Einen Moment blieb er so mit emporgerecktem Arm stehen und sah nach oben auf das Display.

»Und?«, fragte Maja.

Sam ließ den Arm sinken und drehte sich zu ihr hin. »Ich weiß nicht. Kurz schien da etwas zu sein.«

»Wahrscheinlich müssen wir mehr Geduld haben.«

»Das kann sein«, seufzte Sam.

»Immerhin regnet es nicht mehr und es wird wohl auch nicht mehr anfangen.«

Wie auf einen geheimen Zuruf schauten sie alle nach oben, wo sich inzwischen auch die Bedeckung der letzten Tage aufgelöst hatte. Sie alle genossen für einen Moment die Sonnenstrahlen, dann bemerkte Jenny, dass Maja sie aus den Augenwinkeln beobachtete. *Stimmt es, was sie über den Sturz gesagt hat? Aber warum sollte sie etwas Falsches erzählen?*

Maja machte eigentlich einen vertrauenswürdigen Eindruck. Im Moment stand sie dicht neben Sam und schaute auf sein Handy. In Jenny stieg ein seltsames Gefühl auf. Es fühlte sich an wie Eifersucht.

Nach dem Mittagessen zog Jenny sich in die Bibliothek zurück und nahm sich weitere Verwaltungsbücher vor. Nur wenig später tauchte Maja auf. Bis in die frühen Dreißigerjahre hatte es tatsächlich ziemlich schlecht für Talgrund ausgesehen, aber gegen Ende des Jahrzehnts lief es besser. Es hatte mehrere Verkäufe von Bildern und Ähnlichem gegeben. Danach war offenbar wieder Geld da gewesen.

Jenny sah von ihrem aktuellen Buch auf und zu Maja hin, die ebenfalls Unterlagen durchforstete. Maja hatte etwas mehr über die Reportage gesprochen, an der sie arbeitete. Sie hatte auch erfahren, dass Bruno und sie sich im Laufe der Recherche angefreundet hatten. Natürlich hatte er sich nicht an das Schulprojekt erinnert, dazu hatte es zu viele gegeben, aber er hatte sich gerne davon erzählen lassen, und er hatte ihr versprochen, dass sie sich in der Bibliothek umschauen durfte, wenn er ihr alles erzählt hatte, was er ihr hatte erzählen wollen, auch das von den Zwangsarbeitern.

Er hat es gewusst und hat mit mir nie darüber gesprochen.

Jenny blätterte eine weitere Seite um und dann wieder zurück. Hatte sie da etwas gefunden? Sie räusperte sich: »Maja, kommst du mal? Diese Liste hier …« Sie wartete ab, bis die junge Frau neben ihr stand. »Das sind doch keine deutschen Namen, oder?«

Maja begann zu lesen. »Das sind sie«, rief sie kurz darauf aus, »das müssen die Zwangsarbeiterinnen sein! Welches Jahr ist das?«

»1941.« Jenny runzelte die Stirn. Es fiel ihr immer noch schwer, sich vorzustellen, dass Zwangsarbeiter auf Talgrund zum Einsatz gekommen waren. In ihrer Familie. Aber Talgrund war eben wirklich ein großes Gut. Zweifelsohne hatte man hier viele Arbeitskräfte gebraucht, und das erst recht in Zeiten, als der Krieg Männer zu Mangelware machte.

Und meine Familie hat aus diesem System Kapital geschlagen.

Ihre Familie hat über Jahrhunderte vom Krieg profitiert, das hatte Opa ihr schon erzählt. Nun, zumindest war er in der betreffenden Zeit noch ein Kind gewesen, höchstens ein Jugendlicher. Er hatte sich also wohl nicht schuldig gemacht, aber eigentlich war das nur ein schwacher Trost.

Sie bemerkte, dass Maja sie anschaute. Sie klang etwas milder, als sie jetzt sprach. »Den meisten kam es wohl nicht falsch vor, weder das mit den Zwangsarbeitern, noch vieles andere, was damals geschah. Manche sprechen deshalb auch von einer Zustimmungsdiktatur.«

Jenny zog das Buch wieder zu sich hin und betrachtete die Seite erneut. Das waren also die Namen derer, die sie bereits auf Bildern gesehen hatte: Menschen in Kitteln und mit Holzschuhen, eine Frau mit einem scharfen Blick. Ob sich noch weitere Spuren von diesen Menschen fanden?

An der Tür war mit einem Mal ein Geräusch zu hören, dann tauchten Angelika und Gerhard auf. Wahrscheinlich, fuhr es Jenny durch den Kopf, wollen sie die Suche nach dem Testament noch nicht aufgeben.

Für einen Moment ließ sie den Blick wieder einmal über die Bücherregale schweifen. Die hohen Wände mit den goldverzierten Buchrücken sahen ziemlich beeindruckend aus. In dieser Bibliothek fanden sich Klassiker und Autoren, die einmal in Mode gewesen waren und von denen sie noch nie etwas gehört hatte. Es gab sogar Bücher über Kindererziehung, Gartenbau und Ähnliches, alte Lexika voll überholten Wissens, aber auch wertvolle Erstausgaben. Gut möglich, dass sich hier auch das Testament befand. Es konnte sich überall befinden.

Jenny hatte Maja das Verwaltungsbuch von 1941 überlassen und wandte sich Lenis Tagebuch zu. Sie suchte nach Hinweisen auf die Zwangsarbeiter, aber Leni hatte wenig dazu geschrieben, oder es war zu kryptisch. Vermutlich war es zu gefährlich gewesen. Inzwischen war ihr Brunos Schwester vertrauter, zugleich fühlte sie sich immer wieder, als wisse sie viel zu wenig. Vielleicht sollte sie ja die Gelegenheit nutzten, dass in diesem Moment alle hier versammelt waren. Sogar Sam war eben noch hereingekommen. Sie hob den Kopf.

»Kann mir eigentlich einer etwas über Brunos Schwester Leni sagen?«

»Vielleicht.« Sam schaute sie fragend an. »Was willst du denn wissen?«

»Warum ich so wenig von ihr weiß vielleicht?«

»Habt ihr in dieser Familie je viel miteinander geredet?«, gab er zur Antwort, während Angelika so tat, als hätte sie nichts gehört.

»Ich würde sagen …«, setzte Jenny an und wusste nicht weiter. Was sollte sie schon sagen? Sie hatten sich regelmäßig als Familie getroffen und gemeinsame Zeit in Talgrund verbracht, aber waren sie eine richtige Familie? Hatten sie viel miteinander geredet? Nein, sie … Gerhards Stimme riss sie aus den Gedanken. »Leni hat Talgrund als junge Frau verlassen und ist nie zurückgekommen. Sie ist nach Koblenz gezogen, in die Heimatstadt ihrer Tante Maximiliane.« Er hob die Schultern und ließ sie wieder sinken. »Aber das war vor meiner Zeit.«

»Sie wollte hier weg. Sie wollte wahrscheinlich nichts mit Talgrund zu tun haben. Sie hat Bruno zurückgelassen. Er musste vieles alleine schaffen«, mischte sich plötzlich Angelika ein.

Sie ist also gegangen … Jenny wartete noch, ob irgendjemand etwas sagen würde, aber es blieb still, und sie beschloss, weiterzulesen.

Nach dem Abendessen ging sie direkt in ihr Zimmer, wo sie für einen Moment am Fenster stand, bevor sie sich zur Nacht fertig machte. Schlafen wollte sie noch nicht. Wenn sie sich in den Sessel ans Fenster setzte, war es immer noch hell genug zum Lesen.

Jenny schlug das Tagebuch wieder auf. Der Krieg hatte begonnen. Leni, Bruno und ihr Cousin Friedrich erfuhren morgens in der Küche von Talgrund davon.

Mama zitterte vor Aufregung. Sie hatte aber keine Angst. Es scheint eher, als habe sie das alles herbeigesehnt. Jetzt bekommt Deutschland das, was ihm zusteht.

In den folgenden Eintragungen wirkte Leni deutlich älter. Sie beschrieb die Veränderungen auf Talgrund. Schrift und Tonfall wurden erwachsener. Sie beobachtete viel und machte sich ebenso viele Gedanken. Sie schrieb nicht nur über Dinge des täglichen Ablaufs, sie schrieb auch über die Dinge, die sich verändert hatten und die sie beschäftigten, und hin und wieder über ihre beste Freundin Esther, die Deutschland kurz vor dem Krieg hatte verlassen müssen.

Manchmal überkam Jenny während des Lesens wieder ein schlechtes Gewissen: Das Tagebuch war nicht dafür gedacht gewesen, von anderen gelesen zu werden. Leni wollte sich wohl einfach über verschiedenes klar werden. 1941 waren die ersten Zwangsarbeiterinnen nach Talgrund gekommen, etwas, was Jenny erneut ins Nachdenken versetzte. Sie hatte offenbar wirklich nicht gedacht, dass ihre Familie mit so etwas zu tun gehabt haben könnte. Warum eigentlich?

Dennoch beschrieb Leni auch fröhliche Feste und formulierte jugendlich aufgeregt ihre Pläne für die Zukunft. Und sie verbrachte Zeit mit Georg, mit dem sie sich offenbar gut verstand.

19

Gerhard stellte sich seitlich vor den Spiegel. Wenn er den Bauch einzog, sah er doch gar nicht so schlecht aus. Er schob die rechte Hand über dem Rippenbogen unter seine Jacke und schob das Kinn etwas vor. Drückte das Stolz aus? Leider stand heute einfach niemand mehr so. Es sah albern aus.

Stattdessen verschränkte er die Arme vor der Brust und dann hinter dem Rücken. Das war auch nichts.

Ich bin der Herr von Talgrund, der Erstgeborene, nichts anderes kann Vater in mir gesehen haben. Und das wird auch im Testament stehen.

Er atmete tief durch.

Nun, er hoffte dennoch sehr, dass der Aufenthalt hier nicht mehr von langer Dauer war. Er mochte es nicht, hier zu sein. Irgendwann musste diese verdammte Straße doch geräumt sein. Und warum meldete sich sein Ansgar eigentlich nicht? Was dachte sich sein Sohn?

Ja, der Netzempfang auf Talgrund war schlecht, aber er war doch nicht gänzlich unmöglich. Außerdem konnte Gerhard sich nicht vorstellen, dass niemand gemerkt hatte, dass die Straße nicht mehr passierbar war. Das konnte nicht sein. Angelika hatte natürlich viele Ausreden für den Sohn gefunden, das tat sie immer.

Was hat mein Vater eigentlich von mir gehalten? Damals, als Rob gestorben war und kurz darauf Mama, da hatte er Schmerz in Brunos Augen gesehen. Natürlich hatte er sich nicht gehen lassen. Die Freundinnen seiner Mutter hatten geweint. Waren es Freundinnen, oder nur die, die manchmal zum Kaffee eingeladen wurden? Hinter Robs Sarg war Medea hergegangen, und ein paar Freunde aus dem Studium, das Rob nicht zu Ende gebracht hatte. Bruno hatte ernst ausgesehen. Er hatte nicht geweint, aber als sich ihre Blicke getroffen hatten, da hatte Gerhard den Schmerz in seinen Augen gesehen. *Kein Schmerz, den er meinetwegen gespürt hätte.* Er konnte nicht sagen, warum das so war. Er hatte immer mehr Liebe von Großvater und Großmutter erfahren. Als wäre er, kurz nach dem Krieg, zu einer Zeit geboren worden, in der man noch mit so vielen anderen Sachen gekämpft hatte und in der es keinen Raum für Zuneigung oder Liebe gegeben hatte, noch nicht einmal zwischen Eltern und Kindern.

Gerhard trat vom Spiegel weg und ließ sich nach ein paar Schritten auf das Bett sinken. Gestern hatte er sich noch einmal zum Auto durchgekämpft, um sich zu überzeugen, dass alles noch an Ort und Stelle war. Da hatte er doch Motorsägen gehört, oder? Wenn der Wagen endlich abgeschleppt werden konnte, würden sie auch die Koffer wieder an sich nehmen. Die Koffer waren es, die ihn unruhig stimmten.

Es war nicht seine Idee gewesen, sondern Angelikas, ein paar kleinere Kunstgegenstände und Gemälde, sozusagen als Vorabauszahlung des Erbes mitzunehmen, das ihm doch ohnehin zustand. War es nicht so, dass man selbst für die Gerechtigkeit sorgen musste, die einem zustand? Dennoch war ihm immer noch unwohl bei dem Gedanken und manchmal kam es ihm vor, als starrten ihn von irgendwoher mahnend die Augen seines Vaters an.

»Er ist tot«, murmelte er leise vor sich hin. »Er ist tot, verdammt noch eins. Er kann mich nicht ansehen.«

Vater und Sohn

Sommer 2021

»Gerhard!« Gerhard spürte den Blick seines Vaters in seinem breiten Rücken, während er vom Fenster aus auf den Vorplatz hinuntersah. »Hast du gehört, Gerhard, ich werde mein Testament ändern.«

Gerhard rührte sich weiterhin nicht. Er sagte auch nichts, sodass Bruno für einen Moment daran zweifelte, ob er ihn überhaupt gehört hatte. Er wartete noch einen Augenblick. Dann räusperte er sich. »Hast du mich gehört?«

Gerhard drehte sich um. Sein Vater schaute ihn forschend an. Gerhard musste daran denken, dass er kürzlich gesagt hatte, er sähe seiner Mutter Herlind ähnlich. Andererseits hatten alle immer gesagt, er sähe wie Siegfried aus, sei Brunos Vater quasi aus dem Gesicht geschnitten.

Er wollte also das Testament ändern – warum? Hatte er es schon geändert oder war das etwas, was in der Zukunft lag? Bei Bruno konnte man das nicht wissen.

»Hast du mich gehört?«, wiederholte er jetzt noch einmal.

»Natürlich habe ich dich gehört, Vater, aber erinnerst du dich vielleicht auch daran, dass ich dich heute hier um Hilfe gebeten habe, weil mein Geschäft in Schieflage geraten ist?«

Bruno zog die Augenbrauen hoch.

»Wieder einmal möchte man sagen … Natürlich werde ich tun, was ich kann. Zugleich ist mir aber auch wichtig, ein paar Dinge wiedergutzumachen, jetzt, wo ich die Gelegenheit dazu habe. Ich habe dir von der Polin erzählt?«

Gerhard runzelte die Stirn, sagte aber nichts. Er sah, wie Bruno ein paarmal schluckte und dann nach seinem Wasserglas griff. Seine Finger zitterten, sein Adamsapfel bewegte sich, während er trank. Dann stellte er das Glas wieder ab: »Jedenfalls haben sich Entwicklungen ergeben, die mich veranlassen, ein paar Sachen richtigzustellen.«

»Aber ich …« Gerhard schien sich unsicher zu sein, was er von der Sache halten sollte. Bruno hob die Hand.

»Lass mich ausreden! Natürlich werdet ihr alle gut versorgt, zugleich aber möchte ich zum Ende meines Lebens ein wenig Gerechtigkeit schaffen.«

»Gerechtigkeit? Auf meine Kosten? Was hat denn etwas, das damals geschehen ist, mit mir zu tun?«, platzte es unvermittelt aus Gerhard heraus. »Ganz ehrlich, Vater, ich werde das nicht kampflos zulassen.«

Für einen Moment sah es aus, als könnte Bruno lachen, doch er tat es nicht. Er verschränkte seine Hände im Schoß. Sie zitterten.

»Ich möchte mich eigentlich nicht wiederholen, aber das ist nicht deine Entscheidung, solange ich noch lebe und im Vollbesitz meiner geistigen Kräfte bin.« Bruno machte eine kurze Pause. »Es gibt zwei Dinge, die ich noch regeln möchte. Zum einen geht es um den Besitz der Familie Goldstein, den sich unsere Familie unrechtmäßig angeeignet hat. Zum anderen weißt du möglicherweise, dass zwischen 1941 und 1945 Zwangsarbeiterinnen auf Talgrund zum Einsatz kamen. Maja Dudek hat zu mir Kontakt aufgenommen, eine junge Journalistin, die als Kind hier zur Schule gegangen ist. Wir sind ins Gespräch gekommen, und sie hat versprochen, mich bei meinen Recherchen zu unterstützen. Sie wird versuchen, die Nachkommen der Zwangsarbeiter und der Familie Goldstein auszumachen.«

Gerhard hob die Hand. »Und was willst du dann machen? Und warum erzählst du mir das? Willst du ihnen Talgrund überschreiben? Um irgendetwas wiedergutzumachen, was sich nicht gutmachen lässt?«

Bruno schwieg einen Augenblick. »Ich habe mich ehrlich gesagt noch nicht entschieden.«

»Das ist schön zu hören.« Gerhard verschränkte die Arme. »Woher willst du überhaupt wissen, ob unsere Familie irgendeinen Vorteil aus der Freundschaft mit den Goldsteins gezogen hat? Vielleicht haben die ihren Besitz ja in eigener Verantwortung verkauft?«

»Ich weiß es, weil ich die Bücher gesehen habe.«

»Sie haben es aufgeschrieben?«

»Mein Onkel hat es aufgeschrieben. Und meine Mutter.«

»Wer schreibt denn auf, wenn er etwas gestohlen hat? Das ist seltsam.«

»Ich glaube, man hat es nicht als Diebstahl gesehen.« Bruno berührte sein Glas mit einer Fingerspitze. Gerhard nahm die Karaffe und schenkte seinem Vater nach.

»Vielleicht war es ursprünglich nicht seine Absicht.« Bruno wiegte den Kopf. »Vielleicht war es eine Gelegenheit, die sich ergab, und der er irgendwann nicht widerstehen konnte. Ich will ihn nicht verurteilen. Es stand schlecht um Talgrund Anfang der Dreißigerjahre. Mein Onkel hatte ein paar ungünstige Aktienkäufe getätigt. Aber abgesehen von all dem hätte eine jüdische Familie wie die Goldsteins immer unter Zwang verkaufen müssen, das weißt du.«

Angelika schoss auf Gerhard zu, sobald er durch die Tür getreten war. Er hatte sich schon gefragt, wie sie ihren Tag wohl verbracht hatte. In jedem Fall war sie reiten gewesen, das tat sie immer, wenn er unterwegs war und sie auf Nachrichten wartete. Er war froh, wieder zu Hause zu sein, in dem Bungalow, in dem alles so war, wie er es sich erdacht hatte. Er küsste sie auf die Wangen, die sich straff über die Gesichtsknochen spannten. Die Haut fühlte sich ein wenig wie Papier an.

»Und?«, fragte sie.

Soll ich ihr alles sagen? Nun, es war ihm ohnehin noch nie gelungen, etwas vor ihr geheim zu halten. Angelika hatte einfach untrügliche Antennen. In knappen Worten schilderte er ihr den Nachmittag. Zu seiner Überraschung hörte sie ihm bis zum Ende zu. Danach musste sie allerdings nicht lange nachdenken: »Dein Vater ist senil, du solltest ein Gutachten erstellen lassen.«

»Er ist mein Vater …«

»Weißt du noch, was wir gesagt haben, als er noch einmal geheiratet hat? Es besteht kein Zweifel, dass wir uns damals schon gerechtfertigter Weise Sorgen machen mussten.«

»Ja, aber …«

»Bist du der rechtmäßige Erbe, oder nicht?«

»Natürlich bin ich es.«

»Dann lass nicht zu, dass man auf dir herumtrampelt. Es steht dir zu und wir brauchen das Geld. Ich will unser altes Leben zurück.«

»Jaja.« Gerhard wusste, dass sie es nicht mochte, wenn er ihr auf diese Art und Weise antwortete, aber ihm fiel einfach nichts anderes ein. Er stand auf und ging zum Fenster hinüber, wo er den Vorhang mit einer Hand etwas beiseiteschob. Sein Blick fiel auf den Garten – *ihren Garten* –, der ein bisschen aus dem Maß geriet, seit sie keinen Gärtner mehr bezahlen konnten. Der Pool war auch schon lange nicht mehr professionell gereinigt worden. Manchmal sammelte er selbst die Lindenblätter heraus. Angelika hielt eine solche Arbeit für unter ihrer Würde.

Alles verfällt.

Vielleicht hätte ich mich ausruhen müssen, bevor ich mit ihr spreche, überlegte er. Er war übermüdet und schon alleine deswegen seiner Frau unterlegen. Wieder sah er nach draußen. Jetzt hatte es zu regnen begonnen, was seiner Stimmung ganz gut entsprach. Er erinnerte sich daran, dass es sein Großvater Siegfried gewesen war, der ihm davon erzählt hatte, wie sein Schwager Alfred einst den Besitz einer jüdischen Familie an sich gebracht hatte.

»Die Bethmanns haben immer so moralisch getan, aber das sind sie nicht, Gerhard. Sie haben sich die Hände genauso dreckig gemacht. Bei ihnen hat man es nur vergessen.«

Gerhard hielt noch immer den Vorhang zurück. Er hörte, wie Angelika das Zimmer verließ. Siegfried war ein wunderbarer Großvater gewesen, sein Tod hatte ihn sehr getroffen. Noch heute trug er ein Bild, das den Großvater und ihn zeigte, in seinem Portemonnaie. Er war darauf noch klein und saß auf Großvaters Schoß, die Locken weißblond. Großvaters Gesicht wirkte wie gemeißelt, wie das einer Statue.

»Du wirst einmal der Herr von Talgrund werden«, hatte er ihm häufig gesagt, als Gerhard älter wurde, »und dann wird das Gut zu alter Pracht zurückkehren.«

Auch Großmutter hat mich geliebt. Aber nach dem Tod der beiden hatten sich die Dinge verändert. Heute war er allein.

Angelika und er gingen beide spät zu Bett und fanden lange Zeit keine Ruhe. Am frühen Morgen riss sie das Läuten des Telefons aus dem Schlaf. Vaters junge Frau war dran: »Gerhard, dein Vater ist gestürzt, du musst sofort kommen.«

20

Herbst 1944

Mehrere Monate gingen ins Land, bevor sie alle wieder etwas von den Jungen hörten, und Maximiliane meinte, sie müsse darüber den Verstand verlieren. Zum ersten Mal seit Langem fühlte sie sich ihrer Schwägerin Ilse näher. Es hatte schon einmal eine solche Zeit gegeben, ganz am Anfang, als sie als junge Ehefrau nach Talgrund gekommen war. Damals hatten sie sich beide mit einer veränderten Situation zurechtfinden müssen und sie hatten sich beide nicht ganz leicht damit getan.

Die Ausbildung der Jungen hatte im Juni 1944 begonnen, nach deren Vollendung würde man sie an die Front versetzen. So hatte Friedrich in einem Brief geschrieben. Er hatte auch geschrieben, dass es ihm gut gehe, aber war das wirklich so? Maximiliane bemühte sich jedes Mal, zwischen den Zeilen zu lesen, doch sie konnte sich keinen Reim machen. Vielleicht war da auch nichts. Nein, sie hatte keine Ahnung, wie es ihrem Kind ging. Manchmal hatte sie schon länger den Eindruck gehabt, dass er etwas vor ihr verbarg, vielleicht war sie aber auch nur überspannt.

Auch Bruno und Georg schrieben ihren Eltern. Da Georgs Brief ins große Haus geschickt wurde, brachte Leni ihn persönlich zu Werner und las ihn dem alten Knecht wohl auch vor. Werner hatte das Lesen zwar erlernt, es im Laufe seines Lebens aber selten angewendet und war deshalb nicht besonders sicher darin. Georg und Bruno schrieben, dass man sie bereits an unterschiedlichen Stellen untergebracht hatte. Wieder machte Maximiliane sich Sorgen. Sie hatte doch gehofft, dass die drei zusammenblieben und einander unterstützen konnten. Allgemein wurde die Lage immer schwieriger. Der Krieg, der anfangs wie am Schnürchen gelaufen war, verknotete sich.

Alfred massierte sich die Stirn. Manchmal brauchte er dieser Tage Abstand von seiner Frau, ein wenig mit dem Automobil unterwegs sein, den Fahrtwind spüren. Es war nicht so, dass er sie nicht unterstützen wollte. Manchmal aber konnte er ihre Angst um den gemeinsamen Sohn einfach nicht aushalten. Er musste sich nicht ständig ausmalen, was alles Schlimmes passieren konnte. Er wollte sich einfach nur vorstellen, dass Friedrich wohlbehalten zu ihnen zurückkehrte. Wie sollte er nur die Angst aushalten, dass auch sie ihren Sohn verlieren konnten, wie schon so viele junge Männer verloren waren? Er selbst kannte ja die Anzeigen aus dem *Völkischen Beobach-*

ter. Er musste einfach daran glauben, dass die Jungs wieder nach Talgrund zurückkehrten, denn das war gewiss das einzig Gerechte. Sie hatten niemandem etwas getan. Es stand auch außer Frage, dass der Krieg irgendwann einmal vorbei sein würde, und dann würde Friedrich zu ihnen zurückkommen. Irgendwann würde er der Herr von Talgrund sein, so, wie es das Gesetz seit Jahrhunderten war.

Der Motor seines Wagens wurde lauter. Nachdem Alfred den Fuß eine Weile auf dem Bremspedal gehalten hatte, während er die abschüssigen Serpentinen in Richtung Talgrund nach unten gefahren war, kam nun wieder ein längeres gerades Stück. Er gab etwas mehr Gas. Die kühle Luft setzte die Klappen seiner Fliegerkappe in Bewegung. Als junger Mann hatte er lange Zeit davon geträumt, Pilot zu werden. Er hatte es sogar fast geschafft, aber dann war sein Sehvermögen nicht ausreichend gewesen, und heute war ihm nichts davon geblieben als eben diese Kappe und die Erinnerungen. Schneller als mit dem Auto würde er gewiss niemals mehr werden, aber er hatte gelernt, damit zufrieden zu sein.

Du hast ein gutes Leben, Alfred, vergiss das nicht.

Er lächelte zufrieden in sich hinein, während er die nächste Kurve noch etwas rasanter nahm.

Und du bist Talgrund ein guter Herr. Du hast das Gut vom Abgrund zurückgeführt und seine Schulden abbezahlt. Ja, die Zukunft sah gut aus. Er konnte zuversichtlich sein.

Noch einmal trat er aufs Gaspedal. Vor ihm flog plötzlich seitlich kreischend ein riesiger Vogel auf. Alfred schrak zusammen. Er riss das Steuer herum, doch der Wagen fand keinen Halt …

Ilse überlegte noch einen Moment lang, stand dann abrupt auf und ging zum Fenster hinüber. Sie hatte es geöffnet, weil sie das Bedürfnis nach frischer Luft gehabt hatte, aber jetzt wurde es ihr zu laut draußen. Letzte Nacht hatte sie wie so oft in letzter Zeit schlecht geschlafen. Sie hatte sich Sorgen um Bruno gemacht. Sie wusste, dass sich Maximiliane auch Sorgen um Friedrich machte. Anfangs hatte sie in den letzten Wochen den Eindruck gehabt, dass die ganze Lage ihre Schwägerin und sie näher zusammenbrachte, aber sie hatte so etwas schon einmal geglaubt, damals, als Maximiliane als junge Ehefrau auf Talgrund eingetroffen war, und es war falsch gewesen. Sie beide hatten einfach nichts gemeinsam. Maximiliane war schwach.

Ilse griff nach dem Fensterriegel, trat noch einmal etwas näher heran und sah nach unten. Es war Montag und diese beiden Polinnen waren auf der hinteren Wiese dabei, die Wäsche nach dem Bleichen einzusammeln. Sie arbeiteten konzentriert, die Bewegungen aufeinander abgestimmt und ohne ein Wort miteinander zu wechseln. Vielleicht ahnten sie, dass sie unter Beobachtung waren, aber immerhin wagten sie, nicht zu schwätzen, und das war ja etwas Gutes.

Ein zufriedenes Lächeln bildete sich um Ilses Lippen. Am Morgen war sie wieder einmal durch das durchdringende Klappern der Holzpantinen aus dem unruhigen Schlaf geschreckt, der sich erst kurz zuvor endlich eingestellt hatte. Sie hatte gedacht, dass sie endlich dafür sorgen musste, dass die Arbeiterinnen einen anderen Weg nahmen, es wieder vergessen und dachte nun wieder daran.

Brauchte man sie überhaupt noch im und rund ums Haus, oder sollte man sie wieder an ihren alten Platz schicken? Eine von den beiden, Hania, konnte Klavier spielen. Maximiliane hatte sie deshalb gerne bei sich, aber eigentlich, befand Ilse, waren es dieser Tage ja nur zwei Mäuler mehr, die die Vorratskammern leer aßen. Sollte sie also etwas unternehmen, oder die Sache vorerst belassen? Ganz ehrlich konnte sie sich nicht entscheiden. Diese Hania schien ihrer Schwägerin gutzutun. Ilse wusste nicht recht, ob das ein Vorteil oder Nachteil war. Immerhin war Maximiliane nicht mehr so vollkommen überspannt. Ein Geräusch riss sie mit einem Mal aus den Gedanken. Sie drehte den Kopf leicht zur Seite. Nein, sie hatte sich nicht geirrt. Da waren hastige Schritte, die sich ihr über den Flur näherten. Im nächsten Moment platzte Maximiliane herein, nachdem sie nur kurz hastig geklopft hatte: »Ilse, ist Alfred bei dir? Er wollte doch schon zum Mittagessen zurück sein. Das ist Stunden her und er ist immer noch nicht da.«

Sie warteten noch länger auf Alfred und schickten zweimal einen Suchtrupp aus, der jedoch unverrichteter Dinge zurückkehrte. Die Anspannung nahm stetig zu. Es war eine Zeit der grausamen Nachrichten, aber in diesem Augenblick rückte der Schrecken auf seine ganz eigene Art und Weise näher.

Während sie warteten, war die Stille drückend, doch sie fanden die Worte nicht, sie zu brechen und einander nahezukommen. Maximiliane verharrte meist am Fenster, um nach draußen zu spähen, während Ilse die Suche nach ihrem Bruder konzertierte. Die Aufgabe tat ihr gut. Sie mochte es, die Zügel in der Hand zu halten. Siegfried führte die Suche nach seinem Schwager draußen an. Am Abend kamen schließlich die Nachrichten, die sie alle befürchtet hatten. Man hatte das Auto und auch Alfred gefunden, an einer Stelle, an der sie vorher schon vorbeigekommen waren, doch das Fahrzeug war in eine Schlucht gestürzt und man hatte es schlicht übersehen. Es war Ilse, die die Nachricht an der Tür entgegengenommen hatte. Einer der Helfer hatte die Botschaft überbracht, denn Siegfried war an der Unfallstelle zurückgeblieben und überwachte die Bergungsarbeiten. Natürlich war Maximiliane das ernste Gesicht des Mannes nicht entgangen. Als Ilse sich schließlich zu ihrer Schwägerin umdrehte, hielt diese sich zuerst die Ohren zu, wie ein kleines Kind. Ilse versuchte, nicht ungehalten zu reagieren. Sie würden sich zukünftig mit Maximiliane arrangieren müssen. Es machte keinen Sinn, sie gegen sich aufzubringen. Sie wusste doch, dass Maximiliane auf ihre Weise nicht erwachsen geworden war. Also zog sie ihrer Schwägerin sanft die Hände herunter und nahm sie dann in den Arm, obwohl es ihr zutiefst widerstrebte.

»Ich lasse uns einen Tee machen«, flüsterte sie.

Maximiliane stand erst starr und nickte dann. Ohne Widerstand ließ sie sich zu einem Sessel führen. Die machte ein

Zeichen, worauf eins der Hausmädchen verschwand. Eine ganze Weile hielt Maximiliane den Blick auf ihren Schoß gesenkt, bevor sie ihn wieder hob. Ihr Gesicht war tränenüberströmt. »Ich weiß nicht, wie ich ohne ihn weiterleben soll. Ich habe meinen Mann verloren«, flüsterte sie. »Was soll ich jetzt tun?«

21

»Wie geht es ihr?« Siegfried hatte sich neben seine Frau an den Schreibtisch gelehnt und schaute sie fragend an. Ilse begutachtete gerade eingehend den neuen Lieferschein in ihrer Hand. Seit Alfreds Tod war fast ein Monat ins Land gegangen. Obwohl ihr alle davon abgeraten hatten, hatte Maximiliane darauf bestanden, sich persönlich von ihrem Mann zu verabschieden. Man hatte ihn in einem der ungenutzten Eckzimmer weitab aufgebahrt. Natürlich hatte man ihn zurechtgemacht. Er war sogar ein wenig geschminkt worden, was seinen Anblick, wie Ilse fand, noch verstörender machte. Sie wusste, dass sein Genick gebrochen war, aber das sah man nicht und die restlichen Verletzungen verbarg eine Decke. Dennoch war es zu viel für Maximiliane. Zuerst hatte es ausgesehen, als würde sich ihre Schwägerin aufrechthalten, doch dann hatte sie auf dem Weg zur Tür das Bewusstsein verloren. Der Arzt hatte ihr eine Beruhigungsspritze geben müssen. In den darauffolgenden Tagen hatte sie viel geweint. Ilse kam damit zurecht, es störte sie lediglich, wenn Maximiliane um ihre Anwesenheit bat und sie dann gefühlte Ewigkeiten gemeinsam in ihrem Schlafzimmer saßen und vor sich hin stierten. Nichts war schlimmer als verlorene Zeit.

»Sie trauert.« Ilse zögerte, dann schaute sie ihren Mann an. »Sie kann froh sein, uns an ihrer Seite zu haben. Ohne uns wäre alles verloren.«

Siegfried wiegte den Kopf hin und her.

»Sie hat deinen Bruder wirklich sehr geliebt«, sagte er und klang dabei überraschend verständnisvoll. Ilse machte ein ablehnendes Geräusch. »Das mag sein, aber es ist nun einmal so, dass ein Gut wie Talgrund verpflichtet. Da muss man den eigenen Schmerz und die eigenen Gefühle zurückstellen.« Sie machte eine Pause. »Hast du den Keller endlich in Augenschein genommen?«

Sie sprach über den Besitz der Goldsteins, niemand musste das in Worten ausdrücken. Nachdem sie alle Unterlagen kontrolliert hatte, wusste sie, dass das Gut schuldenfrei dastand, aber da unten im Keller gab es noch so viel mehr zu holen. Sie konnten Talgrund zu wirklich altem Glanz verhelfen.

Maximiliane schaute zum Fenster hinüber, wollte die Augen schließen und konnte es doch nicht, weil sie so sehr brannten. Vielleicht hatte sie jetzt ja endgültig alle Tränen geweint, aber sie wusste, dass es nicht so war. Manchmal vernahm sie Alfreds Stimme in ihrem Ohr, wie er ihr Mut zusprach, aber sie wollte das nicht, und sie wollte auch nicht gegen diesen Schmerz ankämpfen. Wie hatte er sie nur alleinlassen können? Warum hatte er nicht besser aufgepasst? Was hatte er sich dabei gedacht, einfach zu verunglücken? Während sie die Trauer in den ersten Tagen fast aufgefressen hatte, kam nun die Wut hinzu. Manchmal erschreckten sie die Dinge, die sie dachte …

Sie hatte sich in ihrem Leben nie als Herrin von Talgrund gesehen, nie als diejenige, die die Geschicke des Guts lenkte. Sie war zufrieden gewesen, im Hintergrund zu bleiben, hin und wieder Festlichkeiten und Abendessen zu veranstalten und Alfreds Geschäftspartner mit ihrem Charme zu beeindrucken, denn das konnte sie durchaus. In den ersten Tagen nach seinem Tod, in denen der Schmerz sie so vollkommen gefangen gehalten hatte, war sie froh gewesen, sich um nichts kümmern zu müssen. Nun hätte sie sich vielleicht kümmern müssen, aber sie hatte die Kraft nicht, vielleicht wollte sie sie auch nicht haben. Am Anfang war Ilse häufiger bei ihr gewesen, jetzt sagte sie oft, dass sie zu viel zu tun habe. Wahrscheinlich stimmte das sogar. Leni besuchte sie häufiger, doch das mochte Maximiliane nicht, weil sie dann an Friedrich denken musste. Was, wenn sie ihn auch noch verlor, dann war sie ganz alleine.

Leni wusste, dass ihrer Mutter das neue Leben gefiel. Es war das Leben, das sie sich schon lange ausgemalt hatte. Siegfried und sie füllten die Lücke aus, die Maximiliane in ihrer Trauer nicht füllen konnte. Sie organisierten die Beerdigung und setzten Friedrich vom Tod seines Vaters in Kenntnis. Anfangs hatte es eine Zeit gegeben, in der Leni sich vorgestellt hatte, dass Maximiliane sich wieder fangen würde, aber dem war offenbar nicht so.

Doch darum konnte sich Leni vorerst nicht kümmern. Da waren andere, schwierigere Dinge, die sie bedenken musste. Für einige Tage hatte sie den kleinen Adam in dem riesigen Wandschrank in ihrem Zimmer untergebracht, aber das war keine langfristige Lösung, auch wenn der kleine Junge sich als äußerst friedliches Kind entpuppte. Bislang war seine Stimme auch nur sehr leise, fast als wisse er, dass er keine Aufmerksamkeit erregen durfte, aber eigentlich wusste sie, dass sie einfach mehr Glück als Verstand gehabt hatte. Auch der abgelegene Kellerraum war auf Dauer nicht geeignet. Ihre Eltern waren in letzter Zeit sehr häufig unten gewesen. Zumeist hielten sie sich im Goldstein-Zimmer auf, wie Leni es knapp nannte. Ihr Vater hatte begonnen, im Auftrag ihrer Mutter neue Verkaufslisten anzulegen. Offenbar hatte man Pläne, was Leni im tiefsten Herzen schmerzte, aber das war nicht, was sie zuvorderst beschäftigte: Was, wenn sie sich irgendwann auch die anderen Räume genauer anschauten? Sie konnte das nicht riskieren. Sie musste sich weitere Hilfe suchen. Deshalb hatte sie schlussendlich beschlossen, Werner aufzusuchen. Es war Georg gewesen, der sie damals als Erster beim alten Himmelreich unterstützt und ihr stets versichert hatte, dass man seinem Vater in allem trauen konnte. Außerdem hatte sie einfach keine andere Chance.

Hoffentlich liegt er richtig.

War das hier die richtige Entscheidung?

In dem Moment, als sie es ausgesprochen hatte, gab es kein Zurück mehr. Eine ganze Weile sah Werner sie schweigend an, sodass sich ihr Magen zusammenzog. Dann räusperte er sich, sagte aber immer noch nichts. Leni schluckte. »Georg hat gesagt, ich kann dir vertrauen«, sagte sie leise, fast flüsternd. Das vertrauensvolle Du, das Leni als Kind verwandt hatte, kam ihr leicht über die Lippen.

»Vertrauen ist ein hohes Gut«, erwiderte der alte Mann mit ernster Miene. Leni wusste nicht, was sie sagen sollte, dann nickte sie.

Für eine Weile standen sie stumm voreinander, bevor Werner ihr ein Zeichen gab, ihm auf die Rückseite seines Häuschens zu folgen. Obwohl sein Haus und damit auch diese Stelle kaum zehn Minuten vom Haupthaus entfernt lagen, war Leni selten hier gewesen. Eine kleine Steinbank stand da. Links und rechts hatte Werner Blumen gepflanzt, und da die Bank nach Westen stand, waren da auch jetzt am Abend noch wärmende Sonnenstrahlen. Er sagte immer noch nichts. Würde er ihr helfen? Was sollte sie tun? Hatte sie doch zu viel gesagt?

»Weißt du, warum ich hier wohne und nicht bei den anderen im Haus oder hinten bei der Mühle?«

Leni zuckte die Schultern.

»Weil der Herr und ich eine besondere Verbindung hatten.«

Onkel Alfred, dachte sie, oh Onkel Alfred, ich vermisse dich.

»Wir waren gemeinsam im ersten großen Krieg«, fuhr er fort, »und wir haben einander mehr als einmal das Leben gerettet. Das ist der Grund, warum wir uns immer verpflichtet waren, unser ganzes Leben lang … Der Krieg hatte uns zu Brüdern gemacht, zu unzertrennlichen Gefährten.« Er hielt inne und forderte sie dann auf: »Setz dich doch!«

Leni zögerte nicht. »Ich weiß, dass ich dich um viel bitte. Ich weiß, dass es gefährlich ist, aber es ist ja auch Alfreds Enkel, vielleicht …«

Werner verzog keine Miene. Andererseits konnte sie vielleicht auch einfach nichts erkennen zwischen den ganzen Falten und Fältchen, die seine Haut durchzogen. Würde er ihr helfen?

22

Herbst 1944

Manchmal kam es Ilse mittlerweile so vor, als schauten die Fremdarbeiterinnen sie mit jedem Tag aufmüpfiger an, als wüssten sie, dass es bald nach Hause ging, weil der Krieg für die Deutschen verloren war.

Aber so etwas durfte sie nicht denken, das war defätistisch. Wo kam man hin, wenn schon Menschen wie sie zweifelten und davon sprachen, dass der Krieg nicht mehr zu gewinnen war? Die Wut brannte wie Feuer in ihr. Sie hätte die Weiber gerne gezüchtigt, aber man musste heute vorsichtig sein, denn man wusste nicht, was die Zukunft brachte. Gewiss war es besser, sich keine Feinde zu machen.

Sie fragte sich, wie lange alles wohl noch dauern würde. Manchmal kam es ihr so vor, als höre sie bereits Gefechtslärm in der Ferne, aber das war ganz unmöglich. Sie betete für ihren Sohn Bruno, von dem sie sich wünschte, dass er

Talgrund übernehmen solle. Lebte er noch, oder war er verwundet oder gar tot? Ja, sie war Nationalsozialistin, aber sie war auch eine Mutter. Tatsächlich fiel es ihr in diesen Tagen schwerer als erwartet, die harte Schale zu bewahren. Etwas Weiches war in ihr, von dem sie keine Ahnung gehabt hatte.

Schritte knallten durch den Flur, die Tür flog auf. Siegfried ging es dieser Tage ähnlich wie ihr, aber er verbarg es sichtlich schlechter.

Ein dumpfes Dröhnen war zu hören. Dieses Mal bildeten sie es sich nicht ein und sie wussten beide, was das war: Das Reich brach zusammen. Siegfried und sie würden bis zum Schluss treu bleiben, und deshalb würde es letztendlich auch niemals untergehen, denn es gab Menschen wie sie, Deutsche, die nicht bei der geringsten Kleinigkeit die Flucht ergriffen. Und wenn der Sieg dann doch endgültig errungen war, würden sie helfen, Deutschland wieder aufzubauen, strahlender und stärker als je zuvor.

Ewa blieb für einen Moment vor dem kleinen Verschlag oben auf dem großen Speicher stehen und überlegte, ob sie doch wieder gehen sollte, doch dann schob sie die Tür entschlossen auf und ließ die beiden Frauen dahinter erstarren. Aus weit aufgerissenen Augen schauten Leni und Maximiliane sie an.

»Hier ist BBC London, hier ist BBC London«, schallte es leise, aber überdeutlich aus dem Radio.

Ewa sagte kein Wort, während sie sich ebenso ruhig zu dem Radiogerät hinüberbeugte und die Lautstärke noch weiter herunterdrehte. Dann wandte sie sich Leni und ihrer Tante zu, die sie immer noch anstarrten.

»Es ist besser, wenn es leiser ist, nicht wahr?«, stellte sie ruhig fest. »Beim nächsten Mal kommt vielleicht jemand anderes hier herauf.«

»Es kommt nie jemand hier herauf«, wandte Leni halb hilflos, halb trotzig ein.

»Da können Sie sich nicht sicher sein, junges Fräulein.« Ewas Stimme klang ernst. »*Ich* bin hier heraufgekommen.«

Maximiliane, die eine Weile noch wie erstarrt dagesessen hatte, räusperte sich. Ihre braunen Augen erinnerten Ewa in diesem Moment sehr an Friedrichs, was sie seltsamerweise schaudern ließ.

»Sie hat recht, uns darauf hinzuweisen, Leni.« Maximiliane versuchte zu lächeln. »Das war sehr unbedacht von uns.«

Ewa und sie tauschten einen Blick.

Maximiliane ist keine böse Frau, fuhr es Ewa durch den Kopf, aber sie hatte auch nichts dagegen, dass man Hania und sie zum Arbeitseinsatz hierher verschleppt hatte. Auch sie hatte nicht erkannt, wie falsch das war. Nein, es waren nicht nur brutale Menschen wie Siegfried oder Ilse, die Ewa hasste, sondern auch solche wie Maximiliane.

»Ewa«, Frau Bethmann räusperte sich. »Fräulein Olschewski.«

Als ob sie mich je als ein Fräulein gesehen hat. Ewas Augen funkelten wütend. Vielleicht verunsicherte ihr Blick Maximiliane Bethmann, die nun wieder schwieg.

Dafür meldete sich Leni erneut zu Wort. Diese Leni war ein gutes Ding, sanft und einfühlsam, weil sie gar nicht anderes konnte. Hania mochte sie, aber sie war dennoch eine Deutsche. Ewa würde das nie vergessen.

»Ich dachte ja, es ist bei Todesstrafe verboten, den Feindsender zu hören«, sagte sie langsam, und es war, als höre sie sich dabei zu, wie sie die Worte aussprach.

Frau Bethmann leckte sich über die Lippen. »Verraten Sie uns nicht«, stieß sie kaum hörbar hervor. »Wir wollen nur erfahren, wie es unseren Söhnen, Brüdern, Freunden ergeht ... Daran ist doch nicht Falsches?«

Für einen Moment schien es, als wolle sie die Hände zu Ewa hinstrecken. Ewa fand den flehenden Tonfall in ihrer Stimme geradezu ekelhaft.

»Die Alliierten rücken immer weiter vor«, fuhr Frau Bethmann kaum merklich lauter fort. »Wir haben es gerade gehört. Verstehen Sie, bald sind wir alle wieder frei.«

Ewa berichtigte sie nicht. Natürlich war Frau Bethmann niemals eine Gefangene gewesen. Sie hatte in diesem Land gelebt und die Dinge geschehen lassen. Sie hatte von ihnen profitiert. Sie war nicht besser als die anderen. Ewa räusperte sich: »Ich möchte, dass Sie mir alles weitergeben, was Sie über diesen Sender hören, und ich möchte, dass Sie beide keine Fragen stellen, auch keine zu Hania und mir.«

»Das tun wir nicht!«, beeilte sich Frau Bethmann zu sagen, »das tun wir gewiss nicht.«

23

Winter 1944

In den ersten Stunden, seit Friedrich hier angekommen war, ließ ihn seine Familie kaum aus den Augen, doch irgendwann war es ihnen gelungen, sich beim Eishaus zu treffen. Leni hatte Adam endlich durch den alten Gang bringen können und Friedrich hatte seinen bald sechs Monate alten Sohn zum ersten Mal geherzt und geküsst, während der ihn still und aus uralten Augen angesehen hatte.

»Er schreit wenig«, sagte Hania zu ihm.

»Das ist gut«, erwiderte er und sah erleichtert dabei aus.

Später am Abend trafen sie sich bei Werners Häuschen, wo man Adam die meiste Zeit in einem weiteren alten Gang versteckt hielt. Friedrich hatte sich sehr gewünscht, den Sohn noch einmal zu halten und sich bei denen zu bedanken, die ihn umsorgten. Leni, Werner und Hania hatten kommen können. Er hielt Hania währenddessen an sich gedrückt, denn vor diesen Menschen, seinen Freunden, musste er sich nicht verleugnen.

»Ich weiß nicht, wie ich euch danken soll«, sagte er mehr als einmal. Er hatte sie gebeten, ihm alles zu erzählen, und Werner und Leni hatten geschildert, wie sie seinen Sohn versorgten, so gut es ihnen eben möglich war, wie der eine den anderen deckte, eine Arbeit übernahm, immer in der Gefahr, entdeckt zu werden. Dazu hatten Ewa und Hania es mit Lenis Hilfe geschafft, im Haus weiterhin unentbehrlich zu sein und waren vorerst dauerhaft dort untergebracht. Hania schmerzte es zwar, nicht näher bei ihrem Kind sein zu können, andererseits lagen die Behausungen der anderen Fremdarbeiter weiter entfernt.

»Bitte sag auch Ewa, dass ich ihr das nicht vergesse.« Friedrich drückte seinen Sohn an sich. »Ich weiß einfach nicht, wie ich euch allen je danken kann!«

Werner winkte als Erster ab: »Was kann besser sein, als ein Menschenleben zu retten und dazu noch Alfreds Enkelsohn? Wie traurig, dass dein Vater ihn nie kennenlernen konnte.«

Friedrich nickte. Man hatte ihn bereits in einem Brief vom Tod seines Vaters in Kenntnis gesetzt, hauptsächlich deshalb war er hier. Noch lehnte er es ab, sich als neuer Herr von Talgrund zu sehen.

In den nächsten Tagen trafen sie sich so häufig es ihnen möglich war. Seine Abwesenheit, diese Ungewissheit, die ständig über allem schwebte, stellten Hania und Friedrich fest, hatte sie nicht voneinander entfernt. Ohne großes Zögern erforschten sie den Körper des anderen, als würden sie einfach an der Stelle weitermachen können, an der sie aufgehört hatten, bevor sie sich im Sommer getrennt hatten.

Vielleicht wissen wir einfach, dass uns keine Zeit bleibt, schoss es Hania durch den Kopf. Ihre Augen weiteten sich für einen Augenblick. Gestern war da dieser Moment gewesen, an dem Friedrich sich beobachtet gefühlt hatte. Sie hatte nichts gemerkt. Vielleicht brachte das einfach die Anspannung des Krieges mit sich, und schließlich hatte sie ihn beruhigen können, und sie waren in einem weiteren sehnsüchtigen Kuss versunken.

Ein paar Stunden später reiste er wieder ab.

Einige Wochen später, das neue Jahr war bereits angebrochen, beugte Hania sich eben über ihr Bett und zupfte das Laken auf dem Strohsack zurecht, als sie plötzlich jemanden hinter sich spürte. Als sie sich umdrehte, griff Ewa unvermittelt nach ihren Händen.

»Morgen«, sagte sie sehr leise. »Morgen gehen wir.«

Der Schnee, der anfangs gefallen war, ging im Laufe der Nacht in Regen über, und als der frühe Morgen anbrach, hatten sich an verschiedenen Stellen große Wasserlachen angesammelt. Nach dem Aufstehen war Ewa zuerst zum Dachfenster gegangen und hatte für eine Weile in das graue Nass hinausgesehen. Da waren widerstreitende Gefühle in ihr. Sie war nervös, andererseits war sie sich sicher, dass niemand bei einem solchen Wetter vor die Tür gehen wollte. Plötzlich musste sie an früher denken, an glücklichere Zeiten, wenn sie als Kinder Bötchen auf den großen Pfützen hatten fahren lassen. Würden sie jetzt einfach in dieses Paradies zurückkehren können? Nein, sie wusste, dass die Kindheit hinter ihnen lag und dass sie kein Paradies gewesen war, nicht wirklich, aber sie wollte glauben, dass die Heimat auf Hania und sie wartete und dass sie irgendwo dort wieder anfangen konnten, wo sie aufgehört hatten. Sie fröstelte, dann schlich sie zu ihrer Freundin: »Hania?«

»Hm?«

Ewas Stimme war sehr leise und riss Hania dennoch aus dem Schlaf.

»Hania, es ist so weit, wir müssen los.«

Hania gähnte. Man konnte sehen, dass es ihr angenehm in dem warmen Bett war, aber darauf konnte Ewa keine Rücksicht nehmen. Sie gähnte erneut.

»Was, wenn wir hierbleiben, Ewa?«, sagte sie dann. »Es kann nicht mehr lange dauern. Leni hat es mir erzählt. Unsere Befreier nähern sich von Westen, die letzten Schlachten werden geschlagen. Vielleicht ist es sicherer zu warten?«

Ewa biss sich kurz so fest auf die Lippen, dass es schmerzte. Sie wollte nicht über Hanias Worte nachdenken. Sie wollte auch nicht warten. Sie konnte es nicht. Atmen, dachte sie, atmen.

»Vielleicht sollten wir unser Schicksal aber auch endlich selbst in die Hand nehmen, Hania.«

»Es könnte gefährlich sein. Für uns. Vor allem für Adam. Wie sollen wir es bis nach Hause schaffen? Wo werden wir etwas zu essen finden, wo werden wir schlafen? Was, wenn man uns sieht und Verdacht schöpft?«

»Und was, wenn hier etwas passiert? Was, wenn man Zeugen beseitigen will?«

Hania hielt inne. »Wer? Maximiliane Bethmann?« Sie schüttelte den Kopf. »Sie ist eine gute Frau, und Friedrich ...«

»Friedrich ist nicht hier und seine Mutter ist schwach. Sie wird uns niemals unterstützen, und jetzt, wo Herr Bethmann tot ist, liegt die Macht in den Händen von Siegfried und Ilse Lenhart.« Ewas Herz klopfte schneller. »Es sind Siegfried und Ilse Lenhart, die wir fürchten müssen. Lass uns fliehen, Hania. Heute ist der richtige Zeitpunkt.« Sie sagte nicht, dass sie den Feindsender gehört hatte. Es kam ihr so vor, als dürfe sie Hania nicht stärker als nötig belasten. Sie wusste, dass sie mit den Gedanken bei ihrem Sohn war. Hania öffnete den Mund und schloss ihn wieder.

»Was, wenn wir es nicht schaffen?«

Ewa lächelte bemüht. »Wir dürfen uns nicht erwischen lassen. Ich weiß, dass du Angst hast, aber bitte vertraue mir.«

Hania hatte sich mittlerweile zumindest im Bett aufgesetzt. »Adam ...«

»Er wird das schaffen.« Ewa lächelte ihre Freundin an. Seit wie vielen Jahren waren sie nun schon unzertrennlich, hatten sie Leid und Glück zusammen durchlebt? Hania hatte ihr immer vertraut, und Ewa selbst war nur immer noch hier, weil sie Hania nicht hatte alleinlassen wollen. War es nun nicht einmal an ihr zu tun, was Ewa sich von ihr erhoffte?

»Komm, zieh dich an«, flüsterte Ewa ihr zu. »Wir müssen uns beeilen. Wir müssen Adam aus Werners Keller holen. Wir werden etwas Zeit verlieren, aber das machen wir wieder wett.«

Hania stand ohne ein weiteres Wort endlich auf und schlüpfte in ihre Kleidung. Ewa hatte ihr Bettlaken kleingerissen, um eine Schlaufe zu binden, in der sie den kleinen Jungen abwechselnd tragen konnten.

Einen Moment später stand Hania neben ihr.

»Danke, Ewa, ohne dich würde ich das alles nicht schaffen.«

Ewa schüttelte den Kopf. »Doch, das würdest du, und das wirst du, das und alles andere auch. Ich habe das vielleicht oft gesagt. Ich habe es vielleicht sogar geglaubt, aber das stimmt nicht. Du bist stark, Hania!«

Hania umarmte Ewa kurz. »Nicht ohne dich.«

Ihre Stimmen waren lauter geworden. Ewa legte kurz den Finger auf die Lippen, um daran zu erinnern, dass sie immer noch leise sein mussten.

»Es ist so weit«, sagte sie dann.

Hania nickte.

Überraschend überkam Ewa ein schlechtes Gewissen.

Ich bin nicht immer gut zu ihr gewesen. Manchmal hatte sie sie sehr harsch behandelt, war ruppig gewesen, aber Hania hatte eben ein sehr behütetes Leben geführt und verstand manche Dinge nicht auf Anhieb. Sie führte Hania zum Fenster. »Es regnet«, flüsterte sie ihr zu. »Verstehst du? Deshalb. Das ist unsere Gelegenheit! Niemand wird bei diesem Wetter nach draußen gehen, und bis der Regen vorbei ist, sind wir über alle Berge.«

Ewa spürte, dass sich ihr Kiefer vor Aufregung verhärtete. »Und was, wenn sie es doch zu früh bemerken? Wenn es zu schnell aufhört. Siegfried Lenhart misstraut uns.«

»Es geht nicht anders.« Ewa atmete durch. »Du weißt, dass ich die Familie habe reden hören. Ich habe dir nicht alles gesagt, aber sie sprechen auch davon, was geschehen wird, wenn das hier alles vorbei ist. Was glaubst du, was sie dann mit uns machen werden? Vielleicht sind wir lästige Zeugen? Und Adam, was, wenn sie ihn doch noch entdecken? Dann ist alles verloren, für das wir gekämpft haben. Denk nach, was werden sie mit ihm tun?«

Hania wandte sich ab, um erneut nach draußen zu sehen. Es war noch etwas heller geworden. Die Zeit verging zu schnell. Ein grauer Morgen zog herauf. »Ich habe Angst«, sagte sie, ohne Ewa anzusehen.

»Das habe ich auch, aber jetzt können wir uns endlich selbst helfen.« Ewa machte eine Pause. »Komm, lass uns Adam holen.«

Der Regen hatte nachgelassen, als Siegfried an diesem Morgen endlich vor die Tür trat. Der Regen war auch daran schuld, dass er überhaupt so früh vor die Tür getreten war. Er hatte ihn aus dem Schlaf gerissen und dann daran gehindert, wieder einzuschlafen. Da waren zu viele Dinge gewesen, über die er nachdenken musste. Das Leben hatte sich zum Besseren gewendet. Sie waren jetzt die Herren über Talgrund, denn Maximiliane hatte ihnen die Zügel überlassen, doch an der Front lief es nicht gut. Ilse hatte ihm jüngst bedeutet, dass sie an die Zukunft denken mussten. Was auch immer das bedeutete. Er war wohl kein großer Denker. Ilse war da anders. Sie hatte schon immer alles im Blick gehabt.

Siegfried blieb noch einen Augenblick im Eingang stehen, um sich im Trockenen eine Zigarette anzuzünden. Noch tropfte es überall. Er nahm einen tiefen Zug und trat auf die Treppe hinaus, um in die Ferne zu schauen. Auf der Wiese hatten sich kleinere zu größeren Wasserflächen vereinigt. Wahrscheinlich dauerte es nicht lange, und es kamen wieder die ersten Enten, so war das auf Talgrund. Er ging noch ein paar Schritte weiter. Etwas anderes hatte plötzlich seine Aufmerksamkeit erregt. Er hatte sich nicht geirrt. Da waren Schuhabdrücke, ganz unten vor der letzten Stufe, wo jemand mit seinem vollen Gewicht aufgekommen war. Eigentlich waren sie kaum noch zu sehen, aber doch nicht ganz verschwunden. Siegfried kniff die Augen zusammen. Das waren eher kleine Füße, von Frauen also. Er kam noch ein Stückchen weiter. Noch mehr Spuren führten zum Wald hinüber. Er musste nicht lange darüber nachdenken, wer das wohl gewesen war. Ilse kleidete sich gerade an, die Stimmen von Maximiliane und Leni hatte er im oberen Stock gehört, als er die Halle durchquerte. Außerdem gingen die bei dem Wetter ohnehin nicht raus, und das nicht nur, weil Maximiliane die hartnäckige Erkältung nicht loswurde, die sie sich bereits im tiefsten Winter zugezogen hatte. Seit Alfreds Tod verließ seine Schwägerin kaum noch das Zimmer. Natürlich konnte es sein, dass Ilse den beiden Polinnen draußen eine Aufgabe gegeben hatte, allerdings bezweifelte er das. Er hatte es längst in den Augen dieser Weiber gesehen, besonders in Ewas. Die Polackinnen rechneten damit, dass es bald vorüber war. Gewiss wollten sie ihren Rettern entgegenlaufen, um Talgrund zu verraten, damit man sie hier alle abschlachten konnte. Rache war das Einzige, wonach ihnen der Sinn stand. Das wusste er. So war das eben. Sie waren Barbaren aus dem Osten, Untermenschen, nichts weiter.

Kürzlich, als Friedrich zu Besuch gewesen war, war ihm außerdem etwas aufgefallen. Da hatte er Friedrich und Hania an der alten Mühle gesehen. Es war nichts passiert, dennoch … Da war mehr zwischen den beiden gewesen war, eine Energie, eine Anspannung, die er hatte spüren können. Er konnte es natürlich nicht beweisen, deshalb hatte er sie weiter beobachtet. Und dann hatte er einmal ihr Gesicht gesehen, als seine Schwägerin arglos von ihrem Sohn erzählt hatte, der verletzt in einem Lazarett lag …

Die Wut, die Siegfrieds Magen zusammenkrampfen ließ, kam sehr unvermittelt. Wie lange waren die beiden Frauen wohl schon weg? In jedem Fall durfte er nicht zögern. Es regnete plötzlich wieder stärker, aber das war ihm gleichgültig.

Es war die Wut, die es ihm unglaublich heiß werden ließ, und das Wissen darum, dass er eine Flucht nicht zulassen wollte. Niemals.

Schnellen Schrittes kehrte er in die Halle zurück. Er hatte sich gerade zur Sicherheit noch einmal unten umgesehen und war bereits in Regenmantel und Reitstiefel geschlüpft, als Ilse herunterkam. Ihre Augenbrauen hoben sich fragend. Mit wenigen Worten setzte er sie davon in Kenntnis, was geschehen war.

»Bist du dir sicher?« Ilse war fassungslos.

Siegfried zerrte ungehalten an seinem rechten Stiefel, der immer mehr Probleme machte, als der andere und glitt endlich mit einem Ruck hinein. »Natürlich bin ich das! Was sollten sie sonst getan haben? Hast du ihnen etwa einen Auftrag gegeben? Nein? Das dachte ich mir. Nun, dann ist es wohl so, dass die ersten Ratten das sinkende Schiff verlassen. Und was werden sie dann tun? Sie werden überall davon erzählen, wie schlimm es ihnen bei uns ergangen ist. Und dann wird man Talgrund besetzen und uns wie Hunde davonjagen, oder man wird uns verschleppen. Das deutsche Volk wird vernichtet werden. Du weißt, dass es so sein wird.«

Zuerst wirkte Ilse erstaunt über seinen Ausbruch, dann schien etwas wie Angst in ihrem Gesicht auf. Er durfte sie nicht schonen. Ihr musste klar sein, was zu erwarten war, wenn die falschen Erzählungen die Runde machten. Siegfried knöpfte rasch seinen Mantel zu, fühlte nach der Pistole in der Tasche, die er neuerdings bei sich trug, um sich immer und überall gegen den unaufhaltsam vorrückenden Feind zu verteidigen. Oh ja, er würde Widerstand leisten. Niemals würde er dem Feind lebendig in die Arme fallen, eher richtete er sich selbst. Zuerst aber würde er die Dreckspolinnen suchen. Er hatte eine Vorstellung, in welche Richtung sie sich bewegt hatten: Es gab nur einen Weg, der bei diesem Wetter gut aus dem Tal herausführte, und nur diesen konnten sie genommen haben.

Der Regen hatte Hanias und Ewas Kleidungsstücke durchdrungen und die jungen Frauen schlotterten inzwischen in der feuchten Kälte. Ein- oder zweimal hatten sie im dichten Regen sogar den Weg verloren. Natürlich froren sie beide erbärmlich. Der anfangs schwache Wind hatte inzwischen zugenommen. An manchen Stellen lag immer noch Schnee. Wieder einmal hielt Hania an und sprach ein paar leise Worte mit ihrem Sohn. Sie hatten sich damit abgewechselt, das Kind zu tragen, aber Hania bestand darauf, ihren Sohn für längere Abschnitte zu nehmen. Ewa runzelte die Stirn. Ihr war bewusst, dass sie zu langsam vorankamen, aber sie schwieg.

»Vielleicht hätten wir doch abwarten sollen.« Hania keuchte, während sie zu Ewa aufschloss. Der Wind blies vorübergehend so fest, dass man es kaum schaffte, Worte herauszubringen. Ewa wischte sich mit den flachen Händen über das Gesicht. Ihre Haut fühlte sich starr an. Sicherlich leuchten meine Wangen genauso rot wie Hanias, fuhr es ihr durch den Kopf.

»Hania«, sagte sie ruhig, »jeder Tag, den wir hierbleiben, verlängert ihre Herrschaft über uns. Jeder weitere Tag steigert die Gefahr, dass wir Adam verlieren. Wir müssen hier weg, das ist unsere Pflicht.«

Sie bemühte sich, nicht gereizt zu klingen. Ihr war bewusst, dass das kein Spaziergang war. Es war anstrengend und gefährlich, aber jetzt, da sie sich entschieden hatten, gab es kein Zurück mehr: Ewa hatte eine ziemlich genaue Vorstellung davon, was geschehen würde, wenn man sie einholte. Gegenüber Hania bemühte sie sich dennoch, zuversichtlich zu wirken. Nach so vielen Jahren standen sie so kurz davor, ihre Freiheit wiederzuerlangen. Sie würden in ihre Heimat zurückkehren und ihre Familien wiedersehen. War das nichts, für das es sich zu kämpfen lohnte?

Die Freundin stöhnte leise. »Also weiter?«

»Es wäre besser.« Ewa zögerte und ging noch einmal ein paar Schritte zurück. »Du freust dich doch auch auf zu Hause?«

Hania sah für einen Moment in die Ferne.

»Ich weiß es nicht. Ich weiß ja noch nicht einmal, ob sie alle noch leben? Wohin kehren wir zurück? Weißt du das? Warum bist du dir so sicher?«

»Ich bin mir sicher, weil ich es sein muss.«

Ewa wandte sich noch einmal Hania zu und warf einen Blick auf Adam.

»Geht es ihm gut?«

»Ja.«

»Soll ich ihn gleich noch einmal nehmen, damit du dich ausruhen kannst?«

»Gleich, ich will ihn noch ein wenig halten. Er ist gerade eingeschlafen, weißt du.«

Ewa nickte nur. Sie hätte gerne etwas Beruhigendes gesagt, doch es fiel ihr nichts ein, und so stapfte sie weiter. Hania würde ihr folgen. Das wusste sie.

Dieses Mal kamen die beiden Frauen nur wenige hundert Meter weiter, als sie bereits wieder anhielten. Beide hatten sie es wohl zur gleichen Zeit gesehen und es ließ sie erstarren. Da hinten war etwas, ein undeutliches Licht, das sich schwankend zwischen den Bäumen bewegte. Freund oder Feind? Sie mussten vom Schlimmsten ausgehen. Sie mussten davon ausgehen, dass sie entdeckt worden waren.

»Hania?«

»Ewa?«

Hania drückte Adam enger an sich und streckte unvermittelt eine Hand aus. Ewa ergriff sie. Für einen Moment hielten sie einander fest. Dann sahen sie wieder zu dem Licht hin. Ewa zog Hania ein Stück weiter. »Schneller«, zischte sie. »Vielleicht hat man uns noch nicht gesehen, schneller!«

Siegfried hatte alles auf eine Karte gesetzt. Vom Gutshaus war er in Richtung der Mühle und dann zum hinteren Ende des Tales geritten, wo er das Pferd an einem Baum festgebunden hatte, um zu Fuß weiterzugehen. Eine Weile war es ihm vorgekommen, als sei er völlig alleine. Es war so still gewesen und auch so dunkel. Vorübergehend hatte er befürchtet, sich doch geirrt zu haben, dann hatte er sie entdeckt. Die Weiber bewegten sich sehr vorsichtig durch das Gelände. Wie eine Katze die Maus, die eigentlich schon in der Falle saß, behielt er sie im Blick. Sie konnten ihm nicht mehr entkommen. Er sah ja, wie sie immer wieder vom Weg abkamen. Sie kannten sich nicht gut aus und natürlich versuchten sie, keine Aufmerksamkeit auf sich zu ziehen, auch wenn das vergebens war. Nachdem er sie eine Weile nur beobachtet hatte, näherte er sich nun. Dann zeigte er sich zum ersten Mal. Es war ein wunderbares Gefühl, ihre Angst zu erleben. Er hatte sich lange nicht mehr so lebendig gefühlt, so mächtig.

Näher und näher war er gekommen und bald war er so nahe gewesen, dass er sie voneinander unterscheiden konnte. Noch etwas näher, und er konnte schießen. Siegfried stellte sich vor, wie die Kugel in das weiche Fleisch hineinschnitt, wie sie Muskeln und Fasern zerstörte und erbarmungslos auseinanderriss. Endlich war es so weit. Endlich konnte er abdrücken, ein Schuss zerriss explosionsartig die Stille. Die Hintere wurde herumgerissen, verlor den Halt, taumelte und stürzte. Die andere fuhr herum und sah ihm entgegen. Noch ein Schuss. Sie drehte sich irgendwie zur Seite, schwankte, dann stürzte auch sie. Noch war er zu weit entfernt, um zu sehen, wie gut er getroffen hatte.

Es war so eisig kalt. Ewa lag mit dem Gesicht im Dreck und versuchte, sich nicht zu bewegen. Vielleicht konnte sie es auch nicht. Aber ihre einzige Rettung würde sein, wenn man sie für tot hielt. Vielleicht war sie auch tot, oder wenigstens war sie es bald. Sie spürte nichts, eher nahm sie etwas wahr. Schritte näherten sich knirschend. Dann kniete sich Siegfried Lenhart neben sie nieder. Der Tabakgeruch, der ihn umgab, ließ Übelkeit in ihrer Kehle hochsteigen.

Ich ersticke.

Aber er musste sie für tot halten, das war ihre einzige Rettung. Das schwache Licht einer Taschenlampe leuchtete ihr kurz seitlich ins Gesicht, ging aus … Siegfried fluchte und klopfte gegen die Lampe. Das Licht flackerte wieder auf. Ewa hielt die Augen weiterhin geschlossen. Sie hoffte, dass ihre Lider nicht zitterten. Ein metallenes Geräusch war zu hören. Sie meinte etwas zu vernehmen, was sich wie das Spannen eines Hahns anhörte, und die Zeit, die auf dieses Geräusch folgte, dehnte sich in die Ewigkeit. So viele Gedanken rasten durch ihren Kopf, Bilder, Erinnerungen, während sie in Wirbeln in die Finsternis rutschte. Sie fragte sich, ob Hania tot war und ob sie selbst es gleich sein würde. Und Adam? Er musste still bleiben, wenn er denn noch lebte. Siegfried Lenhart durfte das Kind nicht entdecken. Sie spürte den Wind, der mit einem Mal wieder durch die Bäume fuhr und heftig an den Ästen riss. Dazwischen plötzlich ein leiser Laut, vielleicht war es das Kind, aber da war auch der Wind und der wieder stärker herunterprasselnde Regen. Laub raschelte. Etwas wie ein Knacken war da, ein Ast brach ab und stürzte auf Siegfried und sie herunter. Er fluchte laut und sprang zur Seite. Der Ast war halb über sie gefallen, hatte sie aber nicht weiter verletzt. Sie hörte Siegfried stöhnen. Offenbar hatte er sich wehgetan. Ewa öffnete vorsichtig die Augen und spähte durch die Blätter des großen Astes hindurch. Sie sah, wie sich ihr Verfolger abtastete und dann einen weiteren Schmerzenslaut unterdrückte. Einen Moment zögerte er noch, dann drehte er sich um und stapfte den Berg hinunter. Ewa wartete noch einen Moment, bevor sie sich vorsichtig aufsetzte. Die Kugel hatte sie am Arm getroffen. Sie sah die Wunde, aber es tat ihr seltsamerweise nicht weh. Es war, als ob sie sich aus weiter Ferne beobachte.

Es war nicht leicht aufzustehen. Ihr Atem ging schwer, als es endlich gelang. Sie schleppte sich zu Hania hinüber, die auf dem Rücken lag, Adam irgendwie an ihrer Seite, die Augen unterhalb des Loches in ihrem Schädel weit aufgerissen. Für einen Moment länger starrte Ewa ihre tote Freundin an, dann musste sie sich übergeben. Fast wäre sie wieder in die Knie gegangen, doch sie hielt sich an einem Baum fest und versuchte, das schreckliche Bild zu verdrängen.

Adam … Er schien bewusstlos zu sein, aber Ewa spürte seinen Atem. Sie konnte nicht bei Hania bleiben, auch wenn sie sich in diesem Moment am liebsten neben sie gelegt hatte. Sie musste das Kind retten. Das war jetzt das Wichtigste. Wieder hielt sie sich an einem Baum fest, atmete. Der Arm schmerzte, und es war nicht leicht, die Gedanken zusammenzuhalten.

Rette dich. Und Adam. Ihr Herz schlug wild. Ich bin so müde, fuhr es ihr durch den Kopf. Vielleicht sollte ich mich einfach hier hinlegen, vielleicht ist es doch vorbei? Sie musste an den Tag denken, an dem Hania und sie auf den Lastwagen gestiegen waren, auf den sie die Deutschen gezwungen hatten.

»Hania«, flüsterte sie, »liebe Hania. Es tut mir so leid.«

24

»Wo kommst du her?«

Maximiliane stand im Eingang zum Salon, als Siegfried hereinkam, und musterte ihren Schwager irritiert von oben bis unten. Siegfrieds Kleidung war nass und verschmutzt, sein Gesicht gerötet. Im nächsten Moment drängte Ilse sich grob an ihr vorbei. »Er war mit dem Braunen draußen. Das Tier brauchte Bewegung.«

»Mit dem Pferd? Bei dem Wetter?« Maximiliane schüttelte erstaunt den Kopf. Dann musste sie erneut einen Hustenanfall unterdrücken.

»Und wenn?« Ilse zog die Augenbrauen hoch. »Andere kennen eben ihre Pflichten und verstecken sich nicht vor ihnen. Im Übrigen geht ausgerechnet dich das wirklich nichts an«, blaffte Ilse weiter, bevor Siegfried antworten konnte. »Warum bist du überhaupt schon hier? Sonst haben wir ja neuerdings sehr selten das Vergnügen.«

Maximiliane konnte den Blick immer noch nicht von Siegfried nehmen, der sich in diesem Moment abwandte, um aus Stiefeln und Mantel zu schlüpfen.

»Ich wollte mir einen Tee machen lassen. Der Husten … Wo ist Hania? Ich brauche sie.«

Ilse und Siegfried wechselten einen raschen Blick, dann straffte Ilse die Schultern. »Ich werde meinem Mädchen Bescheid geben, das ist gerade hier.« Sie rief die junge Ukrainerin herbei, damit sie Siegfrieds Schuhe und Mantel zum Trocknen mitnehmen konnte, und gab ihr den Auftrag, Tee zu kochen.

»Ich kann doch wirklich Hania darum bitten«, sagte Maximiliane unsicher. »Ich wollte gerade nach ihr sehen.«

»Sie ist schon draußen… Sie bringt den Braunen zur Weide. Du müsstest warten, bis sie zurückkommt.«

»Oh, dann …« Maximiliane sah unsicher zu Siegfried, der eben wieder zu ihnen zurückkam. »Das wäre sehr freundlich. Ich gehe dann also zurück nach oben und ruhe mich noch etwas aus. Ich fühle mich tatsächlich nicht gut. Ich …« Sie räusperte sich wieder und sagte dann mit rauer Stimme: »Falls ich es nicht oft genug sage, aber danke Ilse, danke für eure Unterstützung.«

Abends saßen sie gemeinsam im Salon, nicht, weil sich das einer von ihnen wünschte, sondern, weil es in diesen Tagen der einzige Raum war, der gut geheizt wurde. Leni ging dennoch nach dem Abendessen wieder in ihr Zimmer. Maximiliane fragte sich, was sie mitbekommen hatte, und ob sie ihr davon erzählen sollte, dass Hania und Ewa verschwunden waren, wie sich nachmittags herausgestellt hatte. Bis zum Nachmittag hatte Siegfried Haus und Gelände abgesucht, aber Talgrund war groß. Vielleicht waren sie also noch irgendwo hier, vielleicht waren sie aber auch schon einige Kilometer weit und auf dem Weg in die Heimat. Sie wollte es ihnen gönnen, auch wenn sie ein bisschen enttäuscht war. Hania und sie hatten sich doch so gut verstanden … Sie hatte der jungen Frau gerne auf dem Klavier vorgespielt, mit ihr gesprochen und sich daran erinnert, wie es in ihrer Jugendzeit gewesen war.

Siegfried machte es sich nach dem Essen in einem Sessel bequem und las im *Völkischen Beobachter*. Ilse flickte Kleidung, was Maximiliane auch hatte tun wollen, aber sie konnte sich einfach nicht darauf konzentrieren. Also saß sie wieder einmal nur da, die Tasse Tee in der Hand, von der sie wenigstens hin und wieder einen Schluck nahm, allerdings so langsam, dass der Inhalt bereits abgekühlt war.

»Warum hältst du dich eigentlich immer für etwas Besseres?«, fragte Ilse plötzlich.

»Was?« Maximiliane hob abrupt den Kopf und schaute ihre Schwägerin an. Es war ihr, als habe sie die Frage nicht gleich verstanden, weder akustisch noch inhaltlich. Ilse zog die Augenbrauen hoch. »Ihr habt euch schon immer für moralisch unantastbar gehalten, oder? Denkst du, wir wissen nicht, was ihr mit dem Besitz der Goldsteins gemacht habt?

Ihr wollt alle glauben lassen, dass ihr ihnen geholfen habt, aber in Wirklichkeit habt ihr euch selbst geholfen.«

Maximiliane schluckte. Sie musste zugeben, dass sie darüber nie wirklich nachgedacht hatte. Alfred hatte ihr stets versichert, dass er rechtmäßig handelte, dass es vorübergehend war und dass alles dem Erhalt von Talgrund diente. Die Goldsteins waren ja nicht da und brauchten diese Dinge somit nicht. Er war so überzeugend gewesen. Sie würden alles aufbewahren, und wenn die Goldsteins zurückkamen … Aber war das richtig, oder hatte er in Wirklichkeit nie daran gedacht, irgendetwas zurückzugeben? Plötzlich erinnerte sie sich daran, dass Alfred irgendwann damit angefangen hatte, mehr zu verkaufen. Die Goldsteins werden nichts dagegen haben, hatte er gesagt, aber sie hatte in diesem Moment eigentlich erkannt, dass er mit den Goldstein-Sachen immer mehr umging, als wären es seine eigenen. Was würde geschehen, wenn die Goldsteins zurückkehrten?

25

2021 – Tag 7 auf Talgrund

Sams Stuhl scharrte über den Boden. Dann kam er zu ihr herüber. »Guck dir mal dieses Bild an, es lag in einem der Vorratsbücher.« Er schob das Foto zu Jenny hin.

Es war Vormittag und sie hatten die Bibliothek aufgesucht. Es war ein guter Ort, ein Ort, an dem man Dinge erfuhr. Das Foto war ein größeres Schwarz-Weiß-Bild, auf einen festen Karton aufgezogen. Etwa fünfzehn Menschen waren vor dem Haupteingang platziert. Irgendwie hatte sich wenig in den ganzen Jahren geändert. Es war immer noch dieselbe Tür und es waren auch dieselben Fenster rechts und links dieser Tür. Jenny kniff die Augen zusammen. Sie runzelte konzentriert die Stirn. Das musste die Familie sein. Man hatte sich etwa in der Mitte oben beginnend aufgebaut. Tatsächlich erkannte sie Brunos Eltern Siegfried und Ilse Lenhart von anderen Fotos, dann Bruno selbst … Die junge Frau war vermutlich Leni, und dann war da noch eine Figur, die man kaum noch erkennen konnte, vielleicht weil sie von Anfang schlecht getroffen worden war und mittlerweile nur noch als eine Art Schleier auszumachen war. An der Seite waren Knechte und Mägde aufgereiht. Jenny deutete auf den Schatten: »Wer könnte das denn sein?«

Sam überlegte. »Vermutlich Maximiliane, Friedrichs Mutter«, sagte er dann. »Irgendwie passend, dass sie sich aufzulösen scheint. Sie hat schon den Verlust ihres Mannes schwer verkraftet und nach dem Tod ihres Sohnes ging es ganz bergab mit ihr. Großvater hat mir erzählt, dass sie sich von da ab vollkommen zurückzog und gar nicht mehr am Leben teilnahm. Sie ist Anfang der Fünfzigerjahre gestorben. Kurz vor ihrem Tod ist sie mehrmals verwirrt aufgegriffen worden, weil sie in den Wäldern nach ihrem Sohn suchte. Man hat dann Demenz diagnostiziert. Sie hat seinen Tod einfach vergessen.«

»Sie kann aber nicht alt gewesen sein.«

Sam zuckte die Schultern. »Nein, knapp fünfzig vielleicht, aber Demenz kann auch jüngere Menschen treffen.«

»Ihr Sohn war also dieser Friedrich, der Talgrund geerbt hätte, wenn er sich nicht das Leben genommen hätte?«

Sie hatte erst kürzlich von Friedrichs Schicksal erfahren und fand die Vorstellung einfach schrecklich, den Krieg und eine Verwundung zu überstehen, um dann doch nicht weiterleben zu wollen. Was war damals wohl passiert?

Sie hörte, wie sich Sam räusperte. »Wie wär's, wenn wir uns heute mal genauer auf dem Dachboden umsehen?«

»Gute Idee. Ich kann mich erinnern, dass wir da früher auch recht gerne waren. Man hat von da oben teils auch einen super Blick auf die Umgebung. Vielleicht sieht man sogar die Feuerwehr oder das THW? Es wäre doch schön zu wissen, ob sie vorangekommen sind.« Sie hielt inne und schaute ihn an. Ob er sich erinnerte? In einem Sommer hatten sie sogar einen Detektivclub gegründet und sich dort in ihrem Geheimquartier getroffen. Keiner der Erwachsenen hatte etwas mitbekommen und das hatte sich sehr gut angefühlt. Leider war es mit dem Ferienende vorbei gewesen, und als sie sich zu den nächsten Ferien getroffen hatten, waren sie wohl zu alt für solche Spiele gewesen. Sam hatte das Bild noch einmal zur Hand genommen und schaute jetzt zu ihr hin. »Unser Detektivclub, erinnerst du dich daran noch?«

»Klar.«

Jenny drehte den Kopf weg, weil sie plötzlich errötete. Gute Güte, sie erinnerte sich inzwischen an alles.

Jenny schaute noch einmal zu der geöffneten Klappe im Boden hin. Etwas Licht erhellte den Raum von unten und durch das kleine Dachfenster. Ansonsten war es hier oben auf dem Dachboden recht dämmrig. Solange der Strom über den Generator lief, blieb er weiterhin den wichtigsten Räumen vorbehalten. Vorsichtig tastete sie sich voran. Sam und sie hatten sich nach dem Mittagessen verabredet. Er war vor ihr gegangen, weil er noch etwas holen wollte. Ein Geräusch ließ sie innehalten. »Ist da jemand? Sam?«

Die Angst stieg so unmittelbar in ihr hoch, dass sie einige zu schnelle Schritte vorwärts machte, obwohl sie gar nicht richtig sah. Sie stolperte und fiel gegen etwas, das krachend zu Boden ging und sie im nächsten Moment unter einem Wust altem, modrigen Stoff begrub. Staub geriet in ihre Nase. Panisch versuchte sie, sich freizustrampeln. Jemand berührte ihre Schulter. Sie schrie auf.

»Hey, Jenny, bleib ruhig, ich bin's doch nur.«

Das war Sam. Es gelang ihr, den Stoff loszuwerden. Er half ihr auf die Füße. Sie schämte sich ein bisschen.

»Was machst du denn da?« Er musterte sie.

»Ich habe nur … Ich dachte, ich hätte etwas gehört.«

Er schüttelte den Kopf. »Meine Güte, hast du mich erschreckt.«

»Tut mir leid, aber ich war mir sicher, ich höre jemanden atmen.«

»Atmen? Na ja, das war wahrscheinlich doch ich.« Sie konnte ihn im Dämmerlicht schmunzeln sehen. »Ich atme nämlich für gewöhnlich. Du nicht?«

Jenny schüttelte den Kopf. »Nein, das meine ich nicht, ich … Ach, egal, worüber bin ich da eigentlich gestolpert?«

Sie drehten sich beide um. »Sieht aus, als hättest du diese Staffelei da umgerissen.« Er deutete auf den Wust, unter dem sie sich verfangen hatte. Jenny klopfte sich weiter den Staub ab, während Sam nun darauf zuging.

»Das sind sogar mehrere Bilder. Irgendjemand hat sie in Stoff gepackt. Ich kann mich gar nicht daran erinnern, dass die früher hier waren.« Er reichte ihr die Taschenlampe. »Leuchte bitte einmal.«

Er zog eines der Bilder hervor. Es zeigte die Ansicht eines Sees, in flirrenden hellen Farben gemalt, als hätte der Maler einen ganz bestimmten, kurzen Moment festhalten wollen.

»Hübsch«, entfuhr es ihnen beiden. Jenny runzelte die Stirn.

»Das sieht aus wie der Mühlenweiher. Aber warum wird das hier oben aufbewahrt? Das würde sich doch unten auch gut machen? Ist das impressionistisch?«

»Vermutlich.« Sam hatte das kleine Bild hochgenommen und drehte es um. »Hier hinten steht etwas.« Er rückte näher zum Fenster und zu ihr hin, um zu lesen. »Hermann Goldstein. Das muss eins der Bilder sein, die Alfred Bethmann für seinen Freund Goldstein aufbewahrt hat.« Er schaute zu den noch verhüllten Bildern hin. »Ob das auch Bilder aus dem Besitz der Goldsteins sind?«

Jenny zuckte die Schultern. »Vermutlich, aber ich habe diese Bilder ziemlich sicher vorher noch nie gesehen. Es gibt im Haus ja jede Menge alte Möbel und Gerümpel, auch das Gemälde des Gründers von Talgrund und das von Susannah Goldstein kenne ich, aber die hier …« Sie schüttelte den Kopf.

»Stimmt, ich auch nicht. Und wenn das erst kürzlich jemand hierhergeräumt hat?«

Beide ließen sie ihren Blick über den großen Dachboden schweifen. Er zog sich über die ganze Fläche des Hauses hin, und wenn sie hier auch früher gespielt hatten, hatten sie wahrscheinlich doch nur einen Bruchteil von allem entdeckt, was hier gelagert war. Sie hatten einfach keine Ahnung, wie viel hier oben noch verborgen sein mochte. Noch für einen Moment länger standen sie schweigend da, dann gab sich Jenny einen Ruck. »Lass uns wieder runtergehen.«

Sam schaute sie überrascht an. »Wolltest du nicht nach etwas schauen?«

Jenny schüttelte den Kopf. »Nicht so wichtig gerade. Ich habe irgendwie ein komisches Gefühl. Ich finde, wir sollten niemanden auf uns aufmerksam machen.«

Sam zögerte einen Moment, dann nickte er zustimmend. Er kletterte zuerst wieder nach unten und unterstützte sie danach. Vielleicht war es nicht nötig, aber sie ließ es geschehen. Es fühlte sich gut an, ihm so nahe zu sein. Als sie in dem Flur angekommen waren, in dem sich ihr Schlafzimmer befand, hielt sie an. Irgendwie hatte sie sich immer noch nicht beruhigt. Warum war sie nur so unruhig? Sie berührte seinen Arm. »Komm, lass uns zu Maja gehen. Ich finde, sie sollte uns noch ein bisschen mehr erzählen.«

Maja wirkte nicht überrascht, sie beide vor ihrer Tür zu sehen. Nach einer knappen Begrüßung räumte sie Sitzplätze frei. Für einen kurzen Moment schwiegen sie wieder alle. Jennys Blick glitt zu den Materialien, die Maja auf dem Bett abgelegt hatte. Die junge Journalistin lächelte.

»Entschuldigt«, sagte sie, »ich habe mir noch etwas Papier und Stifte aus dem Arbeitszimmer geholt. Die meisten meiner Sachen sind im Auto oben an der Straße. Ich hoffe, das war in Ordnung?«

»Klar.« Jenny schaute Sam auffordernd an. »Wir sind eigentlich auch nur hier, um etwas mit dir zu besprechen, also wir …«

Sam klinkte sich ein. »Wir haben Gemälde auf dem Dachboden gefunden.«

»Gemälde?« An Majas Nasenwurzel bildete sich eine nachdenkliche steile Falte.

»Ja«, Jenny rutschte auf der Sitzfläche des Sessels nach vorne. »Ich … Wir wollten wissen, ob du vielleicht auch davon etwas weißt?«

»Worum handelt es sich denn?«

»Eins davon sieht impressionistisch aus«, fuhr Sam fort. »Sicher kein Monet oder Renoir, aber auch kein Freizeitkünstler. Auf der Rückseite steht der Name Goldstein als Besitzvermerk.«

»Derselbe Name wie auf dem Bild im Salon – Susannah Goldstein«, ergänzte Jenny. »Ich dachte früher, dass es sich um eine Vorfahrin handelt, inzwischen weiß ich ja, dass Esther Goldstein Lenis Freundin war und dass die Goldsteins Juden waren.«

Maja nickte. »Verstehe.«

»Wir dachten …« Sam warf Jenny einen Blick zu. »Möglicherweise hat Bruno dir irgendetwas davon erzählt oder du bist vielleicht während deiner Recherchen doch schon darauf gestoßen.«

Maja setzte sich auf ihr Bett und griff gedankenverloren nach den Notizen, die sie dort abgelegt hatte. »Bruno hat tatsächlich etwas gesagt, das mir in dem Moment nicht wichtig erschien. Mir ging es ja erst einmal um die Zwangsarbeiter und ihre Geschichte, aber bei einem meiner Besuche habe ich eine Karaffe im Wohnzimmer bewundert. Er hat lange gar nichts gesagt und dann gemurmelt: ›Die gehörte auch den Goldsteins. Wir hätten sie nicht behalten dürfen.‹ Heute weiß ich nicht, warum ich damals nicht reagiert habe, aber er sagte auch nichts mehr dazu, und danach sprachen wir nur noch über die Zwangsarbeiter, die auf Talgrund eingesetzt waren. Das beschäftigte mich mehr.«

Sam setzte sich wieder.

»Hast du inzwischen eigentlich eine Idee, wer dich gestoßen haben könnte? Hast du noch einmal darüber nachgedacht?«

Maja hob hilflos die Schultern. »Nein, leider nicht, und es fühlt sich durchaus komisch an. Ich weiß es einfach nicht. Wahrscheinlich geht es doch um die einfache Frage, wer etwas zu verbergen hat, nicht wahr?« Sie schwieg einen Moment, bevor eine Erinnerung ihr Gesicht streifte: »Als ich Bruno das letzte Mal sprach, fuhr übrigens Gerhard an mir vorbei, während ich Talgrund gerade verließ. Damals hatten wir auch noch einmal kurz über die Goldsteins gesprochen. Bruno hat mir gesagt, dass er glaube, dass sein Sohn einige Bilder in seinen Besitz gebracht und verkauft habe. Er sagte, dass er dem unbedingt nachgehen wolle. Ein weiteres Treffen gab es dann aber nicht, wenig später ist er gestürzt.«

Sie alle versanken für einen Moment in Nachdenken.

Jenny überlief mit einem Mal ein Schauder. Vielleicht war es die Anspannung nach so vielen Tagen zusammen, vielleicht ging ihre Fantasie mit ihr durch … Aber was bedeutete es, wenn sie recht hatte? Vielleicht sollte sie ihren Verdacht einfach äußern, und die würden ihr sagen, dass sie übertrieb … Sie räusperte sich. »Was, wenn Angelika und Gerhard auch jetzt versucht haben, Sachen zu stehlen? Was, wenn der BMW deshalb so vollgeladen ist? Du hast den Rücksitz gesehen, Sam. Was, wenn du sie bei ihrem Diebstahl erwischt hast, Maja …?«

Jenny wartete darauf, dass man sie unterbrach, aber die anderen beiden hörten ihr aufmerksam zu. Sie schluckte und sprach weiter. Ihre Stimme klang belegt: »Wenn das so ist, dann stellt sich womöglich auch die Frage, was sie tun werden, wenn die Aufräumarbeiten zu uns durchdringen? Werden sie es zulassen zu scheitern, wenn sie so weit gekommen sind? Was, wenn sie Tatsachen schaffen wollen, womöglich Zeugen beseitigen? Sie hatten kein Problem damit, Maja zu verletzen.« Jenny hörte, wie sie den Verdacht als Tatsache äußerte, und es fühlte sich richtig an.

Sam warf der jungen Journalistin einen Blick zu. »Vielleicht solltest du dich vorsichtshalber verstecken?« Er lief ein paar Schritte auf und ab, offenbar wusste er nicht, wie er seine Anspannung anders im Zaum halten sollte.

Maja wirkte besorgt, blieb aber ruhig. »Und wo?«, fragte sie nur.

»Das ist kein Problem.« Sam lächelte. »Jenny und ich kennen Talgrund wie unsere Westentasche.«

Über ihnen knallte etwas auf den Boden und ließ sie zusammenzucken. Dann erklangen laute Schritte im oberen Flur.

»Warst du auf dem Dachboden, Gerhard?«, war gleich darauf Angelikas Stimme zu hören.

»Nein, warum sollte ich?«

Sam drehte sich abrupt zu den beiden Frauen um. »Wir sollten nicht zu lange warten. Kommt, von meinem Zimmer aus gibt es einen Gang, der im hinteren Gemüsegarten endet. So kann Maja das Haus verlassen, während Jenny und ich eine falsche Fährte legen.«

Jenny räusperte sich. »Und das heißt?«

»Wir tun so, als wollten wir Hilfe holen.«

»Wir sollten vielleicht auch Desirée Bescheid sagen. Ich würde sie ungern ausschließen.«

»Das stimmt. Jetzt aber erst einmal ab in mein Zimmer ihr beiden, ich gehe zu Desirée. Solange ich weg bin, verhaltet ihr euch still und lasst niemanden herein, schließlich wissen wir nicht, welche Geheimnisse Angelika und Gerhard wirklich haben.«

Desirée benötigte nicht lange, um die Lage zu analysieren. Sie trug weiterhin Trauerkleidung: Eine schmale Hose und einen engen Pullover in Schwarz, dazu Stiefeletten und dezenten Goldschmuck. Vielleicht sah sie ein bisschen müder aus, aber das taten sie wahrscheinlich alle. Sam erinnerte sich daran, dass sie gesagt hatte, dass Bruno ihr den Schmuck zum letzten Geburtstag geschenkt hatte. Jetzt streifte sie mit einem Daumen über die Kette und schaute ihn aus ihrem großen, strahlend blauen Augen unverwandt an. Sie hat Augen wie Michelle Pfeiffer in den *Baker Boys*, überlegte er. Sie wirkte so zart, und gleichzeitig war da etwas Zähes, was ihm bisher nicht wirklich aufgefallen war und durchaus überraschte. Er dachte an Angelika und Gerhard. Wahrscheinlich musste sie stark sein. Es war in dieser Situation sicher nicht leicht, gegen die beiden anzukommen, die sie doch immer nur als Fremdkörper gesehen hatten. Desirée seufzte. »Warum bist du nicht gleich zu mir gekommen?«

Sam zuckte die Schultern. »Keine Ahnung, ein paar Dinge sind uns eben erst endgültig klar geworden. Was Gerhard und Angelika tun, war für uns alle wohl zuerst nur eine Vermutung, aber als wir jetzt darüber gesprochen haben … Jenny und ich hatten dieselben Gedanken und deshalb ist das alles vielleicht nicht so abwegig.«

»Gut.« Sie blickte kurz in die Ferne, als müsse sie über ein paar Dinge nachdenken. »Ich bin dabei. Ich lenke Gerhard und Angelika ab. Die beiden geistern ohnehin schon wieder im Haus herum und das passt mir nicht. Sie verhalten sich, als gehöre alles ihnen. Dabei ist noch kein Testament verlesen worden.«

War das also der Grund, warum sie so angespannt wirkte? Sam lächelte sie aufmunternd an, um ihr zu zeigen, dass er auf ihrer Seite war. Er hatte sie immer gemocht, und er fand, dass sie Bruno gutgetan hatte. Nach dem Tod seines jüngeren Sohnes war der lange in sich gekehrt gewesen und hatte sich nur noch um das Gut gekümmert.

»Danke, Desirée, wenn wir dich nicht hätten.«

»Schon gut. Ich gehe Angelika und Gerhard gerne ein bisschen auf die Nerven.« Sie sah mit einem Mal zufrieden aus, jünger und irgendwie verschmitzt. Sam verließ leise ihr Zimmer und beeilte sich, zurück zu Jenny und Maja zu kommen. Desirée fand die Idee gut, sie zum Eishaus zu bringen. Genau das würden sie jetzt tun.

26

Frühling 1945

Sie hatten es seit Wochen befürchtet, jetzt war es so weit. Von den großen Salonfenstern aus sah Siegfried die Amerikaner auf Talgrund vorrücken. Es war eine Abordnung, wahrscheinlich nicht einmal eine besonders große, zwei Lastwagen nur. Die Nachrichtenlage war nicht sehr gut gewesen in den letzten Tagen. Sie hatten immer wieder Geschützlärm gehört und über ihre Köpfe waren Bomber hinweggeflogen, die ihre Last andernorts abwarfen. Eine ihrer letzten Besucher hatte berichtet, dass Koblenz fast vollkommen zerstört war.

Siegfried spürte Ilses Blick in seinem Rücken. Für einen Moment stellte er sich vor, wie er, die Pistole in der Hand, hinausstürmte, um ein paar von den Halunken abzuknallen und dann den Heldentod zu sterben. Wie immer wusste er nicht recht, was Ilse von ihm erwartete. Was hatte sie geplant? Sie weihte ihn nie in alles ein.

Er drehte sich um. Sein Blick schweifte zu Maximiliane, die stocksteif in ihrem Lehnstuhl saß. *Sie* hatte das Kommen des Feindes herbeigesehnt, das war ihm in den letzten Tagen sehr klar geworden. Wie oft hatte sie nur dagestanden und gelauscht; und wenn nachts wieder einmal die Flugzeuge über Talgrund hinweggeflogen waren und sie alle aus dem Schlaf gerissen hatten mit diesem durchdringenden Geräusch, diesem singenden, wellenförmigen Ton, der sich überall ausbreitete, da hatte sie ihnen sehnsüchtig hinterhergeschaut. Er hatte die Genugtuung in ihren Augen gesehen, mehr als einmal.

Siegfrieds Brauen zogen sich zusammen. *Vielleicht hätte ich sie abknallen sollen, dann Leni, Ilse und mich – und natürlich alles anzünden* … Ein Inferno, ein letztes Fanal, das dem Feind nur Asche ließ.

Aber er hatte es nicht getan. Er hatte wie immer zu lange nachgedacht. Das hatte er nur einmal nicht getan, als er die beiden Polackenweiber zur Strecke gebracht hatte. Er fühlte Genugtuung, wenn er daran dachte.

Es war still geworden auf Talgrund. Die Fremdarbeiter waren weg, die jungen Knechte noch im Krieg und teils auch die Alten … Ein Volkssturm, ein letzter Volkssturm, der nichts gebracht hatte.

Er fragte sich, wo die Jungs waren. Lebten sie oder hatten sie ihr Leben für den Führer gegeben? Werner fragte immer wieder nach seinem Sohn, aber es gab schon länger keine Nachrichten.

Draußen waren neue Geräusche zu hören. Siegfrieds Blick wanderte zurück zum Fenster, er umklammerte die Pistole fester. Sie fühlte sich schwer und hart an. Als er die Weiber erschossen hatte, war sie ihm schmerzhaft gegen sein rechtes Handgelenk geprallt. Da hatte er nicht gut aufgepasst. Ja, er hatte die Dreckspolackinnen erschossen, aber wenn sie ihn deswegen holen wollten, dann würde er das nicht zulassen. Niemals würde er ihnen lebendig in die Hände fallen.

Aber woher sollten sie überhaupt davon wissen? Er wandte sich ruckartig vom Fenster ab und machte sich auf den Weg in die Halle.

»Siegfried«, hörte er Ilses Stimme in seinem Rücken. »Mach keine Dummheiten. Es fängt etwas Neues an, darauf müssen wir uns vorbereiten.«

Er war irritiert, sie so etwas sagen zu hören. Es war ihm immer erschienen, als sei der Führer für sie am wichtigsten. Hatte sie den Führer aufgegeben? Er fasste die Pistole fester. Was sollte er tun? Was wollte sie von ihm?

Die amerikanischen Fahrzeuge hielten auf dem Platz an, wo bei Partys früher die Wagen geparkt hatten und noch viel früher die Kutschen. Ilse beobachtete sie, während Maximiliane reglos in ihrem Sessel verharrte.

Draußen verstummten die Motoren. Die Soldaten stiegen vom Lastwagen, die einfachen Soldaten stellten sich auf. Die Fahrer blieben neben den Wagen stehen, ein Grüppchen positionierte sich näher zur Tür hin.

Ilse fragte sich, ob das nicht fahrlässig war. Auf Talgrund hatte man keine weiße Fahne gehisst. Die Amis konnten nicht wissen, was sie erwartete.

Oh ja, sie waren sich so sicher, aber ihr Siegfried konnte immer noch die Pistole nehmen und sie alle abknallen oder zumindest ein paar von ihnen. Bestimmt würde er einige erwischen, schon alleine der Überraschung wegen. Sie sah durch die geöffnete Tür zu ihrem Mann. Doch auch er stand da und regte sich nicht. Gestern war ihr zum ersten Mal aufgefallen, dass die Haare an seinen Schläfen lichter geworden waren. Er war älter geworden, aber war der Mann, den sie geheiratet hatte, auch schwächer geworden?

Jetzt klopfte es und vielleicht zuckten sie alle zusammen.

Natürlich blieb es an Ilse, die Tür zu öffnen. Sie war froh, dass sie sich besonders ordentlich gekleidet hatte. Die Amerikaner sollten das richtige Bild bekommen. Talgrund war ein wichtiges Gut, eines mit Geschichte, eines, das schon vieles überdauert hatte, Siege, aber auch Niederlagen. Heute war sie die Vertreterin des Gutes, heute nahm sie endlich vollkommen den Platz ein, der ihr immer zugestanden hatte, und sie würde es besser tun als alle anderen.

Der große Schlüssel schabte im Schloss, als Ilse ihn umdrehte. Durch die dicke Tür waren die Geräusche von draußen nur sehr gedämpft zu hören. Sie öffnete und sah in die stahlblauen Augen des Mannes, der direkt davorstand. Seine blonden Haare waren bürstenkurz geschnitten. Er sagte etwas. Sie verstand ihn nicht, öffnete die Tür aber weiter und trat zur Seite. Er trat zuerst ein, die anderen Männer folgten ihm, positionierten sich rund um ihn in der Halle und ließen die Blicke nach oben schweifen.

Ilse straffte die Schultern. Die Männer hatten Waffen und die hielten sie schussbereit in den Händen. Sie wussten nicht, was sie erwartete, und das machte sie unruhig. Ilse trat vor den Blonden, vielleicht hörte sie die Pistolenhähne knacken. Vielleicht bildete sie sich das auch nur ein. Sie hob ihre Hand und zeigte eine Fünf mit den Fingern.

»Three persons here«, sagte sie und deutete auf die Tür zum Salon. »Two down.« Sie deutete nach unten. »Küche. Kitchen.« Ihr Englisch war nicht gut, aber es genügte. Der Amerikaner nickte und bedeutete, ihm zu zeigen, wo die anderen sich aufhielten. Er fragte, ob es noch mehr gab. Sie zuckte die Schultern, denn sie wusste es nicht. Manche waren vielleicht geflohen. Er ließ sie vorgehen.

Als sie die Tür zum Salon öffnete, saßen Maximiliane und Siegfried in den Sesseln. Siegfried war dorthin zurück, als sie den Schlüssel bedient hatte. Er hielt keine Waffe mehr in der Hand. Sie fragte sich, wo er sie versteckt hatte. Es gab einige Möglichkeiten. Er sah blass aus, fast grau und wirkte mit einem Mal resigniert.

Ich bin die einzig Starke hier, fuhr es Ilse durch den Kopf, das wusste ich schon immer.

Der Blonde hielt auf Siegfried zu, flankiert von zwei Begleitern. Maximiliane wirkte, als bemerke sie nichts von allem um sich herum. Siegfried hob die Hände halb nach oben. Man machte ihm ein Zeichen, sie unten zu lassen und sich nicht zu bewegen. Er gehorchte. Zwei Männer zogen ihn in den Stand. Dann führten sie ihn ab.

Der Anführer, der alles verfolgt hatte, drehte sich wieder zu Ilse. Als er sie aufforderte, ihn jetzt zu den anderen zu bringen, nickte sie nur. Maximiliane ließen sie zurück. Offenbar wirkte sie nicht gefährlich.

Der kleine Trupp Amerikaner, der Talgrund vorübergehend sicherte, belegte den Ostflügel, ihr Kommandant machte sich im Salon breit, den sie deshalb räumen mussten. Die Familie zog sich in diesen Tagen ins obere Wohnzimmer zurück. In Gegenwart der anderen war Ilse ausgesucht freundlich, hielt aber in den eigenen Räumen ihr Mundwerk nicht im Zaum. Siegfried war erstaunt, was er alles von ihren Lippen hörte. Er selbst war zuerst verhaftet und verhört worden, jedoch bald wieder freigekommen. Er machte sich immer noch Sorgen darum, dass jemand davon erfuhr, was im Wald geschehen war, aber vielleicht würde es auch nie jemand erfahren, denn ein paar Tage nach den Ereignissen hatte er den Ort ja selbst noch einmal aufgesucht und zumindest Hanias Leiche gefunden, die er ein Stück bis zu einer kleinen Schlucht hingezogen und dort nach unten hatte rutschen lassen. Und Ewa? Nach einigen unruhigen Tagen hatte er sich überlegt, dass sie sich vielleicht weggeschleppt hatte und dann anderswo verendet war, wie ein gejagtes Wild, das dem Hund entkam? Das war gut möglich. In jedem Fall wusste er, dass er sie beide getroffen hatte, dessen hatte er sich damals versichert.

Nachdem er nicht mehr verdächtig war, durfte Siegfried sich frei bewegen. Es gab schließlich viel zu tun auf einem Gut wie Talgrund, das verstanden auch die Amis, und die wollten ja versorgt sein. Jeden Tag sattelte er also sein Pferd und machte seine Runden. Vielleicht würde er irgendetwas entdecken, irgendwelche Spuren. Inzwischen waren ein paar von den Mägden und auch ein paar alte Knechte zurückgekommen. Die Köchin hatte viel zu tun, denn sie musste auch die Offiziere versorgen. Siegfried ließ sich nichts anmerken. Alle diese Menschen kannten so ein Gut wie Talgrund nicht. Sie hatten keine Geschichte. Er bemühte sich, freundlich zu sein, verteilte Würste aus der Vorratskammer.

»German sausage, German sausage«, lachten die Amis.

Siegfried lachte auch und stellte sich vor, wie dem Neger dort, der ihn so unverschämt angrinste, die Wurst im Hals stecken blieb. Aber er konnte sich beherrschen. Er zeigte seinen Ärger darüber nicht, dass die Amerikaner sich im ganzen Haus breitmachten und seine Familie und ihn zurückdrängten. Er nahm ihre Kaugummis und lächelte. Sie waren keine Freunde. Er wusste, wem er Gefolgschaft schuldig war. Der Führer würde den Kampf wieder aufnehmen. Irgendwann marschierten die Amis weiter, und Ilse ließ das ganze Haus schrubben, als könne sie so jede Spur entfernen.

Im Mai war der Krieg endgültig zu Ende. Es gab Berichte, der Führer sei tot. Sie konnten es nicht glauben. Dann kehrte als Erster Bruno zurück.

27

Erst noch stocksteif stand Maximiliane mit den anderen auf der Eingangstreppe und sah ihrem Neffen entgegen. Bruno grüßte eben seinen Vater und seine Mutter, als sie doch eilig näherkam, während Gefühle von Hoffnung und heftiger Angst auf ihrem Gesicht widerstritten.

»Bruno«, rief sie und musste innehalten, denn ihre Stimme brach. Dann stolperte sie auch noch, aber ihr Neffe fing sie auf, und vorübergehend hielten sie einander fest, wie zwei Ertrinkende, die sich so gerade noch nicht in die Tiefe zogen.

»Bruno!« Zu Maximilianes Verwunderung klang ihre Stimme jetzt erstaunlich klar. »Bruno, wo sind die anderen? Wo sind Friedrich und Georg? Warum kommst du allein zurück?«

Bruno räusperte sich. »Wir waren schon lange getrennt, das weißt du doch. Als ich zuletzt von Friedrich hörte, musste er sich im Lazarett auskurieren, die Ruhr, aber es ging ihm schon besser, keine Sorge, Tante Maximiliane. Es hieß, er könne bald entlassen werden. Von Georg weiß ich leider nichts.«

»Du hast Friedrich alleingelassen?« Maximilianes Stimme klang mit einem Mal schneidend. Bruno sah sie verwirrt an.

»Nein, ich sagte doch …«

Ilse unterbrach sie beide empört. »Wie kannst du so etwas sagen? Er hat niemanden alleine gelassen.«

Man konnte ihr deutlich anmerken, dass sie sich das jetzt lange genug angesehen hatte. Ihr Bruno war wieder da, und Maximiliane hatte nichts Besseres zu tun, als nach Friedrich zu fragen.

Die nächsten Wochen gaben ihnen die Zeit, sich wieder aneinander zu gewöhnen. Ilse hätte ihren Sohn gerne so viel gefragt, aber er blieb schweigsam. Maximiliane zog sich noch weiter zurück. Ilse störte das nicht. Sie wusste, dass sie ihre Sache gut machte. Seit sie der Ungerechtigkeit gewahr geworden war, dass ihr jüngerer Bruder erben würde und damit bevorzugt war, hatte sie die Geschicke des Gutes aufmerksam verfolgt und auf so einen Tag gewartet. Friedrich war nicht der passende Erbe. Sein ganzes Verhalten hatte bislang nur gezeigt, wie ungeeignet er für die Zukunft war, für die er lediglich durch seine Geburt vorgesehen war. Sie aber wusste alles, sie wusste, was zu tun war. Sie kannte sich in den kleinsten Kleinigkeiten aus und dennoch war sie dieser Tage überall unterwegs, um sich noch vertrauter mit allem zu machen. Und vielleicht änderte sich ja alles. Es konnte viel passieren, noch war Friedrich nicht wieder auf Talgrund. Die Welt war gefährlich, gerade jetzt. Vielleicht würde ja ihr Bruno der Erbe von Talgrund sein und dann war das Leben zum ersten Mal gerecht zu ihr.

Ja, es war so. Es fühlte sich an, als sei sie endlich fast am Ziel. Ilse ließ sich ihre Freude darüber nicht anmerken. Inzwischen hatte sie einen sehr guten Überblick über den Zustand des Gutes. Sie untersuchte die Vorratskammern und das Eishaus und überprüfte die Vorräte. Sie kletterte sogar auf den riesigen Dachboden, auf dem sie sehr viel früher einmal gespielt hatte, und überprüfte die ausgedehnten Kellerräume, die sich bis weit unter dem Vorplatz hinzogen, bis in den letzten Winkel. Die meisten davon standen leer. In manchen befand sich Gerümpel, und dann war da der Raum, in dem sich der Besitz der Goldsteins befand. Auch wenn Ilse sich nie für Kunstgegenstände interessiert hatte, waren ein paar schöne Objekte dabei, das erkannte sie. Es stand außer Zweifel, dass sie weiterhin gutes Geld einbringen konnten. Und wenn die Familie Goldstein doch zurückkam – nun ja –, dann waren die Dinge eben in den Wirren des Krieges verloren gegangen. Das war sehr wohl möglich in einer Welt, in der auch Menschen verschwanden, als hätte es sie nie gegeben.

In einem Raum fand sich immer noch eine lange Reihe von Schnüren und Glocken, mit deren Hilfe man aus jedem Zimmer jemanden hatte herbeirufen können. Das Gut war einmal größer und wichtiger gewesen, und sie würde dafür sorgen, dass es zu seiner alten Stärke fand. Vielleicht würden sie dann auch die Klingeln wieder brauchen können.

Und dann kehrte Friedrich zurück.

28

»Der junge Herr Bethmann ist draußen. Er ist zurück.« Eine der Mägde stand plötzlich in der Tür zum Arbeitszimmer und riss Ilse mit diesen Worten aus den Gedanken.

»Was?« Ilse sprang von ihrem Sitz auf, obwohl sie sich doch eigentlich nichts wollte anmerken lassen. Sie hatte sich diese Situation schon mehrfach vorgestellt, hatte sie auch mehrfach durchgespielt. Sie musste auf ihren Gesichtsausdruck achten, glücklich wirken, denn nun würde ja alles wieder sein wie früher … Ihr Neffe Friedrich war zurück und es ging ihm gut. Er lebte. Talgrund hatte seinen vorbestimmten Herrn.

Sie nickte der Magd auffordernd zu: »Danke, bitten Sie ihn doch herein.«

»Er sagte, er wartet lieber draußen.«

Ein wenig irritierte Ilse diese Aussage, doch sie sagte nichts dazu. Stattdessen ging sie aus dem Salon, den sie inzwischen wieder wie gewohnt benutzen konnten, in die Halle und hinüber zur Tür. Wo war Siegfried? Noch etwa drei Schritte. Die Magd hatte die Tür einen Spalt offen gelassen, vielleicht, um Friedrich die Gelegenheit zu lassen, es sich anders zu überlegen. Er war der Herr von Talgrund. Ilse fragte sich, ob ihm das bewusst war. Und sie fragte sich, wo Maximiliane war, und warum man sie informiert hatte? Als sie nach draußen trat, schaute Friedrich gerade über den Vorplatz hinweg. Dann hörte er wohl etwas und drehte sich um. »Tante Ilse! Tut mir leid, ich dachte, Mama …«

»Sie schläft vermutlich. Heute Morgen hatte sie Kopfschmerzen.« Sie breitete die Arme etwas aus, als wolle sie ihn umarmen, beließ es aber bei der Bewegung. »Friedrich, wir dachten … Aber warum wartest du denn draußen? Komm doch herein!«

»Ich wollte den Anblick genießen. Ich bin zu Hause, ich kann es nicht fassen!«

»Ich …« Ilse ließ die Arme sinken. Nein, er war weiß Gott kein Kind mehr, das man in die Arme schloss. Er war ein erwachsener Mann und er hatte gewiss viel gesehen, seit er Talgrund verlassen hatte. Sie atmete noch einmal durch, um sich innerlich zu sammeln. Sie musste darauf vorbereitet sein, wenn er seine ersten Fragen stellte. Er wusste vieles nicht. Sie konnte es ihm sagen. Sie lächelte, auch wenn sie den Eindruck hatte, ihr Gesicht könne mit ihrer angestrengten Freundlichkeit zerbrechen.

»Aber jetzt kommst du herein, ja?«

»Es ist wunderschön hier, findest du nicht auch?« Friedrich schaute über die weite Rasenfläche hinweg. »Ich hatte das fast vergessen. Ich wusste nicht, wie unglaublich gut es tun würde, wieder hier zu sein.«

Er drehte sich ein weiteres Mal zu ihr hin. »Was ist mit den anderen? Ist außer mir noch jemand zurückgekommen? Ich bin hoffentlich nicht der Einzige, oder?«

Er sagte es und sah aus wie jemand, der mit allem rechnete.

Sie räusperte sich. »Bruno ist seit einigen Wochen wieder da. Er macht gerade ein paar Erledigungen im Ort. Georg ist offenbar in Gefangenschaft geraten, aber er lebt. Werner hat eine Karte von ihm bekommen. Oh, Leni wird sich unglaublich freuen, dich zu sehen.«

»Wir leben also«, unterbrach Friedrich sie langsam. Sie musterte ihn verstohlen. Jetzt, wo sie sich mehr Zeit nahm, erkannte sie, dass sein einst so jungenhaftes Gesicht um Jahre gealtert war. Er wirkte auch zäher, alles Weiche, alle Unbekümmertheit war verloren gegangen.

Sie räusperte sich. »Jetzt komm doch aber wirklich erst einmal herein. Wie sieht das denn aus, wenn ich dich da stehen lasse?«

Er schaute sie für einen Moment unverwandt an, als suchte er etwas in ihrem Gesicht, dann sagte er: »Wenn du nichts dagegen hast, bleibe ich noch einen Augenblick draußen …«

»Natürlich … Ich werde dir etwas zu essen vorbereiten lassen. Du bist sicher hungrig.«

»Das wäre sehr freundlich.« Er bewegte sich ein paar Schritte von ihr weg, dann drehte er sich noch einmal um und hob die Hand zu einem Gruß: »Bis später.«

Sie schaute ihm hinterher, bis er gegen den Waldrand auf der anderen Seite der Wiese verschwunden war. Wie hatte sie sich dieses Wiedersehen vorgestellt? Wenn sie ehrlich war, hatte sie sich überhaupt kein Wiedersehen vorgestellt. Seit Brunos Rückkehr hatte sie kein einziges Mal darüber nachgedacht, als könne sie sicher ein, dass Friedrich nicht zurückkommen würde. Aber sie hatte sich geirrt … oder? Sie würde Maximiliane noch nicht informieren. Sie würde direkt auf die Suche nach Siegfried gehen. Zu ihrer Überraschung fand sie ihn im Keller bei den Goldstein'schen Kunstgegenständen. Er hatte ein paar kleinere Objekte auf den Tisch geräumt und musterte sie prüfend. Er hörte sie nicht, erschrak aber auch nicht, als sie ihn ansprach.

Wir konnten uns sicher fühlen, schoss es ihr durch den Kopf, bis jetzt.

»Wir können von Glück sagen, dass wir diese Dinge haben. Das macht einiges einfacher«, hörte sie Siegfried sagen. Als sie nicht antwortete, drehte er sich zu ihr hin. Wahrscheinlich sah er etwas in ihrem Ausdruck, bevor sie es aussprach, denn seine Stirn kräuselte sich bereits fragend.

»Friedrich ist zurück.«

Sicherlich verstand auch er, was das bedeutete, dass es alles änderte.

»Wir sollten uns freuen«, sagte er. Es klang wie eine Frage.

Zum Abendessen war Friedrich da, ohne dass man ihn hätte suchen müssen. Er kam mit Bruno die Treppe herunter.

»Immer noch neunzehn Uhr?«, fragte er mit einem Lächeln, um dann zu ergänzen: »Ich war bei Mama, sie hat mich natürlich daran erinnert.«

Maximiliane selbst entschuldigte sich wieder einmal. Überhaupt aß sie gerade noch das Mindeste, und manchmal hatte Ilse den Eindruck, sie würde eines Tages vielleicht einfach verschwinden, so mager war sie geworden.

Ein neues Mädchen brachte eine Hühnerbrühe mit Grießklößchen als ersten Gang. Ilse hatte entschieden, ein gutes Essen aufzusetzen, jedoch zugleich eines, das zeigte, dass man sich auch auf Talgrund einschränken musste. Die Zeiten waren hart. Friedrich aß wenig, aber durchaus mit Appetit. Es dauerte, bis er die Frage stellte, die Siegfried und sie, bereits seit Stunden erwartet hatten: »Ich war am Mühlenweiher. Bruno sagte, die Fremdarbeiterinnen sind weg, ja?«

»Gegangen, als die Amerikaner kamen«, log Ilse.

»Sie wollten nach Hause. Kann man es ihnen verdenken?«, fügte Siegfried hinzu. Friedrich schien seine Worte zu akzeptieren und schwieg. Auch Bruno hatte sie damals akzeptiert, nur Maximiliane und womöglich auch Leni ahnten vielleicht etwas, doch die nahmen nicht am Essen teil. Allerdings hatte Friedrich heute nur kurz mit seiner Cousine geredet, aber was würde morgen passieren?

Sie brachten das weitere Abendessen ohne größere Zwischenfälle hinter sich. Abends betrachtete Ilse sich nachdenklich im Spiegel, während sie ihr Haar durchkämmte. Wirkte sie unsicher? Würde sie alles verlieren, was ihr, die so hart gearbeitet hatte, doch zustand? Was, wenn irgendjemand – Leni – Friedrich sagte, was sie wusste, oder zu wissen vermeinte? Was wusste Leni überhaupt?

Es verging eine Woche, bis Friedrich erneut nach den Fremdarbeiterinnen fragte. Dieses Mal erkundigte er sich präziser nach Ewa und Hania, die im Haus gewohnt hatten.

»Meine Mutter sagte, ihr könntet mir vielleicht etwas dazu erzählen, Tante?«

»Und was sollte das sein?« Ilse nähte gerade Abnäher in Brunos Hosen. Der Krieg hatte auch ihn mager werden lassen und er hatte seit seiner Rückkehr nicht zugenommen. Die Cousins redeten, aber sie konnten natürlich nur Vermutungen anstellen. Sie waren ja nicht hier gewesen.

Friedrich räusperte sich. »Das kann ich wohl nicht wissen, Tante Ilse, oder?«

Sie schaute unvermittelt auf. Sein Blick war forschend auf sie gerichtet und sie musste sich beherrschen, ihm nicht auszuweichen. Ahnte er bereits etwas? Aber niemand wusste, was wirklich geschehen war, nur Siegfried und sie selbst, weil er ihr alles erzählt hatte.

Nicht zum ersten Mal fiel ihr die tiefe Traurigkeit in Friedrichs Gesicht auf. Dieser Krieg hatte etwas mit ihm gemacht, das keiner von ihnen erfassen konnte. Der Krieg hielt ihn immer noch fest. Das konnte sie erkennen. Vielleicht ließ er ihn auch nie wieder los. Es gab so Menschen, auch nach dem Ersten Weltkrieg hatte es sie gegeben, Menschen, die nie in ihr altes Leben zurückgekehrt waren. Sie legte die Hose in den Ausbesserungskorb und nahm die Tasse mit dem Pfefferminztee zur Hand, die vor ihr auf dem Tisch stand.

»Aber du weißt doch, was geschehen ist. Sie sind alle verschwunden, kurz, bevor die Amerikaner kamen. Ich kann nicht sagen, dass das ungefährlich war. Es sind ständig Flugzeuge über uns geflogen und wir haben Artillerie gehört. In der Nähe muss heftig gekämpft worden sein … Wer weiß, aber ich hoffe natürlich …«

Er hob plötzlich die Hand und stand auf. Sie hielt inne.

»Danke, Tante Ilse. Ich möchte noch etwas spazieren gehen Ich muss nachdenken.«

Als sie wenig später aus dem Fenster blickte, sah sie Bruno und ihn über die Wiese laufen. Sie waren jung, doch sie sahen aus wie alte Männer.

»Er stellt Fragen«, sagte Siegfried, als sie abends zusammen im Bett lagen. Ilse legte ihre Notizen auf den Nachttisch. »Was wirst du tun?«

Siegfried zuckte die Schultern. »Ich werde weiter unsere Geschichte erzählen, oder?«

»Dass die Polackinnen gegangen sind?«

»Natürlich.«

»Wird er es glauben?«

»Er muss. Was soll er sonst tun? Wer könnte ihm wohl die Wahrheit sagen, außer uns?«

Ilse nickte, während sie die Decke hochzog.

»Es geht ihm nicht gut«, sagte sie dann. »Vielleicht hilft ihm die Wahrheit.«

29

Siegfried und Friedrich nahmen die Pferde, wie früher so oft, bevor sich die Welt geändert hatte. Der Neffe hatte auf dem Weg zum Stall etwas gezögert, doch dann beschleunigten sich seine Schritte, und nun konnte Siegfried sehen, wie der Neffe sein altes Reittier herzlich begrüßte. Auch der Braune erkannte ihn wohl: Er stupste den jungen Mann vorsichtig an und suchte dann mit seinen weichen Lippen nach Leckerchen.

Siegfried räusperte sich. »Ich habe mich um ihn gekümmert, bin mit ihm ausgeritten und habe ihn striegeln lassen.«

Friedrich stand mit dem Rücken zu ihm und hatte einen Arm über dem Rist des Pferdes liegen. Für einen Moment noch versuchte er sichtlich, sich zusammenzureißen, dann brach der Damm, und er barg schluchzend sein Gesicht in der Mähne des Tiers. Siegfried wandte sich ab. Bald darauf war Friedrich doch noch aufgestiegen.

»Bereit?«, fragte Siegfried.

Friedrich nickte.

Bis zur Mühle verfielen sie beide in einen munteren Trab. Dort angekommen, sprang Friedrich ohne ein Wort aus dem Sattel und sah sich um. Siegfried ließ die Zügel locker, während er seinen Neffen beobachtete. Er konnte es nicht anders sagen, aber Friedrich war ihm fremd geworden. Er hatte seine Leichtfüßigkeit verloren, wirkte grüblerisch. Er wusste nicht, was er von ihm halten sollte. Friedrich nahm die Zügel und lief inzwischen mit entschlossenen Schritten auf die Mühle zu, hielt dann aber wieder inne. Vorübergehend war alles still. Friedrich wirkte angespannt.

»Du warst schon einmal hier«, stellte Siegfried fest. »An dem Tag, als du angekommen bist. Ich habe dich gesehen.«

Der Neffe nickte.

»Irgendetwas gesucht?«

Er zuckte die Schultern.

»Irgendetwas gefunden?«

Friedrich schüttelte den Kopf.

»Sie hat dir etwas bedeutet, nicht wahr?«, sagte Siegfried unvermittelt. Friedrich, der nun wieder eine Hand am Hals seines Braunen hatte, schaute seinen Onkel überrascht an. Siegfried starrte zurück: *Wenn er wollte, hätte er sie jetzt heiraten können. Was ein paar Monate für einen Unterschied machen …* Nur ein paar Monate, und diese Hania wäre die Herrin auf Talgrund geworden. Natürlich war das seine Absicht gewesen.

Siegfried räusperte sich gründlich.

»Hania, meine ich.«

Er sah, wie Friedrich leicht nickte. Er streichelte seinem Pferd langsam über den Hals, dann sagte er: »Ich dachte wirklich, sie würde auf mich warten. Ich dachte nicht, dass sie einfach geht … Sie war alles für mich.«

Siegfried schwieg. Eigentlich musste Friedrich wissen, wie er zu den Dreckspolinnen stand. Warum sollte sein Neffe glauben, dass sich daran etwas geändert hatte? Solche Verräter wie er hatten Deutschland in den Untergang geführt. Nun, er würde nichts sagen. Stattdessen fasste er die Zügel kürzer. »Ich könnte dir etwas zeigen«, sagte er unvermittelt.

Zuerst sah es aus, als habe sein Neffe ihn nicht gehört, dann sah er Siegfried fragend an.

»Ich kann dir zeigen, wo ich sie zum letzten Mal gesehen habe.«

Er war durchaus erstaunt, sich das sagen zu hören. Friedrich schluckte, als müsse er etwas hinunterwürgen. Die Situation schmerzte ihn, das war offensichtlich.

»Du?«, brachte er dann hervor. »Du warst der Letzte, der sie gesehen hat?«

»Das habe ich nicht gesagt.« Siegfried kämpfte um Ruhe und gegen das Gefühl, dass sich ihm der Magen heftig zusammenzog und ihm das Herz im Hals raste. Hatte er vielleicht doch zu viel gesagt? Friedrich schaute ihn nur an. »Ich wollte es nur wissen. Es würde mir etwas bedeuten, weißt du?«, sagte er dann langsam.

Siegfried tat für einen Moment so, als zwinge ihn sein tänzelndes Pferd um mehr Aufmerksamkeit, und wich seinem Blick aus. Dann zog er die Zügel straffer. Friedrich schwang sich in den Sattel. »Ist es weit?«

»Nein.« Siegfried schaute zum Wald hinüber. »Ich glaube nicht, aber es hat damals stark geregnet, deshalb mag ich mich irren. Komm schon, ich zeige es dir.«

Der Wald war hell, das Grün so flirrend, wie er es nur in dieser Zeit sein konnte, und die Vögel sangen ihre Lieder, als wäre in der Welt nichts Übles geschehen. Tatsächlich ritten sie nicht weit, und mit jedem Stück, das sie hinter sich brachten, kamen Siegfrieds Erinnerungen stärker zurück. Er fühlte die Dunkelheit und die Kälte wieder, die Nässe auf seiner Haut wie kleine Nadelstiche. Da war die Stelle, an der er sein Pferd zurückgelassen hatte. Dieses Mal konnte man besser sehen. Den Abhang hatte er sich hinaufgekämpft, um eine bessere Sicht auf das Gelände zu haben. Dort drüben hatte er sie endlich entdeckt, als er schon kurz davor gewesen war aufzugeben. Er zügelte sein Pferd und wandte sich zu seinem Neffen um.

»Dort war es. Jetzt erinnere ich mich.« Er rutschte vom Rücken seines Pferdes. »Komm, wir lassen die Tiere hier. Ab jetzt wird der Boden zu rutschig. Wir wollen niemanden gefährden.«

Er hörte den dumpfen Laut, mit dem Friedrich auf dem Boden aufkam, nahm kurz den Ausdruck von Schmerz wahr, der über sein Gesicht huschte.

»Geht es dir gut?«

»Natürlich.« Friedrich lächelte seinen Onkel an. »Eigentlich war es damals ein glatter Durchschuss. Ich hatte Glück, aber manchmal tut es eben noch weh.«

Für die nächsten paar Minuten kämpften sie sich schweigend den Abhang hinauf. Es war erstaunlich, dachte Siegfried, wie weit es diese Frauen damals geschafft hatten. Fast waren sie ihm entkommen. *Hätte ich sie vielleicht ziehen lassen sollen, schließlich war der Krieg vorbei …?*

Das hier war der Baum, neben dem er gestanden hatte, als er sie ins Visier genommen hatte … Friedrich erreichte ihn einen Moment später. Siegfried hörte, wie er durchatmete. »Hier war es?«, fragte er.

»Sie waren dort drüben.«

»So nah?« Friedrich trat ein Stück vom Baum weg. »Haben sie dich bemerkt?«

Siegfried zuckte die Achseln. »Es hat stark geregnet, wie gesagt. Man konnte wenig sehen und noch weniger hören.«

»Und du hast sie gehen lassen?«

»Sie wollten gehen. Komm.«

Sie bewegten sich vorsichtig. Man konnte leicht ins Rutschen geraten. Siegfried machte einen Schritt nach dem anderem, der Neffe blieb hinter ihm.

Hier ist die Erste gefallen, erinnerte Siegfried sich, und da die Zweite. Dort habe ich Hania später gefunden und weggeschleift. Auch diese Spuren waren längst verschwunden. Er ging weiter, bis zu dem Rand der kleinen Schlucht, die so schmal und eng war, dass sie sich im Laufe der Jahre mit immer mehr Laub und Ästen auffüllte. Hier hatte er sie hinuntergeworfen, und für einige Zeit hatte man noch ihre Kleidung gesehen, doch irgendwann nicht mehr. Dennoch spähte er auch jetzt hinab. Friedrich stellte sich neben ihn.

Vielleicht, dachte Siegfried, konnte man doch etwas erkennen, wenn man sich anstrengte, aber eigentlich nicht. Er schaute seinen Neffen an, der in diesem Augenblick etwas verwirrt wirkte.

»Hast du dich eigentlich je gefragt, ob es richtig war, sie alleinzulassen?«, fragte er unvermittelt. Da war mit einem Mal wieder diese Wut, die er nicht im Griff hatte, die Erkenntnis, dass Friedrich sich nicht angepasst und dass er keinen Schaden davongetragen hatte, während Siegfried selbst so oft gebuckelt und sich den Entscheidungen von Menschen ausgesetzt hatte, die im Gefüge dieser Gegend früher nie auch nur die geringste Rolle gespielt hatten, Pack alles, auf das man herabschaute. Mit der neuen Zeit hatten sie dann alle groß getan, waren zu Parteifunktionären geworden, hatten sich ihm den Weg verstellt und ihn bitten und betteln lassen …

»Was?« Friedrich runzelte die Stirn.

»Willst du wirklich alles wissen?«

»Ich …« Friedrich stockte, während sich offenbar die Erkenntnis in ihm auszubreiten begann. Plötzlich hielt Siegfried seine Pistole in der Hand. Es war eine spontane Entscheidung gewesen, sie mitzunehmen, eine spontane Entscheidung, sie jetzt hervorzuholen. Er war kein Mensch großer Planung, war er nie gewesen, das überließ er Ilse. Er räusperte sich, bevor er wieder zu sprechen ansetzte: »Es ist einfach so, dass du sie niemals hättest im Stich lassen dürfen. Das weißt du, oder? Hast du gedacht, wir würden es niemals herausfinden?«

»Ich ... Was hast du getan?«

Siegfried machte eine ziellose Bewegung mit der Waffe. »Ich habe sie abgeknallt, so wie es richtig war, und jetzt solltest du dasselbe mit dir machen. Das wäre das Mindeste. Ja, komm, Friedrich, nimm die Waffe und richte dich.«

Die Bewegung des Neffen kam überraschend, dann hatte Friedrich ihm die Pistole auch schon aus der Hand gerissen. Siegfried erstarrte. Er war überrascht. Noch überraschter war er jedoch, als Friedrich die Pistole im nächsten Moment blitzschnell an die eigene Schläfe setzte und abdrückte. »Verflucht«, brüllte er.

Stunden später wurde auf Talgrund Alarm geschlagen. Leni kam gerade zum Abendessen hinzu, als Maximiliane fragte, ob denn jemand Friedrich gesehen habe, da er sich nicht in seinem Zimmer befinde, und Ilse, die Augen weit aufgerissen, ausrief, dass er doch schon am Vormittag mit Siegfried losgeritten sei und dann noch ein wenig weiter habe draußen bleiben wollen. Niemand habe sich groß Gedanken darum gemacht. Sogleich hatte sich Siegfried besorgt gezeigt. Wenn er darüber nachdenke, sei Friedrich ziemlich sicher schlechter Stimmung gewesen.

»Wo wart ihr denn?«, fragte Leni. Sie war sehr erleichtert

gewesen, als Bruno und dann auch Friedrich aus dem Krieg zurückgekommen waren, auch wenn sie noch diese Mauer zwischen ihnen spürte. Noch hatte sie keine Gelegenheit gefunden, mit ihm über Ewa, Hania und Adam zu reden und darüber, was sie beobachtet hatte. Siegfried blieb stumm.

»Papa?«, forderte sie ihn noch einmal auf. Er nahm ein paar rasche Löffel Suppe zu sich. »Wir sind zum Mühlenweiher geritten und dann noch ein Stückchen in den Wald. Ich habe ihm irgendwann gesagt, dass ich noch etwas zu tun habe – bald wird er das gewiss selbst übernehmen –, und er wollte einfach noch etwas reiten.«

»Sollten wir nicht nach ihm suchen?« Maximiliane schaute beunruhigt in die Runde. Siegfried und Ilse wechselten einen Blick, dann schüttelte Ilse den Kopf: »Er ist ein erwachsener Mann. Er wird auf sich selbst aufpassen. Vielleicht braucht er etwas Ruhe. Er schien mir immer etwas bedrückt, seit er aus dem Krieg zurück ist. Wir sollten ihn nicht bedrängen.«

Vorübergehend widmeten sich wieder alle dem Essen, dann hielt Maximiliane erneut inne: »Aber ich mache mir wirklich Sorgen. Er wirkte in den letzten Tagen wirklich manchmal so niedergeschlagen. Der Krieg hat etwas mit ihm gemacht, denke ich. Oft habe ich den Eindruck, ich kenne mein Kind nicht mehr …«

Leni nickte. »Meine Tante hat recht. Er wirkt wirklich sehr bedrückt. Vielleicht war es keine gute Idee, ihn alleine weiterreiten zu lassen. Wir sollten ihn suchen.«

Sie stand auf. Siegfried hob die Hand. Er war beeindruckt

von sich selbst. »Du bleibst bei deiner Mutter und vor allem bei deiner Tante. Sie brauchen dich dringender. Bruno und ich reiten noch einmal los. Es wird schon bald dunkel, aber wir tun unser Bestes. Ich will ja nicht, dass du dir Sorgen machst, Liebes.«

Sie fanden Friedrich an der Stelle, an der Siegfried ihn zurückgelassen hatte, und Siegfried war froh darum, dass sein Sohn als Erster vom Pferd sprang und neben seinem Cousin auf die Knie fiel. Er tastete nach der Pistole, die Friedrich noch in der Hand hielt, drehte sich zu seinem Vater hin.

»Das ist deine …«

Siegfried tat so, als suche er in der Manteltasche und riss dann die Augen auf: »Sie ist so klein. Ich habe gar nicht gemerkt, dass er sie mir abgenommen hat.«

Bruno drehte sich wieder zu seinem Cousin hin. Siegfried sah, wie seine Schultern bebten, doch als er sich umdrehte, weinte er nicht.

»Hilf mir, ihn auf das Pferd zu heben«, sagte er nur. »Wir bringen ihn nach Hause.«

30

Etwa vier Wochen nach Friedrichs Tod reihte sich die Familie für ein neues Bild auf der Eingangstreppe auf: Ilse auf der obersten Stufe, Siegfried eine darunter, die restliche Familie rechts, immer weiter die Treppe hinunter. Ilse schaute direkt in die Kamera, doch kurz vorher hatte sie auf den Scheitel ihres Mannes herabgesehen, der wie mit einem Lineal gezogen wirkte, und noch einmal mit schlanken Fingern über seinen schwarzen Anzug gestreift, als gäbe es Staub zu entfernen. Siegfried legte seinem Sohn Bruno die Hände auf die Schultern, während Leni sich gegen den Bruder lehnte. Sie hatte nicht aufhören können zu weinen, als sie von Friedrichs Tod erfahren hatte. Noch immer verspürte sie wenig Appetit, auch wenn ihre Mutter die Köchin anhielt, Lenis Lieblingsessen zu kochen. Dicht bei Leni stand Maximiliane, von Kopf bis Fuß in Schwarz gekleidet. Für einige Tage hatte sie sogar einen Schleier getragen. Ihr einstmals so schönes Gesicht wirkte wie erstarrt im Schmerz. Rechter Hand standen Werner, die Köchin, eine Magd und zwei Mädchen, und damit alles, was inzwischen übrig geblieben war von der einst größeren engen Dienerschar.

Ilse lächelte. Es war richtig, den obersten Platz auf der Treppe einzunehmen. Sie war es, die all das erreicht und geplant hatte. Sie war am Ziel. Endlich. Dieses Mal konnte man ihr den Sieg nicht mehr nehmen.

Noch einmal schaute sie zu ihrer Tochter hin. Sie sah zart aus, als könne sie ein Windstoß umpusten, aber Ilse wusste, wie zäh sie eigentlich war. Leider fühlte sie zu viel. Das hatte sie schon immer getan. Das war ein Nachteil. Man musste hart sein, um auf dieser Welt zu bestehen. Als Frau war ihr das doppelt bewusst. Sie wusste auch, dass man in seiner Aufmerksamkeit nie nachlassen durfte, denn was man gewonnen hatte, konnte einem genauso schnell durch die Finger rinnen, wenn man nicht alles im Blick behielt.

Abends lag Leni auf der Seite in ihrem Bett, die Knie gegen den Leib gezogen, die Arme fest darum geschlungen. Nachdem die Fotos gemacht worden waren, hatte sie sich in ihr Zimmer zurückziehen dürfen, wo sie ohnehin in den letzten Tagen die meiste Zeit verbracht hatte. Sie musste nachdenken. Manchmal besuchte Bruno sie, aber derzeit wussten sie nicht, was sie miteinander besprechen sollten. Es war unmöglich, sich eine Welt ohne Friedrich vorzustellen. Sie konnten das beide nicht. *Wir wollen es auch nicht.*

Leni schloss die Augen, ein neuerliches Schluchzen glitt in ihrer Kehle hoch, das sie einfach nicht zurückdrängen konnte. Tränen quollen aus ihren geschlossenen Augen, hielten sich einen Moment noch fest und glitten dann über ihre Wangen, auf denen sie zuerst feuchte, dann klebrige Spuren hinterließen. Sie war erstaunt, wie viele Tränen immer noch in ihr waren, denn sie hatte doch bereits so viel geweint: über die Menschen, die gestorben waren und die, die sie verloren hatten, auch wenn sie nicht tot waren.

Manchmal wollte sie die Zeit zurückdrehen und dann? Wo sollte sie neu beginnen?

Als die Amerikaner aus Talgrund abgezogen waren, als Deutschland kapituliert hatte, hatte sie sogar begonnen, nach Esther Ausschau zu halten. Irgendwie hatte sie sich immer vorgestellt, dass die Goldsteins zurückkommen würden, wenn alles vorbei war und dass dann alles sein würde wie früher.

Aber nichts war vorbei und nie wieder würde etwas sein wie früher. Jeder trug das, was geschehen war, weiter mit sich in die Zukunft. Es war dumm, sich vorzustellen, dass man wieder von vorne beginnen konnte. Eine Stunde null, ein Ende, vor dem nichts gewesen war. Sie war dumm. Nach und nach kamen die Nachrichten von den Lagern aus dem Osten, schreckliche Dinge, die man vielleicht schon geahnt hatte, aber einfach nicht hatte wissen wollen. Todeslager waren das gewesen. Und dann waren da die Flüchtlinge, die inzwischen sogar am abgelegenen Talgrund vorbeizogen, wenn es auch nur wenige waren. Ilse war streng, gewährte ihnen aber das Minimum.

Männer und Frauen, die anpacken konnten, blieben länger. Familien wurden schnellstmöglich weitergeschickt.

»Was nutzt es, wenn wir alle gemeinsam untergehen, Leni?«

Leni beobachtete die Fremden. Sie sahen angestrengt aus, abgemagert, und sie hatten gewiss Schlimmes gesehen. Sie alle waren auf dem Weg irgendwohin, auch wenn viele nicht wussten, wo das war.

Die Kinder dauerten sie besonders, und die jungen Mädchen in ihrem Alter. Oh ja, sie wusste, welches Glück sie gehabt hatte. Leni schenkte zwei kleinen Jungen einen Ball, mit dem sie selbst nicht mehr spielen würde, und einem Mädchen eine Puppe, die es fest umarmte und nicht aus den Augen ließ.

Die meisten Flüchtlinge zogen rasch weiter. Ilse hasste die fremden Mäuler, die verlangten gefüttert zu werden, und zeigte ihnen das deutlich. Leni dagegen sah den Kindern beim Spielen zu und fragte die Erwachsenen, wo sie hergekommen waren. Manche wollten nicht darüber sprechen, manche empfanden es offenbar als Befreiung erzählen zu können. Sie kamen aus Schlesien, der Tschechei und Polen … Eine Gräfin war dabei, die einst ein riesiges Gut in Ostpreußen ihr Eigen genannt hatte.

»Viel größer als das hier«, bemerkte sie, während sie das Gebäude von Talgrund eingehend musterte. Ilse runzelte die Stirn. Sie, die sich erst gefreut hatte, eine echte Gräfin kennengelernt zu haben, fand das Weib nun hochnäsig.

»Ihr schöner Titel kauft ihr heute auch nichts«, sagte sie. »Ohnehin hat das Pack keine Bedeutung mehr.«

31

Sommer 1945

Georg wäre das letzte Stück den Berg hinauf und dann über die kleine Schlucht nach Talgrund hinein gerne schneller gelaufen, aber der lange Weg hatte ihn ausgelaugt, und er musste mit seinen Kräften haushalten. Überhaupt war er jeden Tag lange gelaufen, nachdem man ihn schließlich doch noch aus der Gefangenschaft entlassen hatte. Fast hatte er sich schon darauf eingerichtet gehabt, dass es immer so weitergehen würde. Aus der Heimat gab es keine Nachrichten. Sein Vater war kein großer Briefeschreiber. Er redete noch nicht einmal viel.

Gemeinsam mit ein paar Kameraden hatte er sich gleich auf den Weg nach Hause gemacht. Sie hatten nicht viel geplant. Sie wollten ja nur heim, wie auch immer es dort aussah. Einige Tage waren sie gemeinsam durch diese Welt gelaufen, in der man überall Spuren des Krieges sah. Natürlich hatten sie versucht, sich das Essen einzuteilen, aber viel war es eben nicht gewesen, und nach einer Weile hatten sie alle Hunger gelitten. Manchmal hatten sie sich etwas erbetteln können. Türen waren vor ihnen zugeschlagen worden, manche hatte sich gar nicht erst geöffnet. Menschen waren überall mit dem eigenen Überleben beschäftigt. Die einen hatten ihre Heimat verloren, die anderen erkannten sie nicht wieder. Als Georg bemerkte, dass einer seiner Kameraden ihm ein Stück Brot gestohlen hatte, trennten sich auch ihre Wege. Er war alleine weitergegangen, weiter und immer weiter, durch Städte und kleine Dörfer hindurch. Er war nie der Einzige, vor ihm waren schon andere durchgekommen. Immer wieder hatte er sich gefragt, ob er je nach Hause kommen würde. Würden seine Kräfte reichen. Manchmal war er so müde gewesen, dass er nur noch schlafen wollte. Mehrmals hatte er sich abseits eines Straßengrabens zu Ruhe gelegt. Er hatte aus Pfützen getrunken und alte Äpfel gekaut. Durchfall hatte ihm die Gedärme zerrissen, aber er hatte sich erholt. Er träumte wild über die Ereignisse der letzten Jahre, aber auch über seine Kindheit auf Talgrund. In einer Nacht hatte er von Leni geträumt. Zu ihr musste er zurück. Er hatte ihr doch so viel zu erzählen. Er hatte immer den Eindruck gehabt, dass sie einander nicht alles gesagt hatten.

Dann, eines Tages, erreichte er endlich eine Gegend, in der er Namen erkannte und schließlich auch eine vertraute Umgebung. Und heute war er in Talgrund angekommen.

Tatsächlich schien sich nichts verändert zu haben, als sei der Krieg nicht bis hierhergekommen, als habe er diesen Ort verschont.

Georg überschritt den kleinen Bachlauf, der den Weg querte und links und rechts eine weitere Kerbe ins Gelände gegraben hatte. An manchen Stellen war das Bachbett so tief, dass man bei hohem Wasserstand bequem darin baden konnte. Er erinnerte sich, dass sie das früher manchmal getan hatten, und dann hörte er für einen Moment die Jubelschreie dreier Jungen und zweier Mädchen, die hier lange Sommertage verbracht hatten. Den Berg hinauf ging es nicht weiter, dazu war alles über die Jahrhunderte zu sehr zugewuchert und bildete ein festes Dickicht. Als Junge hatte er sich vorgestellt, dass man dort nicht mehr herauskam, wenn man einmal versehentlich den Halt verlor. Friedrich hatte das auch immer gesagt und versucht, den Mädchen damit Angst zu machen. Ob er damit wirklich Erfolg gehabt hatte, wusste Georg nicht mehr. Wahrscheinlich nicht.

Jetzt musste er weiter. Er stand schon wieder viel zu lange hier und eigentlich war doch alles, was er wollte, seinen Vater wiederzusehen, Hunger und Durst zu stillen und dann ein paar Tage tief und fest zu schlafen.

Es dauerte noch eine Weile, bis er die Schlucht hinter sich gelassen hatte, und noch etwas länger, bis er die Ebene erreichte. Der weitere Weg führte zwischen den Feldern entlang, von denen einige, jedoch nicht alle, bewirtschaftet waren. Es war seltsam, keine Knechte oder Mägde dort zu sehen. Der Krieg war wohl doch auch hierhergekommen und sicherlich hatten sich die Fremdarbeiter auf den Weg zurück in die Heimat gemacht. Georg schulterte den Beutel neu, in dem er seine wenigen Habseligkeiten aufbewahrte. Seine Socken waren schon lange kaputt. Er hatte sie durch Fußlappen ersetzt, die seine Füße in den Stiefeln mehr schlecht als recht schützten. Endlich erreichte er die Mühle. Auch hier Stille. Auf dem Mühlenweiher schwammen ein paar Enten. Er kämpfte neue Erinnerungen nieder und lief weiter. Bisher war er keiner einzigen Person begegnet und hatte keine Geräusche gehört, die ihm zeigten, dass er nicht vollkommen allein auf dieser Welt war. So fühlte er sich schon seit Tagen. Es war ein seltsames Gefühl, doch als er aus dem Wald hervorkam, stand sie da: Leni. Sie zu sehen, traf sein Herz wie ein Pfeil. Es schmerzte sogar ein wenig. Auch sie war offenkundig überrascht, denn sie zuckte zusammen. Dann kam sie ohne Zögern auf ihn zu. Es verschlug ihm beinahe den Atem. Er tat noch einen Schritt. Fast wäre er getaumelt. Für einen Moment wusste er nicht, ob er weitergehen oder stehen bleiben sollte. Sie sah schlanker aus und weniger kindlich. Doch, er konnte es nicht anders sagen: Sie sah noch erwachsener aus, so wie sie alle sicher. Ihr Gesicht war schmaler, die Wangenknochen konturierter. Sie hatte die Haare im Nacken zusammengenommen, trug einen dunklen Rock, und aus ihrer Bluse schauten die Handgelenke weiter hervor, denn sie war ihr offensichtlich etwas zu klein. Die Sonne kam in diesem Moment hinter einer Wolke hervor und Sonnenstrahlen zauberten goldene Flecken auf ihr Haar und ihr Gesicht. Sein Herz galoppierte in seiner Brust. Er war froh, dass sie die Erste war, die ihm bei seiner Rückkehr begegnete.

»Georg.« Ihre Stimme, wie oft hatte er sie sich ausgemalt. Sie klang dunkler, als er sie in Erinnerung hatte, aber vertraut.

»Du hast dich verändert«, brach es aus ihm heraus.

Sie schwieg einen Moment. »Natürlich habe ich das«, sagte sie dann. »Wir alle haben das. Wie sollten wir nicht? Es sind viele Dinge passiert.«

Sie schien etwas Bestimmtes zu meinen. Er öffnete den Mund, um danach zu fragen, dann entschied er sich dagegen. Jetzt war noch nicht die Zeit. Er überlegte, suchte nach den richtigen Worten, dann sprach er einfach aus, was ihn umtrieb: »Ich habe dich vermisst, Leni.«

Sie schaute ihn sehr ruhig an und er befürchtete kurz, zu viel gesagt zu haben. War er je so offen gewesen? Ja, sie hatte ihm stets viel bedeutet, sie hatten einander beigestanden, und im Krieg, im Schützengraben und inmitten des Geschützfeuers hatte er sich geschworen, ihr die Wahrheit zu sagen, sollte er je zurück nach Hause kommen. Im Angesicht des Todes lernte man, was wichtig war. Dennoch begann er zu schwitzen, als Leni ihn plötzlich mit sich zog. Sie gingen in Richtung des Gutshauses, am Waldrand entlang. Er suchte nach Worten, die er nicht fand. Schließlich räusperte er sich: »Wie geht es dir? Wie geht es allen?« Seine Stimme klang etwas atemlos. »Sind … Sind alle wieder zurück?«

Sie zögerte, doch dann kam ihre Antwort sehr unvermittelt: »Bruno kam als Erster, etwas später Friedrich … Aber nach ein paar Tagen …« Sie blieb stehen. »Ich will das eigentlich nicht sagen, nicht jetzt, wenn ich doch so glücklich bin, dich zu sehen, aber er …« Sie holte tief Luft. »Friedrich ist tot. Er hat sich das Leben genommen.«

»Was?« Georg war so erschüttert, dass er abrupt stehen blieb. Er wusste nicht, was er sagen sollte. »Aber Bruno geht es gut?«, fragte er dann mit einer Stimme, die sich wie gepresst anhörte.

»Ich denke schon …« Auch Lenis Stimme klang anders, als hätten sie sich einander angepasst.

Schweigend gingen sie ein paar Schritte weiter. Vielleicht suchten sie beide nach Worten, die sich aber offenbar nicht finden ließen. Georg hörte das Knirschen ihrer Schritte. Er dachte an Friedrich und sein Herz raste vor Hilflosigkeit.

»Er hatte sich verändert«, sagte Leni plötzlich. »Er hatte sich unglaublich verändert. Du kannst dir nicht vorstellen, wie er war, als er zurückkam. Ich habe kaum mit ihm sprechen können. Er war einfach nicht mehr derselbe.«

Georg schaute für einen Moment in die Ferne. Doch, das konnte er sich vorstellen. Auch er war nicht mehr derselbe. Er war nicht mehr der Georg, der Talgrund verlassen hatte.

Beide blieben sie unvermittelt stehen. Sie konnten das Gutshaus jetzt in allen Details sehen.

»Er ist an dem Tag mit meinem Vater weggeritten, weißt du. Alles war normal. Sie hatten Dinge zu besprechen, schließlich würde Friedrich in naher Zukunft das Gut übernehmen. Er war der Erbe. Siegfried sagte, er sei nach dem Ende des Gesprächs weitergeritten, aber er ist nicht zurückgekommen.« Sie hielt erneut inne. »Bruno und Siegfried haben ihn gefunden. Bruno sah schrecklich aus, als er zurückkam. Man würde meinen, dass ihr viel erlebt habt, aber seinen Freund tot zu sehen …«

Bei den Stallungen verabschiedeten sie sich schließlich voneinander. Georg ging endlich zu seinem Vater, Leni zu ihrer Mutter, um seine Rückkehr anzumelden. Ilse stand mit dem Rücken zu ihr, als sie die Nachricht überbrachte und zeigte ihre Reaktion zuerst nur in der kaum merklichen Bewegung ihrer Schultern.

Erst später begegneten sie einander wieder, als sich Leni auf ihrem Abendspaziergang befand und Georg wie zufällig zwischen einigen Büschen hervortrat. Sie freute sich: »Oh, ich dachte, du müsstest dich ausruhen, nach der langen Reise und den vielen Fragen, die du sicherlich beantworten musstest.«

Georg lächelte. »Mein Vater war eher schweigsam.«

»Aber er ist sicherlich sehr froh, dich wiederzusehen.«

»Natürlich, aber was soll ich sagen, es gehen so viele Gedanken in meinem Kopf herum. Eigentlich habe ich mir wohl vorgestellt, ich komme zurück und man hat die Zeit angehalten und alles ist, wie es immer war, aber das war naiv … Ich erkenne das jetzt.«

Leni lächelte. »Ja, das ging mir auch lange so, aber ein wenig fühlt es sich dennoch an wie früher, auch, weil du wieder da bist. Ich bin jedenfalls sehr froh darüber.«

»Wirklich?«

»Zweifelst du?«

Sein Lächeln kam tief aus seinem Inneren, breitete sich auf seinem Gesicht aus und schickte Wärme in sie hinein.

»Darf ich dich ein Stück begleiten?«

»Früher hast du, glaube ich, nicht gefragt.«

»Früher waren wir Kinder.«

Leni und Georg

Irgendwann zogen auch die letzten Flüchtlinge weiter. Das Lachen der Kinder verklang. Die Gräfin hatte Kontakt zu Verwandten aufnehmen können und Leni fühlte sich seltsam leer und ziellos. Immerhin blieb sie nicht mehr so häufig im Zimmer, sondern ging öfter spazieren. Manchmal half sie Bruno mit den Pferden. Sie mochte die klugen, empfindlichen Tiere. Hin und wieder sprachen sie darüber, wie es sein würde, wenn Bruno nach seinen Eltern die Verwaltung des Gutes übernahm.

»Mama ist zufrieden, so, wie es sich entwickelt hat«, sagte Leni. Bruno runzelte die Stirn. »Ich wollte das nicht«, murmelte er etwas undeutlich.

»Ich weiß.«

Sie dachte daran, dass er manchmal in die Ferne schaute und dass dann etwas in seinem Gesichtsausdruck war, das sie durchaus verstörte. Sie fragte sich, was er wohl gesehen hatte in diesem Krieg.

Nachdem Georg zurückgekehrt war, begegnete sie ihm häufiger auf ihren Spaziergängen. So gut es ging stand der seinem Vater Werner zur Seite und übernahm die harten

Arbeiten, die auf Talgrund übernommen werden mussten. Sein Ausdruck war nicht weniger ernst geworden, seit er aus Krieg und Gefangenschaft zurückgekehrt war, die Muskeln unter seinem Hemd waren noch zäher und definierter, wie die einer griechischen Statue. Mit der zunehmend intensiven Sommersonne wurde sein Haar heller. Sie merkte, dass sie ihn anders anschaute, anders und länger als früher. Manchmal versuchte sie, sich an den Jungen zu erinnern, mit dem sie gespielt hatte. Bei allem, was ihr fremd war, war da auch etwas Vertrautes in seinem Gesicht.

»Wir sind übrig«, sagte er eines Tages, nachdem sie ein paar Worte miteinander gewechselt hatten. »Von der alten Bande sind nur wir übrig. Du, Bruno und ich.«

Er hatte recht. Es dauerte seine Zeit, bis aus ihren Begegnungen gezielte Treffen wurden. Doch irgendwann, wenn Leni sich zu ihrem täglichen Spaziergang aufmachte, wusste sie immer öfter genau, wo Georg sich befinden würde. Weil sie ganz genau zuhörte, wenn ihre Mutter Georg Anweisungen gab, wo er Arbeiten ausführen sollte. Oder weil er bei ihrem letzten Treffen einen Hinweis hatte fallen lassen.

Als sie sich das erste Mal auf diese Weise trafen, lächelte er sie an: »Ich habe gehofft, dass du kommen würdest.«

»Wirklich?« Leni lächelte. »Hast du damit gerechnet?«

»Ich habe gesehen, dass du deiner Mutter zuhörst.«

Für einen Moment schwieg sie. Ihr war wirklich nicht bewusst gewesen, dass sie ihn gezielt gesucht hatte. Sie schaute sich um. Sie waren bei den kleinen Häusern, in denen einmal die Fremdarbeiterinnen untergebracht worden waren: Hania, Ewa und die anderen ... Von Werner hatte sie erfahren, dass er Ewa und Adam einige Tage lang versteckt hatte und war kurz verstimmt gewesen, dass man sie nicht eingeweiht hatte, aber vielleicht war es auch besser so gewesen ... Keiner wusste, was mit Hania geschehen war. Ewa hatte dazu geschwiegen. Leni verbot sich, tiefer darüber nachzudenken, aus Angst, dass sie nicht aushalten würde, was ihre Fantasie daraus machte. Manchmal, wenn sie in diese Stimmung geriet, dachte sie, dass sie früher anders gewesen war, dass sie den Schmerz zugelassen hatte, aber sie fühlte auch, dass sie weiterleben wollte und dass sie sich schützen musste. Eines Tages würde sie vielleicht wieder mehr Kraft haben. Sie hoffte jedenfalls sehr, dass es Ewa letztendlich geschafft hatte und mit Adam bei ihrer Familie und ihren Freunden war. Es schmerzte, ihren kleinen Neffen wahrscheinlich nie wieder zu sehen.

Sie schaute Georg an. Inzwischen hatten sie bereits über vieles gesprochen, über sich und ihre Familien, über Dinge, die geschehen waren, aber auch über die Nachrichten, die mehr und mehr die Runde machten. Es hatte sie erschüttert zu hören, was in den Lagern geschehen war. Es hatte immer Gerüchte gegeben. Sie hatte niemals die Augen verschlossen. Manches hatte man vielleicht nicht glauben wollen, obgleich man ahnte, dass es wahr war. Es ekelte sie an, wie ihre Eltern hinter verschlossenen Türen oder mit ausgewählten Freunden über diese Dinge sprachen oder schwiegen, aber sie hatte auch nicht die Kraft, sich ganz von ihnen loszusagen oder sie damit zu konfrontieren.

Auch sie war zu schwach gewesen, und was auch immer sie sich vorgestellt hatte: Sie hatte niemanden gerettet. Monate waren inzwischen vergangen und sie hatte nichts von den Goldsteins oder Großvater Himmelreich gehört. Aber sie wusste von den Menschen, die versucht hatten, über die Pyrenäen zu fliehen und gefasst worden waren. Sie wusste, dass man es so weit schaffen konnte, bis in den Süden Europas, an die Grenze zwischen Frankreich und Spanien, und doch scheitern konnte. Sie wusste also, dass sie vielleicht gegen jede Wahrscheinlichkeit hoffte, Esther und die anderen wiederzusehen. Großvater Himmelreich hatte man mit Sicherheit ermordet. Andere waren derzeit damit beschäftigt, sich eine weiße Weste zuzulegen, auch ihr Vater. Tante Maximiliane dagegen hatte sich nach Friedrichs Tod vollkommen zurückgezogen, als ginge sie das alles nichts mehr an. Georg räusperte sich unvermittelt: »Stellst du dir eigentlich manchmal vor, dass sie wieder zu Hause sind? Ewa und Adam?« Natürlich wusste er inzwischen alles von seinem Vater. Er verschränkte die Arme, als müsse er sich festhalten. »Ich stelle mir das manchmal vor, weißt du? Ich stelle mir vor, dass sie wieder in Krakau …«

Leni runzelte die Augenbrauen. »Es hat furchtbar geregnet damals, einige Tage lang und am Tag ihres Verschwindens besonders. Außerdem hörten wir immer wieder Geschützfeuer. Es gab auch Luftangriffe. Einige Dörfer wurden verschont, andere teils zerstört.« Sie schlang die Arme um sich. »In jedem Fall wussten wir in diesen Tagen alle, dass es nicht mehr lange dauern konnte. Ja, ich würde mir wünschen, dass sie zu Hause sind, und dass es ihnen gut geht, aber ich finde es hart zu akzeptieren, dass Friedrich sich deswegen das Leben genommen hat. Niemand weiß ja, was geschehen ist. Vielleicht wurden Ewa und Hania getrennt, und Hania ist alleine weitergegangen? Dann hätten sie sich eines Tages wiedersehen können. Warum dachte er, dass sie ihn verlassen hat?«

Sie hörte etwas wie Zweifel in ihrer Stimme, ohne benennen zu können, woran sie zweifelte. Georg nickte. »Er hat sie sehr geliebt und er hatte große Angst, dass ihr etwas passiert ist. Als wir noch zusammen waren, ganz am Anfang, hat er immer von Hania gesprochen. Er hat sich solche Sorgen um sie gemacht. Er hat davon geträumt, zu ihr zurückzukehren. Ich glaube, das war es auch, was ihm Kraft für jeden Tag gegeben hat. Er stellte sich sein Leben mit Hania und Adam vor, sobald er wieder zu Hause sein würde, und als ihm dann klar wurde, dass sie fort ist, da hatte er einfach keine Kraft mehr. Er war ausgelaugt, schon der Krieg hatte ihn ausgelaugt. Er war nichts für ihn.«

»Ist der Krieg für irgendjemanden etwas?«

Georg zuckte die Schultern. »Nein, aber mir hat das alles weniger ausgemacht. Friedrich aber hat vorher ein anderes Leben geführt. Ihr wart immer sehr behütet.«

Es war eine Weile ruhig, bevor sie antwortete.

»Das stimmt wahrscheinlich.«

Georg lächelte. »Allerdings hätte ich gedacht, dass er sich auf die Suche nach ihr macht und nicht einfach aufgibt. Das war ungewöhnlich.«

»Ja«, sagte sie langsam, »das war es.«

Sie schaute zu den Häuschen hinüber. Er folgte ihrem Blick.

»Deine Mutter hat mir aufgetragen, die Häuser zu reinigen. Als Nächstes müssen sie neu gestrichen werden. Irgendwann wird man Platz für neue Knechte und Mägde und Saisonarbeiter brauchen.«

»Sie ist immer gerne vorbereitet, oder?«

Georg lächelte, antwortete aber nicht. Leni sah zu den Behausungen. »Soll ich dir helfen?«

Er schüttelte den Kopf. Kurz war da etwas wie früher zwischen ihnen, aber bei aller Freundschaft war er doch auch Knecht auf Talgrund. »Das ist nicht deine Aufgabe.«

»Aber es ist viel zu viel für einen allein.«

»Das schaffe ich schon. Wie gesagt, ich bin es gewöhnt.«

Zwischen ihnen entspannte sich eine etwas zu lange Pause. Dann sah sie wieder zu den Unterkünften.

»Es gibt noch nicht viel zu sehen«, sagte er. »Ich habe gerade erst angefangen.«

»Dann gib mir einen Besen.«

Sie dachte, dass sie sich wohlfühlte in seiner Gegenwart. Es war ein Gefühl, als würde sie wieder aufleben, als könne sie endlich aus einem tiefen Loch emporkriechen, das zuletzt Friedrichs Tod in ihr aufgerissen hatte. Es war ein wirklicher Schock gewesen, nachdem er den Krieg doch überlebt hatte. Georg schaute sie ruhig an. Wie gut ihr seine Gegenwart tat.

»Dann komm.«

Im ersten Haus war er schon relativ weit gekommen. Der Boden war gefegt und mit Wasser ausgespritzt worden. Die zweistöckigen Holzbetten mit den strohgefüllten Matratzen waren verschwunden, und auch der Geruch, der von zu vielen Menschen auf zu engem Raum herrührte. Durch die kleinen Fenster fiel freundliches Licht herein.

»Weißt du, ich denke, die Arbeit hilft mir. Ich möchte etwas tun, mich ablenken, ich denke zu viel nach.« Sie schenkte ihm ein kleines Lächeln. »Und das ist nicht gut. Verstehst du das?«

»Ja, natürlich. So geht es mir ja auch, und das trotz der vielen Arbeit. Ich kann einfach nicht aufhören, an früher zu denken. Ich versuche zu verstehen, was geschehen ist, aber ich kann es nicht.«

Sie schauten einander an. Es half, dass sie beide wussten, wovon sie sprachen. Sie waren sich näher als jemals zuvor.

»Komm«, sagte sie dann, sich um Leichtigkeit in der Stimme bemühend, »wir brauchen nur noch einen Pinsel mehr. Ich könnte rund um die Fenster streichen. Was meinst du?«

Nach einer Woche waren sie gut vorangekommen. Die kleinen Häuschen waren blitzsauber gefegt und gestrichen. Nirgendwo gab es noch einen Krümel Staub und auch das alte Stroh war restlos verschwunden. Nachdem sie es gemeinsam nach draußen gebracht hatten, hatte Georg es mit einem Karren weggefahren. Leni fühlte sich so gut wie lange nicht mehr.

In dieser zweiten Woche beobachtete sie ihn manchmal länger bei der Arbeit. Sie mochte es, wie er sich bewegte, mochte es, seinen Körper zu sehen, mochte sein Lächeln, wenn er bemerkte, dass sie ihn beobachtete. Die Fremdheit, die anfangs doch auch zwischen ihnen gewesen war, löste sich vollkommen auf, mehr vertraute Erinnerungen kehrten zurück. Neue Gemeinsamkeiten entwickelten sich. Als sie an einem Tag früher mit ihrer Arbeit fertig wurden, schlug sie ihm vor, den Tag am Mühlenweiher ausklingen zu lassen. Es gab da Stellen, an denen sie als Kinder oft gewesen waren. Sie dachte gerne daran und er stimmte ihr rasch zu. Auf dem Weg zum Weiher gingen sie erstmals bewusst so dicht beieinander, dass sie einander spüren konnten.

Ein Teil des Weges war ziemlich überwuchert, wohl weil schon lange niemand mehr dort gewesen war. Hier ging Georg voraus und machte ihr mit einem Ast den Weg frei. Ihr Ziel war der kräftige, alte Baum, in dessen Schatten sie oft gelagert hatten und von dessen dickstem Ast einmal ein Seil herabgehangen hatte, an dem man schaukeln und sich ins Wasser hatte fallen lassen können. Es war ein schönes Gefühl, an der Stelle an den Weiher zu treten, an dem sie früher so oft gewesen waren. Beide standen sie eine Weile nebeneinander und schauten nur. Dann, als sie sich einander wie zufällig zuwandten, schlang sie, von einem Moment auf den anderen, die Arme um ihn. Sie wusste nicht, wie er reagieren würde, aber zu ihrer Erleichterung wich er nicht zurück. Er ließ es geschehen und sein fester, vertrauter Körper gab ihr Sicherheit.

»Küss mich«, sagte sie. Er küsste sie. Sie hatte es sich schon lange gewünscht. Aber das verstand sie erst jetzt.

Leni tat es weiterhin gut, sich körperlich zu betätigen. Die Arbeit beflügelte sie, eins begründete das andere. Sie spielte mit dem Gedanken, Krankenschwester zu werden.

War an einem Tag alles erledigt, gingen sie zu ihrem Platz am Mühlenweiher. Manchmal verbrachten sie die Zeit einfach damit, sich in den Armen zu halten. Manchmal redeten sie miteinander. Sie erzählte, wie es ihnen allen auf Talgrund ergangen war, nachdem Friedrich, Bruno und er das Gut verlassen hatten. Er erzählte vom Krieg. Noch war es nicht viel, und die Worte kamen zögerlich, aber er öffnete sich, und er sagte ihr, dass es ihm guttat.

»Hast du früher gedacht, dass wir beide einmal alleine hier sitzen würden?«, fragte sie eines Tages.

»Nein.« Er schüttelte den Kopf. »Das habe ich gewiss nicht.«

Und dann küssten sie sich wieder und sie ließ sich zurücksinken. Er beugte sich über sie und erforschte ihre Lippen und ihren Körper und alles, was sie ausmachte.

Einige Tage später badeten sie zum ersten Mal wieder in dem Gewässer. Georg lief als Erster hinein und schwamm mit weiten energischen Schwimmstößen vom Ufer weg, bevor er ein Stück tauchte, wieder hochkam und sich zu ihr hindrehte.

»Komm, es ist unglaublich erfrischend.« Er winkte ihr aufmunternd zu. Leni hielt kurz inne. Dann legte sie ihren sorgfältig zusammengefalteten Rock auf die Decke, die sie immer dabeihatten. Die Bluse gesellte sich dazu. Im nächsten Moment trug sie nur noch ihre Unterwäsche. Georg lachte, während er sie nicht aus dem Blick ließ. »Zögerst du?«

Sie schlang die Arme um den Körper und legte den Kopf leicht zur Seite. Dann trat sie ans Ufer heran und steckte einen Fuß herein. Das Wasser war doch etwas kühler als erwartet. Eine Wolke zog vor die Sonne. Sie fröstelte unwillkürlich. Georg näherte sich mit einigen Schwimmschlägen, tauchte dann erneut ab und kam noch ein Stück näher zum Ufer hin wieder hoch. »Trau dich.«

»Ich traue mich ja.«

Sie machte die ersten Schritte ins Wasser, holte tief Luft und tauchte ebenfalls rasch unter. Wirklich, es war kalt, aber nachdem sie sich daran gewöhnt hatte, doch sehr erfrischend. Sie machte einige rasche Schwimmzüge, um sich noch besser an die Temperatur zu gewöhnen. Das Wasser fühlte sich gut an. Sie schwamm wieder ein Stück, dann schaute sie zu der alten Mühle herüber. Das Mühlrad sah aus dieser Perspektive beeindruckend groß aus. Georg folgte ihr, tauchte erneut ab und dann kurz vor ihr wieder auf.

»Siehst du eigentlich etwas unter Wasser?«

Er schüttelte den Kopf. »Nein, man sieht nichts.«

»Hui, was war das?« Sie drehte sich einmal nach rechts und dann nach links und versuchte mit Blicken, die Wasseroberfläche zu durchdringen.

»Keine Angst. Das sind nur die Karpfen.« Er grinste.

»Bist du dir sicher?«

»Natürlich. Erinnerst du dich nicht? Die waren schon früher hier.«

Im nächsten Moment war er ganz nah bei ihr und streichelte sie behutsam. »Mach dir keine Sorgen. Es ist alles gut.«

Leni zögerte und schmiegte sich dann an ihn, Körper an Körper. Sie küssten sich, irgendetwas riss sie mit, dass sie später noch zu erfassen versuchte, als sie Seite an Seite auf der Decke lagen, um sich von der Sonne trocknen zu lassen. War es, weil sie die Einzigen waren, die einander stützen konnten? War es etwas anderes? Er beugte sich über sie. »Du bist wunderschön.«

»Unsinn«, murmelte sie.

»Nein, ernsthaft. Ich fand dich schon immer wunderschön.«

»Seit wann?«

»Schon damals. Das ist lange her.«

Sie öffnete die Augen und sah seine genau über sich. Dann streckte sie den Arm aus und strich seine Haare zurück.

»Ich habe es mich nur nie getraut zu sagen, weißt du?«, sprach er weiter. »Unsere Welten sind einfach so weit voneinander entfernt.«

»Wir sind immer Freunde gewesen.« Leni schmiegte ihre rechte Hand gegen seine linke Wange. »Wir haben Dinge miteinander unternommen und zusammen gespielt.«

»Ja.« Er ließ sich auf dem Rücken neben sie fallen und stützte sich bald doch wieder auf den Ellenbogen, um ihren Blick zu suchen. »Wir kennen eben alle unseren Platz.«

Leni schwieg. Ja, vielleicht war das so, sehr wahrscheinlich sogar war es so gewesen, aber damals hatte sie sich eben keine Gedanken darum gemacht. Keiner hatte das.

»Ich ziehe mich wieder an. Mir wird kalt«, sagte sie unvermittelt.

Er nickte. Kurz darauf saßen sie nebeneinander. Er hatte ihr die Decke überlassen, weil sie immer noch fröstelte. Für längere Zeit schwiegen sie beide. Dann winkelte sie die Beine an und bettete den Kopf darauf. Sie beobachtete ihn aus den Augenwinkeln, verfolgte das leichte Spiel seiner Muskeln, betrachtete eine Narbe, die er sich im Krieg zugezogen hatte. Er fing ihren Blick auf. »Es ist nicht schlimm«, sagte er unvermittelt. »Es tut nicht mehr weh.«

Sie nickte. Wir alle haben Verletzungen davongetragen, fuhr es ihr durch den Kopf, nicht alle sind sichtbar. Ja, auch sie hatte ihre Narben, und manchmal fühlte es sich an, als müssten diese reißen. Sie zögerte noch etwas, dann flüsterte sie: »Bitte, halt mich noch einmal fest!«

Er drehte sich zu ihr und schloss sie in seine Arme. Als sie sich ein wenig zurücklehnte und ihm ins Gesicht sah, sagte er leise: »Ich bin immer für dich da. Vergiss das nicht.«

Der Tag kam, an dem sich die Dinge wieder verändern mussten. Es hatte schon vorher begonnen. Sie hatten es beide gespürt.

»Ich werde Talgrund verlassen«, sagte sie eines Morgens unvermittelt. »Ich habe eine Stelle in Koblenz gefunden.

In der Verwaltung. Sie brauchen jemanden, der Englisch spricht.« Danach, erzählte sie ihm, werde sie sich eine Stelle in einem Krankenhaus suchen und den Beruf der Krankenschwester erlernen. Sie wolle sich herausfordern, für Menschen da sein und ihnen helfen. Etwas verändern.

Georg hatte aufgehört, Holz zu hacken und die Axt zur Seite gelegt.

»Warum?«, fragte er, obwohl er so etwas geahnt hatte. In den letzten Tagen war sie unruhig gewesen, manchmal nachdenklich, oft abwesend. Er streckte die Hände nach ihr aus, hielt sie sanft bei den Armen, als wisse er nicht genau, was er tun solle. »Warum? Talgrund ist doch dein Zuhause. Warum willst du fort von hier?«

Sie sah ihn an, nicht traurig, eher nachdenklich.

»Ich weiß, aber die Dinge haben sich geändert. Menschen sind gestorben. Es ist nicht mehr dasselbe, und ich weiß nicht, wer ich in all dem bin. Ich gehe fort, weil ich es muss.«

»Das hört sich seltsam an«, brach es aus ihm heraus. In solchen Momenten merkte er, dass sie unterschiedliche Leben geführt hatten und immer führen würden und dass da vielleicht doch etwas war, was sie immer trennte. Sie schaute ihn hilflos an.

»Aber du verstehst es, oder?«, fragte sie. »Du verstehst, wie sich alles geändert hat. Als Kind wusste ich, wie mein Leben auf Talgrund aussehen würde. Ich hätte meine Mutter unterstützt, Empfänge gegeben, mich der Wohltätigkeit gewidmet. Irgendwann hätte ich gut geheiratet, aber jetzt … Jetzt ist alles anders, und ich bin es auch. Das ist mir in den letzten Wochen klar geworden.«

Er hielt sie immer noch bei den Armen, immer noch ein wenig auf Abstand. Vielleicht verstand er sie sogar, aber etwas in ihm sträubte sich gegen diese weitere Veränderung, denn nichts anderes war es, wenn sie von Talgrund wegging.

»Du kannst ein anderes Leben leben, Leni, du kannst es hier tun. Du kannst Talgrund verändern.«

»Nein.« Sie schüttelte den Kopf. »Mutter und Vater haben sich nicht geändert und das kann ich nicht ertragen. Sie sind jetzt am Zug.«

»Was ist mit Bruno?«

»Er wird das schaffen und ich bin ja nicht aus der Welt. Ich werde nur nach Koblenz gehen. Ich kann euch besuchen.«

»Die Stadt ist zerstört.«

»Vieles ist zerstört.«

»Ich werde Talgrund nicht verlassen.«

Sie musterte ihn nachdenklich. »Hast du eine Idee, wie es für dich weitergeht?«

»Die Dinge werden sich entwickeln, oder? Das tun sie immer.«

Sie gingen letzte Male spazieren und suchten letzte Male gemeinsam vertraute Orte auf. Sie verabschiedeten sich ohne viele Worte voneinander, denn es war schon alles gesagt worden.

Als Siegfried an einem Abend von einer Besprechung zurückkam, lief Georg ihm über den Weg.

»Hier hat sich für dich nichts geändert und du bist nichts als ein Knecht und das weißt du auch«, sagte er unvermittelt gehässig. »Hier geht das Leben weiter, wie es schon immer gewesen ist. Vergiss das nie.«

32

2021 – Tag 7 auf Talgrund

Ein neuer Abend war gekommen und Jenny und Sam saßen zusammen in Jennys Zimmer. Tagsüber waren sie das Gelände abgegangen, um nach dem Fortschritt der Räumungsarbeiten zu schauen, hatten aber nichts ausmachen können. Vielleicht hatte man sich entschieden, zuerst an anderer Stelle weiterzumachen. Vorerst war dort kein Weiterkommen, jedenfalls nicht, wenn es sich vermeiden ließ.

»Willst du etwas trinken?« Jenny hob die Teekanne hoch. Draußen waren plötzlich Schritte zu hören. Sie fuhr herum, da knirschte der Schlüssel bereits im Schloss.

»Das kann doch nicht wahr sein. Er hat uns eingesperrt.«

»Er? Du meinst Gerhard? Erkennst du das denn an den Schritten?« Sam betätigte noch einmal die Türklinke. Sie waren vor etwa einer Stunde vom Eishaus zurückgekehrt, wo es sich Maja, so gut es ging, ganz am Ende des Ganges, hinter ein paar alten, leeren Kisten, mit einem Schlafsack bequem gemacht hatte. Sie alle hofften, dass ihre Nacht nicht allzu unangenehm werden würde, aber die junge Journalistin hatte betont, schon an unbequemeren Orten geschlafen zu haben.

»Was machen wir denn jetzt?« Jenny drückte auch noch einmal die Klinke herunter. Vergebens.

»Ob Gerhard wirklich zu so etwas fähig ist?« Sam klang skeptisch.

Jenny starrte die Türklinke an. »Angelika und Gerhard stehlen und sie wollen sich sicher nicht dabei erwischen lassen. Sie geben viel darauf, was die Leute sagen. Und Brunos Sohn als überführter Dieb?« Sie schüttelte den Kopf. »Es ist gut möglich, dass die beiden schon zu Brunos Lebzeiten nach und nach Gemälde und Kunstgegenstände aus diesem Haus entfernt haben. Nun wissen sie aber, dass wir etwas wissen und versuchen zu retten, was zu retten ist.« Jenny runzelte die Stirn. »Was, wenn sie überreagieren? In so einer Situation, in so einem Naturereignis kann so viel passieren … Gerhard hat sich ziemlich verändert, weißt du? Wir haben uns nie super verstanden, aber es war definitiv okay. Vermutlich läuft seine Firma wieder einmal nicht so gut. Ich weiß, dass Opa ihm mehrfach geholfen hat, aber das war wohl nicht genug.«

Sam gelangte mit wenigen Schritten zu ihr und streichelte ihr sanft über den Arm, als ob er wüsste, dass sie eine Berührung brauchte. Sie lehnte sich gegen ihn und genoss es, die Festigkeit seines Körpers zu spüren. Es war gut, nicht alleine zu sein.

»Also, was machen wir?«

Er sagte vorerst nichts, stattdessen zog er sie enger an sich und hielt sie für einen Moment fest.

»Was auch immer«, flüsterte Sam dann. »Wir müssen uns endlich Hilfe holen. Du hast recht, die Sache könnte außer Kontrolle geraten. Das sollten wir nicht abwarten. Wenn wir es zu meinem Motorrad schaffen, können wir versuchen, die Polizei zu verständigen.«

Sie wechselten einen längeren Blick. Endlich nickte Jenny.

»Der Dienstbotengang?«

Sam schüttelte den Kopf. »Den kennt er. Er wird ein Auge darauf haben.«

Unwillkürlich sahen sie beide zum Fenster.

»Wir könnten klettern.« Sam schien zu überlegen.

Jenny atmete scharf ein. »Wie meinst du das? Das ist immerhin der erste Stock und die Räume sind fast vier Meter hoch«, hielt sie entgegen.

Sam neigte den Kopf zur Seite. »Ich habe ein paar Jahre lang gebouldert.«

»Aber das macht man in Höhen, in denen man nicht absturzgefährdet ist, oder? Im Übrigen habe *ich* nicht gebouldert.«

Er sah sie an, und kurz sah es fast aus, als lächele er, aber wahrscheinlich spielte ihr die Anspannung einen Streich.

»Kann man. Man kann es in solchen Höhen machen.«

Über Sams Nasenwurzel bildete sich eine steile Falte. Wieder war es für einen längeren Moment still. »Fällt dir etwas Besseres ein?«

Sie schwieg. Dann schlichen sie erneut zum Fenster. Sehr behutsam öffnete Sam es. Heute Abend war der Himmel wieder grauer, als könne es jederzeit wieder zu regnen anfangen. Sie schauten beide nach unten. Vielleicht war es nur der erste Stock, aber der hohen Räume wegen wirkte der Boden geradezu unglaublich weit entfernt. Sam schien dieser Umstand allerdings weniger zu beschäftigen.

»Gut, dass es so dunkel ist«, stellte er fest. Jenny schwieg.

Sam kletterte als Erster auf den Fenstersims und schwang die Beine hinaus. Jennys Magen zog sich zusammen, während sie ihm dabei zusah. Ein weiterer schmalerer Sims zog sich etwas unterhalb des Fensters um das Haus herum. Sam fand mit den Füßen darauf Halt und lehnte sich dann nach vorne gegen die Hauswand, bevor er sich Stück um Stück nach rechts schob. Sein Ziel war die Regenrinne in ein paar Metern Entfernung. Glaubte er wirklich, das würde sie schaffen? Es sah unmöglich weit aus bis dorthin. Und das war ja auch kein Film, in dem sie mitspielten. Sie waren lebendige Menschen, die sich schwer verletzen oder sterben konnten, wenn sie abstürzten …

Verdammt. Ihr Herz raste. Am besten sie blieb einfach hier. Gerhard war ihr Onkel. Was sollte er ihr antun?

»Komm, Jenny.«

Sams Flüstern zischte überdeutlich durch die Dunkelheit. Er bemühte sich, nicht zu laut zu sein, aber in der umfassenden Stille wollte es nicht recht gelingen. Sie zögerte.

Sie hatten darüber gesprochen, dass es besser war, wenn sie sich auch auf den Weg machte, aber sie konnte nicht. Sie konnte sich einfach nicht dazu überwinden, nach draußen zu klettern.

»Ich kann nicht«, flüsterte sie.

»Jenny, bitte schau mich an.« Sie kämpfte mit sich, suchte dann doch sein Gesicht, schaute in seine Augen. Er lächelte ermutigend. Seine Stimme klang fest und sicher. »Du kannst das. Ohne Zweifel.«

Sie vertraute ihm. Sie wusste, dass er die Wahrheit sprach. Sie mussten handeln. Sie musste dort hinaus. Sie biss die Zähne zusammen.

Es ist zu dunkel, fuhr es ihr durch den Kopf. Da waren inzwischen dicke Wolken und der Mond verschwand immer wieder dahinter. Gleich würden sie wahrscheinlich noch nicht einmal etwas sehen, aber das war ihre Chance.

Als Kind war sie keine schlechte Kletterin gewesen und sie hatte auch keine Angst vor Höhen gehabt. Diese Vorsicht war später erst gekommen. Sie schwang die Beine hinaus und suchte mit den Füßen nach dem Sims. *Nicht nachdenken, nicht nachdenken, sonst komme ich nicht weiter.* Ihre Finger tasteten nach immer neuem Halt in der alten Mauer. Sie schob den rechten Fuß ebenso vorsichtig ein Stück nach rechts, bevor sie den linken folgen ließ. Sam hatte die Regenrinne mittlerweile fast erreicht. Jenny brach der Schweiß aus. Wieder nach Halt suchen, wieder ein winziges Stückchen weiter. Ihr Herz hämmerte. Es war anstrengend. Was, wenn ihre Kraft nicht reichte? Der Magen verkrampfte sich. Mit einem Mal war ihr schlecht. Mit einer von Sams Bewegungen löste sich ein Steinchen, schlug gegen die metallene Rinne und dann auf dem Boden auf. Drinnen hatte man wahrscheinlich nichts davon gehört, versuchte sie, sich zu beruhigen. Drinnen bekam man nichts davon mit, was hier draußen geschah. Sie wiederholte die Worte wie ein Mantra in ihrem Kopf, während sie sich weiter vorarbeitete. Bald zitterten ihre Arme, aber sie musste weiter. Immer wieder suchten ihre Fingerspitzen nach neuem Halt. Sam prüfte inzwischen die Regenrinne auf Festigkeit. Jenny schloss Stück um Stück auf. Dann hatte sie ihn erreicht.

»Und?«, flüsterte sie. Sie hörte das Zittern in ihrer Stimme. Was, wenn sie diese Regenrinne nicht trug?

»Das ist Wertarbeit«, flüsterte Sam. »Auch nach hundert Jahren. Sie wird uns halten.«

Jenny fühlte eine solche Erleichterung, dass ihr fast die Knie weich geworden wären. Dann starrte sie das Rohr an und fragte sich doch, wie sie dort herunterkommen sollten.

»Ruhig atmen, Jenny. Alles ist gut. Es ist nicht mehr weit bis unten.«

»Du zuerst.«

»Wenn du willst.«

»Ja, das will ich.«

»Aber du kommst hinterher.« Sie spürte trotz allem, dass er sie prüfend ansah.

»Ja«, wisperte sie.

»Versprochen?«

»Versprochen.«

Jenny sah zu, wie Sam sich daran machte, nach unten zu klettern. Sie konnte kaum hinsehen, aber sie wollte stark bleiben. Als sie an der Reihe war, hätte sie dennoch am liebsten nichts getan. Da drüben war die obere Terrasse. Sie konnte über diese kleine Mauer dort klettern und versuchen, zurück ins Haus zu kommen. Irgendeine Erklärung würde ihr schon einfallen, und ihr Onkel war sicherlich nicht das Monster, das er ihr gerade eben zu sein schien. Sie mussten sich einfach irren.

»Jenny«, zischte Sam. »Komm jetzt.«

Aber ich irre mich nicht. Sam und ich wissen, dass wir uns nicht irren. Gerhard und Angelika haben sich verändert.

Man konnte ihnen nicht trauen. Jenny schloss die Augen, zählte bis zehn, öffnete die Augen wieder und suchte nach dem ersten Halt. Stück um Stück kletterte sie nach unten. Aus dem Hochparterre drang Licht nach außen. Wahrscheinlich befanden sich Gerhard und Angelika dort.

Jenny bewegte sich noch ein Stückchen weiter, verlor im letzten Abschnitt den Halt und sprang aus etwa zwei Metern Höhe nach unten. Sie stieß einen leisen Schmerzensschrei aus.

»Verdammt«, rief Sam. Dann flüsterte er: »Hast du dich verletzt?« Jenny hielt die Luft an, während sie sich aufrappelte und aufstand. Dann atmete sie erleichtert aus. Sie hatte sich vielleicht etwas aufgeschürft, aber ansonsten war sie unverletzt.

»Nein, alles gut.«

»Meine Güte, hast du mich erschreckt!«

»Ich weiß nicht, warum ich losgelassen habe. Hoffentlich hat uns niemand gehört.«

Irgendwo wurde eine Tür geöffnet. Sie beide zuckten zusammen und rannten los.

Bruno und Maja

»Sie waren also vor einigen Jahren schon einmal hier?« Der alte Mann empfing sie, hochaufgerichtet in der Tür stehend, und Maja musste zugeben, dass sie etwas anderes erwartet hatte. War er nicht schon fast hundert Jahre alt? Er wirkte überraschend fit. Sein Blick war offen, freundlich und ein wenig neugierig.

»Als Schülerin, ja, aber das ist sehr lange her. Daran erinnern Sie sich gewiss nicht. Guten Tag, Herr Lenhart, schön, dass ich Sie endlich treffe!«

»Guten Tag, Frau Dudek. Nein, ich erinnere mich tatsächlich nicht. Es waren immer mal wieder Schulklassen da. Es tut mir leid.«

Er bat sie herein, führte sie in den Salon, wo er gedeckt hatte oder hatte decken lassen.

»Setzen Sie sich. Wir sind heute alleine, aber ich werde mich gut um sie kümmern.« Sein Lächeln war sehr sympathisch, anders als sie sich das, warum auch immer, vorgestellt hatte. »Manche Sachen werden vielleicht etwas länger benötigen, aber ich kriege das schon hin. Kaffee oder Tee?«

»Einen schwarzen Tee, wenn das keine Umstände macht.«

»Natürlich nicht. Ich trinke auch gerne Tee. Ihr Wunsch macht mir also weniger Arbeit.« Er hatte tatsächlich bereits eine Kanne vorbereitet. »Meine Enkelin Jenny hat mich darauf gebracht. Sie war während ihres Studiums ein Jahr in Irland. Würden Sie sich selbst einschenken? Ich bin etwas zittrig heute. Sehr ärgerlich, aber so ist es eben. Das Alter ist nichts für Schwächlinge.«

»Gerne. Sie auch?«

Er nickte, bot ihr Kekse an und bediente sich selbst. Er nahm sich Zeit, den Keks zu essen, und auch ihr kam es entgegen, sich noch etwas sammeln zu können. Dann sagte er: »Gut, bisher weiß ich, dass Sie Journalistin sind und einen Artikel über Talgrund schreiben wollen. Wir haben deshalb ja schon einige Male gesprochen. Sie schrieben mir, dass Sie sich besonders für Zwangsarbeiter interessieren, die auf dem Land eingesetzt wurden. Das ist natürlich kein einfaches Thema. Ich war damals zwar jung, aber alt genug, um etwas mitzubekommen. Das war doch der Stand der Dinge, soweit ich es erinnere?«

»Ja, das haben Sie gut zusammengefasst. Ich wollte nach unserem letzten Telefongespräch noch etwas recherchieren und Sie haben mich eingeladen, damit ich mir Talgrund nach so langer Zeit noch einmal genauer ansehe.«

»Und? Erinnern Sie sich an etwas? Die meisten sind beeindruckt, wenn sie das Gut besichtigen.« Er schaute sie fragend an. Der Stolz in seiner Stimme war nicht zu überhören. Sie lächelte. »Es ist definitiv schön hier, das kann ich jetzt viel besser erkennen als damals.«

Er schien erfreut und lächelte.

»Das stimmt. Ich werde Sie gerne herumführen. Die alte Lebensart ist natürlich schon lange untergegangen. Meine Mutter pflegte immer zu sagen, es sei hier früher wie ein kleines Dorf gewesen, mit viel Personal und Knechten und Mägden. Das war allerdings schon größtenteils verschwunden, als ich ein Kind war. Dennoch waren wir die Herren von Talgrund, mein Cousin Friedrich und ich … Habe ich Sie schon gefragt, warum Sie gerade zu Talgrund recherchieren? Es gibt auch andere Bauernhöfe und große Weingüter, oder?«

»Nein, haben Sie nicht. Es fing mit einem Foto an, das mich besonders beeindruckt hat. Darauf waren Zwangsarbeiterinnen zu sehen, eine junge Frau schaute einen direkt an. Ich weiß noch heute die Namen, die unter dem Bild standen: Ewa …«

»Hania … Ewa Olschewski und Hania Kowalski. An diese Namen erinnere ich mich besonders gut. Vielleicht, weil sie damals etwa in meinem Alter waren, Jugendliche, die man aus ihrer Heimat verschleppt hatte.« Der Ausdruck auf seinem Gesicht zeugte von Verletzlichkeit und Schmerz.

Sie bemerkte, dass Bruno sie unverwandt anschaute. Er beugte sich sogar etwas vor, als sie wieder anfing zu sprechen. »Es ist so, Ewa Olschewski hat auf mich aufgepasst, als ich ein Kind war, aber sie hat mir gegenüber nie von der Zeit hier gesprochen …«

Etwas Erkennendes huschte über Brunos Gesicht, so, als sei er nicht überrascht. »Aber Sie haben etwas herausgefunden, erzählen Sie!«

Maja zögerte. Dann entschloss sie sich, die Karten auf den Tisch zu legen: »Ich habe Ewa als Adams Mutter kennengelernt, aber ich weiß inzwischen, dass sie das nicht war. Hania war seine Mutter und die ist in den letzten Wochen des Krieges verschwunden.«

Bruno Lenhart setzte die Teetasse ab, die er eben erst aufgenommen hatte.

»Ewa kam damals noch einmal mit dem Kind zurück«, sagte er, während sich seine Augen nachdenklich weiteten. »Ich habe später davon erfahren. Werner und Georg haben es mir irgendwann erzählt, doch zuerst haben sie darüber geschwiegen. Ich selbst wusste nichts davon, dass Friedrich und Hania sich liebten und sogar ein gemeinsames Kind bekamen. Es war etwas Undenkbares in jener Zeit, uns war ja zumeist schon verboten, auch nur mit den Arbeitern zu sprechen. Und auch nach dem Ende des Krieges zögerten sie, darüber zu sprechen, dass sie den Frauen geholfen hatten. Manche sahen solche Leute eher als Nestbeschmutzer an, als jemanden, der das deutsche Volk verraten hatte. Außerdem waren sie ja auch Knechte auf Talgrund.« Er sah sie an. »Als ich schließlich davon erfuhr, war ich zuerst tatsächlich wütend. Ich war wütend darüber, dass sie mich nicht eingeweiht hatten. Ich fühlte mich ausgeschlossen. Sie hatten beide Bescheid gewusst, sie, die ich doch als meine Freunde angesehen hatte: meine Schwester, mein bester Freund Georg, sogar dessen Vater. So, als hätten sie einen geheimen Club gebildet, zu dem ich nicht gehören sollte, weil man mir nicht traute. Ich musste älter werden, um das alles zu verstehen.«

Sie beide schwiegen einen Augenblick lang. Maja musste durchatmen, bevor sie den nächsten Satz sagte: »Ist Ihnen klar, dass Adam wohl der eigentliche Erbe von Talgrund wäre?«

Seine hellen Altmänneraugen schauten Maja einen Moment lang an. »Oh ja, das ist es. Es gab Jahre, in denen ich nicht darüber nachdenken wollte und mit dem eisernen Vorhang schien das auch alles weit entfernt. Wir haben ja auch nie wieder etwas von Ewa oder Adam gehört, aber dann, als die Mauer fiel, als alles ins Rollen geriet, da habe ich nachgedacht ... Heute weiß ich, dass ich gerne helfen möchte, Dinge wiedergutzumachen, verstehen Sie?«

Majas Herz schlug schneller.

»Vielleicht können Sie das.«

Verdammt, verdammt, verdammt, es fühlte sich wie eine Erlösung an, um die er seit Jahren gerungen hatte, und doch wog dieses Wissen so schwer. Mit zitternden, knotigen Fingern strich Bruno über das Papier. Er starrte Ewas Schrift an und fragte sich, ob sie ihm auf irgendeine Art und Weise bekannt vorkommen müsse. Wahrscheinlich nicht. Ganz sicher hatte sie während ihrer Zeit hier nie etwas geschrieben.

Ob Adam noch lebte? Maja hatte einige Jahre keinen Kontakt zu ihm gehabt und wusste es nicht sicher. Damals hatte er in Warschau gelebt und manchmal hatte er sogar kurz auf sie aufgepasst. Er war Lehrer gewesen. Sie würde ihre Mutter fragen.

Sie beide hatten noch eine Weile zusammengesessen. Desirée war inzwischen von einem längeren Einkauf aus Koblenz zurückgekommen, aber direkt in ihr Zimmer gegangen. Sie war müde und eigentlich wollte er sie auch nicht mit den Neuigkeiten belasten. Er hatte ja selbst noch nicht entschieden, wie er mit der Sache umgehen würde. Trotz allem hatte es gutgetan, mit Maja zu sprechen. Inzwischen duzten sie sich.

»Ich habe irgendwann geahnt, was mein Vater getan haben könnte«, hatte er ihr gesagt, »und habe doch wieder den Mund gehalten anstatt für Gerechtigkeit zu sorgen. Meine Schwester hat mir später erzählt, dass er das Haus verlassen hat, an dem Tag, als Hania und Ewa zu fliehen versuchten, und das, obwohl es ganz furchtbar geregnet hat. Letztendlich haben wir alle den Mund gehalten, denn ohne konkrete Beweise wäre es ein großer Schritt gewesen, den eigenen Vater des Mordes zu bezichtigen, nicht wahr? Dennoch sah meine Mutter wohl einen Vorteil darin, dass mein Cousin Friedrich sich das Leben genommen hatte, denn damit rückte ich auf den Platz des Erben. Sie fühlte sich ihrem Bruder gegenüber immer benachteiligt, weißt du? Sie hatte immer davon geträumt, dass unser Zweig der Familie die Kontrolle über Talgrund übernimmt, und ich habe diese Pläne akzeptiert. Gewiss, wir hätten nachforschen müssen, aber wir waren zu feige, und es gab zu viele andere Dinge, mit denen man sich beschäftigen musste. Ich kann es nicht anders sagen, aber es war bequemer so. Manchmal hat man Angst davor, dass etwas Schlimmes passiert, aber was ist, wenn man selbst der Grund ist?«

»Ich würde nicht sagen, dass Sie der Grund für alles sind.«

Bruno nickte. »Aber ich trage Verantwortung.«

33

»Der Tank ist leer.« Sam ließ das Motorrad wieder los. Jenny trat neben ihn und betrachtete die Anzeige.

»Was?«, flüsterte sie fassungslos.

»Jemand muss das Benzin ausgelassen haben.«

»Soll das heißen, wir kommen hier doch nicht weg?«

Sie spürte, wie ihr die Knie weich wurden. Sie waren unter höchster Gefahr aus dem Haus entkommen und hatten es bis zu Sams Motorrad geschafft, um jetzt doch zu scheitern?

Sam sagte etwas zu ihr, doch sie bekam es erst beim zweiten Mal mit.

»Wir müssen unbedingt zu Maja. Ich habe ein schlechtes Gefühl. Ich muss wissen, ob bei ihr alles in Ordnung ist. Und dann versuche ich, die Polizei zu erreichen. Vielleicht lässt sich ein Notruf absetzen.«

»Die Polizei?«

»Ja, sind wir uns da nicht einig?«

»Es geht immerhin um meinen *Onkel* und meine *Tante.*«

»Sie haben in Kauf genommen, dass Maja sich verletzt. Zumindest die Körperverletzung ist ein Aspekt. Sind wir uns da nicht einig?«

Jenny nickte. Er hatte recht, das hier ging alles nicht mit rechten Dingen zu. Seit einigen Tagen, vielleicht schon seit sie hierhergekommen waren, hatte sie den Eindruck, dass etwas nicht stimmte. Zuerst hatte sie gedacht, dass es an ihrer Anspannung lag. Aber es war einfach ein grundlegendes Gefühl.

Sam berührte ihren Arm. »Dann komm. Lass uns so schnell wie möglich zu Maja gehen und dann versuchen, gemeinsam zu Fuß hier rauszukommen.«

Sie hatten den Weg verlassen und überquerten die Wiese, um abzukürzen. Als sie den Waldrand erreichten und unter den Bäumen eintauchten, wurde es sofort dunkler. Das Blätterdach war hier sehr dicht, der Boden nach dem langen Regen dennoch durchweicht. Sam legte den Arm um sie. Es war plötzlich wie selbstverständlich und es tat ihr gut. Alles würde gut werden. Sie würden Maja abholen und dann den Weg nach hinten hinaus aus dem Tal antreten, um endlich Hilfe zu holen. Auf dem Plan, den Sam und sie damals gesehen hatten, war der Weg deutlich zu sehen. Sie würden es schaffen. Sie musste zugeben, dass es ihr einen Stich versetzte, dass sie Desirée nicht Bescheid hatte geben können.

Der Pfad wurde enger. Sams Arm rutschte von ihrer Schulter. Ein Windstoß ließ Tropfen von den Bäumen klatschen. Sie fröstelte. Dann hielt sie inne. Sam blieb ebenfalls stehen.

»Ist was?«

»Ich dachte …« Sie runzelte die Stirn. »Ich dachte, ich hätte etwas gehört.« Sie horchte noch einmal. »Nein, ich habe mich wohl geirrt.«

Sam nickte und ging weiter. Jenny folgte ihm. Dennoch fühlte sie sich immer noch unsicher. Aber das waren sicherlich die Nerven. Noch ein paar Schritte, und sie konnten die Kastanienbäume ausmachen, die das Eishaus umstanden. Jenny kämpfte erneut gegen das Unbehagen an. Noch eine leichte Kurve, und das Eishaus ragte vor ihnen auf. Sicherlich war es unheimlich hier, nachts, alleine. Maja war zweifellos froh, wenn sie kamen. Sie spürte Sam wieder direkt hinter sich. Da bewegte sich etwas in den Schatten vor dem Eingang.

»Maja!«, rief Jenny leise, damit sich die andere nicht erschrak. Die Gestalt hielt inne, dann trat sie auf den freien Platz hinaus. Jenny holte scharf Luft, und es war in diesem Moment, dass ihr klar wurde, dass sie sich von Anfang an geirrt hatten. Sie hatte sich zu sehr durch ihre Vorurteile leiten lassen.

34

»Überrascht?« Desirée hielt eins von Brunos Jagdgewehren in der Armbeuge, aber man konnte sehen, wie rasch es ihr möglich sein würde, es in den Anschlag zu bringen. Sie reckte den Hals, um an Jenny vorbeizusehen. Deren Herz klopfte wild, während sie versuchte, Desirées Aufmerksamkeit bei sich zu halten, doch die ließ sich nicht verwirren.

»Sam, du kannst herauskommen. Ich weiß, dass du dabei bist. Du würdest Jenny niemals im Stich lassen. Was willst du tun? Sie später befreien? Wie so ein Held? So spielt das echte Leben nicht. Ich glaube auch, dass du angefangen hast, dir deine Gedanken zu machen. Immerhin war es nicht schwer, euch beide im Blick zu behalten. Danke für euer Vertrauen!«

Jenny trat ein Stück zur Seite und wieder in Desirées Sichtfeld hinein. Sam bewegte sich immer noch nicht aus den Schatten, in die er sich gerettet hatte. Desirée runzelte die Stirn.

»Desirée …« Jenny musste schlucken. Ihr Hals war mit einem Mal furchtbar trocken. »Was ist los mit dir? So kenne ich dich überhaupt nicht! Wir sind doch Freundinnen, oder? Was ist passiert?«

Etwas Dunkles huschte über Desirées Gesicht, Verletzlichkeit schien in ihren Augen auf und wurde gleich wieder durch eisernen Willen ersetzt. Sie lachte, doch es klang künstlich.

»Es ist doch so, dass mich niemand von euch wirklich kennt und dass niemand je nachgefragt hat … Ich bin die Frau, die aus dem Nichts kam. Wen hat es denn interessiert, wo ich herkam und was ich erlebt habe? Ich passte nicht zu euch, und wenn ich etwas erzählt hätte, hätte ich noch weniger zu euch gepasst. Ich bin ein Gossenkind, weißt du das nicht?« Desirée biss die Zähne für einen Augenblick so fest aufeinander, dass ihre Kiefermuskeln zitterten. »Ich habe nie meine Familie besucht und nie von ihr gesprochen. Hat euch das nicht gewundert? Hat euch das kein einziges Mal zum Nachdenken gebracht? Dachtet ihr, ich hätte keine Familie? Oder wart ihr einfach immer nur mit eurer eigenen verdammten Familie beschäftigt, mit euren ach so wichtigen Traditionen und Erbfolgen?« Ihr Blick irrte für ein Augenblick umher, dann sah sie Jenny fest an. »Aber warum?«, flüsterte die sehr leise.

Desirées Kopfschütteln signalisierte Unverständnis. »Ist das so schwer zu verstehen? Natürlich, für die feine Jenny von Talgrund … Ich habe das getan, weil ich das nicht verdient habe.« Desirées Stimme kippte. Jenny hob die Augenbrauen. »Was nicht verdient? Du hast Bruno doch geliebt und er dich …«

Desirée lachte verächtlich. »Ein fast Hundertjähriger, der weiß, dass seine Frau niemanden hat. Ich war an ihn gefesselt, schöne Liebe.« Desirées Blick irrte wieder von ihr weg, aber man durfte nicht denken, dass sie nicht mehr aufmerksam war. Sie hielt das Gewehr immer noch schussbereit und sie suchte mit den Augen weiter nach Sam. »Weißt du, dass ich Male auf den Schultern trage, weil meine Mutter ihre Zigaretten an mir ausgedrückt hat, wenn sie wütend war? Das hörte erst auf, als ich ihr eines Tages sagte, dass ich zusteche, wenn sie mich noch einmal anfasst.« Desirées Stimme war mit den letzten Worten leiser geworden. »Sie hat dann bei meiner Schwester weitergemacht. Ich habe das Jugendamt informiert. Sie haben sie ihr weggenommen. Wenig später war ich selbst alt genug, um zu gehen. Ich musste sofort anfangen zu arbeiten. Ich habe mir nicht die Frage stellen können, wer ich bin und was ich möchte. Ich habe eine Ausbildung zur Köchin gemacht. Ich habe im Pflegedienst gearbeitet. Ich habe immer gearbeitet, aber ich hatte mein Leben selbst unter Kontrolle.«

»Dass du so eine schreckliche Kindheit hattest, ist furchtbar.«

»Hör mir zu! Dann habe ich Bruno kennengelernt, und ich habe mich in ihn verliebt und vergessen, was ich mir geschworen hatte. Ich habe nicht aufgepasst. Ich habe mich abhängig gemacht und er hat es zugelassen.«

»Ich verstehe nicht … Ihr wart doch glücklich?«

»Ja, ich weiß, dass du nicht verstehst, das habt ihr alle hinreichend gezeigt!«

Desirée sah zutiefst wütend aus. Würde sie in ihrem Zorn schießen?

»Und dann hat sich Bruno entschieden, vergangenes Unrecht wiedergutzumachen. Er war ganz stolz, als er mir davon erzählt hat. Von dem Interview und allem, von den Goldsteins und den Zwangsarbeitern, und als dann diese kleine Journalistin hier mitten in der Nacht aufgetaucht ist, habe ich mir natürlich alles zusammengereimt. Ich wusste, dass sie gekommen ist, um mir alles zu nehmen, aber warum sollte ich etwas ausbaden, was eure Familie gemacht hat? Warum habe ich nicht ein kleines Stück vom Kuchen verdient? Ich habe hart gearbeitet, und jetzt stehe ich mit nichts da, und das nur, weil euer Großvater am Ende seines Lebens ein schlechtes Gewissen hatte? Er hätte dieses schlechte Gewissen haben sollen, als es ihn noch betraf. Er hätte diese Sache mit mir besprechen sollen, das hat er nicht! Ihr werdet das Testament niemals finden.«

Irgendwo knackte etwas, und vorübergehend hatte Jenny den Eindruck, dass der Wind Stimmen zu ihr trug, und dann ging alles ganz schnell: »Auf den Boden!«, brüllte jemand. Jenny ließ sich fallen, landete hart auf irgendeiner Wurzel, rollte sich zur Seite. Der Geruch von altem modrigem Laub und Waldboden drang in ihre Nase. Sie barg den Kopf unter ihren Armen und spähte zur Seite. Da war eine Gestalt an Desirées

Seite aufgetaucht und schlug ihr mit aller Kraft einen Ast gegen den Arm. Das Gewehr fiel herunter. Jemand anderes sprang sie von hinten an. Desirée versuchte wild und mit aller Kraft, sich freizukämpfen. Und dann waren da noch mehr Stimmen und Taschenlampen und der Wald rund um das Eishaus schien taghell.

35

Medea wartete am Haus auf sie und Jenny stürzte sich direkt in ihre Arme. Sie zitterte heftig. Nur langsam fiel die Anspannung von ihr ab, dennoch war die Sache nicht ausgestanden. Das wusste sie. Da war Fassungslosigkeit in ihr, Enttäuschung, Unverständnis, aber auch etwas wie Mitleid. Sie musste schlucken, während sie gegen die Tränen ankämpfte. Ihre Schultern bebten. Medea streichelte über ihr Haar.

»Es ist ja gut«, flüsterte sie ihrer Tochter ins Ohr. »Es ist gut.«

Wenig später saßen sie zusammen im Salon. Ein Feuer war angezündet worden. Es war nicht mehr so kalt. Zu Jennys Überraschung hatte Angelika Tee für alle gekocht. Jenny lächelte sie dankbar an. Für diesen Moment und vielleicht zum ersten Mal fühlte es sich zumindest einmal so an, als würden sie sich verstehen.

Angelika hatte sich schon mehrfach dafür bedankt, dass Medea Gerhard und sie aus dem Zimmer befreit hatte, in dem Desirée sie eingesperrt hatte. Sie tat es auch jetzt wieder. Auch Gerhard war seiner Schwägerin gegenüber nicht so kurz angebunden wie sonst. Vielleicht würde dies sogar ein paar Tage anhalten, bevor sie wahrscheinlich alle wieder in ihre gewohnten Bahnen fanden. Zum ersten Mal seit einiger Zeit musste sie lächeln. In dieser Familie hatte es immer Abneigungen gegeben. Sicher würde es sich genauso ungewöhnlich anfühlen, wenn sich plötzlich alle verstehen und lieben würden. Medea machte erneut eine Runde mit der Teekanne. Alle ließen sich nachfüllen. Jenny genoss den warmen Dampf des Tees auf ihrem Gesicht.

»Wie kam es, dass du letztendlich doch hierhergekommen bist?«, fragte sie. »Ich dachte, du kommst gar nicht mehr.«

»Ganz am Anfang hatte ich so etwas in Erwägung gezogen, aber tatsächlich wollte ich dann doch kommen, weil es sich Bruno so gewünscht hat. Ja, er wusste, dass wir uns alle nicht sonderlich gut verstehen, aber ich denke, er wusste auch, dass er uns etwas bedeutet hat.« Sie hielt inne und schaute dann zu ihrem Schwager hin. »Das siehst du doch auch so, oder Gerhard?«

Gerhard räusperte sich. »Ja, doch«, brummte er dann, »doch, irgendwie schon.«

Angelika hielt ihren Blick auf das Fenster gerichtet, als habe sie nicht gehört. Medea stellte die Kanne ab und setzte sich selbst wieder. »Als dann das Unwetter einsetzte, bin ich ja erst einmal in London gestrandet, bevor ich nach Hause konnte. Und dann war es wegen der Überschwemmungen unmöglich, nach Talgrund zu gelangen. Ich habe erst einmal abgewartet, ich habe es weiter versucht, ich wollte ja keine Rettung vorbeischicken, während ihr vor dem Kamin sitzt und Cocktails schlürft.«

»Haben wir nicht, Mama, keine Sorge.«

»Irgendwann wurde mir die Sache dann doch zu mulmig. Also bin ich hergefahren. Ein paar Feuerwehrleute kenne ich von früher, und die waren schnell bereit, mal nach dem Rechten zu sehen. Aber es war eben auch sonst einiges zu tun mit vollgelaufenen Kellern, umgestürzten Bäumen und abgerutschten Straßen. Das Unwetter hat einigen Schaden angerichtet.«

Jenny nickte. Inzwischen hatten sie alle gehört, was außerhalb von Talgrund geschehen war. Der tagelange Regen hatte große Zerstörungen angerichtet. Die Aufräumarbeiten allerorten gingen schleppend voran.

Sie trank ihre zweite Tasse Tee aus und spürte, wie die Wärme endlich in jede Faser ihres Körpers zurückkehrte. Draußen in der Halle war ein Geräusch zu hören. Jemand kam die Treppe herunter. Desirée kam wohl wieder nach unten, nachdem sie in Begleitung eines Polizisten in ihr Zimmer gegangen war, um eine kleine Tasche mit dem Nötigsten zu packen. Jenny entschied sich nach draußen zu kommen. Desirée erreichte gerade die Halle, als Jenny aus der Tür trat.

»Desirée!«

Diese hielt inne.

»Melde dich, wenn du etwas brauchst.«

Ein Ausdruck von Hohn zog über Desirées Gesicht.

»Oh, immer so verständnisvoll.«

»Ich verstehe das Gefühl, das du gehabt haben musst«, hörte sich Jenny sagen. »Wirklich«, setzte sie hinterdrein. »Aber verstehst du nicht, was diese Vergangenheit für unsere Gegenwart bedeutet, und dass wir sie deshalb nicht einfach vergessen können? Verstehst du nicht, welche Verantwortung wir tragen?«

Desirée starrte sie noch einen Moment an, dann wandte sie sich abrupt ab und verließ mit dem Polizisten den Raum.

36

Jenny hatte ihren Toyota in die Einfahrt des Mehrgenerationenhauses gelenkt. Kaum waren sie ausgestiegen, winkte Georg ihnen auch schon von seinem Balkon aus zu.

»Da seid ihr ja endlich! Was bin ich froh, euch gesund und munter zu sehen. Hier war ja alles überschwemmt, wisst ihr. Da war ein richtiger See ringsum … Und wie war es im Tal? Auch so? Warum habt ihr denn nicht einmal angerufen? Ich habe mir solche Sorgen gemacht. Hier draußen war teils die Hölle los.«

»Wir von Talgrund sind das doch gewohnt, und entschuldige, Opa«, rief Sam ihm zu, »aber wir hatten keinen Empfang.«

»Ach ja, das alte Elend.« Georg lachte brummend. »Aber kommt doch erst einmal herein.«

Wenige Minuten später standen sie in seiner kleinen Wohnung. Jenny erkannte einiges aus seinem alten Häuschen wieder. Hier und da war etwas Neues hinzugekommen. An der Wand hinter dem Esstisch hingen Kinderzeichnungen. Georg folgte ihrem Blick: »Die sind von meinen Nachbarn. Setzt euch doch. Ich habe auch Muffins von ihnen bekommen und echten Kaffee aufgesetzt.«

Jenny lächelte. Georg sprach Muffins Deutsch aus und gehörte zu einer Generation, die manchmal noch auf Getreide- oder Ersatzkaffee hatten zurückgreifen müssen. Echter Kaffee … Früher hatte sie das verwirrt. Wenn es echten Kaffee, gab es dann auch falschen? Der Tisch war liebevoll gedeckt. Bald genossen sie Kaffee und Gebäck. Nachdem alle gegessen und über dies und jenes gesprochen hatten, fragten sie ihn nach den Goldsteins, nach Ewa und Hania. Der alte Mann betrachtete seine knotigen, von der Arbeit krummen Hände.

»Die Goldsteins waren eine alteingesessene, jüdische Familie, mit der die Bethmanns befreundet waren, und Esther Goldstein war Lenis beste Freundin. Sie war oft auf Talgrund und wir haben viel gemeinsam gespielt. Für uns war das normal, wir haben uns keine Gedanken gemacht. Dann aber änderte sich alles. Zuerst hauptsächlich für die Erwachsenen, nicht für uns Kinder. Siegfried und Ilse Lenhart, Brunos und Lenis Eltern, waren Nazis der ersten Stunde. Sie haben sofort die Parteimitgliedschaft beantragt, das weiß ich von meinem Vater, aber Herr Bethmann war letztendlich auch nicht besser, denn er entschied sich nur abzuwarten, weil er sich nicht sicher war, was größere Vorteile brachte.« Georg sah nach draußen. Schließlich drehte er den Kopf wieder zu ihnen hin.

»Ilse Lenhart war nie zufrieden gewesen mit dem Leben, das man für sie vorgesehen hatte. Ihr Bruder war der Jüngere, dennoch erbte er Talgrund, auch wenn sie ebenso zur Führung des Gutes in der Lage gewesen wäre. Das hat sie sehr bitter gemacht, aber dann gab es diese Gelegenheit, als beide Erben starben, und die hat sie ergriffen.« Er runzelte die Stirn. »Ein Teil von mir weiß, dass man es ihr nicht verdenken kann, zugleich war Ilse Lenhart einfach wirklich kein guter Mensch.«

»Wir haben etwas mitgebracht, Großvater«, sagte Sam, während er die Mappe mit den Fotos herausholte, die Maja ihnen gegeben hatte. Eine in die Jahre gekommene Ewa schaute sie an, aber ihr Blick war unverkennbar. Jenny räumte rasch den Kaffeetisch ab. Als sie zurückkam, hielt Georg Ewas Foto in seinen zitternden Händen. »Sie ist alt geworden, wie wir alle«, sagte er, »aber ich erkenne sie noch von damals. Ewa war immer eine Kämpferin. Das kann man immer noch in ihren Augen sehen, findet ihr nicht? Sie hat es sich nicht leicht gemacht. Sie hat es niemandem leicht gemacht und sie war immer für Hania da. Hania war die Naivere der beiden. Das kann man wohl so sagen. Ich denke, ich habe Ewa besser verstanden, obwohl sie nie mit uns zu tun haben wollte.« Er machte eine kurze Pause. »Mit keinem von uns.«

»Nun, das war sicher alles nicht leicht für sie.« Jenny hielt inne. »Man hatte sie gegen ihren Willen verschleppt und sie war den Menschen hier quasi ausgeliefert. Ich weiß nicht, was ich an ihrer Stelle gemacht hätte.« Sie dachte nach. »Vermutlich wäre ich nicht so mutig gewesen.«

»Du kennst sie? Persönlich?«

»Nein, Maja hat uns von ihr erzählt. Sie hat uns auch das Bild gegeben. Leider ist sie im letzten Jahr verstorben.«

Georg zuckte die Schultern. »Maja kannte sie? Ich hoffe, ich werde die junge Frau auch bald kennenlernen …«

»Ewa hat sich um sie gekümmert, wenn ihre Mutter zum Arbeiten in Deutschland war. Irgendwann hat Maja ein paar Dinge erfahren und ihre Nachforschungen begonnen. Sie wollte einfach mehr wissen, doch Ewa wollte nicht mit ihr sprechen. Als Maja sie kennenlernte, war sie schon in Rente. Sie hatte einen Sohn.«

»Adam.«

»Ja. Was wusstest du von den beiden?«

»Nicht viel, mein Vater hat ihnen geholfen.«

»Das war mutig.«

»Alfred Bethmann, Friedrichs Vater, war sein Freund, und Adam war dessen Enkel. Es tut mir leid, ich bin etwas müde, aber morgen würde ich Talgrund gerne wiedersehen. Ich war fast ein Jahr nicht mehr da.«

»Ein halbes Jahr.«

»Vielleicht.«

Am nächsten Tag kam Georg mit Sam und Jenny nach Talgrund. Er hatte sich erholt. Während Jenny und Sam sich noch um den Kuchen kümmerten, ließen sie Georg draußen zurück. Der alte Mann saß in der Sonne auf der Terrasse und schaute über die weite Grasfläche hinweg, die vor nicht allzu langer Zeit noch eine einzige Wasserfläche gewesen war. Plötzlich musste er an Bruno denken und dann an Leni, dessen Schwester. Alles in allem war Bruno eine ehrliche Seele gewesen. Anders als Leni hatten sie beide Talgrund nie verlassen, und jedes Mal, wenn Leni ihn besucht hatte, war es ihm erschienen, als habe sie ihre Flügel weiter ausgebreitet. Sie hatte ihn beeindruckt, sie war immer so ein sanftes, ruhiges Mädchen gewesen. Eine ganze Reihe an Jahren hatte sie als Krankenschwester gearbeitet, einmal hatte sie ihn zu einer Fotoausstellung nach Koblenz eingeladen. Den Fotografen hatte sie auf einer Reise zu den Kykladen kennengelernt.

»Bist du verheiratet?«

Leni drehte ihr Weinglas in den Händen. »Nein, ich habe irgendwann entdeckt, dass ich weder eine Ehe noch Kinder will.«

»Ist das nicht ungewöhnlich für eine Frau?«

»Ungewöhnlich?« Sie hatte ihn scharf gemustert, dann entspannten sich ihre Gesichtszüge. »Nun, das weiß ich nicht. Für mich ist es das Richtige.«

»Ich hatte immer den Eindruck, Frauen *wollen* Kinder haben.«

»Hast du denn mit vielen Frauen darüber gesprochen? Interessantes Thema.«

Er hatte sie perplex angeschaut und dann lachen müssen.

Ein Mann mit langem silbergrauen Haar kam in diesem Moment auf sie beide zu.

»Das ist mein Partner Rufus und zugleich der Fotograf dieser Bilder.«

»Sie sind Georg, Lenis Jugendfreund.«

»Wir kennen uns seitdem wir Kinder waren.«

Später hatte er sie beide zu seiner Hochzeit eingeladen. Seine Maria und besonders Leni verstanden sich immer gut. Als Maria gestorben war, war Leni einige Wochen nach Talgrund zurückgekehrt und hatte ihm zur Seite gestanden. Sie hatten gute Gespräche geführt. Sie waren füreinander da. Das war schon immer so gewesen. Sie konnten dort weitermachen, wo sie aufgehört hatten. Sehr spät in ihrer beider Leben hatte er sie dennoch noch einmal gefragt, ob sie hätten heiraten sollen.

»Unser Leben war richtig, so wie wir es gelebt haben«, antwortete sie. »Es gibt nichts, was wir zu bedauern hätten. Nur eines wüsste ich gerne: Ich wüsste gerne, was damals mit Hania und Ewa passiert ist.«

Werner und Ewa

Werner hatte sich vorgestellt, dass man über solche Entscheidungen lange nachdenken würde, aber so war es nicht. Er hatte seinen Weg schon damals eingeschlagen, als Leni ihn in das Geheimnis eingeweiht hatte. Er zögerte also auch nicht, als Ewa verletzt vor ihm stand. Ohne ein Wort zu sagen, ließ er sie mit dem Kind ein und schloss die Tür sorgfältig hinter ihr. Die junge Frau, die ihm immer so stark erschienen war, sah verstört aus. Er wartete, ob sie etwas sagen würde, doch sie schwieg. Sie würde auch in den nächsten Tagen wenig sagen. An diesem Abend ließ sie es zu, dass er ihr das Kind aus den Armen nahm und ihren Arm versorgte. Er hatte noch ein paar Kleidungsstücke von Georg, die es ihnen beiden ermöglichten, den Kleinen warm anzuziehen. Irgendwann fragte er nach Hania, aber sie schüttelte nur den Kopf. Ab da versteckte er Ewa und das Kind in dem alten Gang, der einmal von dem Haus des ersten Knechtes zum Gutshof geführt hatte.

Im April 1945 rückten die Amerikaner endlich auf Talgrund vor. Über Tage hinweg war zuerst nur ein dumpfes Dröhnen zu hören gewesen, das unaufhaltsam näher und näher kam.

Wenn Ewa und Adam abends aus ihrem Versteck krochen, um sich etwas zu bewegen, verbrachte die junge Frau lange Zeit damit zu horchen. Sollten sie gehen? Wann war endlich die richtige Zeit?

Ansonsten sprachen sie nicht viel miteinander. Werner war ohnehin wortkarg, und sie … Sie misstraute ihm. Er war ein Deutscher, der sie in der Hand hatte. Das konnte sie nicht vergessen.

Als Ewa gerade auf der Bank hinter dem Haus saß und wieder einmal lauschte, trat Werner zu ihr.

»Sie stehen jetzt nur noch ein paar Kilometer entfernt, habe ich gehört«, sagte er. »Das ist nicht weit. Morgen könnt ihr es wagen.«

Werner packte ihnen etwas zu essen ein und gab ihr eine Decke. Irgendwo trieb er noch eine kleine Jacke von Georg auf, die dessen verstorbene Mutter gestrickt hatte. Sie war mehrfach geflickt, und er hatte sie anscheinend aufheben wollen, doch er schenkte sie ihr.

Im Schutz der Dunkelheit verließen sie sein Häuschen. Ewa brachte keinen Dank über ihre Lippen, aber sie nickte ihm schließlich zu, und Werner tat es ebenfalls. Es war Adam, der sich an dem älteren Mann festklammerte, bis ihn Ewa mit sich zog.

Gemeinsam mit Adam lief sie den Befreiern entgegen. Werners Wegbeschreibung war sehr präzise, trotzdem war sie angespannt vor Angst und Aufregung, bis sie endlich die fremden Soldaten ausmachte. Was sollte sie tun, wenn man auf sie schoss? Würde man ihr glauben? Sollte sie gegen Siegfried aussagen? Aber sie wollte ja nur noch weg.

Ohne noch einmal nach Talgrund zurückzukehren, machte sie sich einige Monate später gemeinsam mit Adam auf den Weg nach Polen.

37

Jenny war früh aufgewacht, hatte sich leise erhoben und stand wenig später in ihrer Jogginghose und dem T-Shirt, in dem sie geschlafen hatte, draußen auf der Veranda. Noch lagen die Schatten der Nacht auf dem See, der erst langsam zum Leben erwachte. Von links schwammen ein paar Kanadagänse in ihr Blickfeld.

Sie unterdrückte ein Gähnen. Sie war nicht mehr müde, aber auch nicht richtig wach. Die Reise, die sie nach Schweden geführt hatte, war anstrengend gewesen. In der Dämmerung waren sie an ihrem Ferienhaus eingetroffen, an einem dieser typischen roten Holzhäuser. Sie hatten sich noch eine Kleinigkeit zubereitet von den Einkäufen, die sie auf der Fahrt getätigt hatten, und waren bald zu Bett gegangen.

Am Morgen war sie nach draußen geschlichen, um Sam nicht zu wecken, neugierig auf eine Umgebung, von der sie in der vergangenen Nacht nicht viel gesehen hatte.

Es sah wunderschön aus. Für einen Moment betrachtete sie ihre nackten Füße und fühlte eine große Ruhe über sich kommen. Es war ihr wichtig gewesen, Abstand zu gewinnen. Dies hier, so erkannte sie jetzt, war der richtige Ort dafür. Sie hatte es sich irgendwie kühler vorgestellt, aber sie spürte, dass es auch heute wieder warm werden würde, wie gestern, als sie eingetroffen waren.

Hinter ihr waren Schritte zu hören.

»Was machst du denn so früh hier draußen?«

Sie drehte sich zu Sam um und schenkte ihm ein Lächeln.

»Ich konnte nicht mehr schlafen und dachte, ich schaue mich draußen mal um. Ist das nicht bezaubernd?« Sie machte eine Bewegung mit dem Arm. Sam ließ den Blick über den See und seine Ufer schweifen und nickte. »Es fühlt sich richtig an, hierhergefahren zu sein, nicht wahr?«

»Oh ja … Erst einmal alles hinter sich zu lassen.« Noch vor ihrer Abfahrt war Bruno beerdigt worden. Angelika hatte alles organisiert und sie hatte es gut gemacht, musste Jenny zugeben. Danach waren sie gemeinsam mit Angelika und Gerhard bei Notar Beccard gewesen. Desirée hatte das Testament umsonst verschwinden lassen. Es gab eine beglaubigte Kopie. Auch die Familie war berücksichtigt worden, aber das Erbe, das sah man besonders Gerhard an, fiel geringer aus, als erwartet. Außerdem waren auch Georg und Adam bedacht worden, während Bruno Maja mit der Leitung einer Stiftung betraut hatte, die er hatte einrichten lassen. Es war die letzte Änderung, die er kurz vor seinem Tod dem Testament noch hatte zufügen lassen. Ihr oblag zudem die Aufgabe, nach den Goldsteins zu forschen, damit man das zurückgeben konnte, was sich noch zurückgeben ließ. Maja zeigte sich überrascht, wollte aber wahrscheinlich annehmen. Auch Adam hatte sie inzwischen ausfindig gemacht. Er wohnte immer noch in Warschau. Jenny seufzte tief. »Ich kann immer noch nicht fassen, was Desirée getan hat. Ich habe sie übrigens besucht. Es fällt uns inzwischen wieder leichter, miteinander zu sprechen, dennoch wünschte ich, es wäre weniger kompliziert.«

Sam trat zu ihr. »Du wünschst dir immer noch, es wäre Onkel Gerhard gewesen, gib es zu.«

»Oder Tante Angelika.« Jenny sah schuldbewusst aus, dann musste sie lachen.

Sam nahm sie in den Arm. Sie küssten einander. Die Vergangenheit lag hinter ihnen, die gemeinsame Zukunft war das, was sie daraus machten.